COURTAIN COUNTY
BEASTS

KARI TENERO

Buchsatz: Melanie Frömter
Covergestaltung: Ellie Bradon

Kari Tenero
Vertreten durch Melanie Frömter
Gutsweg 15
06116 Halle

Herstellung und Druck über tolino media GmbH & Co. KG, München.
Printed in Germany

Kari Tenero

Desireless Soul

Courtain County Beasts

Dark Reverse Harem

Triggerwarnung

Liebes Leseherz,

ich freue mich, dass du zu den Jungs der Curtain County Ranch gefunden hast.

Bitte beachte, dass alle Charaktere und alle Handlungen rein fiktiv und frei erfunden sind.

In dieser Geschichte wird meistens auf die Verwendung von Verhütungsmitteln verzichtet, was für das *richtige* Leben nicht gelten sollte.

Außerdem begibst du dich auf die dunkle Seite der Bücherwelt, in der Moral ein Fremdwort ist und dich auf jeder neuen Seite ein tieferer Abgrund erwartet.

Dazu bitte ich dich zu beachten, dass ich in diesem Buch auch auf Erkrankungen und die damit verbundenen Schicksalsschläge eingehe.

Daher bitte ich dich, die Triggerwarnung ernst zu nehmen.

Um dich nicht zu spoilern, findest du alle potenziell triggernden Inhalte auf der letzten Seite dieses Buches.

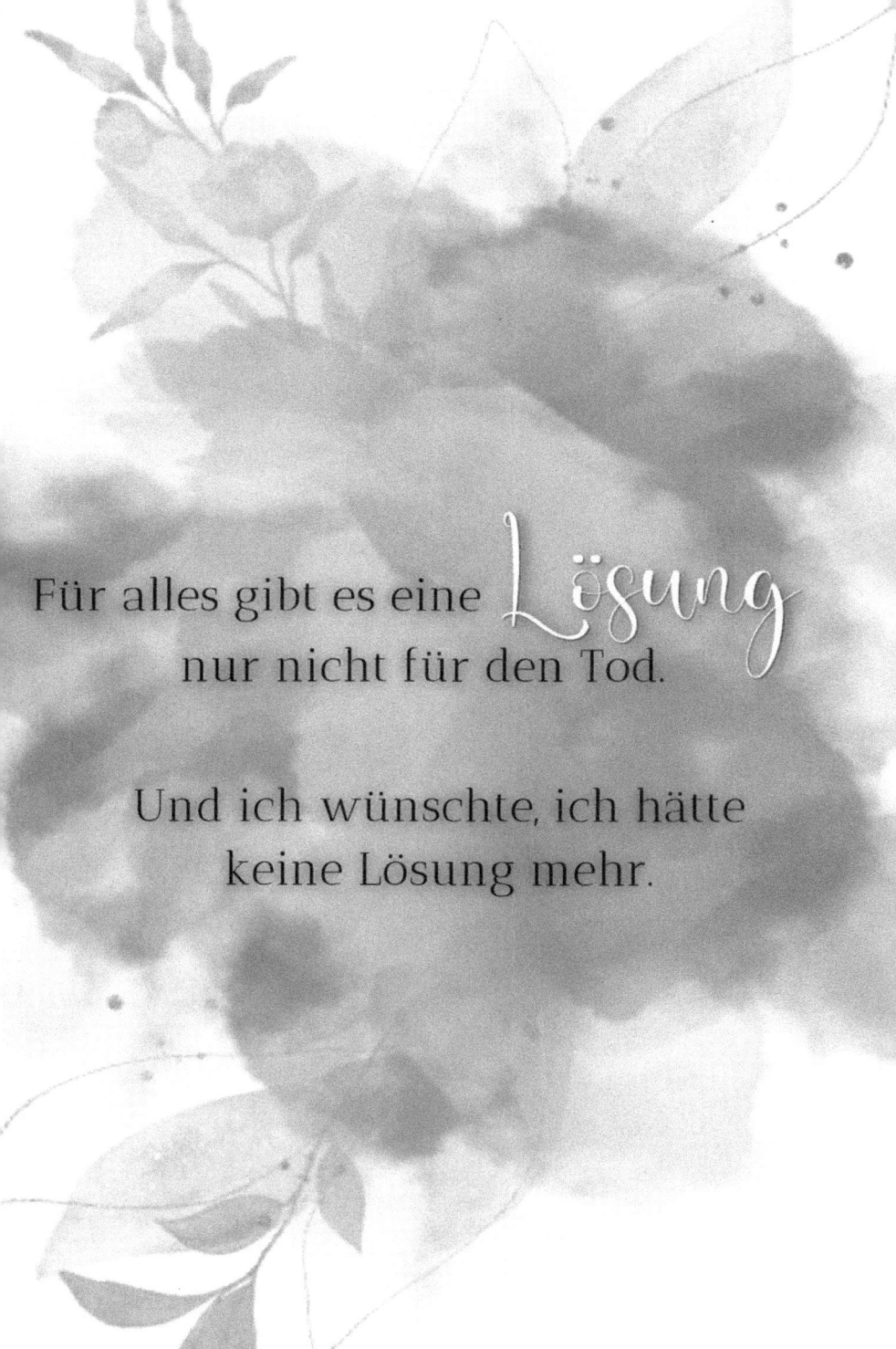

Für alles gibt es eine Lösung
nur nicht für den Tod.

Und ich wünschte, ich hätte
keine Lösung mehr.

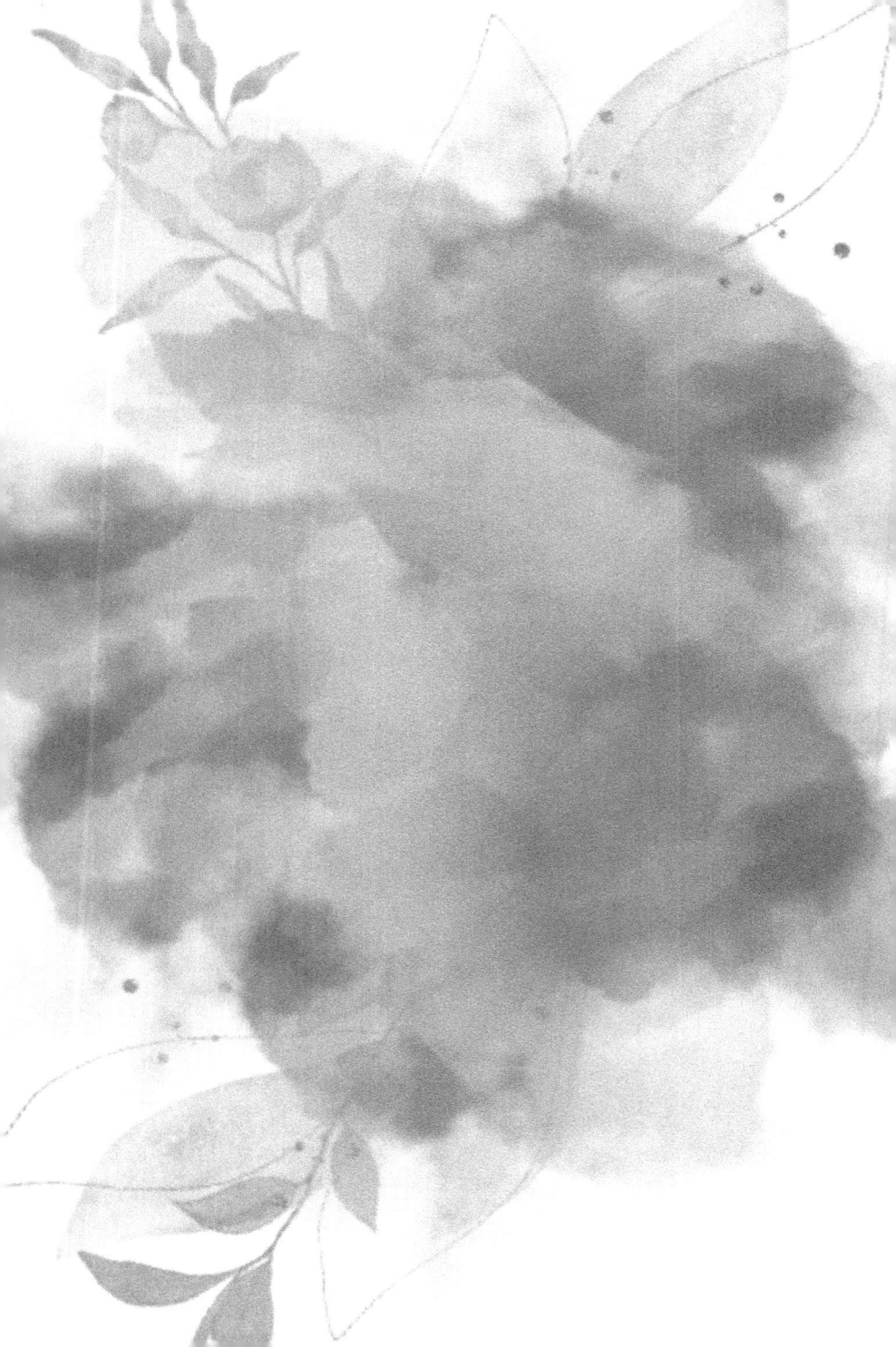

1

Damals

»Es tut mir leid, Cleo. Aber es ist Krebs.«

Die Worte von Dr. Clairfield kreisen als schwarze Wolke durch meinen Kopf. Sein mitleidiger Blick durchbohrt mich und hinterlässt nichts als Kälte in meinem Körper. Die Wärme, die mich sonst durchströmt, entweicht komplett aus meinen Fingern und Zehen, bis sie sich wie betäubt anfühlen.

Der kleine Raum mit der Fensterfront links und der Untersuchungsliege rechts von mir, meine Eltern und auch der Arzt rutschen in weite Ferne. Unwillkürlich ziehe ich den Arm an meine rechte Brust, an der ich den Knoten ertastet habe, und der mir seit Wochen schlaflose Nächte bereitet.

Dr. Clairfields Lippen bewegen sich weiterhin. Aber ich höre seine Worte nur dumpf, als würde ich tauchen und er, vom Rand des Pools aus, versuchen, mir etwas zu sagen. Aber meine Eltern, die beide links von mir sitzen, werden ihn dafür umso besser verstehen. Im Grunde will ich gar nichts hören, weil ich mit jedem weiteren Wort tiefer in der Hoffnungslosigkeit versinke.

Auf dem Wimmelbild in meinem Kopf finde ich unfreiwillig die letzten Gegenstände, die ich bisher vehement übersehen habe. Langsam realisiere ich, was Dr. Clairfield mir gerade bestätigt hat. Das Gefühl, als würde ich an der Klippe stehen, von einer Windhose erfasst werden und gnadenlos in den Abgrund fallen, schlägt mir dumpf auf den Magen. Die Übelkeit, die ich seit dem Diagnostikprozedere mit mir herumschleppe, verstärkt sich und kriecht mir brennend die Kehle hinauf.

»Was können wir tun, Doktor?«, fragt meine Mutter, die ich mit ihrer hellen Stimme nicht aus meinem Kopf fernhalten kann. Ich blicke nicht zu ihr, weil ich mit den Tränen kämpfe. Das Leben, das ich bisher kannte, wird es, wenn ich diesen Raum verlasse, nicht mehr geben.

Nach wie vor stiere ich in die verständnisvoll dreinblickenden Augen von Dr. Clairfield, der sich meiner Mom zugewendet hat. Dabei will ich diesen Ausdruck nicht sehen. Ich will seinen Kampfgeist und die Bereitschaft, mir mit allen verfügbaren Mitteln zu helfen, finden. Dass er mich mit dieser Hiobsbotschaft nicht allein lässt, wenn ich mich doch gerade hilflos und alleingelassen fühle – obwohl es nicht so ist und mir mein

Geist nur etwas vorgaukelt. Vielleicht weil auch er weiß, dass ich jetzt Zeit für mich bräuchte, die ich aber nicht habe und nicht bekommen werde.

Aus dem Augenwinkel sehe ich einen Schatten. Ich drehe meinen Kopf nur so weit, dass ich meine Eltern sehen kann. Tränen rollen über die Wangen meiner Mom, während mein Dad, mit seinem Dreitagebart, weil er sich mehr auf diesen Termin, als auf sich selbst konzentriert hat, ihre Hand hält. Bestimmt würde er auch meine ergreifen, wenn ich mich ihnen gänzlich zuwenden würde. Aber im Augenblick will ich das nicht. Keine Nähe, kein Mitleid, sondern Zuversicht, dass ich mein Leben, so wie ich es mir vorstelle, weiterhin leben kann. Ohne Einschränkungen, ohne Verzicht auf das Gefühl von Freiheit oder von jemandem oder irgendetwas abhängig zu sein.

Dr. Clairfield sieht von meinen Eltern zu mir zurück. »Du bist gerade erst achtzehn geworden, Cleo. Die Chancen, dass wir alles mit einer minimalinvasiven Operation und anschließender Chemotherapie behandeln können, stehen nicht schlecht.«

Unverändert sehe ich ihn an, obwohl mein Innerstes laut aufschreit. »*Nicht schlecht?*«

»Diese ist mittlerweile so gut verträglich, dass sie dich kaum einschränken sollte«, führt er seine wenig aufbauenden Worte fort.

Und wieso sehe ich in den YouTube-Dokumentationen immer noch Frauen, die ihre Haare durch die Therapie verlieren und diese bunten Altweiber-Kopftücher tragen? Oder nur noch eine Brust besitzen und dieses Manko durch ein BH-Implantat kaschieren?

»Aber dazu kann ich erst genauere Auskünfte geben, wenn wir weitere Untersuchungen durchgeführt haben«, beendet er seine unendlich wirkenden Ausführungen und holt mich damit aus meinen dunklen Gedanken. Schwungvoll unterschreibt er das Rezept vor sich und schiebt es zu mir herüber. »Hol dir bitte das Medikament gleich noch hier unten in der Apotheke und nimm sofort eine Tablette. Sie wird dich müde machen. Aber in ein paar Tagen hast du dich daran gewöhnt.«

Noch während ich danach greife, erhebt er sich. Ich lege es in meine Mappe mit den restlichen Ergebnissen und tue es ihm gleich. Meine Mom greift nach dieser und nimmt sie an sich. Ich bin dankbar, dass sie mir die verschriftlichte Bürde abnimmt.

Dr. Clairfield geht zielsicher zur Tür. Langsam trotte ich ihm hinterher, genau wie meine Eltern. Mit einer Hand an der Türklinke legt er mir die andere als aufbauende Geste auf die Schulter. »Ich kümmere mich um einen Termin im Krankenhaus und dann ist dieses ... Problem schneller behoben, als du denkst.«

Wenn es nur so einfach wäre. Gedankenverloren nicke ich. »Vielen Dank, Dr. Clairfield«, sage ich heiser, zwinge mich, ihn mit einer kleinen Regung meiner Mundwinkel direkt anzusehen, und kämpfe mit der nächsten Tränenflut.

Sein Schmunzeln tröstet mich nicht darüber hinweg, dass er krampfhaft versucht, meine Situation herunterzuspielen, denn ich habe im Wartezimmer keine weiteren Teenager gesehen, die heute eine Diagnose wie meine genannt bekommen haben. Außerdem müsste ich mit Sicherheit nicht schon mit einer Tablettentherapie beginnen, wenn das Problem doch so einfach aus der Welt zu schaffen wäre. Trotzdem nehme ich seine Worte dankend an, weil sie mir vorgaukeln, dass bald alles besser wird.

Ohne mich zu verabschieden, gehe ich als Erste durch die Tür des Behandlungszimmers und vorbei an den anderen wartenden Patienten, die sich im Vorraum auf schwarzen Plastikstühlen gegenübersitzen. Hastig stoße ich die Tür zur Praxis auf, versuche mich zu orientieren und laufe geradewegs auf das Treppenhaus zu. Ich habe keine Lust, in dem viel zu kleinen Fahrstuhl, den meine Eltern gleich nehmen werden, ihren traurigen und ratlos wirkenden Blicken ausgesetzt zu sein. Immerhin haben wir knapp sechs Stunden Autofahrt vor uns, bei denen ich nicht um das beklemmende Gefühl, dass auch für sie eine Welt zusammenbricht und ich dadurch zusätzlich ihre Trauer schultern muss, drumherum kommen werde.

Je näher ich der Tür mit dem Notausgangschild darüber komme, desto schneller werde ich, weil sich das Gefühl, dass mir die Luft wegbleibt, verstärkt.

»Vielen Dank, Dr. Clairfield«, höre ich meine Mutter noch vom Ausgang der Praxis aus sagen, stoße die rettende Tür auf, die sich hinter mir mit einem lauten Knall schließt, und lehne mich mit dem Rücken dagegen. Am Geländer blättert die weiße Farbe ab. Das dunkle Metall hebt sich als starker Kontrast von den weißen Wänden ab, die diesen Ort steril und kalt wirken lassen.

Für einen Moment stehe ich regungslos in dem schmalen Treppenhaus und höre in die Stille hinein. Gelegentlich wird sie durch eine sich öffnende und schließende Tür über oder unter mir durchbrochen. Meine tiefen Atemzüge sorgen dafür, dass sich das Zittern, das meinen Körper übermannen will, nicht ausbreiten kann.

Krebs. Abermals verschwimmt die Sicht vor mir und ich atme laut und angestrengt aus. Dieses Wort nimmt immer mehr Platz in meinen Gedanken ein. Als würde jemand einen Luftballon mit einer Handpumpe aufpumpen und alles guten Erinnerungen verdrängen.

Ich schließe die Augen.

Die Letzte mit Krebs in der Familie war Tante Ashley. Damals klang das Wort so weit entfernt, unerreichbar und nicht real. Und jetzt hat es mich eingeholt, als wäre es Usain Bolt, gegen den man im Sprint einfach nicht gewinnen kann. Ehe ich überhaupt das Ziel sehen kann, wird mein Körper bereits aufgegeben haben und all das, was ich mir wünsche, nur noch ein leises Flüstern im Wind sein, das in alle Himmelsrichtungen verstreut wird.

Immer wieder atme ich tief durch und schüttle flüchtig den Kopf. Nein, ich darf diese Gedanken nicht an mich heranlassen. Also muss ich diesen Kampf zu einem Marathon machen und gewinnen. Als etwas anderes darf ich diese Situation nicht sehen, wenn ich kämpfen und siegen will. Für meine Zukunft und die Hoffnung auf ein normales Leben auf der Farm meiner Eltern. Mit meinen Pferden und dem täglichen Gefühl von Freiheit, wenn ich durch die unendlich wirkende Weite des Outbacks reite und die Hitze der Sonne fast schon unerträglich auf meiner Haut brennt.

Erneut hole ich tief Luft und bekomme langsam etwas Klarheit in meinen Kopf.

Genau an diesen Gedanken klammere ich mich, stoße mich gleichzeitig von der Tür ab, atme aus und schleppe mich mit zitternden Knien die Stufen zum Parkhaus hinunter, wo meine Eltern bereits im Auto sitzend auf mich warten.

Wortlos steige ich ein und schließe die Tür. Niemand fragt mich, wo ich so lange gewesen bin. Mein Vater fährt los. Noch während sich die Schranke öffnet, reicht mir meine Mom eine der Tabletten, die sie bereits in der Apotheke für mich geholt hat und die ich mit einem großen Schluck Wasser hinunterschlucke. Der bittere Geschmack des weißen Überzugs klebt auf meiner Zunge und wird auch durch einige weitere Schlucke nicht besser.

Wir fahren aus der Tiefgarage. Das helle Licht der Mittagssonne brennt mir in den Augen und macht es mir fast unmöglich, nicht sofort loszuheulen. Doch ich will und kann diese Schwäche nicht zeigen. Das Schniefen meiner Mom hallt in meinen Ohren wider. Egal, wie sehr sie versucht, es zu unterbinden, es wird immer lauter und gesellt sich perfekt zu dem

Ballon in meinen Gedanken, der weiterhin nicht kleiner wird und alles Positive verdrängt und mehr Platz für all das Negative schafft. Auch mein Vater bleibt stumm. Dafür ist das raue Quietschen, weil er das Lenkrad zu fest umgreift, viel zu gut zu hören.

Stur blicke ich aus dem Fenster und versuche mit meinem in die Ferne streifenden Blick, einen festen Punkt zu fixieren. Ich schaffe es nicht. Immer wieder blinzle ich die aufsteigenden Tränen fort, die mein Innerstes auflösen wollen. Wenigstens einer von uns Dreien muss stark bleiben und versuchen, sich an die immer wieder aufflammende Hoffnung, die wie ein frisch angezündetes Streichholz Gefahr läuft, sofort zu verglimmen, zu klammern.

Mit jeder weiteren Kurve aus der Stadt hinaus werden die Häuser opulenter, dafür die Straßen mit den künstlich angelegten Vorgärten menschenleerer, bis wir auf die 115 Richtung Dartmoore biegen. Immer wieder fallen mir die Augen zu. Bevor wir gänzlich aus Perth hinaus sind, bekomme ich sie gar nicht mehr auf und die Gedanken um den Feind in meinem Körper verschwimmen endlich mit der Dunkelheit um mich herum.

Stetig schlägt mein Kopf sachte gegen die Scheibe, an der er lehnt. Mühselig blinzle ich. Ganz langsam wird das Bild vor mir schärfer. Es dämmert bereits und die Umgebung wird in ein wunderschönes oranges Licht getaucht. Um uns herum überwiegt immer noch die karge, trockene Fauna mit den nur spärlich mit grünen Blättern behangenen Bäumen und Sträuchern, weil der Regen fehlt. Ein Känguru hüpft auf die Straße zu. Ehe es diese überquert, sind wir schon an ihm vorbeigefahren und es verschwindet in der Staubwolke, die das Auto hinter sich herzieht. Mein Dad wird langsamer und biegt nach links ab. Unser Farmhäuschen, der Speicher und die Unterkünfte der Mitarbeiter und Gäste werden größer. Die Erinnerungen an den Termin in Perth und die Hiobsbotschaft kehren zurück. Die Tablette hat mich echt abgeschossen, weil ich die gesamte Fahrt verschlafen habe.

Ich versuche, mich so wenig wie möglich zu bewegen, damit meine Eltern nicht mitbekommen, dass ich wach bin. Keiner der beiden sagt etwas. Die Stille muss sie doch erdrücken. Sie füllt den wenigen Raum zwischen uns dreien aus und schnürt mir schon, wie zuvor in Perth, die Brust ein. Dabei bin ich gerade erst wach geworden und halte es schon nach wenigen Minuten nicht mehr aus. Wie müssen sie sich dann fühlen, wenn sie das bereits stundenlang ertragen?

Meine Mutter fährt sich dauerhaft, mit einem völlig durchweichten Taschentuch, über das Gesicht. Der Kloß in meinem Hals wird immer dicker. Die unabwendbare Gewissheit ist erneut greifbar. Durch die unbequeme Sitzposition, zu der ich mich zwinge, tut mir alles weh und ich schiebe meinen Po sachte auf dem Sitz hin und her, was auch meine innere Unruhe leicht besänftigt. Gleichzeitig werde ich immer nervöser. Mit jedem weiteren Meter schnürt sich mein Brustkorb mehr zu. Ich kann nicht mehr atmen, weil ich in keines der Gesichter meiner Eltern schauen und den tiefen Schmerz und die Angst sehen will, wenn wir aussteigen. Spätestens dann wird sich auch mein Eigener endgültig in mir manifestieren.

Wir fahren unter dem Schild mit der Aufschrift: Curtain-County-Ranch hindurch. Wenigstens wird mein Herz leichter. Erst jetzt, obwohl ich fast mein ganzes Leben hier verbracht habe, wird mir eines klar: Dies ist der einzige Ort, an dem ich sein und für immer bleiben will. An den ich, egal, was während der Therapie mit mir geschieht, zurückkehren werde.

Kurz bevor wir das Haupthaus der Farm erreichen, setze ich mich gerade hin, strecke mich, aber vermeide weiterhin den direkten Blick nach vorn.

»Soll ich ...«, beginnt meine Mom. Dabei schafft sie es so gar nicht, das Zittern in ihrer Stimme zu unterdrücken.

»... etwas zu essen kochen?«

»Ich habe keinen Hunger«, antworte ich missmutig und gleichzeitig etwas gereizt, stütze meinen Arm an der Scheibe ab, lege meinen Kopf in meine Hand und sehe weiter nach draußen. Dabei will ich gar nicht so klingen. Meine Mom trifft an meinem Zustand keine Schuld. Aber sie kann etwas dafür, diese traurige Stimmung weiter aufzubauschen. Die mir nicht hilft, sondern mir verdeutlicht, wie wenig Einfluss ich auf die kommenden Wochen und Monate haben werde – außer mir immer wieder gut zuzusprechen und zu hoffen, dass diese positiv geheuchelten Gedanken dazu beitragen, dass sich dieser

Krebs ins Nirwana verabschiedet und nie wieder kommt. Genauso habe ich es auch in meinem Tagebuch formuliert, dem ich schon vor ein paar Wochen meinen Verdacht anvertraut habe. Meine Finger kribbeln, weil ich dringend all meine Gedanken niederschreiben muss, damit sie aus meinem Kopf kommen und mich weniger belasten. Bisher weiß niemand außer meinen Eltern und mir davon. Ich habe es mich nicht getraut, es einer meiner Freundinnen anzuvertrauen, die mehr damit beschäftigt sind, sich in irgendwelche Musiker zu verlieben und zu überlegen, wie eine gemeinsame Zukunft aussehen könnte, die es nie geben wird. Der Wagen hält direkt vor der Veranda des Haupthauses, in dem wir wohnen, an. Links und rechts, wie in einer alten Westernstadt, stehen die anderen Gebäude und führen alle auf einen unebenen und meistens völlig ausgetrockneten Weg, über den man die anderen Gebäude mit nur wenigen Schritten erreichen kann.

Noch bevor der Motor gänzlich verstummt, reiße ich die Tür des Wagens auf. Meine Füße berühren den Boden und das Gefühl, in Sicherheit zu sein, breitet sich in meiner Brust aus.

Ich laufe los. Augenblicklich wirbelt der helle Staub, der durch den fehlenden Regen überall zu finden ist, auf und lässt mich fast wie in eine Rauchwolke gehüllt verschwinden. Sofort beginnt sich das Bild vor mir zu drehen und mir wird schlecht. Ich komme nicht weit und muss langsamer laufen. Von wegen, die Tablette macht nur müde.

»Cleo?«, ruft mir meine Mom flehend nach, als hätte sie Angst, dass wir uns nie wieder sehen. Der nächste Gedanke, der mir wie ein spitzes Messer direkt in die Brust sticht. Dabei brauche ich einfach nur etwas Zeit für mich, ohne diese erdrückende Schweigsamkeit, in der ich meinen eigenen Gedanken freien Lauf lassen darf, und ich meinen Frust eventuell in die Welt hinaus schreien kann.

Abrupt stoppe ich, atme tief ein und drehe mich um. Langsam hört der Drehschwindel auf. Dafür wird die Schwäche in meinen Gliedern stärker. Meine Mom steht nur wenige Schritte und mit einem Ausdruck auf dem Gesicht, den ich noch nie im Leben gesehen habe, von mir entfernt. Ihr blondes, welliges Haar wirkt in ihrem nur hastig zusammengesteckten Dutt kraftlos. Um ihre Fältchen an den Augen, weil sie bereits 49 Jahre alt ist, hat sich ein grauer Schatten gebildet. Nur ihr weiter beigefarbener Pulli und die Jeans zeugen davon, dass sie eine Farmerin und keine sich-alle-sorgen-der-welt-machende Mom ist. Dabei unterstreicht ihr Aussehen einmal mehr, wie wenig wir uns äußerlich ähneln, weil meine schwarzen glatten Haare nichts aus der Form zu bringen scheint. Dazu meine grün funkelnden Augen, während die meiner Mom braun strahlen.

So kann ich sie nicht zurücklassen. Nicht, ohne dass ich ihr sage, dass alles in Ordnung ist – auch wenn das nicht der Fall ist. Aber allein diese Lüge aus meinem Mund zu hören, wird ihr etwas Frieden verschaffen.

Ich zwinge mich zu einem Lächeln und gehe die wenigen Schritte zurück. Mittlerweile bin ich so groß, dass ich sie fast um einen Kopf überrage. Ich setze ihr einen Kuss auf die aschblonden Haare und kann nicht leugnen, dass ihr Geruch nach

Zitronenseife, die sie immer zum Abwaschen benutzt, mir ein weiteres Stück Sicherheit und Geborgenheit vermitteln. Zusammen mit dieser Farm fügt es sich langsam zu einem Mosaik zusammen. Am Ende, so hoffe ich, werden die Sonnenstrahlen, die mein Herz mit Hoffnung erfüllen, in den buntesten Farben glitzern.

»Es ist alles gut«, flüstere ich und versuche, dabei so entspannt wie möglich zu klingen, damit ich meine wahren Gefühle, die sie auf jeden Fall erahnen kann, nicht heraushört. »Ich hätte nur gern einen Moment für mich.«

Kaum merklich nickt sie und streicht dabei flüchtig über meinen Arm. Mein Dad, dem ich ansehe, wie sehr er um die eigene Fassung ringt, nickt mir zu. Wir beide haben uns schon immer ohne viele Worte auch so verstanden. Dabei liegt in seinem Blick immer eine Schwere, die ich noch nie geschafft habe zu deuten.

»Ich bin hier, wenn du reden möchtest«, sagt meine Mom.

Worte, die endgültig alle Dämme brechen lassen. Ich kann nicht mehr und die Tränen laufen über meine Wangen. Ich löse mich von ihr, drehe mich um und laufe, ohne nach links und rechts zu schauen, auf den Pferdestall zu, dessen Deckenlicht mir den Weg zu leuchten scheint, weil es als Kegel genau vor mir auf dem Boden strahlt.

Schon bevor ich vor der ersten Box innehalte, strömt der vertraute Geruch von Heu und Pferdemist in meine Nase. Das Wiehern der Pferde verschafft meiner aufgewühlten Seele … leider auch keinen Moment Frieden, weil ich so aufgelöst und innerlich zerrissen bin. Unwillkürlich – ja, fast schon wie eine einstudierte Geste – streiche ich mir über meine Brust. Sofort scheint aus ihr ein dumpfes Pochen zu kommen. Ich weiß, dass er da ist – dieser Knoten. Und ich wünschte, dass er längst herausgeschnitten worden wäre und mir mein Leben nicht weiter versaut. Wieder schließe ich die Augen und stelle mir vor, wie ich ihn wie eine lästige Mücke zwischen meinen Fingern einfach zerdrücke. Ich bin mir endlich sicher: Ich werde nicht aufgeben. Nicht heute und auch nicht morgen. Aber heute – und nur heute – werde ich die dunklen Gedanken und den kurzen Moment der Überforderung in mir zulassen.

Anstatt mich von den schmerzlichen Gedanken zu lösen, werden sie immer lauter. Sie überrollen mich und in mir explodiert die Wut und Trauer, die sich wie ein unvorhergesehenes Sommergewitter in mir entladen.

Ich öffne die Augen, schreie über den Gang und trete den Wassereimer vor mir um. Laut klimpert er über den Boden und bleibt am anderen Ende der Stallgasse liegen. Die Unruhe geht auf die Tiere über. Hufe knallen gegen die Türen der Boxen. Das Wiehern um mich herum wird zu einem durchgehenden Fiepen in meinen Ohren und die Schatten der Pferde scheinen auf dem Gang Fangen zu spielen. Ich reagiere nicht und warte, bis sie sich wieder beruhigen. Aber ich bin nicht beruhigt. Anstatt einfach nur etwas umzutreten, würde ich viel lieber etwas zerschlagen. Das gute Porzellan meiner Oma zerschmettern und wie ein bockiges Kind mit dem Fuß aufstampfen, bis der Schmerz durch das ganze Bein vibriert. Aber all das würde nichts daran ändern, dass mein Leben nie wieder so sein wird, wie vor dem Arztbesuch. Oder bevor ich dieses doofe YouTube-Tutorial zum Brustabtasten gesehen und durchgeführt habe – was am Ende nicht doof war, sondern mir unter Umständen das Leben gerettet haben könnte. Trotzdem ist es ...

»Das ist einfach so ungerecht!«, verselbstständigen sich meine Gedanken unkontrolliert. Unaufhörlich kreisen sie um diese Worte. Eine Endlosschleife, die ich nicht zum Stoppen bekomme, weil ich nicht verstehen kann, wieso das Schicksal solch ein Miststück sein kann. Wieso es meint, mir den Boden unter den Füßen wegzureißen, ohne dass es einen doppelten Boden gibt, der mich vor dem harten Aufprall schützt, oder zumindest den Fall abbremst.

Eigentlich müsste ich traurig sein, mich im Kummer ertränken und betäuben, in der Hoffnung, dass das hier nur ein Albtraum ist, den mir der letzte Cheeseburger, der mir übel aufstößt, verursacht hat. Aber dass der wahre Grund, weswegen ich dieses Stück Fast Food nicht vertragen habe, immer wieder in Wellen durch meinen Körper schießt, dafür habe ich einfach keinen Ausdruck. Stattdessen bin ich wütend. Wütend auf mein Leben, auf die Vorsehung oder sonst was, das mir das hier abverlangt. Dass mir das Leben mit allen Höhen und Tiefen, für die ich immer bereit war, nicht vergönnt ist. Dafür muss ich mit dem Loch vorliebnehmen, das sich direkt vor mir auftut und das Tor zu meiner persönlichen Hölle offenbart. Gerade will ich einfach nur, dass der Film in meinem Kopfkino reißt und endlich aufhört, mich mit immer schlimmeren Gedanken zu quälen. Ich am Ende mit nur einer Brust aufwache. Dass ich keine Frau mehr sein werde, weil man mir etwas nimmt, das mich ganz klar dazu macht. Nicht meine Haare, nicht mein Gesicht mit den Sommersprossen. Nein, das, was ich so gern in einen BH stecke, nach oben pushe, damit Steve von der Richmore-Farm auch ja zweimal auf mein Dekolleté, das ich in meiner Karomusterbluse extra betone, schauen muss, wenn wir unsere Wolle bei ihm und seiner Familie abladen.

Sofort halte ich inne. Laut fange ich an zu lachen, lehne mich gegen die kalten Eisenstangen des Gatters hinter mir und fahre mir durch die Haare. Was für schwachsinnige Gedanken. Wie oberflächlich ich doch geworden bin, wenn mich so etwas noch interessiert, obwohl viel mehr auf dem Spiel steht. Ich sollte mich eher fragen, was nach der Operation aus mir wird. Hat der Krebs eventuell schon gestreut? Bekomme ich ein Implantat eingesetzt oder kann ich überhaupt noch all das erleben, was man in meinem Alter erleben möchte? Ich habe keine Ahnung. Die hat keiner, solange man diesen Fremdkörper, dieses Geschwür, nicht aus mir herausgeholt und untersucht hat.

Eine samtige Schnauze pustet mir warme Luft in den Nacken und ich drehe mich um. Fiore, mein schwarzer Hengst, sieht mich mit seinen großen schwarzen Augen an. Leicht sind seine Lider nach vorn geschoben, als würde er meinen Schmerz und meine Wut fühlen können.

»Hey«, sage ich süßlich und streiche ihm über die Nüstern. Sofort löst sich wenigstens etwas meine Anspannung. Die nächsten Tränen fließen unkontrolliert und benetzen das Fell meines Pferdes, als ich meine Stirn gegen seinen Nasenrücken sinken lasse.

Was ich jetzt benötige, wäre ein Ausritt, bei dem mir der Wind hart ins Gesicht peitscht und alles betäubt, was mich beschäftigt. Aber in meinem jetzigen Zustand brauche ich es gar nicht erst zu versuchen, weil ich unterwegs zusammenklappen würde. Deshalb greife ich nach der Bürste, gehe in die Box, beginne sein Fell zu striegeln und warte darauf, dass sich meine Gedanken in dem gleichmäßigen Geräusch seiner Atmung verfangen und ich wenigstens für ein paar Minuten echten Frieden verspüre.

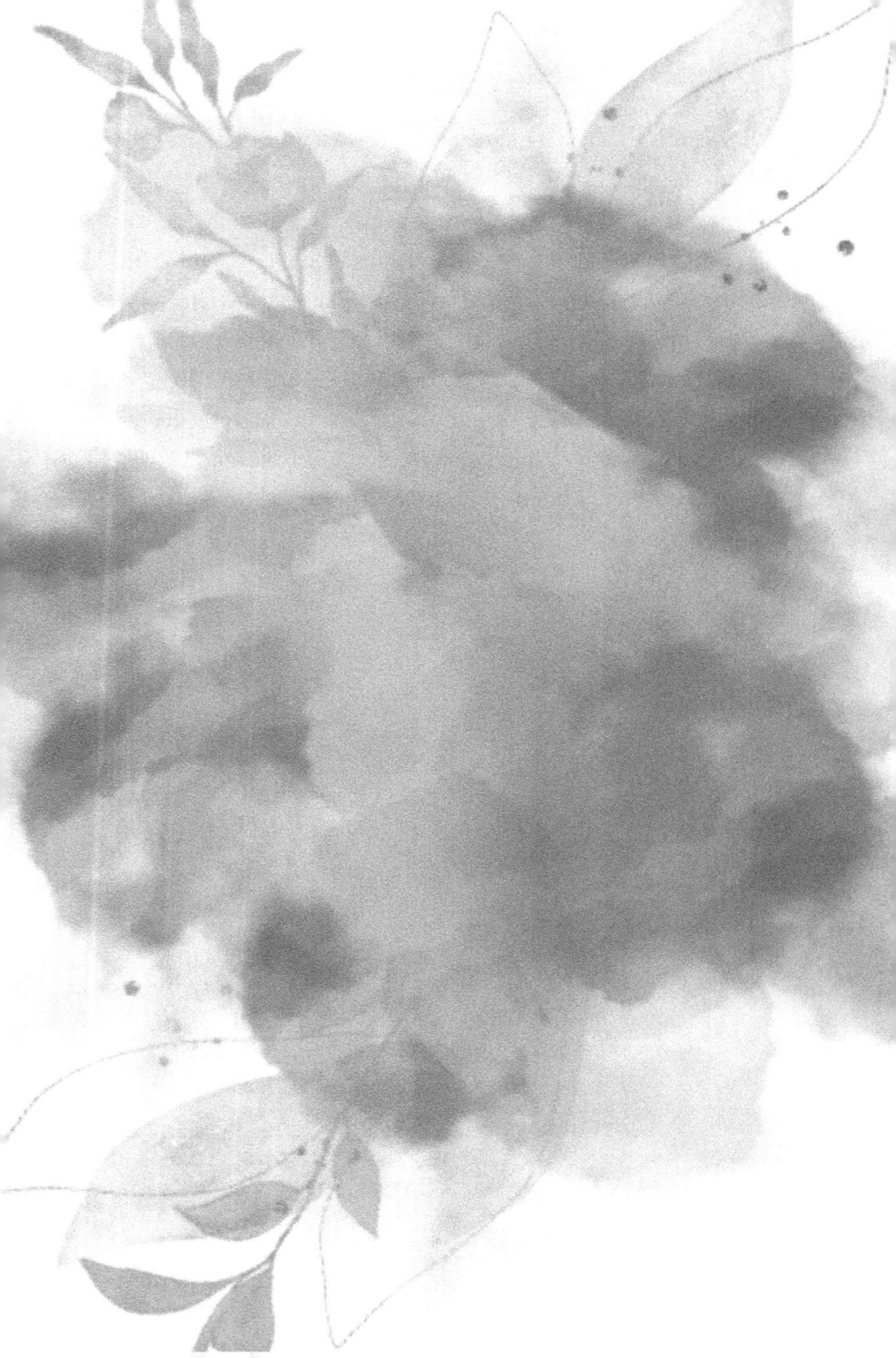

2

Wie jeden Abend in den letzten zwei Wochen gehe ich mit Fiore den mit Schlaglöchern gespickten Feldweg entlang, weil ich wegen der Tabletten nicht sattelfest bin. Die Führungsleine liegt nur locker zwischen meinen Fingern und ich genieße den lauwarmen Wind, der mir zwar nicht ins Gesicht peitscht, aber es zumindest umspielt.

Heute laufe ich extra langsam und kann den Weg in der Finsternis nur noch erahnen. Es ist vorerst meine letzte Runde, denn morgen muss ich zurück nach Perth, wo ich kaum einen Stern am Himmel sehen werde, weil es auch in der Nacht viel zu hell und Dunkelheit ein Fremdwort ist.

Wir biegen den Weg zurück zur Farm ein. In der Ferne blitzen Scheinwerfer auf, deren Lichtkegel immer größer werden. Mit Fiore bleibe ich am Rand stehen. Das Auto schnellt an mir vorbei und lässt mich in der Dunkelheit zurück. Ich sehe ihm nach, wie es zu unserer Farm abbiegt. So spät noch neue Gäste?

Meine Schuldgefühle verstärken sich. Meine Eltern haben bisher so viel nebenbei klären müssen. Das wird auch die kommenden Wochen und Monate nicht besser. Und jetzt müssen sie die Gäste schon nach Einbruch der Nacht aufnehmen, um überhaupt noch hinterherzukommen. Aber diese Gedanken muss ich abblocken, ehe ich an ihnen zerbreche.

Ich laufe weiter und betrete die Farm von der anderen Seite, sodass es zum Pferdestall nicht weit ist. Dankbar, wieder hier zu sein, weil ich nach dem langen Spaziergang und dank der Tabletten erledigt bin, betrete ich die Stallungen. Miguel kommt gerade aus einer der Boxen und schließt das Gitter.

»Na du kleiner Windfang«, begrüßt er mich mit seinem Zahnpastalächeln, das bei seiner braun gebrannten Haut und dem grellen Licht der Leuchtstoffröhren wie das Leuchtfeuer Gondors wirkt.

Nach zwei schnellen Schritten steht er vor mir und nimmt mir die Zügel aus der Hand. Innerlich atme ich auf. Jetzt muss ich nur noch ins Haupthaus gehen und mich ins Bett fallen lassen. Mehr werde ich heute nicht mehr schaffen – wenn nicht meine Eltern zu Hause sitzen und auf mich warten würden, um zu fragen, ob es mir gut geht – so wie sie es jeden Tag mindestens zweimal tun.

»Wenn ich wenigstens der Wind wäre, dann könnte ich kommen und gehen wie es mir gefällt und niemanden würde es stören«, antworte ich genervt, weil ich genau weiß, dass er nur noch hier ist, weil meine Eltern ihn darum gebeten haben, ein Auge auf mich zu haben. Schon seit der ersten bitter schmeckenden Tablette vor vierzehn Tagen, merke ich, wie meine Kraft mit jedem Tag schwindet. Selbst an meinem Schriftbild in meinem Tagebuch erkenne ich es, weil ich noch nie so verwackelt geschrieben habe.

Verschmitzt, weil er meine Gedanken zu lesen scheint, lächelt er mich an. »Deine Eltern haben sich schon bei mir erkundigt, wann du heute zurückkommst«, antwortet er und sticht damit genau in die Wunde, die eigentlich keine sein sollte. Und dafür schäme ich mich – irgendwo tief in mir drin, wenn ich nicht ständig deswegen gereizt wäre. Noch so eine tolle Nebenwirkung dieser reizenden Tabletten.

Ich weiche seinem Blick aus, denn ich habe diese Kontrolle satt. Dabei weiß ich selbst, dass es meine Eltern nur gut meinen. Aber ich will einfach meine Freiheit behalten, die sie mir mit jedem weiteren Tag abzusprechen scheinen. Immerhin melde ich mich immer bei Miguel ab und sage, wann ich ungefähr zurück bin, oder nehme jemanden mit. Doch heute hatte ich dazu keine Lust.

»Ich bin achtzehn und werde es durchaus schaffen, ein paar Stunden ohne Aufpasser auszukommen«, gebe ich zickig von mir und drehe provokativ den Kopf zur Seite. »Früher ging das doch auch immer.«

»Ich weiß.« Seine Hand landet auf meiner Schulter. Ich drehe mich um und sehe hoch zu Miguels verständnisvollem Blick, bei dem sich zu dem Lächeln auch etwas Wehmut mischt. Nur das Grübchen an seinem Mund scheint nie zu verschwinden, mit dem er bestimmt jede der Mitarbeiterinnen um den Fingern wickelt und hier im Stall noch andere Dinge tut, als nur die Pferde zu pflegen. Bei diesem Gedanken steigt mir unkontrolliert die Hitze in meine Wangen. Vielleicht sollte ich ihn einfach fragen, ob er mir zeigt, was er mit ihnen macht und ich endlich weiß, ob ich bis jetzt etwas verpasst hätte. Mit einer aufregenden Geschichte im Gepäck die nächste Etappe schultern, damit ich wenigstens das noch erlebt habe, ehe ich ...

»Doch du kennst sie«, redet er unaufgeregt weiter und holt mich aus meinen unangebrachten Vorstellungen. »Sie machen sich nur Sorgen und wollen dein Bestes.

Gerade jetzt, wegen ...«

Die Überlegung an Sex verflüchtigt sich und wird durch die Wut, wieder daran erinnert zu werden, wie scheiße momentan mein Leben ist, ersetzt.

»Danke«, falle ich ihm ins Wort, »dass du mich daran erinnerst. Ich hatte schon Angst, ich könnte es vergessen. Immerhin höre ich dieses Thema nur ungefähr zwanzig Mal am Tag«, zischle ich genervt und verschränke bockig die Arme vor dem Oberkörper.

Aus dem verständnisvollen Blick wird erneut ein sanftes Schmunzeln, weil er einfach zu gut weiß, wie sehr ich diese Kontrolle verabscheue. »Du nimmst die Tabletten erst seit ein paar Tagen und trotzdem sind deine Augenringe deutlich zu sehen, also tu nicht so, als würde es dir gut gehen.«

Als hätte er mein streng gehütetes Geheimnis herausgefunden, kaue ich auf meiner Unterlippe herum.

»D-das wird wieder besser«, stottere ich. »Das ist nur die Gewöhnung und dann wird alles wieder gut«, rede ich mir meine eigene Lüge schön, obwohl die Verpackungsbeilage etwas ganz anderes prophezeit. Aber ich war noch nie der Typ, der sich davon einlullen ließ.

Miguel nickt Richtung Haus. »Na dann, du Kämpferin. Für heute ist Schluss, ab mit dir ins Haus.«

Ohne Widerworte nicke ich, drehe mich um und laufe gemütlich zum Haupthaus. Der alte Speicher ist bereits geschlossen und im Nebenhaus dringt das Gelächter der Farmarbeiter in die Nacht hinaus. Sehnsüchtig sehe ich zu den hell erleuchteten Fenstern, hinter denen sich dunkle Schatten bewegen. Heute pokern sie bestimmt wieder. Und ich versauere im Haupthaus, weil ich etwas essen und dann ins Bett soll, damit ich mich auch ausreichend ausruhe. Schon bei dem Gedanken rolle ich mit den Augen.

Ich verstehe die Reaktion und Fürsorge meiner Eltern, nur will ich es nicht. Ich scheine alt genug für Krebs zu sein? Dann bin ich auch alt genug, um zu wissen, was mir guttut. Aber wenn ich mit dem Befolgen dieser simplen Regeln und Wünsche besonders meiner Mom etwas Sorge abnehmen kann, werde ich ihr gut gemeintes Betüdeln über mich ergehen lassen.

Mein Blick schweift weiter. Gleich daneben befindet sich unsere kleine Pension. Dort sitzen einige der Gäste auf der spärlich beleuchteten Veranda und dösen. Eine Frau mit schwarzen Boots und einem schwarzen Cowboyhut mit Fransen, die hier ihren Traum vom Cowgirl lebt, kommt gerade mit zwei Eistees aus dem Haus und nickt mir zu, was ich erwidere. Anstatt meinem üblichen Small Talk, den ich gern führe, beschleunige ich mein Tempo, weil mir heute nicht danach ist.

Das Haupthaus ist nur wenige Schritte entfernt. Davor steht ein schwarzer Van, der meine Aufmerksamkeit auf sich zieht. Es muss der sein, der vorhin an mir vorbeigefahren ist. So spät nehmen wir eigentlich keine neuen Gäste mehr auf, um die idyllische Atmosphäre, die sich mit dem Beginn des Sonnenuntergangs wie ein Schleier über die Farm legt, nicht zu stören. Aber wer weiß, wer sich angekündigt hat und uns dadurch die Kassen voll spielt, weil wir aktuell nur auf halber Leistung laufen, wegen ... mir. Wieder schiebe ich die dunklen Gedanken, weil meine Eltern durch mich so viel mehr Arbeit haben, zur Klippe in meinem Kopf. Nur schaffe ich es nicht, sie auch hinunterzustoßen, weil sie zu stark sind.

Beim Vorbeilaufen betrachte ich das Auto etwas länger. Es steht Sydney am Kennzeichen. Der Anfahrtsweg war weit. Immerhin befinden wir uns auf genau der anderen Seite des Landes. Wahrscheinlich ist es so ein Möchtegernfirmenboss aus der Großstadt, der hier versucht, seine wilde Cowboyseite auszuleben, bis er das erste Mal vom Pferd fällt und ein Pflaster auf seinem Knie haben will.

Hinter dem Steuer sitzt der Fahrer in einem schwarzen Anzug und beäugt mich argwöhnisch. Ich nicke verhalten und laufe, ohne ihm weiter Beachtung zu schenken, an ihm vorbei und die Stufen zur kleinen Veranda hoch. An der Lampe über dem Hauseingang schwirren Motten um das Licht und verbrennen sich in unregelmäßigen Abständen die Flügel. Gerade trudelt eine von ihnen neben mir zu Boden. Ich öffne die Tür, schlüpfe aus meinen Reitstiefeln und will gleich in die Küche, in der meine Tabletten liegen, die ich immer pünktlich um acht nehme.

»Mom? Dad? Ich bin wieder da«, rufe ich in den Flur hinein. Keiner antwortet. Ich schließe die Tür.

»Es ist so lange her. Geh jetzt bitte wieder«, höre ich jemanden flüstern. Die Stimme scheint aus dem Esszimmer zu kommen, das sich links unter dem Treppenaufgang befindet. Langsam laufe ich darauf zu, bis ich am Türrahmen innehalte und auf meine Eltern blicke. Sie stehen mit dem Rücken zu mir und sehen zu einem breitschultrigen Mann mit langem schwarzem Mantel, unter dem ein schwarzer Maßanzug hervorblitzt. Neben ihm steht ein Typ mit ähnlichem Anzug und vor dem Körper verschränkten Armen und versperrt den Weg in die Küche, die sich daneben befindet.

Ein eiskalter Schauer jagt mir über den Rücken, sodass sich sogar meine Nackenhaare aufstellen. Wenn ich es nicht besser wüsste, wirkt er wie der Geldeintreiber aus den alten schwarz-weiß Filmen, die ihr Schutzgeld in der Stadt eintreiben oder ansonsten den Kopf des Lieblingshaustieres im Bett platzieren. Sofort richtet der Mann im Anzug seine Aufmerksamkeit auf mich. Als hätte er einen Schatz gefunden, fixieren mich seine kalten Augen, und der Schauer auf meinem Rücken dehnt sich zu einem Katzenbuckel aus, den ich vehement unterbinde.

»Hallo Cleo«, begrüßt er mich mit einem selbstgefälligen Lächeln auf den Lippen, bevor er leicht den Kopf schief legt und damit eine Narbe, die sich über seine linke Wange zieht, entblößt. Seine tiefe, berechnend klingende Stimme, in der auch ein Hauch Arroganz mitschwingt, geht mir durch Mark und Bein.

»Guten Abend«, erwidere ich die Begrüßung. Immerhin habe ich zeitig gelernt, dass man zu den Kunden immer nett sein soll, damit sie wiederkommen oder ihren Freunden vom tollen Service und der Gastfreundschaft berichten, damit auch sie einen Aufenthalt bei uns buchen – allerdings würde ich dieses Verhalten bei diesem Typen gern verlernen.

Langsam dreht sich meine Mom zu mir um. Alles an ihr ist angespannt – Schultern, Gesicht, selbst die Hände ballt sie zu Fäusten. Aber wieso? Es ist doch nur ein Gast, der – ich gebe es zu – merkwürdig adrett für einen Outbackurlaub aussieht, aber das hat uns noch nie gestört.

Sie zwingt sich zu einem Lächeln. »Cleo, geh doch schon mal hoch und mach dich frisch. Wir essen dann gleich«, sagt sie viel zu aufgesetzt. Mein Vater lässt den Mann in Schwarz keine Sekunde aus den Augen. Der Gedanke, dass sein Gewehr im Schrank unter der Treppe hängt und er es brauchen könnte, setzt sich immer stärker in meinem Kopf fest.

Was ist hier los? Diese gesamte Situation wirkt mehr als merkwürdig. Selbst der Wunsch, heute noch in mein Tagebuch zu schreiben, rückt in weite Ferne.

Trotzdem nicke ich zustimmend. Irritiert wende ich mich meinem Vater zu, der immer noch den Mann anstiert, als hätte er Angst, dass er gleich losspringen und ihm, wie ein Löwe in der Savanne dem Gnu, die Kehle durchbeißt.

Mit diesen gemischten Gefühlen verlasse ich die Situation und laufe bis zum Ende des Flurs, um die Treppe nach oben zu gehen. Doch unten am Absatz, mit einer Hand auf dem spröden Geländer, bleibe ich stehen und versuche, das alles einzuordnen.

Das gefällt mir nicht. So angespannt habe ich meine Eltern noch nie erlebt – nicht einmal wegen meiner Diagnose. Haben sie wirklich Schulden und ist das der Eintreiber, der jetzt die fälligen Beträge von ihnen haben will?

Die Gedanken, die ich bisher versucht habe zu ignorieren, werden immer lauter.

Darüber habe ich noch nie nachgedacht. Wenn diese Sorgen sie zusätzlich belasten, verstehe ich immer besser, wieso sie so erpicht darauf sind, dass es mir gut geht. Aber ich bin achtzehn. Irgendwann will ich die Farm übernehmen. Da können sie mir doch nicht solche Probleme verheimlichen.

»Sie ist groß geworden und verdammt hübsch«, höre ich erneut den Mann mit seiner tiefen Stimme sagen, der mich damit zurückholt. Es klingt fast so, als würde er in Gedanken schwelgen. In glücklichen Momenten und nicht im Hier und Jetzt.

Ich beuge mich so weit herüber, dass ich bis zur Haustür sehen kann. Die Silhouetten meiner Eltern erstrecken sich bis auf den Flur. Was meint er damit, dass ich groß geworden bin? Kennt er mich etwa? Kenne ich ihn?

»Euch zu finden war nicht einfach. Ihr habt euch echt gut getarnt. Aber ich denke, damit ist jetzt Schluss.«

Meine Eltern schweigen. Jedenfalls kann ich sie nicht hören. Dafür ist ein merkwürdiges Klicken umso lauter.

»Keyce, bitte. Lass uns darüber reden«, sagt mein Vater.

Wie von allein verkrampft sich meine Hand am Holz.

»Bitte tu das nicht«, fleht meine Mom. »Wir haben uns seit dem Moment nie wieder etwas zuschulden kommen lassen.«

Für einen Moment stehen meine Gedanken still. W-w-was reden die da bloß? Mein Körper beginnt zu zittern und ich weiß nicht wieso. Immer mehr beschleicht mich das Gefühl, dass der Mann nicht wegen irgendwelcher Schulden hier ist. Langsam drehe ich mich um. Fast wie an Fäden geführt, mit dem Wind im Rücken, laufe ich zurück zur Tür. Meine Uhr vibriert. Es ist acht. Höchste Zeit für meine Tablette, aber die ist gerade nebensächlich.

»Wir lieben sie«, mischt sich mein Vater wieder ein.

Verdammt noch mal! Was geht hier nur vor?

»Das glaube ich euch sofort. Trotzdem war euer Weg nicht richtig. Ihr habt alles zerstört. Habt einen Scherbenhaufen zurückgelassen, den niemand kitten konnte.« Es klickt ein weiteres Mal. »Aber ihr müsst euch keine Sorgen machen, ab jetzt kümmere ich mich um sie.«

E-er k-kümmert sich um ... mich? Mir wird schlecht.

»Nein, bitte, sie ...«

Ein Schuss unterbricht meinen Vater. Dumpf fällt etwas Schweres zu Boden und einer der Schatten verschwindet. Wie angewurzelt bleibe ich stehen. Irgendetwas zerbricht in mir. Meine Mom schreit auf. Ihr Schatten bewegt sich. Sie scheint sich hinzuknien. Alles in mir erstarrt zu Eis. Meine Gedanken sind ein Wirbelsturm. Obwohl ich nur erahne, was vorgefallen ist, stehen mir die Tränen in den Augen.

Schritte werden lauter.

»Bitte«, fleht meine Mom erneut. »Tu ihr das nicht an. Nimm ihr nicht ...«

Ein weiterer Schuss folgt. Ich zucke zusammen und die Tränen laufen unaufhaltsam über meine Wangen. Meine Gedanken scheinen zu wissen, was gerade vorgefallen ist, aber lassen die unwiderrufliche Erkenntnis nicht bis zu meinen Synapsen durch. Meine auf Stelzen gestützte Welt bekommt einen Knacks und droht einzustürzen.

Als wäre der Schuss das Signal zum Start gewesen, laufe ich auf meinen wackeligen Beinen, die jede Minute drohen nachzugeben, los und komme an der Tür zum Esszimmer an, an deren Rahmen ich mich festhalten muss. Wie in Zeitlupe überblicke ich das Bild vor mir. Meine Mom liegt zusammengesackt auf dem leblosen Körper meines Vaters. Das abgenutzte Parkett darunter wird zu einem See aus Blut, den auch der weiße Flickenteppich nicht halten kann. Die Übelkeit kriecht meine Kehle hinauf. Meine Welt – das dünne Gerüst, das sie im

Moment ist - verschwindet wie die Welle, die sich am Strand bricht und eins mit der gefühlten Unendlichkeit der Meere wird.

Trotzdem will sich das Bild vor mir nicht erschließen. Wieso liegen sie da auf dem Boden? Wieso ist da alles rot und wieso bewegt sich keiner von den beiden mehr? Sie müssen doch atmen. Ich schlucke angestrengt gegen den Kloß in meinem Hals, der mir, zusammen mit dem einschnürenden Gefühl in meiner Brust, die Luft nimmt. Ihr Brustkorb müsste sich von allein heben und senken. *Wieso verdammt tut er das nicht!* Wieso ...

Ein weiterer Schatten regt sich. Es räuspert sich jemand, aber mir fällt es schwer, mich von dem Anblick zu lösen, der mir den Boden unter den Füßen wegzieht.

»Es tut mir leid, Cleo ...«

Als müsste ich den Klebestreifen, mit dem meine Augen auf dem Bild meiner leblos daliegenden Eltern festgeklebt wurde, abreißen, blicke ich wie in Zeitlupe auf.

»..., dass du das mit ansehen musst.«

Heftig gegen die Tränen blinzelnd, sehe ich zu dem Mann, der eine Waffe an den zweiten Mann übergibt. Mein gesamter Körper zittert. Ich bin unfähig, etwas zu sagen, etwas zu fühlen, geschweige denn mich zu bewegen. Ich bekomme die Situation nicht erfasst, als hätte jemand die Schotten geschlossen und mir damit die Möglichkeit genommen zu schauen, was auf der anderen Seite der Mauer geschieht.

»Aber das hier war bereits viel zu lange nötig.« Der zweite Typ im Anzug steckt die Waffe weg und kommt zielsicher auf mich zu.

»Aber jetzt wird alles gut. Wir gehen dorthin, wo du hingehörst«, sagt der Mann im Anzug einfach weiter, als wäre hier nichts geschehen. Als hätte er nicht gerade meine Eltern umgebracht und mir damit alles genommen, was mir in dieser kalten und herzlosen Welt noch Halt gegeben hat.

Der Mann mit der weggesteckten Waffe streckt seine Hand nach mir aus. Und jetzt will er mich ... mitnehmen? Dorthin, wo ich hingehöre? Aber ich gehöre hierher. Nirgendwo anders. Meine Lippen beben. Kaum merklich schüttle ich den Kopf und sehe immer wieder flüchtig zu meinen Eltern.

»Nein.« Mit jedem Schritt, den er auf mich zukommt, beschleunigt sich meine Atmung. Langsam weiche ich nach hinten aus. Jeder Schritt schmerzt, denn er führt mich weg von meinen Eltern, denen ich helfen will. Einen Krankenwagen rufen, Erste Hilfe leisten oder Miguel, der noch bei den Pferden sein müsste, um Hilfe bitten. Irgendetwas tun, damit ich mich nicht völlig nutzlos fühle, obwohl mein Innerstes genau weiß, dass davon gerade nichts Priorität hat, weil es zu spät ist.

Gerade kann ich nur noch eins tun. Der Mann im Anzug richtet seine Krawatte und kommt ebenfalls auf mich zu.

»Ich erkläre dir alles. Versprochen«, sagt er seelenruhig. Wie kann er nur so eiskalt sein? Was ... ist ... nur ... passiert? Immer noch schüttle ich den Kopf.

»Nein.« Zu mehr bin ich nicht mehr fähig.

Als würde ihm die Geduld für mich fehlen, seufzt er. »Ich lasse dir ohnehin keine andere Wahl.«

Die Schritte seines Lakaien werden größer. Kurz stolpere ich, sehe erneut zu meinen Eltern, die weiterhin regungslos am Boden liegen und die mir nicht mehr helfen können. Die mir nicht mehr die Sicherheit geben, die ich in den kommenden Wochen benötige.

Sie ... werden ... mir ... gar ... nichts ... mehr ... geben ... können. Die pure Angst, nicht zu wissen, wieso meine Eltern tot sind oder mich dieser Typ mit sich nehmen will, kriecht in jeden Winkel meines Körpers. Aber ich bin auch nicht in der Lage zu erfragen, was hier los ist. Wahrscheinlich würde er es mir nicht einmal sagen.

Meine Eltern sind tot. Diese Worte kreisen wie die Sterne bei Cartoonfiguren um meinen Kopf, in dem es schlagartig explodiert und das Adrenalin, das meine klaren Gedanken verdrängt, den Fluchtreflex in mir auslöst.

»NEIN!«, hallt meine Stimme durch das Haus. Als würde sich mein Körper selbstständig machen, drehe ich mich um.

Eine Hand schließt sich um meine Schulter, die ich hastig wegdrücke, über den Teppich im Flur strauchle und in Richtung Haustür stürme.

»Halte sie auf!«, brüllt der Typ hinter mir.

Ohne darüber nachzudenken, stoße ich die Holztür auf. Der Fahrer des Vans ist ausgestiegen und versperrt mir den direkten Weg. Ich biege scharf links ein und springe über den flachen Zaun der Veranda. Meine nackten Füße berühren den

Boden und die spitzen Steinchen drücken sich schmerzhaft in meine Haut. Doch das ignoriere ich.

Der breite Streifen, der beide Seiten der Farm trennt, füllt sich mit den Gästen und Arbeitern. Ihr dumpfes Murmeln durchbricht die Stille, in der man sonst nur die Grillen zirpen hört. Doch für niemanden habe ich einen Blick übrig. Ich drehe weiter nach links ab, an der Seite des Haupthauses entlang, in die Dunkelheit vor mir. Ein weiterer Schuss folgt. Dann noch einer und noch einer. Mit jedem zucke ich erneut zusammen, bin zurück in der eben durchlebten Situation und sehe die leblosen Körper meiner Eltern vor mir. Immer wieder verschwimmt meine Sicht. Scheinwerfer beleuchten meinen Weg und scheinen mich zu verfolgen. Also renne ich noch schneller. So schnell, dass es anfängt, in meiner rechten Seite schmerzhaft zu ziehen. Doch das alles ist egal. Ich will nur eins: weg. Das Licht der Scheinwerfer wird schwächer. Ich habe keine Ahnung in welche Richtung ich renne.

Die nächsten Schüsse sind nur noch ein leises Donnern, bei denen ich das Aufleuchten der Blitze nicht einmal mehr sehen kann.

Mein Kopf ist leer. Ich renne, ohne zu wissen, wohin ich soll. Der Wind peitscht mir ins Gesicht und ich verfluche mich selbst, dass das in den letzten Wochen mein Wunsch gewesen war, denn ich bezahle ihn teuer. Vor und hinter mir herrscht nur noch Dunkelheit. Allein meine schnelle und unregelmäßige Atmung durchbricht die Stille um mich herum. Ich weiß nicht einmal, wie lange ich schon renne, denn alles, was zählt und mich antreibt, ist der Wunsch so weit weg wie möglich, von diesem Mann zu kommen, der mir an nur einem Abend alles genommen hat, was mir wichtig ist.

Immer wieder blicke ich mich flüchtig um, ob mir jemand folgt, ich Lichter sehe, die wild durch die Nacht schwingen oder sonst etwas darauf schließen lässt, dass man mich schnappen könnte.

Abrupt knalle ich gegen etwas Metallisches, drücke mich durch den Schwung, den ich mitbringe, dagegen, bis die Spannung mich zurückwirft und ich unsanft auf dem trockenen Boden lande. Schwer nach Luft ringend, versuche ich mich zu orientieren und blicke mich hastig um, bis ich vor mir etwas schwach glitzern sehe. Der Zaun unserer Grundstücksgrenze wird vom seichten Mondlicht angeleuchtet. Auf allen vieren krieche ich daran entlang, denn ich habe keine Kraft mehr. Als würde mich der Sensenmann höchstpersönlich verfolgen, suche ich verzweifelt nach einer Lücke. Einem kleinen Schlupfloch und wenn nicht, werde ich gleich anfangen zu graben, um zu entkommen. Für nichts anderes sind meine Gedanken und mein Körper bereit.

Der Zaun verändert sich. Ich stoppe und fühle die Stelle ab, die sich als Schlitz im Metall entpuppt. Ich schlüpfe darunter hindurch. Die scharfen Kanten ritzen mein Shirt auf und durchbohren meine Haut. Ich unterdrücke den Schmerzensschrei und winde mich weiter, bis ich auf der anderen Seite hinauskrieche, aufstehe und einfach weiter, eine Böschung hinaufrenne, die wie die Besteigung des Mount Everests wirkt. Die letzten Meter halte ich mich am trockenen Gras und vereinzelt greifbaren Sträuchern fest.

Kaum bin ich oben angekommen, fehlt mir die komplette Luft. Doch ich trieze mich selbst unaufhörlich weiter. Japsend laufe ich weiter, werde aber immer langsamer. Gleichzeitig kann ich kaum mehr etwas vor oder hinter mir erkennen. Die Nacht nimmt mir die gesamte Sicht und ich kann den Weg nur noch erahnen. Aber es gibt kein Licht und keine Schussgeräusche, die mich weiterverfolgen. Nur das Zirpen der Grillen und den Lockruf der Eule, die in den Bäumen um mich herum sitzen muss. Deswegen halte ich inne, stemme die Hände in die Seiten und hole tief Luft. Augenblicklich krampft sich mein Magen zusammen. Meine Kehle brennt und ich würge nichts als Galle hoch. In meinem Kopf regiert der Wahnsinn. Ich kann keinen Gedanken greifen und weine ununterbrochen.

Wieso? Das ist das einzige Wort, das Bestand hat. Meine Beine arbeiten von allein. Ich laufe weiter durch die Dunkelheit, die mein Herz erfüllt und mir jegliche Hoffnungen auf ... was auch immer nimmt.

Der Boden verändert sich. Er ist nicht mehr uneben, sondern rau und härter. Ich sehe nach links. Doch da ist nur Finsternis. Kaum drehe ich mich nach rechts, werden Lichter heller und mein Puls beschleunigt sich.

Sie haben mich gefunden!

Ich springe zur Seite, komme falsch mit meinem Fuß auf und falle in den Staub, der sich auf meine Zunge legt und sich gleichzeitig in meiner Lunge sammelt.

Der Wagen hält an.

Das ist mein Ende. Ich drücke meine Beine in die Erde und versuche nach hinten wegzurutschen.

Das Licht des Innenraums fällt auf mich. Es steigt jemand aus. Ich resigniere und drehe mich mit starrer Miene direkt dem Licht zu.

Ich ...

Ein Schatten beugt sich über mich.

»Geht es dir gut?«, fragt eine weibliche Stimme. Ich sehe auf, aber antworte nicht, während weiterhin die Tränen über mein Gesicht laufen.

Ihr Blick, den ich im schwachen Licht nur erahnen kann, wird immer fragender, bis sie sich zum Auto herumdreht.

»Carlos«, ruft sie über die Schulter hinweg. Abermals wird es kurz dunkel. Dann taucht eine zweite Person auf, die mich argwöhnisch betrachtet. Unruhig sehe ich zwischen den beiden Hin und Her und weiß, dass ich es ohnehin nicht schaffen würde, abzuhauen. Die Frau streckt mir die Hand entgegen. Sofort zucke ich zusammen, versuche immer noch, nach hinten auszuweichen, und lege schützend einen Arm über meinen Kopf.

»Es ist alles in Ordnung. Ich bin Stella.« Sachte drückt sie meinen Arm hinunter, sodass ich sie ansehen muss. »Komm.« Noch einmal streckt sie mir ihre Hand auffordernd entgegen.

Die letzten Erlebnisse drängen sich immer wieder in meine Gedanken. Selbst die Schüsse scheinen mich zu verfolgen, weil sie wie ein Echo in meinen Ohren klingeln. Alles in mir sucht eine Zuflucht. Einen Ort, an dem ich mich für einen Moment sicher fühle und der sich vor mir eröffnet. Deswegen ergreife ich mit meinen zitternden Fingern ihre Hand, die meinen rettenden Strohhalm darstellt.

Der Mann neben ihr greift nach meiner anderen Hand, zieht mich hoch und stützt mich bis ins Auto. Kaum sitze ich, schließen sich die Türen und das Auto fährt los. In die andere Richtung. Weit weg von der Farm und meinen toten Eltern.

3

Ich stehe im Keller meines Hauses. Die Lampe über mir flackert und muss dringend ausgetauscht werden - am besten gestern schon.

Nach einem ausgiebigen Zug an meiner Zigarette, blättere ich die Lieferscheine durch und überprüfe, ob auch wirklich alles angekommen ist, was ich bestellt habe. Dieses Mal sind mehrere Mädchen aus Singapur und Korea dabei, denen meine Männer ein besseres Leben versprochen haben. Jung und unverbraucht, wie es meine Kunden am liebsten haben. Schon allein bei dem Gedanken kann ich nicht aufhören, dreckig zu grinsen. Ein besseres Leben - für mich, wenn ich ihre kindlichen Körper an den Höchstbietenden verkaufe, oder sie als Frischfleisch in meinen eigenen Clubs verheize.

Weinend sitzen sie in einer Reihe vor mir. Flehen in einer Sprache, die ich nicht spreche und auch nicht verstehen will, um irgendetwas, das ich ihnen nicht geben werde.

Die, die sich gerade vor mir befindet, schreit auf, als ihr einer der Lieferanten das Shirt vom Körper reißt und sie nur noch im Slip vor mir kniet. Zitternd wackeln ihre viel zu kleinen Brüste hin und her, die für meine Ansprüche nichts taugen. Erneut ziehe ich an der Zigarette und nicke nach links. Franco, der die Ware morgen verteilt, setzt den Stempel auf die schwarze Farbe und verpasst ihr einen Abdruck auf die rechte Brust. Mikosh, mein Bodyguard, der neben mir steht, tritt vor, greift nach ihrem Arm und zieht sie weinend mit sich, bis sie an den Gitterstäben am anderen Ende des Kellers ankommen, wo er sie unsanft hineindrängt und loslässt. Wie ein ängstliches Tier kriecht sie auf allen vieren weiter nach hinten, bis sie in der Dunkelheit der Zelle verschwindet. Dabei wird sie diese nicht retten, wenn sie morgen weiterverkauft wird.

Ich gehe zur nächsten Kandidatin, reiche mein Klemmbrett zur Seite und es wird ... mir nicht abgenommen. Genervt sehe ich über die Schulter. Kristina, meine Sekretärin, ist schon über zehn Minuten zu spät. Ich schnalze mit der Zunge. Legt sie es heute wieder darauf an, von mir gemaßregelt zu werden? Das kann sie haben. Das wird sie bekommen. Aber so deutlich, dass sie nie wieder zu spät sein wird.

Dafür macht Franco gleich kehrt und tut so, als wäre er beschäftigt, weil er schon an meiner Miene ablesen kann, dass es mich anpisst, dass hier jemand meint, sich nicht an meine Regeln halten zu müssen.

Ich blicke wieder auf das hagere Ding vor mir. Gleichzeitig klingelt mein Handy. Ich ziehe es aus der Tasche und reiche es Mikosh, der mittlerweile wieder neben mir steht, sofort rangeht, kurz nickt und auflegt.

»Stella kommt jetzt«, sagt er, reicht es mir und ich stecke es zurück in die Innentasche meines Anzugs.

Fragend erhebe ich eine Augenbraue. »Ja und?«, frage ich missbilligend. »Seit wann interessiert mich so etwas? Vor allem, wenn ich gerade arbeite?«

»Sie bringt jemanden mit.«

Erst jetzt wird diese Information interessant, denn Stella kennt ebenso die Regeln wie Kristina. Ich schnippe die halb aufgerauchte Zigarette weg.

»Wie, sie bringt jemanden mit?«, will ich wissen.

»Der Fahrer hat angerufen und meinte, sie hätten einige Kilometer vor Geraldton fast eine junge Frau überfahren, die plötzlich auf die Straße gerannt kam.«

Ohne Vorwarnung drücke ich die Lieferscheine gegen Francos Brust und wende mich gänzlich Mikosh zu.

»Bisher sitzt sie nur zitternd im Auto und wechselt mit niemandem ein Wort. Wenn du mich fragst, wirkt das sehr merkwürdig.«

Eine Frau, die mitten in der Nacht durchs Outback rennt und dabei kein Auge auf den wenigen Verkehr legt? Nickend stimme ich ihm zu und fahre mir an meinem glatt rasierten

Kinn entlang. »Merkwürdig. In der Tat. Aber Stella wird schon einen triftigen Grund dafür haben.«

Ich drehe mich zur Treppe um und laufe los. Mikosh geht vor mir und öffnet die Tür.

»Weißt du, wo Kristina ist?«, frage ich ihn, während ich an ihm vorbei in den Flur trete.

»Nein«, antwortet er wortkarg, schließt die Tür und spätestens jetzt ist meine Entscheidung, was mit ihr geschehen wird, getroffen.

Zusammen gehen wir zur Eingangstür und warten in der Mitte der zwei großen Steinsäulen, die rechts und links den großen Balkon unserer Villa stützen, auf Stellas Ankunft.

Erst als der Wagen die Einfahrt passiert, leuchten seine Scheinwerfer den Weg vor uns aus, weil die Mauern so hoch sind, damit niemand sehen kann, wie und mit wem ich meine Geschäfte abwickele.

Der Wagen kommt genau vor uns zum Stehen. Mit verschränkten Armen, wobei sich der Stoff meines maßgeschneiderten Anzugs über meinen Schultern spannt, warte ich grimmig dreinblickend auf das, was kommt. Denn gerade würde ich auch gern Stella den Kopf abreißen. Was denkt sie sich dabei, die Regeln zu brechen?

Wie immer wirkt die Miene von Mikosh wie eingefroren. Er öffnet die hintere Tür. Zuerst steigt Stellas Bodyguard Carlos aus, der wenig begeistert dreinblickt. Aber auch das ist ja nichts Neues.

Er reicht Stella die Hand, die diese sofort ergreift und mit sich eine junge Frau zieht. Sie zittert, ist in ihrem weiten Shirt und der schwarzen Reiterhose von oben bis unten mit hellem, braunem Staub und Dreck bedeckt und stiert ausdruckslos in die Ferne. Auch trägt sie keine Schuhe. Ist sie so durchs Outback gerannt? Sie ist ja ein Musterbeispiel an Schockzustand. Ich entspanne mich etwas, denn hier brauche ich vorerst kein Messer oder eine Pistole, um das Problem aus der Welt zu schaffen. Viel mehr sehe ich sie mir einen Moment länger an.

Sie kann kaum älter als Stella sein, hat aber braun gebrannte Haut und ihr zierlicher Körper, bei dem man den Ansatz von Muskeln erkennen kann, spricht dafür, dass sie körperlicher Arbeit nicht abgeneigt ist. Vielleicht stammt sie von einer der Farmen aus dem Umland.

»Wer ist das?«, frage ich trotzdem unnahbar, weil Stella genau weiß, dass ich keine ungebetenen Gäste dulde, oder gutheiße und sie eigentlich auf der Stelle erschieße.

Stella klimpert mit ihren künstlichen Wimpern. »Das weiß ich nicht«, entgegnet sie mir scharf. Etwas, das ich gar nicht von ihr kenne.

»Aber sie lief völlig verschreckt auf der Straße herum. Wir hätten sie fast umgenietet. Sie hat Angst und«, dann zuckt sie auch noch rotzfrech mit den Schultern, als wäre sie wieder zwölf und inmitten ihrer Pubertät, »ich weiß nicht, wieso ich ihr nicht helfen sollte, wenn ich es kann.«

Innerlich fange ich an zu brodeln. Erst Kristina, die meint, plötzlich selbst über ihr Leben bestimmen zu dürfen, weil sie sich nicht an die von mir vorgeschriebenen Termine hält, und jetzt Stella, die einfach selbst bestimmt, wer die Füße über die Schwelle meines Hauses setzen darf. Angespannt balle ich mehrfach die Hand zur Faust. Ich fasse es nicht, solche Worte aus ihrem selbstsüchtigen Mund zu hören und ziehe abermals die Augenbrauen nach oben. Gleichzeitig erheitert mich ihr Verhalten wenigstens etwas. Ich weiß jetzt schon, dass sie versucht, irgendetwas zu kompensieren, dass nicht in ihre Welt, in der es immer nur um sie geht, passt.

»Ihr helfen?«, spotte ich. »Seit wann hast du denn den Samariter an dir entdeckt? Oder bist du auf einen Heiligenschein aus? Karma? Oder hast du Angst, im falschen Körper wiedergeboren zu werden?«

Zorn lodert in ihren Augen auf. Wie interessant und überaus amüsant. Mein kleines Mädchen wird wohl erwachsen.

»Ich will ihr einfach nur helfen und möchte, dass du mich unterstützt. So etwas tun die Bürgermeister von morgen«, sagt sie weiterhin zickig und versucht, an meine aktuellen Zukunftspläne zu appellieren. Innerlich lache ich auf. Da kann sie lange warten. Ja, ich will Bürgermeister von Geraldton werden, um meine Macht und Einflussnahme ausbauen zu können. Dann kann ich endlich selbst entscheiden, wem ich Hürden in den Weg lege und wen ich fördere. Aber alles unter der Maßgabe, den größten Profit für mich selbst herauszuholen.

»Heute so spitzfindig.« Ich strecke die Hand aus und Mikosh reicht mir Zigarette und Feuerzeug. Während ich sie anzünde und den ersten Zug in meinen Lungen zirkulieren lasse, ruht mein Blick auf ihrem Sozialprojekt. Die schwarzen Haare und die kleinen Brüste, die sich unter dem Shirt abzeichnen, haben schon etwas.

Ich stoße den Rauch aus und sehe zurück zu Stella, die immer noch darauf wartet, dass ich zur Seite trete und sie endlich eintreten lasse. Wenigstens kann ich noch etwas Respekt in ihrem Auftreten erahnen. »Wie nett, dass du an meine Zukunft denkst. Dabei sollst du dich doch um deine Eigene kümmern«, kontere ich und bleibe weiterhin kühl.

Tief holt sie Luft und kaut auf der Innenseite ihrer Wangentasche herum. Ich liebe es, sie zappeln zu lassen. »Ich halte es für gut, eine Aufgabe zu haben, die mich von manch anderen unliebsamen Dingen ablenkt«, redet sie weiter.

Ertappt! Ich wusste doch, in welche Richtung das hier geht. Liebeskummer und dann auch noch vom männlichen Subjekt verschmäht. Dabei liegt der Trottel, der meinte, ihr das Herz zu brechen, schon lange mit zwei Löchern im Kopf in der Wüste vergraben. Ich hege nicht viel Sympathie gegenüber Stella. Aber wenn es um das Ansehen und den Respekt gegenüber dieser Familie geht, lasse ich mich von niemandem an der Nase herumführen.

Ich atme tief aus. Trotzdem gefällt es mir nicht, dass sie immer noch trauert, denn dann kommt sie immer auf die schwachsinnigsten Ideen, wie sie gerade wieder eindrucksvoll beweist. Wieso kann sie es nicht wie alle anderen reichen Töchter-Tussis klären? Sich irgendeinen Typen aus der Stadt nehmen, sich ordentlich durchficken lassen und sich dann den nächsten Spinner suchen, der ihr eine sinnvolle Aufgabe in diesem Leben gibt, ehe ich ihr diese zuweise. Die Zickenhörner abstoßen, keine Dummheiten oder mir das Leben schwer machen und sich dann dem Schicksal fügen, welches ich ihr schon lange zugeteilt habe. Aber wenn sie in ihrem Anflug von heiligem Getue meint, diesem – ich sehe das junge Ding noch einmal an, die irgendwie meine Aufmerksamkeit auf sich zieht – Mädchen helfen will, soll sie es halt tun. Dann habe ich auch vor meiner Frau Flore Ruhe, die verlangt etwas mehr Ambitionen im Vater spielen zu zeigen, nur weil sie selbst auf Stella keinen Bock hat und lieber Martinis am Pool schlürft und die Onlineshops mit ihren Bestellungen zum Glühen bringt.

»Bring sie rein und kümmere dich um sie«, fordere ich, nicke in Richtung Haustür und trete während eines erneuten Zugs an der Zigarette zur Seite. Stellas deutlich erkennbarer Zorn wird zu einem Schnurren wie bei einem flauschigen Kätzchen.

Langsam und unter kaum einer Regung oder Gegenwehr zieht sie unseren Gast an mir vorbei ins Haus hinein. Mein Blick heftet sich an ihren knackigen Hintern, auf dem der Abdruck meiner roten Hand wunderschön aussehen würde. Dazu ihr zartes Wesen und die Überlegung, heute unbedingt eine Jungfrau aus Singapur in mein Bett zu holen, weil Kristina abgeschrieben ist, ist hiermit beschlossene Sache.

»Rufst du auch Maise an, damit er schauen kann, ob es ihr gut geht?«, fragt sie schon mit einem Fuß über der Schwelle.

Maise? Kurz denke ich darüber nach. Mh, ja, es klingt nach einer guten Idee, dass sie medizinisch durchgecheckt wird.

Wieder nicke ich und folge ihr, während Mikosh hinter mir die Tür schließt.

Flore kommt in ihrem Seidennegligé die Treppe hinunter und bleibt auf der Mitte stehen. Ihre Haare liegen perfekt. Der rote Lippenstift ist frisch aufgetragen, aber ich beachte sie genauso wenig wie die Nachrichten von gestern.

Irritiert sieht sie zu Stella, die die junge Frau an ihr vorbei die Treppe hinaufführt. Langsam realisiert diese, dass sie nicht mehr im Wagen sitzt. Hektisch sieht sie sich um und versucht, sich von Stellas festem Griff zu lösen. Doch Stella lässt sie nicht los, als wäre sie ein Hund, der sich noch nicht an sein neues Herrchen gewöhnt hat.

»Es ist alles gut«, sagt Stella verständnisvoll, als würde sie mit ihrer Puppe Trudi reden, der sie irgendwann den Kopf abgedreht hat. Aber so weit werde ich sie nicht gehen lassen.

»Was soll das?«, fragt mich Flore wenig erfreut und zieht das Jäckchen glatt.

Ich vergrabe eine Hand in der Tasche meines schwarzen Armanianzugs und sehe in Richtung Arbeitszimmer, in dem glücklicherweise noch Arbeit wartet, wenn ich unten im Keller alles erledigt habe.

»Sag Hallo zu deiner neuen Tochter«, beantworte ich ihre Frage, drehe mich um und gehe, ohne weiter mit ihr reden zu wollen, zurück ins Arbeitszimmer, wo ich die Nummer von Maise wähle.

»Shawn, was kann ich für dich tun?«, meldet er sich schon nach dem ersten Warteton.

Ich greife nach meinem Cognacglas, dass rechts von mir neben dem Aktenstapel steht. »Du musst dir jemanden anschauen. Jetzt.«

»Ich bin unterwegs.«

Sofort lege ich auf, gehe zurück in den Flur, würdige Flore keines Blickes und folge Stella nach oben, wo ich die beiden im Bad finde. An die Tür gelehnt, bleibe ich stehen. Irgendwie erregt die Kleine mehr meine Aufmerksamkeit, als mir lieb ist. Verloren wie ein Stückchen Elend, sitzt sie auf dem Rand der Wanne und lässt sich von Stella beim Ausziehen helfen. Die kurze Gegenwehr ist bereits erloschen. Ihre Haut ist makellos, die Haare, die in langen glatten Strähnen nach unten fließen, umspielen ihre Brüste, bei denen die perfekt geformten Nippel nach vorn stehen.

»Wieso duschst du sie? Hast du Angst, dass deine rosa Bettwäsche schmutzig wird?«, ziehe ich Stella weiter auf, weil mir der Anblick gefällt, aber die Handlung völlig fehl am Platz ist für jemanden, der weder klar denken kann, noch weiß, bei wem er ist.

»Ha, ha. Sehr witzig«, kontert sie. »Sie fühlt sich nach einer Dusche bestimmt gleich besser.«

Stella hat keinerlei Empathie, was sie hier wieder eindrucksvoll beweist. Sie hat nur Glück, dass ihr Gast so sehr unter Schock steht, dass sie absolut nichts mitbekommt, sonst würde sie schon das Haus zusammen schreien.

Stella hilft ihr hoch und führt sie in die Dusche. Erst dort zieht sie ihr die Hose aus und gibt den Blick auf ihren knackigen Hintern frei.

Mit dem Öffnen des Wasserhahns und Stellas Hand am Arm der Frau, gehe ich raus, weil ich definitiv die Finger von meiner Tochter lasse und sie auch nicht nackt sehen will. Aber die Vorstellung, wie es unser neues Familienmitglied mit einer anderen Frau treibt, lässt meinen Schwanz hart werden. So hart, dass ich mit meiner Hand darüberfahre und gleich kommen könnte.

Es klingelt und ich werde aus meinen Gedanken gerissen. Mikosh lässt Maise eintreten. Ich laufe die Treppe hinunter und komme ihm entgegen. Flore ist mittlerweile verschwunden.

»Wo soll ich hin?«, fragt er ohne mit dem üblichen Geplänkel, wie es sonst die Geschäftsmänner tun, die hier ein und aus gehen.

Ich zeige die Treppe hinauf. »Stella duscht gerade unser neues Familienmitglied. Ich möchte, dass du die Frau danach untersuchst, sie befragst, wo sie herkommt und was vorgefallen ist.«

»Was vorgefallen ist?« Fragend zieht er eine Augenbraue nach oben.

»Stella hat sie auf der Fahrt von Midtown nach Geraldton aufgegabelt.«

»Und sie ist einfach mitgegangen?«, fragt er ungläubig.

Ich nicke. »Sie steht eindeutig unter Schock und ich will wissen, wieso.«

In meinem Büro piept der Bildschirm der Kamera, der mit dem Hintereingang verbunden ist. Diesen kann man nur über den angrenzenden kleinen Flugplatz erreichen und kündigt einen weiteren Lkw mit der neuen Ware an, der gerade das Tor passiert.

»Ich erledige die restlichen Geschäfte und danach will ich Antworten.«

Maise nickt. Mehr muss ich nicht sagen und gehe zusammen mit Mikosh zurück in Richtung der Kellertüren, um die Begutachtung abzuschließen.

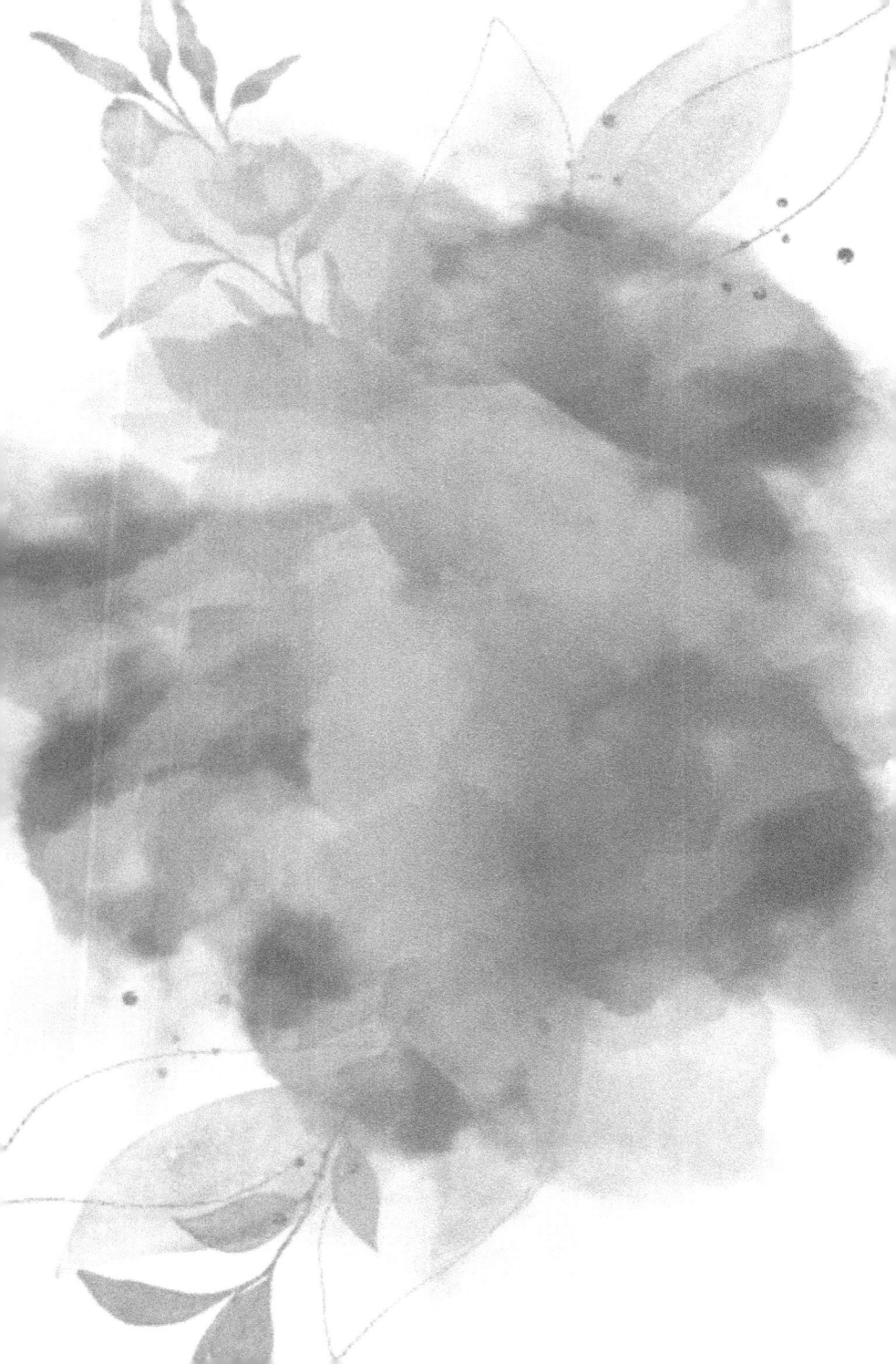

4

Warmes Wasser prasselt auf mich nieder. Doch das Gefühl, als würde es unter meiner Haut zu Eiskristallen werden, sorgt dafür, dass ich nicht aufhören kann zu zittern.

Immer wieder fährt mir jemand mit seinen weichen Fingern über den Rücken. Dabei würde ich am liebsten schreien, mich wehren und weiter rennen. Doch mein Körper hat jegliche Regung, zu der ich sonst fähig bin, in einen Tresor gesperrt, bei dem ich die Zahlen nicht kenne.

»Es wird alles wieder gut«, spricht die Frau neben mir, als könnte das, was mir widerfahren ist, mit einem Wink ihrer Hand rückgängig gemacht werden. Dabei hat sie keine Ahnung, wovor ich geflohen bin und was ich nicht in meinen Kopf lassen will.

Das Zittern verstärkt sich. Nein! Ich will nicht darüber nachdenken. Ich will diese grässliche Farbe – rot – und auch dieses fürchterliche Geräusch der Schüsse aus meinem Kopf bekommen. Aber sie kleben wie Kaugummi unter meinen geliebten Reitstiefeln fest, die die Besucher achtlos einfach überall hinspucken. Aber das ist jetzt vorbei. Geschichte und nur noch eine blasse Erinnerung in den Geschichtsbüchern, die verschwindet, sobald man das Buch zuklappt. Alles ist egal.

Meine Lippen beben. Meine Beine schlagen immer wieder aneinander und ich spüre, wie die Kraft aus meinen Extremitäten entweicht.

»Rutsch mir nicht weg, verstanden?«, sagt die Frau neben mir pampig. Das Nächste, was wie ein greller Blitz durch meinen Kopf jagt, absolut zu nichts passt und ich einfach nicht einordnen kann: Wo bin ich eigentlich? Wer ist die Frau denn eigentlich? Wieso stehe ich ... nackt ...

Kurz öffnet sich der Tresor. Ich reiße die Augen auf, sehe mich hektisch um und verstehe die Welt nicht mehr.

Verunsichert sieht mich Stella mit ihren langen blonden Haaren und dem weißen Louis Vuitton-Shirt an und blinzelt viel zu oft mit ihren künstlichen Wimpern, als wäre sie Barbie 2.0.

Ich weiche zurück, suche den Ausgang und will loslaufen. Doch sie hält mich fest. »Kommt gar nicht infrage. Du bleibst hier bei mir«, raunt sie zickig, als wäre ich ihr neuer Hund, der nicht gebadet werden will. Sie zieht an meinem Arm und ich stolpere zurück gegen ihre Brust.

»Vertrau mir«, sagt sie lieblich und scheint gedanklich eine 180 Grad-Drehung gemacht zu haben. Ihr vertrauen?

»Du bist jetzt in Sicherheit.« Dabei streichelt sie mir über den Kopf. Alles in mir rebelliert. Was geht hier nur vor? Ich verstehe die Welt nicht mehr. Was ist überhaupt passiert? Wieso bin ich hier? Wo sind meine Eltern?

In meinen Kopf kreisen die Fragen und ich weiß, dass ich keine Antwort auf sie finden möchte. Meine Atmung wird immer schneller. Hektisch fuchtele ich mit den Händen um mich, weil mir die Kontrolle über Körper und Geist abhandenkommen. Die Umgebung verschwimmt. Alles um mich herum wird schwarz und ich rutsche zusammen.

Immer wieder blinzle ich, aber ich bekomme das Bild vor mir nicht scharf. Bruchstücke flammen in meinen Gedanken auf. Nur kann ich keinen lange halten, weil sie so schnell verglühen wie fallende Sterne am Himmel. Ich tue dasselbe. Ich falle. Seit Minuten, Stunden oder sogar Tagen. Ich kann es nicht mehr abschätzen, denn meine Realität liegt als Matschhaufen auf dem Boden. Dreckig, dunkel, kalt und ich ekle mich davor hinein zu fassen, um Anhaltspunkte zu suchen.

»Geht es ihr gut?«, fragt dieselbe Stimme, die mich in der Dusche festgehalten hat, und zieht mich aus dem schwarzen Loch. Das Bild setzt sich zusammen. Es ist dieselbe Stimme, die mir Zuflucht in ihrem Auto gewährt hat. Nur fühlt es sich hier nicht mehr wie eine Zuflucht an, sondern wie eine Grenze, die ich überschritten habe und der Rückweg versperrt ist.

Jemand umschließt mein Handgelenk, als würde er meinen Puls fühlen. Ich schrecke auf, entziehe mich dem Griff und rutsche so weit nach hinten, bis ich mich gegen die kalte Wand hinter mir presse.

Hektisch atme ich ein und aus und sehe mich um. Das Zimmer wird nur von dem schwachen Licht einer Tiffanylampe ausgeleuchtet, die auf dem Schrank neben dem Bett steht. Vor mir sitzt ein hagerer Mann mit faltigem Gesicht. Eine Frau steht vor der halb geöffneten Tür. Dieser Weg scheint meine einzige Chance zum Fliehen, Abhauen und nie wiederkommen zu sein. Aber wieso will ich nie wieder kommen? Was ist nur geschehen?

»Es ist alles gut«, sagt der Mann ruhig und deutet auf sich. »Ich bin Maise und Arzt.« Er zeigt mit derselben Hand hinter sich zu der Frau. »Das ist Stella. Sie hat dich gefunden und hergebracht. Wir sind hier in dem Haus von ihren Eltern, in der Nähe von Geraldton. Du bist in Sicherheit.«

In Sicherheit? In der Nähe von Geraldton? So weit weg ... von zu Hause?

Wieder hallt ein Schuss durch meinen Kopf. Ich sehe Blut. ›Hallo Cleo‹

Ich fange an zu weinen und schüttle so heftig den Kopf, dass mir schwindelig wird.

»I-ich bin n-nirgends sicher«, stottere ich zwischen meinem Schniefen hindurch, beginne zu zittern, ziehe schützend die

Beine zum Körper und hoffe, dass mir diese Pose die Sicherheit verschafft von der ... Maise mir gerade erzählt hat. Dieser steht auf.

»Bleib bei ihr. Ich bin gleich wieder da«, sagt er zu dieser Stella. Er wirkt weder ratlos noch so, als würde ihm mein Verhalten missfallen oder unbekannt sein. Ohne ein weiteres Wort geht er aus dem Raum und lässt mich mit ... Stella allein, die unruhig an ihren langen blonden Haaren nestelt.

Etwas in mir sträubt sich immer mehr gegen diesen Ort. Wer nimmt eine wildfremde Frau mit? Und wieso steigt die wildfremde Frau überhaupt in ein wildfremdes Auto ein? War das nicht mit das Erste, was mir meine Eltern gelernt haben?

Wieder folgt ein Blitz in meinem Kopf. Der Schuss, meine Eltern zusammengesackt auf dem weißen Flickenteppich, der sich mit ihrem Blut tränkt.

Mein Schluchzen wird immer lauter. Das Zittern so stark, dass ich nicht einmal mehr meine Beine umgreifen kann.

In meinem Kopf kämpfen zwei Seiten. Einerseits habe ich das Gefühl, klar denken zu können, während die andere mich immer wieder in den Ausnahmezustand versetzen will. Ich weiß nur eins: Ich will und muss hier weg.

Die Tür knarzt. Ich sehe auf. Maise kommt mit einem Glas Wasser zurück und setzt sich aufs Bett.

»Trink erst einmal etwas«, sagt er verständnisvoll und reicht es mir. Ohne es annehmen zu wollen, sehe ich von dem Mann zu dem Glas und zurück. Erst jetzt spüre ich, wie trocken mein Hals ist und wie schwer mir das Schlucken fällt. Aber dieses komische Gefühl, dass ich an diesem Ort habe, will einfach nicht verschwinden.

»Du kannst mir nicht erzählen, dass du keinen Durst hättest.« Als würde er verstehen, was in meinem Kopf vor sich geht, atmet er tief ein und schafft es, den vertrauensseligen Blick zu steigern. »Es ist weder meine Absicht, dir etwas anzutun, noch dich vergiften zu wollen, falls du deswegen Angst hast.«

Mir nichts anzutun? So wie der Typ auf der Farm? Die Erinnerungen kommen mit voller Wucht zurück. Kommt das ungute Gefühl daher? Bilde ich es mir nur ein, weil mich der Tod meiner Eltern wie eine Bombe aus dem Leben reißt?

Für einen Moment, weil ich gerade mehr brauche als diese Finsternis in mir, ergreife ich, mit meinen bebenden Fingern, das kalte Glas, setze es sofort an meinen Mund und trinke es überhastet aus, sodass es in zwei dünnen Rinnsalen an meinem Hals hinab läuft. In meinem Kopf wird der Stopp-Knopf gedrückt und während ich das Glas absetze, blinzle ich mehrfach, bis die Tränen aufhören.

Ich gebe Maise das Glas zurück. »Danke«, sage ich und winkle meine Beine noch etwas stärker an, um mir dadurch selbst Sicherheit zu vermitteln und mich selbst zu stützen.

»Verrätst du mir jetzt auch deinen Namen?«, fragt Maise und lächelt dabei verhalten, sodass sich Fältchen an seinen Augen bilden. Erst jetzt erkenne ich seine grauen Haare.

»Cleo«, antworte ich kurz angebunden. Wie das Tier im Zoo werde ich von ihm und Stella betrachtet.

»Cleo.« Er nickt. »Und von wo kommst du, Cleo?«

Ich antworte nicht. Alles in mir bäumt sich dagegen auf, zurück in die schmerzlichen Erinnerungen zu tauchen. Meine Glieder werden schwerer. Gleichzeitig weiß ich, dass ich gerade keine andere Wahl habe.

»Von einer Farm«, antworte ich wahrheitsgemäß. In meinem Kopf breiten sich dicke Schäfchenwolken aus, die mir die Anspannung nehmen.

»Und wieso bist du von dort weggegangen?« Die Frage wirkt so unverfänglich. Immer wieder fallen mir die Augen zu.

»Icbin nich weggegang. Ich bin gefüchtet«, sage ich vernuschelt und falle zur Seite.

Eine Hand streicht mir über den Kopf. »In Ordnung, Cleo«, sagt Maise. »Das bekommen wir schon wieder hin.«

»Und?«, fragt jemand. Wieder blinzle ich. Ich liege immer noch auf dem fremden Bett, in dem fremden Zimmer, in einem fremden Haus und bin unfähig, mich zu bewegen. Nicht einmal den kleinen Finger kann ich rühren, obwohl ich mich auf ihn konzentriere.

»Mehr, als dass sie Cleo heißt und von einer Farm aus dem Umland stammt, habe ich nicht aus ihr herausbekommen. Dazu war sie viel zu aufgewühlt.«

Die Stimme kommt mir bekannt vor und muss zu diesem Maise gehören, der mir das Wasser gegeben hat.

»Ich habe ihr erst einmal etwas zur Beruhigung untergejubelt, damit sie runterkommt.«

Es folgt eine kurze Pause. »Ich weiß, dass dir das nicht passt. Aber ich denke, wenn sie etwas geschlafen und ihre Gedanken sortiert hat, ist sie kooperativer. Mehr kann ich dir für heute nicht geben, denn alles andere wäre sinnlos.«

Jemand holt tief Luft. »Gut, du kannst im Gästezimmer schlafen. Sobald sie wieder wach ist, will ich Antworten.«

»In Ordnung.«

Die Tür geht auf. Als würde ich gerade noch lernen, wie man die Augen offen behält, blinzle ich mit meinen schweren Lidern, die einfach nicht offenbleiben wollen.

Es ist nicht Maise, der sich vor das Bett und meinen Arm, der über die Bettkante hängt, kniet. Dieser Mann trägt einen schwarzen engen Anzug und schwenkt ein Glas in der einen Hand, aus dem er einen Schluck trinkt. Seine kurzen schwarzen Haare liegen perfekt. Dazu sein markantes Gesicht und das Gefühl hier fehl am Platz zu sein, übernimmt erneut die Oberhand. Er atmet aus und der beißende Geruch von starkem Alkohol brennt in meiner Nase.

»Das Mittel hat sie zumindest so gut abgeschossen, dass sie nicht mehr zittert«, sagt er über die Schulter zu Maise.

Er streicht über meinen ausgestreckten Arm, den ich wegziehen will, aber es nicht schaffe.

»I-i-ich ...«, beginne ich, ehe meine Stimme versagt.

»Schhh«, unterbricht er meinen Satz und streicht weiter zu meiner Schulter und meinen Hals hinauf. »Für heute ruhst du dich aus und morgen sehen wir, wie es weitergeht.«

Der Druck seiner Finger wird stärker, bis sie auf meiner Wange zum Liegen kommen. Wieder kämpfe ich gegen die Müdigkeit, gegen die ich mich nicht mehr wehren kann.

»Ich werde meine Fühler ausstrecken und schauen, ob auf einer der umliegenden Farmen irgendetwas vorgefallen ist. Vielleicht ist sie auch eine einfache Farmarbeiterin oder Work and Travel Touristin. Alles möglich und alles Dinge, wo nie wieder jemand nach ihr kräht, wenn sie im Outback verloren geht.«

Alles wird dunkel und ich nicke abermals weg.

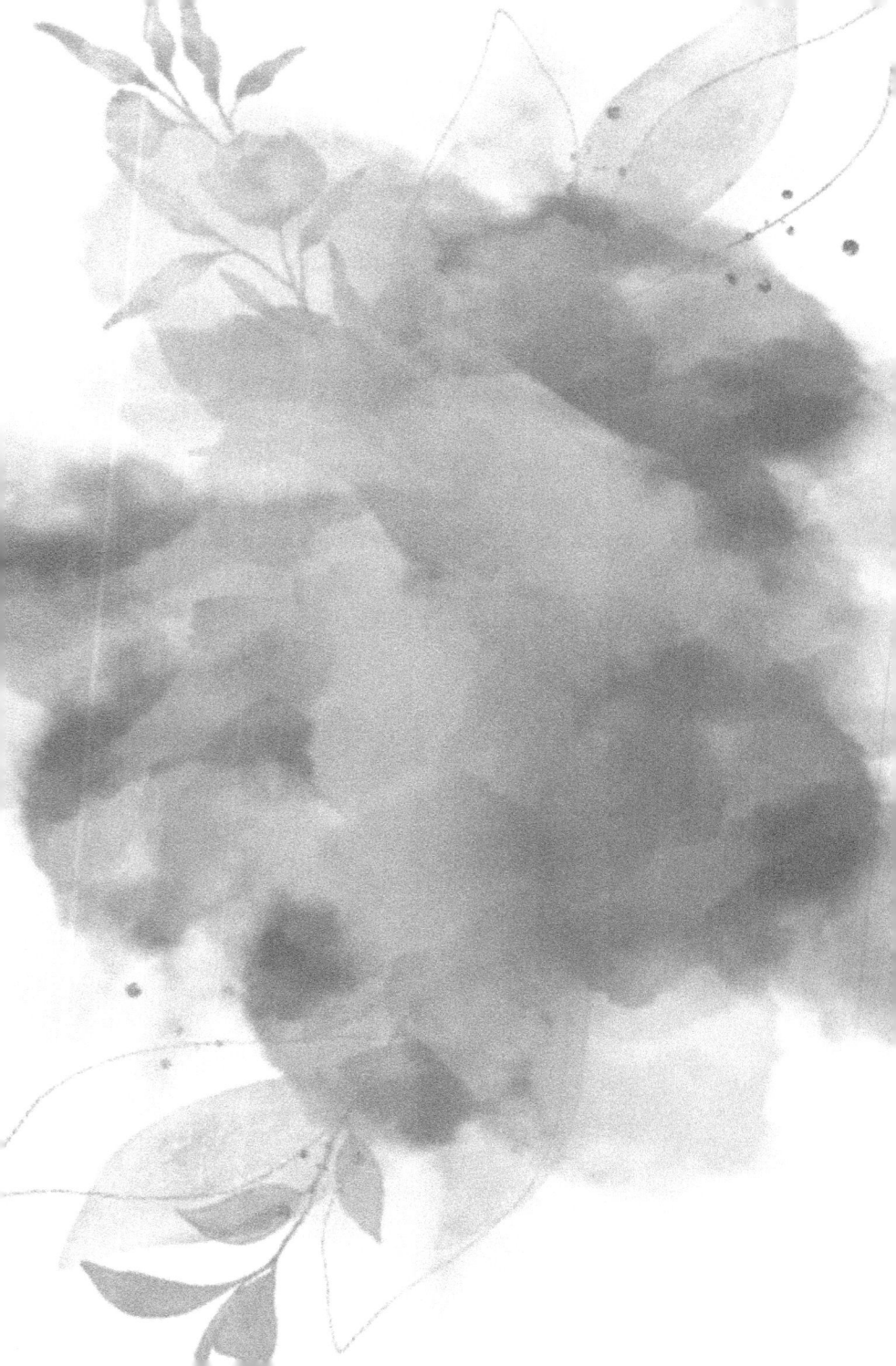

5

Wir frühstücken. Stella isst ihr Müsli und Flore rührt, mit missbilligendem Blick, in ihrem Kaffee herum.

Nur unser neuer Gast schläft schon einen Tag durch. Maise sitzt neben ihr und ich überbrücke die Zeit, bis ich endlich mehr erfahre, mit der Zeitung, in der nichts Brauchbares steht. Flores tiefe Atemzüge hallen nervtötend in meinem Ohr wider.

»Sprich es aus, oder hör damit auf, Flore«, knurre ich genervt. Dieses glückliche Ehemann-spielen geht mir so was von auf die Eier.

Der Löffel klimpert auf dem Teller. »Ich würde nur gern wissen, was du dir dabei gedacht hast, Stella«, bricht es aus Flore heraus, als hätte sie nur auf mein Signal gewartet. Diese Frage hat sie mit Sicherheit wieder die ganze Nacht in sich hineingefressen.

Stella hört auf zu essen und legt ebenfalls ihr Besteck hin. »Was ich mir dabei gedacht habe? Wobei denn genau?«

»Einfach irgendein fremdes Mädchen mitzubringen.«

»Du meinst, einer verstörten Frau Hilfe anzubieten?«, fragt Stella erbost weiter.

Von dem Wortgefecht, das wir ohnehin fast jeden Morgen führen, wenig beeindruckt, schlage ich die nächste Seite auf, wo endlich etwas zum aktuellen Wahlkampf steht.

»Ian Stefford, Cullen Murder und Jaxon Miroy stellen sich für die kommende Bürgermeisterwahl zur Verfügung.«

Mir entgleiten die Gesichtszüge. Wo steht mein Name?

»Seit wann hast du die Nächstenliebe für dich entdeckt? In deinem Kopf ist nur Platz für den Pin deiner Visacard«, giftet Flore weiter.

Stella schnappt nach Luft. »Vielleicht, weil ich zeigen will, wie es ist, wirklich Liebe zu verteilen und nicht nur so zu tun, als würde man sich für jemanden interessieren!«

Ich kann das Gezanke nicht mehr ertragen. Dazu dieser Artikel. Ich haue auf den Tisch. »Hört auf! Alle beide.«

Ich sehe zu Flore. »Ich will jetzt nichts mehr zu Stellas ... Tat hören.«

Flore schnaubt, verschränkt genervt die Arme und sieht zur Seite.

»Und Stella.« Mein grimmiger Blick trifft sie direkt ins Gesicht. »Hör auf so zu tun, als ob du jemals ein Problem damit hattest, keine Grenzen kennenlernen zu müssen. Das kommt ein paar Jahre zu spät, dass du dich nach Mamis und Papis Umarmungen und Tätschelungen sehnst.«

Es klopft. Die Tür geht auf und Kristina steht in ihrem roten Businessanzug in der Tür. Langsam kommt sie auf uns zu, ohne mir in die Augen zu sehen. Erst als sie neben mir steht, strömt mir ein merkwürdiger Geruch in die Nase, den ich kenne, aber momentan nicht zuordnen kann, weil die Kandidatur und mein fehlender Name auf der Kandidatenliste wichtiger sind.

»Ich werde jetzt einiges klären müssen, woran ihr beide maßgeblich die Schuld mittragt, weil ihr es nicht einmal in der Öffentlichkeit schafft, heile Familie zu spielen, und mir damit die Kandidatur versaut.«

Beide wagen es nicht, mich direkt anzusehen, weil sie genau wissen, dass ich auf die letzte Veranstaltung im Stadtpark anspreche, als sich beide hinter der Interviewwand in den Haaren hatten und ich es nur notdürftig überspielen konnte.

»Und wenn ich wieder hier bin und von Maise mehr Informationen habe, entscheide ich und nur ich, wie es mit unserem Gast weitergehen wird. Nicht ihr zwei Streithähne. Haben wir uns verstanden?« Beide nicken.

Mit der Wut in meinem Bauch drehe ich mich um und verlasse den Raum. Kristina folgt mir wie ein verblassender Schatten. Ich weiß schon, wieso ich die meiste Zeit in meinem Arbeitszimmer verbringe. Diese Ehe war nie mehr als der Zweck, der dahintersteht. Und das wurde mir mit einer Tochter gedankt, die auch aus einem dieser Spießerfilme entsprungen sein könnte.

Den gesamten Morgen habe ich versucht, jemanden im Rathaus zu erreichen. Natürlich bekomme ich auch am Nachmittag niemanden ans Telefon. Vielleicht sogar mit Absicht, weil sie mir dann erklären müssten, wieso sie meine Kandidatur nicht angenommen haben.

Gefrustet knalle ich den Hörer aufs Telefon, drücke mich in meinem Drehstuhl vom Tisch ab, stehe auf und stelle mich vor das Fenster. Etwas ratlos, so wie ich mich sonst nie fühle, streiche ich mir durch meine kurzen Haare. Politik – ich hasse sie. Aber ich will und brauche sie, um mich weiter nach vorn spielen zu können.

Hinter mir klimpert es. Leicht drehe ich meinen Kopf und sehe Kristina dabei zu, wie sie so unauffällig wie möglich versucht, mein Glas aufzufüllen.

Kaum verstummen die Geräusche, klopft es und ich fokussiere meine Aufmerksamkeit neu.

Maise wird von Mikosh hineingelassen. Kristina stellt mir den Drink auf den Tisch und ich setze mich.

»Du kannst gehen«, sage ich, ohne sie eines Blickes zu würdigen. Als wären wir am Wiener Hof zur Kaiserzeit, verbeugt sie sich und läuft mit dem Rücken voran zur Tür. Immer weniger verstehe ich diese Frau und eigentlich will ich es gar nicht mehr.

»Ist sie wach?«, frage ich Maise noch ehe er richtig eingetreten ist.

»Ja«, antwortet er kurz angebunden. »Stella ist gleich rein, nachdem ich raus bin.«

Vorerst reagiere ich nicht auf Stellas Vernarrtheit. Dafür zeige ich ihm an, Platz zu nehmen. »Weißt du jetzt etwas mehr über sie?«, erkundige ich mich leicht ungeduldig klingend und frage mich, woher mein Interesse an diesem Mädchen kommt.

Immer wieder tippt er mit der Hand auf der Lehne herum, während er mit der anderen in Nachdenkerpose seinen Kopf stützt. »Sie hat mir noch nicht gesagt, von wo genau sie kommt, aber da Stella sie auf der Hauptroute ins Inland aufgegabelt hat und sich dort nur Farmen befinden, liegst du, denke ich, mit deiner Vermutung von gestern Abend richtig.«

Ich nicke zustimmend. »Also eine Farmarbeiterin?«

»Oder eher die Tochter eines Farmbesitzers, denn sie hat gesagt, sie ist 18. Genauso alt wie Stella.«

Mein Körper brennt. 18, lebt auf einer Farm und ist bestimmt im Umgang mit Pferden und dem Reiten geübt.

»Sie erzählte mir nur, dass sie dort wegmusste, weil etwas passiert ist, über das sie nicht reden kann oder will. Außerdem faselte sie immer wieder etwas davon, dass sie bald operiert werden soll.«

»Operiert?«, hake ich nach.

»Ja, aber dazu sagte sie nichts weiter, weil ich zwischen den vielen Tränen nichts mehr verstanden habe. Allerdings hat sie sich ziemlich gut im Griff, dafür, dass sie eigentlich immer noch vollkommen unter Schock steht.«

»Eine Kämpferin also?«

»So wirkt es. Besonders weil man ihr anmerkt, dass sie schon überlegt, wie sie hier wegkommt.«

Ich sehe ihn direkt an. Er weiß genau, wie er mein Interesse weckt.

»Mehr unwillkürlich hat sie sich immer wieder umgesehen. Geschaut, was hinter mir passiert, in den Flur gestarrt und auch mehrfach nach dem Fenster geschaut. Ich denke nicht, dass du sie lange halten kannst, auch wenn Stella anfängt, so etwas wie eine Schwester in ihr zu sehen. Immerhin gehört sie ja irgendwo hin oder hat Verwandte oder was auch immer, denen sie sich eventuell anvertraut und erzählt, wieso sie sich so verhält, wie sie es tut.«

Ich schweige und hänge meinen Gedanken nach, die heute nicht wie sonst eine klare Linie bilden, wenn ich mir etwas in den Kopf setze.

»Und was ist, wenn sie doch ein Work and Travel Gast ist, oder vor irgendetwas oder irgendwem flieht, weil sie etwas Falsches getan hat? Oder jemand vertuscht irgendetwas, mit dem sie im Zusammenhang steht?«

Maise sieht zu mir.

»Immerhin haben meine Männer das gesamte Gebiet, in dem Stella sie gefunden hat, auf den Kopf gestellt. Aber sie haben keine Auffälligkeiten gefunden.«

»Das ist wirklich merkwürdig. Aber am Ende ist sie auch einfach nur eine Achtzehnjährige, die dir womöglich mehr Arbeit macht, als wenn du sie einfach weggibst.«

Sie weggeben? »Mh.« Dieser Gedanke stößt in meinem Kopf auf starke Gegenwehr.

»Shawn?«, fragt er herausfordernd, als könnte er meine Überlegungen lesen. »Was hast du mit ihr vor?«

»Das ist eine gute Frage.« Die Flüssigkeit im Glas schwenkend, stiere ich in die Ferne zur Stadt und wäge ab. »Sie scheint eindeutig vor jemanden zu fliehen. Irgendetwas ist vorgefallen, was sie belastet und eigentlich ist mir der Grund, weswegen sie bei mir gelandet ist, auch vollkommen egal.« Ich trinke einen Schluck. »Viel spannender ist die Frage, ob ich sie Stella lasse, einfach das Potenzial ihres jungen Körpers in mein Unternehmen stecke oder ...« Ob ich sie für mich behalte – als mein Eigentum, so wie Kristina, die mich auf allen Ebenen unserer Beziehung jeden Tag aufs Neue enttäuscht. Wieder sehe ich zum Cognac in meinem Glas. Genauso wie Flore. Keine Frau konnte bisher das erfüllen, was ich erwarte und dadurch perfekt für mich sein. Ein Gedanke, den ich im Grunde schon vor Ewigkeiten aufgegeben habe, weil die meisten, die ich an mich binde, die Flucht ergreifen, sobald sie die Chance dazu sehen, mich viel zu schnell langweilen oder mit irgendeinem anderen in die

77

Kiste springen, wenn ich ihnen etwas mehr Freiraum lasse. Aber bei Cleo könnte es anders sein. Sie ist vor etwas geflohen und hat eventuell niemanden mehr – zumindest scheint gerade keiner zu wissen, wo sie ist oder dass sie noch lebt – wenn es überhaupt jemals jemanden interessiert hat. Und in ihrem zarten Alter und der Naivität, die man mit 18 noch hat, kann ich ihr leicht einreden, dass ich sie beschützen kann. Dass, wenn sie sich an meine Regeln hält, sie eine glückliche Frau hinter den Kulissen meines Imperiums und für Stella die Schwester, die sie sich, wie es aussieht, wünscht, sein kann.

Angestrengt und mit zusammengekniffenen Augen fahre ich mir über das Nasenbein. Diese Gedanken passen gar nicht zu mir. Aber ich habe es satt, dass ich den Nutten sagen muss, was ich will. Flore ist und bleibt in sämtlichen Pflichten eine Niete und ist nur hier, weil sie den ansehnlichen Familiennamen Wilson mitgebracht hat, den ich angenommen habe.

»Ich habe ihr noch einmal etwas zur Beruhigung gegeben«, sagt Maise und holt mich aus meinen Gedanken.

»Es ist nicht so stark wie die Mischung gestern. Aber wenn du ihr noch nen Whisky gibst, wird sie sich so weit wehren können, wie du es gern hast.«

Ich sehe aus dem Fenster.

»Wenn ich sie mir danach noch einmal anschauen soll, weil du sie in einen deiner Clubs unterbringen willst, musst du ...«

Ich drehe den Kopf, bis ich ihn direkt ansehen kann. »Du hast gesagt, sie soll operiert werden?«, falle ich ihm ins Wort.

Dass er meint, mir seine Ratschläge aufdrücken zu wollen, ignoriere ich – vorerst.

»Ja, aber ich weiß nicht, wieso und ...«

»Dann wirst du das herausfinden.«

»A-aber es wird seine Zeit dauern, bis sie darüber reden wird. Geschweige denn, sich überhaupt kooperativ zeigt.«

»Dann check die umliegenden Krankenhäuser ab. Irgendwo wird ja wohl etwas zu finden sein.«

»Dafür bräuchte ich erst einmal ihren vollständigen Namen.«

»Um den kümmere ich mich.« Ich drehe den Kopf zurück zum Fenster, wo die Sonne untergeht und mein Büro in Dunkelheit getaucht wird. »Ich melde mich, wenn ich entschieden habe, was ich mit ihr anfange.«

Aus dem Augenwinkel sehe ich, wie er nickt, aufsteht und Mikosh, der wie immer an der Wand neben der Tür steht, ihm diese öffnet. Eigentlich muss ich gar nicht mehr nachdenken, was ich mit ihr mache. Schon die Aussage, ob sie sich kooperativ zeigt, schreit danach, erneut zu versuchen, ob sie sich mit etwas mehr Nachdruck als bei den anderen führen lässt. Ich greife zum Hörer und rufe Franco an.

»Du wünschst?«, fragt er unaufgeregt und an seiner Zigarette ziehend. Diese Worte sind immer wieder Musik in meinen Ohren.

»Such dir unten eine von der neuen Lieferung aus, ruf Carlos und nehmt sie mit hoch ins Zimmer. Ihr dürft sie euch schon ansehen, aber anfangen tut ihr erst, wenn ich euch die

Erlaubnis gebe.« Ich lege auf, bevor er mir antworten kann. Ich trinke aus und gehe die Treppen nach oben. Stella kommt gerade aus dem Zimmer, in das sie Cleo einquartiert hat.

»Sie wollte etwas schlafen«, sagt sie, ehe ich etwas erfragen kann. »Keine Ahnung, was ihr Maise gegeben hat, aber das wird morgen aufhören. Sonst kann ich ja gar nichts mit ihr anfangen.« Eigentlich kann ich nur mit dem Kopf schütteln. Aber ich lasse es bleiben. Bei Stella ist alles verloren.

»Ich sage es ihm«, beschwichtige ich sie. »Ich brauche von ihr noch ein paar Antworten. Dann lassen wir sie sich ausruhen und morgen gehört sie dir. In Ordnung?«, sage ich verständnisvoll.

In Stellas Augen funkelt es. Überschwänglich umarmt sie mich, ohne dass ich die Geste erwidere. »Oh Daddy, du bist der Beste.«

Ich weiß. Ich tätschele ihren Rücken und schiebe sie sofort von mir weg. Als wäre damit alles für sie geklärt, dreht sie sich summend um und verschwindet in ihrem Zimmer, aus dem sofort Ed Sheerans Stimme durch die geschlossene Tür erklingt. Auf dem Absatz drehe ich mich um und öffne die Tür zu Cleos Zimmer. Schlafend liegt sie in dem weißen Rolling Stones Shirt von Stella im Bett. Das Licht des Flurs scheint direkt in ihr Gesicht. Ich mache mir erst gar nicht die Mühe, leise zu sein. Während ich auf sie zugehe, blinzelt sie und sieht mich an. Ich hocke mich vor das Bett, eine Hand auf der Matratze nahe ihrer Hand.

»Mister ...«

»Shawn Wilson«, falle ich ihr ins Wort. »Aber nenn mich Shawn.« Ihr argwöhnischer Blick gefällt mir. Genau wie Maise gesagt hat. Sie ist noch immer oder schon wieder im Fluchtmodus.

»... danke für ... die Hilfe« beendet sie ihren Satz und klingt dabei so unschuldig, als sei sie Johanna von Orleans.

»Cleo«, beginne ich und ihre Augen weiten sich. »Maise hat mir alles erzählt.«

Sie antwortet mir nicht. Ihr schneller werdender Atmen verrät genug darüber, dass sie das, was vorgefallen ist, vergessen will.

»Stella möchte, dass du vorerst hier bei uns bleibst.«

»Und wenn ich das nicht möchte?«, fragt sie ruhig und bestimmt. Sie hat genau das richtige Bauchgefühl, sich unsicher zu sein, in welche Familie sie hier geraten ist. Immer wieder fallen ihr die Augen zu. Hier brauche ich gar keinen Alkohol mehr.

»Lass uns woanders darüber reden.« Ich drehe meine Hand um, damit sie ihre in meine legt.

»Komm«, fordere ich.

Etwas verunsichert sieht sie zu meiner Hand und der Geste, die dahintersteckt. Am Ende lasse ich ihr für alles, was jetzt kommt, ohnehin keine Wahl.

Ihr Arm gleitet über die Matratze, bis sie ihre Hand in meiner legt. Trotzdem kann ich den Kampf in jeder Faser ihres Körpers und auch in ihrem Blick sehen. Dieser Zwiespalt, wie viel Kooperation sie mir zugestehen muss, damit sie gehen kann oder inwieweit ich fair spiele und sie sich wirklich sicher fühlen darf. Schock ist so etwas Schönes, weil Geist und Körper im Einklang sind und sich verschanzen.

Ihre warmen schlanken Finger legen sich auf meine. Sofort greife ich zu, stehe auf und ziehe sie mit mir nach oben. Sie taumelt und greift nach meinem Hemd, das sie mir seitlich von der Schulter zieht, bis ich sie auffange und halte. Dabei achte ich darauf, dass sie noch nicht spürt, was sich in meiner Hose abspielt und sie gleich erleben wird.

»Entschuldigung«, haucht sie und sucht immer noch nach Halt. »Ich bin ...«

»Das vergeht«, falle ich auch ihr abermals ins Wort, um nicht zu viel Zeit zu verschwenden.

»Morgen wirst du dich schon besser fühlen«, sage ich verständnisvoll und mit meinem charismatischen Lächeln, das nichts weiter zulässt, als dass man sich in meiner Gegenwart sicher fühlt, egal, was ich plane. Genau damit werde ich auch diese verfickte Bürgermeisterwahl in ein paar Wochen gewinnen und dieses Stück Erde zu dem machen, was ich brauche, um meine Macht und meinen Einfluss weiter auszubauen. Aber heute kümmere ich mich erst einmal um meine Zukunft innerhalb dieses Hauses.

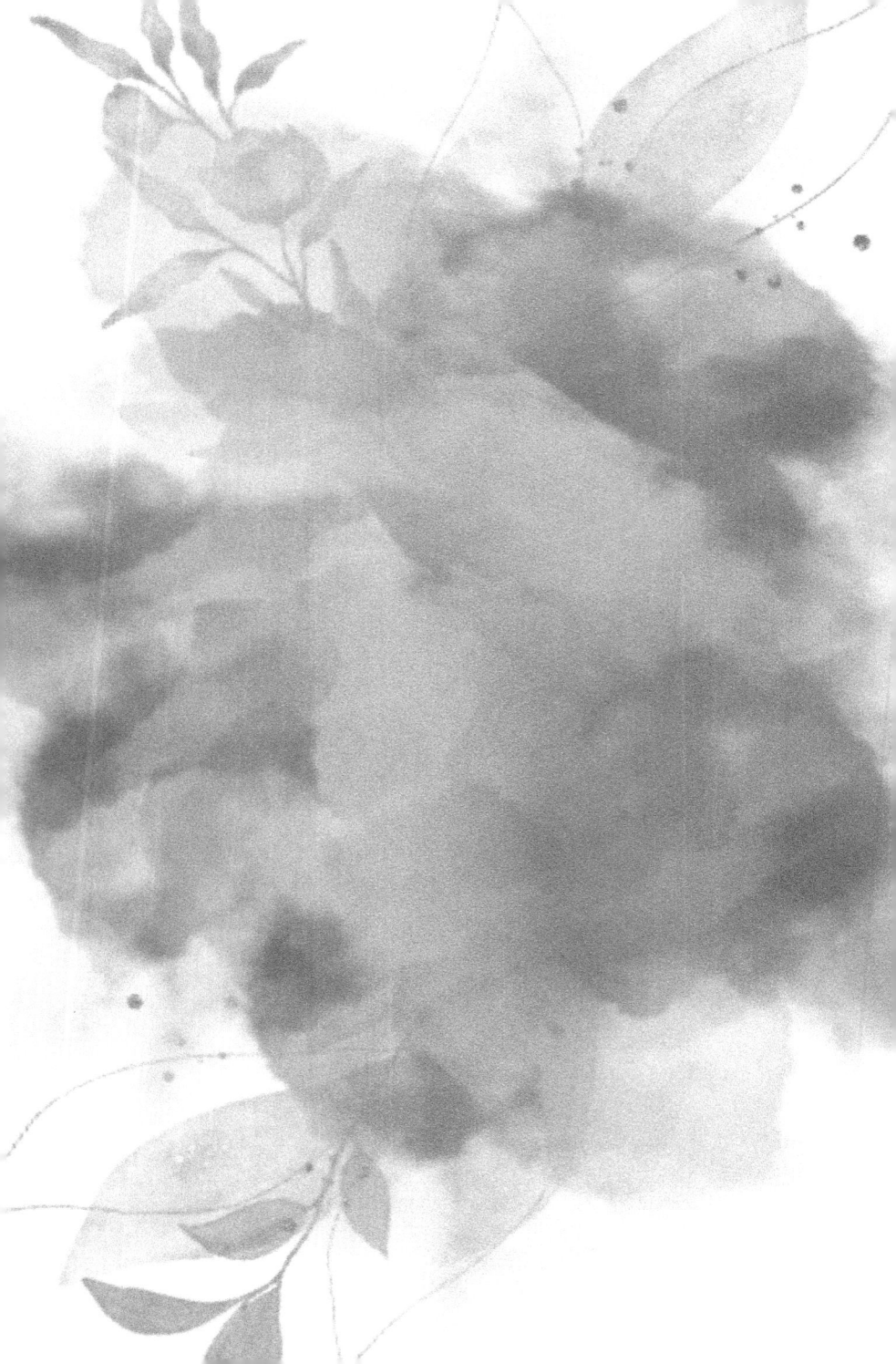

6

Noch immer finde ich keinen Halt, bis mir Shawn auf die Beine hilft und ich unter seinem festen Griff stehen kann.

Die letzten Tage – nein, die letzten Ereignisse, weil ich vollkommen mein Zeitgefühl verloren habe – wirken, wie hinter einer Nebelwand versteckt. Ich kann sie immer nur kurz sehen, nie vollends greifen, aber ich weiß, dass sie mir unendliche Schmerzen bereiten werden, wenn ich sie näher betrachte oder ihnen sogar in den Nebel hinein folge. Also bleibe ich hier. In der merkwürdigen Sicherheit, die mir Stella schon im Auto versucht hat zu vermitteln und es jetzt auch ihr Dad tut. Und bestimmt sind sie nett, auch wenn Stella etwas verdreht und naiv wirkt. Trotzdem ist da ein Gefühl, dass ich genauso wenig erfassen kann, wie die Erinnerungen an die letzten Tage. Aber es ist dunkel und verursacht einen kalten Schauer auf meiner Haut, den ich mir am liebsten dauerhaft wegwischen will.

Genau dieser Schauer zwingt mich dazu, stark zu sein und nicht in den Nebel zu rennen und die Trauer zuzulassen, die ich tief in meinem Herzen spüre.

Mit kaltem und berechnendem Blick mustert mich Stellas Dad.

Dad. Ein Wort, das ich vor Kurzem selbst noch zu der Person, die es für mich auch wirklich war, gesagt habe. Aber jetzt steht ein anderer Dad vor mir, während mein eigener tot ..., ich lasse den Gedanken nicht zu.

Ich ertappe mich dabei, wie ich mich genau danach sehne. Eine - nein, meine Familie, die es nicht mehr gibt.

Meine Augen brennen schon wieder. Ich will zusammenbrechen und diese Welt bis in ihre tiefsten Tiefen hassen, weil ich das Schlechte wie magisch anzuziehen scheine. Ob es hier besser ist? Ich weiß es nicht und ich will es auch nicht herausfinden. Ich will einfach nur gehen und in meinem Selbstmitleid ertrinken und hoffen, dass mich dieser komische Typ nicht auch noch in die Finger bekommt. Dafür muss ich an Shawn und Stella vorbei. Ich bin mir sicher, ich komme hier am schnellsten heraus, wenn ich mich kooperativ zeige, damit ich, sobald ich allein und in Sicherheit bin, zusammenbrechen und alles verarbeiten kann.

Shawn zieht mich mit sich. Über den Flur, auf dem das Licht in meinen Augen sticht, weil ich – ich weiß nicht wie lange – in diesem spärlich beleuchteten Raum verbracht habe.

Das alte Holz knarzt unter meinen nackten Füßen. Doch mir ist nicht kalt. Ebenso wenig warm, weil alles ineinander verläuft.

Das Bild verschwimmt abermals. Aber es liegt nicht an den Tränen, sondern an diesem Drink von diesem Maise, der meinte, dass es mir damit besser gehen würde. Vielleicht hält auch genau dieser die dunklen Gedanken fern.

Vor einer großen Doppeltür bleiben wir stehen. Wie ein unüberwindbares Hindernis ragt sie vor mir auf. Ohne zu klopfen, tritt Shawn ein, zerrt mich weiter mit sich und ich kann mich nur noch durch die Bewegung auf zwei Beinen halten.

Kurz vor dem Kingsize Bett mit den vier großen verzierten Holzpfosten, fast in der Mitte des Raums, kommt er zum Stehen. Wieder muss ich mich an ihn klammern, um Halt zu finden. Eine Frau, die schon einmal flüchtig in das Zimmer, in dem ich lag, hineingesehen hat, blickt von der anderen Seite des Bettes, auf dem sie sitzt, auf. Das Rüschenkleidchen, das sie trägt und über das ihre blonden glatten Haare fallen, zeigt dabei ihre schlanke Erscheinung. Nur ihr Blick spricht Bände, denn der Zorn, der sich in ihnen widerspiegelt, geht mir durch Mark und Bein und beweist mir ein weiteres Mal, dass ich hier nicht hingehöre, sondern dringend wegmuss.

»Du kannst gehen, Flore«, sagt Shawn zu der Frau, die wohl seine Ehefrau zu sein scheint. Diese bleibt regungslos sitzen und sieht immer blasser werdend von ihm zu mir und zurück. Seine Hand, die meine umschließt, zuckt angespannt.

»Ich werde mich nicht wiederholen« redet er ruhig aber bestimmt weiter. Trotzdem ist der scharfe Unterton kaum zu überhören und triggert meinen inneren Wunsch, sofort abzuhauen.

Kurz versuche ich, meine Finger von ihm zu lösen. Sein Griff wird erneut fester und ich weiß, dass ich nicht wegkomme.

Wutentbrannt lässt Flore die Decke los, steht auf, greift nach dem Seidenmantel, der über dem Stuhl hängt und zieht ihn an. Als würde sie sich absichtlich Zeit lassen, schnürt sie ihn sorgfältig zu und tut so, als würde sie nach ihren Schuhen suchen.

Fast schon theatralisch, mit weit nach oben gerecktem Kinn, schlüpft sie in sie hinein, kommt auf uns zu und bleibt vor ihrem Mann stehen.

»Kristina ist wohl nicht mehr gut genug für dich?«, zischelt sie und sieht ihm böse funkelnd direkt in die Augen.

Wer ist Kristina?

Er lässt sich von ihr nicht provozieren, sondern nickt nur zur Tür. Kurz huscht ihr Blick zu mir und dann verlässt sie den Raum. Ihre hastigen Schritte werden leiser, bis sie ganz verstummen. Erst dann lässt Shawn mich los, der zu einem kleinen Tisch in der Ecke läuft.

»Was war das denn?«, frage ich kaum hörbar und taumle auf der Stelle. Mein Gehirn arbeitet gar nicht mehr und verzerrt meine Wahrnehmung. Der nächste Fetzen in meinem Kopf reißt in zwei und es wirkt, als würde die Brücke mit den Erinnerungen der letzten Stunden – Tage, Wochen, ich habe absolut keine Ahnung – brechen und mir alles nehmen.

»Bitte entschuldige, meine Frau ist manchmal recht eigensinnig.« Vor Stuhl und Tisch stehend, löst er seine Krawatte.

»Schon gut«, nuschele ich nur noch. Meine Lippen wirken wie taub.

»Wie fühlst du dich?«, fragt er, zieht die Krawatte aus und hängt sie über die Lehne. Dasselbe tut er mit dem schwarzen Sakko.

Mein Kopf versucht, die Situation immer noch zu bewerten, schafft es aber nicht. »Ich weiß es nicht«, antworte ich wahrheitsgemäß. Erneut verschwimmt das Bild, Schwindel setzt ein und ich lasse mich auf das Bett sinken, um nicht sofort umzukippen.

Die Situation ist mir einfach nur unangenehm, weil ich in die Intimsphäre zweier Fremder eindringe, und wende deswegen meinen drehenden Blick gen Boden.

»Das ändert sich. Du wirst sehen, morgen sieht die Welt ganz anders aus und du wirst wieder wissen, was los ist.«

Morgen werde ich wissen, was los ist? Wieso nicht heute?

Eine Hand legt sich auf mein Knie. Ich zucke zusammen, blicke auf und sehe in das kalte Grün von Shawns Iriden. Ich habe gar nicht bemerkt, dass er vom Stuhl zu mir gelaufen ist. Dabei wollte ich schon längst wieder stehen.

Seine Hand fährt mein Bein hoch. »Morgen wirst du vieles viel besser verstehen.«

»Was?« Ich schrecke auf, presse gleichzeitig die Beine zusammen und will aufstehen, weil mir die Situation endgültig entgleitet. Er drückt sich fest auf meine Oberschenkel und ich komme nicht weg.

»Cleo«, raunt Shawn.

In meinem Kopf rattert es. Erinnerungsfetzen kommen zurück. Ich sehe, wie meine Eltern tot auf dem Boden liegen und ihr Blut über den Flickenteppich läuft. Mein Körper zittert. Der Mann mit dem schwarzen Hut lächelt mir entgegen. ›Hallo, Cleo.‹

Das Zittern wird stärker. Rücklings schiebe ich mich auf dem Bett zurück, bis Shawn so stark um meinen Fußknöchel greift, dass der Schmerz in mein gesamtes Bein ausstrahlt.

»Nicht so hastig.« Harsch zieht er mich zurück und der Schwindel verstärkt sich. Alles in mir rebelliert und zu dem ganzen Schmerz in mir gesellt sich ein anderes Gefühl – Angst.

Ohne mich loszulassen, greift er nach einer Fernbedienung am Kopfende, auf der er herumdrückt. Noch während es so klingt, als würde sich etwas Metallisches über eine Führungsschiene bewegen, hat mich Shawn zurück zur Bettkante gezogen. Viel zu schnell, als dass ich begreife, was passiert, greift er meinen Arm. Ruckartig zieht er mich auf die Knie, lehnt sich selbst aufs Bett und renkt mir bei seinen Bewegungen, um hinter mich zu kommen, fast den Arm aus, den er hinter meinem Rücken fixiert. Mit der anderen greift er um meinen Körper. Wie im Schwitzkasten richtet er mich gänzlich auf und platziert mich so auf dem Bett, dass ich zu einer Glasscheibe sehen muss, die sich gerade auf der Wandseite gegenüber dem Bett auftut.

Wieder drückt er neben mir auf die Tasten und hinter der Scheibe geht Licht an. Es gibt die Umrisse einer kargen Steinmauer preis. Davor ein Bett und ein Mädchen, welches lediglich mit einem knappen Top und Höschen bekleidet ist, sowie zwei Männern, die nackt vor ihr stehen. Dabei kann das braunhaarige Mädchen kaum älter als ich sein und sieht mit großen glasigen Augen und zitterndem Körper abwechselnd zu den Männern und zur Glasscheibe, als würde sie einen Ausweg suchen, den es mit Sicherheit nicht gibt.

Das Bild löst eine Kettenreaktion in mir aus, denn mein Körper scheint schon zu wissen, was passieren wird, nur mein Kopf sträubt sich mit allen verfügbaren Waffen dagegen, es denken zu wollen.

Unwillkürlich will ich mich losreißen oder zumindest den Blick abwenden. Aber das lässt Shawn nicht zu, greift jetzt genauso unsanft wie vorhin um meinen Fuß, jetzt um mein Kinn und zwingt mich, nach vorn zu sehen. Aber ich schließe die Augen.

»Sieh hin«, fordert er. Panisch hole ich Luft und schüttle mit geschlossenen Augen den Kopf.

»Bitte nicht«, flehe ich flüchtig, weil meine Stimme versagt.

»Ich werde mich auch bei dir nicht wiederholen«, flüstert er nah an meinem Ohr und drückt fester zu.

Der Schmerz wird so stark, dass ich immer wieder blinzle. Die Tränen laufen über mein Gesicht und ich sehe aus dem Augenwinkel Shawns eisigen Blick, der mich weiterhin abtastet.

»Geht doch.« Er sieht nach vorn, nickt und sofort greift einer der Männer, dem die schmierigen, dunkelblonden Haare ins Gesicht fallen, nach dem Arm des Mädchens, das sich so wie ich eben, versucht, aus dem unbarmherzigen Griff zu lösen. Sie schreit, aber ich kann sie nicht hören. Ich kann nur ihren verzweifelten Versuch, sich zu wehren, wie ein Schwamm aufsaugen, der gleich ausgewrungen wird, weil all ihr Strampeln, Treten und Winden nichts bringt. Der Mann, der sie festhält, ist ihr körperlich weit überlegen, und verschlingt sie mit einem düsteren Blick, als sei er der Wolf auf der Jagd. Erbarmungslos zieht er sie mit sich, bis auch der zweite Mann, der auf dem Bett kniet, ihre andere wild um sich schlagende Hand ergreift und ihr das dünne Shirt vom Körper reißt. Ihre festen Brüste wackeln unter ihren Bewegungen, die so hilflos wirken, als wäre sie ein Fisch an Land, der nie wieder das Wasser sehen wird.

Der, der das Shirt zerrissen hat, dreht sie so, dass sie zu dem blonden Mann sehen muss, greift nach dem zweiten Arm und zieht sie an beiden nach oben, bis sie den Boden unter den Füßen verliert.

Der blonde Mann, der sie mit sich gezogen hat, stellt sich mit erigiertem Glied vor sie, zieht ihr den Slip herunter und geht gar nicht erst auf die Tränen, die aus ihren Augen quellen, ein. Mein Körper bebt. In meiner Kehle brennt es, aber ich schaffe es nicht, mich zu übergeben, weil ich wie gelähmt auf die Schandtat vor mir stieren muss.

Erneut zucken meine Augen, die ich einfach nur fest zusammendrücken will.

»Wage es nicht, die Augen zu schließen«, mahnt Shawn weiterhin nah an meinem Gesicht. Sein grimmiger Unterton zieht sich als Eiskristall durch meine Brust.

Völlig verängstigt reiße ich sie weit auf und nehme die Angst, die der jungen Frau in den Augen steht, auf.

Der Mann, der sie festhält, greift kräftiger zu und leckt ihr über die Wange. Der andere packt sie an beiden Beinen, die sie immer noch versucht, wild hin und her zu schwingen.

Dieser unerträgliche kalte Schauer, der über meinen Rücken läuft und die tiefe Abneigung, Angst und Ekel, die ich empfinde, könnten nicht mehr größer sein.

Doch ihr Kampf ist vergebens. Unbarmherzig spreizt er ihre Beine, drängt sie links und rechts an seine eigenen und dringt erbarmungslos in sie ein.

Der Schrei, den ich in ihrem Gesicht erkenne, aber nicht hören kann, klingelt wie ein fernes Fiepen in meinen Gedanken. Rhythmisch drückt er sie immer wieder nach oben, dringt in sie ein und genießt den schmerzverzerrten Anblick, den sie bietet.

Shawn riecht an meinen Haaren, vergräbt sein Gesicht darin und haucht seinen Atem, der mich anwidert, über meine Schulter. Meine Atmung kommt vollkommen aus dem Gleichgewicht, denn ich will den Gedanken, der sich in meinem Kopf festsetzt, nicht zu Ende denken.

»Das, was du da siehst, ist mein Job«, beginnt er ruhig und sachlich. »Sonst teste ich die Ware selbst, die hier ankommt. Aber heute habe ich das Vergnügen zwei meiner Männer überlassen, damit du siehst, was passiert, wenn man sich mir widersetzt oder meint, die Spielregeln zu seinen Gunsten ändern zu wollen.«

Was redet er da nur? Erneut krampft sich mein Magen zusammen. »Ich ...«, beginne ich kaum hörbar, weil mir der Kloß so tief im Hals sitzt, dass mir auch gleich die Luft wegbleiben wird.

»Eigentlich wärst du nur ein weiteres Stück Ware, das vom Bordstein zu mir gelaufen kommt, weil du wovor auch immer Angst hast oder davonläufst.«

Die Frau bewegt sich kaum noch, als wäre sie in eine Art Schockstarre verfallen. Trotzdem hört der Mann nicht auf. Und in meinem Kopf bin ich wieder auf der Farm, mit den Schüssen, die sich jetzt mit den Stößen des Mannes mischen.

»Aber Stella möchte mehr. Sie sehnt sich nach einer Schwester oder mehr einer besten Freundin, die sie nun mal in dieser Familie nicht so leicht haben kann.«

Die Hand, mit der er mich an seinem Körper fixiert, fährt unter mein Shirt.

»Aber jetzt hat sie dich gefunden und ich gestehe ihr diesen Wunsch nur allzu gern zu, wenn ...« Er umschließt meine Brust und kneift in meine Brustwarze. Ich zucke zusammen. Sofort drängt er mich wieder fest gegen sich.

»... ich auch etwas davon habe.«

Ohne Vorwarnung lässt er mich los, greift meine Hand, dreht mich um und schmeißt mich auf die Matratze. Ehe ich richtig realisiere, was passiert, weil sich alles dreht, kniet er schon breitbeinig über meinem Bauch. In meinem Kopf bricht die pure Panik aus, die sich auf meinen gesamten Körper überträgt.

»Nein!« Fest drücke ich die Beine zusammen. »Nein!« Panisch versuche ich, mich mit meinen Händen gegen ihn zu wehren, und schlage wild um mich. Dabei habe ich kein festes Ziel, nur den Wunsch, hier endlich herauszukommen und diesen Albtraum zu beenden.

Eine Hand landet in meinem Gesicht. Es knallt. Erneut setzt der Schwindel ein und meine Wange pulsiert schmerzhaft. Bevor ich wieder richtig bei mir bin, greift er nach meinen Händen und fixiert sie rechts und links neben mir.

»Du wirst mir gehören«, sagt er inbrünstig. Seine Worte hallen in meinen Ohren nach und meine Tränen nehmen mir komplett die Sicht.

Er beugt sich zu mir hinunter. Immer stärker angewidert und der völligen Hoffnungslosigkeit nahe, drehe ich den Kopf weg.

Belustigt schnaubt er auf, lässt eine meiner Hände los und greift stärker als vorhin um mein Kinn. Meine Hand schlingt sich um seine. Doch das kümmert ihn gar nicht. Meine eigene Kraft ist fast verpufft, was ich diesem Drink zu verdanken habe. Der Druck auf meinem Kiefer wird unerträglich und ich öffne den Mund. Hart presst er die Lippen auf meine, schiebt seine Zunge nach und die Übelkeit kriecht mir die Kehle hoch.

Nur Millimeter schwebt Shawn über meinem Mund. »Dein Körper gehört mir und ich verspreche dir, dass du niemals jemand anderen als mich glücklich machen wirst.« Er dreht meinen Kopf zur Seite, sodass die Tränen direkt von dem Stoff unter mir aufgesogen werden und ich zur Glasscheibe schauen muss. Die zwei Männer haben die Frau aufs Bett gelegt und nehmen sie zu zweit.

»Andernfalls ereilt dich dasselbe Schicksal, denn du bist ersetzbar. Was nicht bedeutet, dass ich dich nicht leiden lasse, ehe ich dir den Tod schenke.«

Wieder fährt er unter mein Shirt und zieht es hoch, umgreift meine Brust und leckt mit seiner Zunge über meine Brustwarzen, ohne dass ich ein Geräusch von mir gebe, denn egal, was ich tue, es wäre alles falsch. Mein Körper hat seine Worte gespeichert und der Schmerz auf meiner Wange ist real. Dazu das Bild vor mir und ich wünschte, dass der Krebs, den ich bisher verdrängt habe, schon so weit gestreut hätte, dass ich auf der Stelle tot wäre.

Seine andere Hand zieht meine Shorts nach unten und ich erzittere erneut.

»Schhh«, raunt er, stellt sich vor das Bett und öffnet seine Hose. Ich will nicht hinsehen. Ich will nicht über das nachdenken, was hier passiert. Wollte ich nicht kämpfen? Wieso wollte ich kämpfen und worum? Ich sehe Miguels Gesicht in meinen Gedanken aufblitzen, der meinte, ich sei noch nicht bereit dafür und ich solle erst gesund werden. Wieder beugt sich Shawn über mich und dreht meinen Kopf zu sich.

»Und solange du meine Wünsche erfüllst ...« Er stemmt meine Beine, die unaufhörlich zittern, auseinander. »Kannst du hierbleiben und wirst vor all dem, vor dem du wegrennst oder

Angst hast, sicher sein.« Grob dringt er in mich ein. Alles in mir verkrampft sich. Mein Körper bäumt sich auf und meine Hände versuchen ihn wegzudrücken. Aber wie eine unüberwindbare Felswand ignoriert er meinen Kampf, die Tränen und den Schrei, der mit jedem Stoß mehr zu einem Wimmern wird. Ohne mir eine Träne wegzuwischen, ohne eine Pause einzulegen, damit ich mich irgendwie entspannen kann, fährt er fort. Dringt in mich ein und sieht immer wieder zu dem Schauspiel hinter der Glasscheibe.

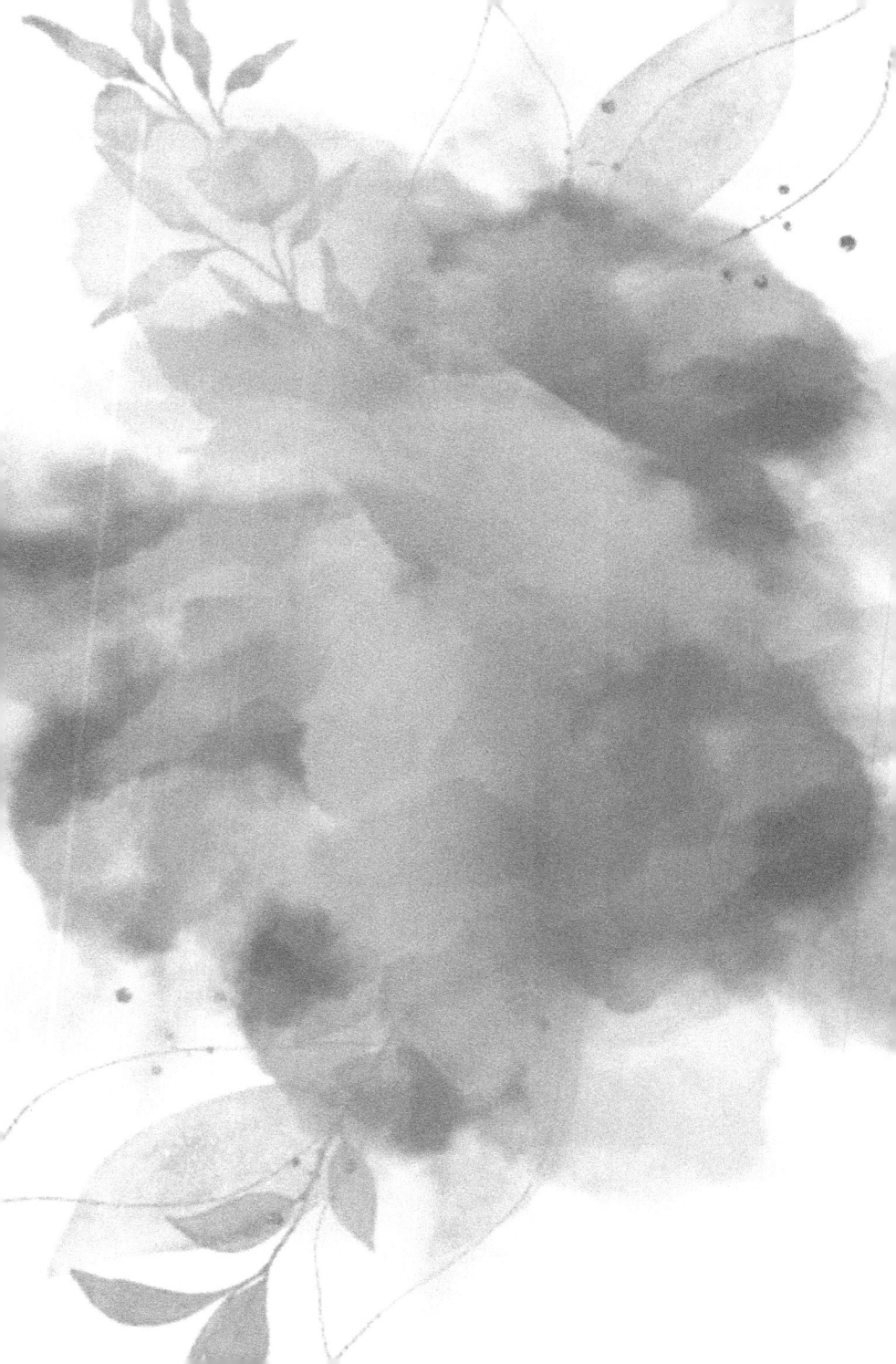

Kian

7

8 Jahre später

Die Kamera an der Einfahrt registriert meinen Wagen. Zusätzlich nicke ich in die Linse, die mein grimmig dreinblickendes Gesicht wunderbar auf einem der Bildschirme auf der anderen Seite vergrößert und jeder weiß, dass ich diesen Wichser nicht mit einem Hofknicks begrüßen werde.

Kurz piept es und das große schwere Eisentor öffnet sich, was die einzige Chance darstellt, auf dieses Grundstück zu kommen. Was denkt er nur über sich? Dass er der größte Drogenboss der Welt ist und jede Woche einen neuen Angriff auf sein Leben fürchten muss? Tzz. Dann überschätzt er sich echt maßlos.

Immerhin soll das hier doch nur noch sein *Zweitjob* sein. Sonst hätte er mich, wie sonst auch, in einem seiner Nutten- clubs begrüßen können. Wie doch dieses neue Amt seine Selbstverliebtheit potenziert, ist unerträglich.

Das Tor ist offen und ich fahre in meinem schwarzen Jaguar die gepflasterte Einfahrt nach oben. Mit hasserfülltem Blick sehe ich auf das unscheinbar wirkende und hell erleuchtete An- wesen vor mir, von dem man niemals denken könnte, dass es, mit dem auf eine Höhe geschnittenen Rasen, den Rosenbü- schen und dem hellen Marmorweg, der rechts am Haus vorbei- führt, einem eiskalten Drogenboss gehört. Aber das gehört wohl zu seinem Doppelimage, dass er perfekt beherrscht. Am Tag der Bürgermeister, der immer ein offenes Ohr für seine Schäfchen hat und nachts der kranke Bastard, der gern der Nutte, die sich einmal falsch auf seinem Schwanz rekelt, nen Kopfschuss verpasst.

Meine Hände verkrampfen sich um das Lenkrad. Selbst mein Totenkopftattoo auf meinem linken Handrücken grinst nicht mehr dreckig, sondern zieht eine verzerrte Grimasse und ist bereit, jede Kehle aufzuschlitzen, die meint, auf mich hinabzu- sehen – selbst, wenn es seine ist. Dabei habe ich null Bock auf diesen Termin. Dass er mich aus der Reserve lockt, ist gleich der nächste Grund, ihm eine Kugel zwischen seine Augen zu verpassen.

Ich parke direkt vor der Tür und atme tief durch, um die Wut hinunterschlucken zu können. Leider brauche ich eine Schießerei in seinem Territorium gar nicht erst anzufangen. Ja, das ist sogar ziemlich clever von ihm, mich hier herzubestellen, wo er genau weiß, dass ich nur bellen, aber nicht beißen kann. Deswegen liegt meine Glock leider nur auf dem Beifahrersitz. Ich kann sie heulen hören, weil ich sie heute nicht einsetzen darf. Aber noch ist der Tag nicht um. Wenn er noch mehr das Arschloch heraushängen lässt, als er es sonst schon tut, dann erledige ich das beim Losfahren, wenn ich gehe. Aber erst einmal muss ich zeigen, dass ich k...k... kompromissbereit bin. Meine Gedanken stocken, denn nicht mal dort will ich dieses Wort aussprechen.

Es ist das schlimmste Adjektiv, dass man jemals in den Wortschatz aufgenommen hat. Ich habe drei Brüder. Ich war mein ganzes Leben kompromissbereit und will jetzt alles andere als zeigen, wie gut ich teilen oder besser gesagt zurückstecken kann.

Mit festem Blick auf das Haus ziehe ich den Zündschlüssel. Der Motor verstummt und wie auf Kommando kommen schon seine zwei Affen mit den Sonnenbrillen und Armanianzügen auf mich zu.

Bevor sie den Griff meiner Tür erreichen, bin ich schneller und steige bereits aus. Ich bin keine seiner Huren, die auf diese Behandlung stehen. Ich richte Krawatte und Sakko und schließe, als hätte ich alle Zeit der Welt, meinen Wagen, damit keiner von diesen Proleten sich hinter das Steuer setzen kann und es wagt, ihn in zweiter Reihe zu parken. Nein, er wird genau hier stehen bleiben und auf mich warten. Zeigen, dass ich mich nicht wie die zweite Wahl behandeln lasse. *So weit kommt es noch!*

Ohne einen der beiden zu beachten, stecke ich den Schlüssel in die Tasche meiner Anzughose und laufe die Treppen nach oben. Prompt werde ich aufgehalten und an der Schulter gepackt.

»Warte«, raunt der eine.

Ich entziehe mich seinem Griff. »Was ist?«, motze ich gereizt zurück und sehe ihn an, als würde ich ihm im nächsten Moment mein Messer durch die Kehle ziehen, das im Schaft unter meinem Hemd steckt und nur darauf wartet, von mir benutzt zu werden. Und bei Gott – an den ich eventuell glauben würde, wenn er mir nicht mein gesamtes Leben versaut hätte – genau das tue ich, wenn er seine dreckigen Finger nicht gleich von mir nimmt.

Er lässt von mir ab. »Hast du noch Accessoires dabei?«

»Was für ein goldiges Codewort für spitze und scharfe Gegenstände oder Dinge, die neue Piercinglöcher schaffen«, kommentiere ich diese Verniedlichung und versuche, erst gar nicht mein gehässiges Grinsen zu unterdrücken.

O Gott – ja, schon wieder der – ist dieser Shawn tief gesunken, wenn er nichts mehr beim Namen nennen lässt.

Wartend sieht er mich wahrscheinlich direkt an, denn durch diese völlig sinnlose Sonnenbrille, die er mitten in der Nacht trägt, kann ich das nicht zu 100 % sagen.

»Nein«, antworte ich betont hart und recke mein Kinn vor. »Aber wenn ihr zwei scharf darauf seid, mich zu begrapschen, bitte.« Ich strecke die Arme seitlich aus. Der andere kommt auf mich zu und fühlt einmal meinen Körper hinab. Als er bei meinen Beinen ist, beuge ich mich zu ihm nach unten. »Na, gefällt es dir so gut wie mir?«, brumme ich und klimpere nur für ihn mit den Wimpern.

Er blickt auf. Obwohl auch er eine Sonnenbrille trägt, spüre ich deutlich, wie sein wuterfüllter Blick mich strafen soll. Dabei spornt er mich nur noch mehr an, ihm die nächste Spitze zu verpassen. Vielleicht reizt er mich ja so weit, dass ich nicht anders kann als mich zu »verteidigen«. Und ganz zufällig meinen versteckten Freund zu ziehen und sein süßes Blut singen zu hören, wenn es sich auf den viel zu weißen Marmorstufen verteilt. Doch leider antwortet er nicht, was mich nicht daran hindert, weiterzumachen.

»Was denn, Zuckerpuppe? Wurdest du heute schon in den Hintern gebumst, oder ...?«

Er öffnet schon den Mund und in mir steigt die Vorfreude auf meine »Verteidigung«.

»Kian«, begrüßt mich eine heitere Stimme und zwingt mich zum Aufblicken, weil ich genau weiß, wem sie gehört. Nur widerwillig, weil ich gerade in Fahrt komme, blicke ich auf. Shawn kommt, die Arme weit ausgebreitet, die wenigen Treppenstufen hinunter.

»Ich hatte ganz vergessen, dass wir heute den Termin hatten. Sonst wäre ich natürlich schon eher hier draußen gewesen und hätte dich begrüßt.«

Und dafür scheinst du dich jetzt noch besser verstellen zu können, du Wichser. »Vielleicht hilft dir ein Kalender, dir alle Termine zu merken«, antworte ich gereizt.

»Keine Sorge, mein Lieber. Um meine Termine wird sich kompetent gekümmert.«

Das klingt fast so, als hätte er wie Tony Stark einen J.A.R.V.I.S., der das für ihn übernimmt. Ich sehe zurück zu seinen Lakaien. »Vielleicht nachher mein Hübscher«, raune ich erneut und sehe ihn gehässig grinsend an.

Er reagiert nicht, auch wenn seine angespannte Haltung etwas anderes verrät. Er steht auf und sieht wie ein braves Hündchen zu seinem Boss. »Er ist sauber.«

»Bis auf sein Messer«, sagt Shawn und zeigt auf mein Hemd. Sofort drehen sich die beiden Affen zurück zu mir.

»Aber alles gut«, beschwichtigt Shawn sie und sie bleiben wie angewurzelt stehen. »Wie langweilig wäre es doch, wenn nicht etwas Nervenkitzel dabei wäre, ob ich nachher noch in einem Stück in meinem Büro stehe«, sagt er lächelnd und auf eine verlogene Art, die ihresgleichen sucht.

Schon für dieses selbstgefällige Grinsen würde ich ihm am liebsten zeigen, dass es nicht nur ein »Accessoire« ist.

Er dreht sich zur Seite und zeigt mit einer einladenden Geste zur Tür. »Bitte Kian, komm und sag mir, wieso du mich mit deiner stattlichen Erscheinung beehrst.«

Mit unveränderter Miene gehe ich an ihm vorbei und steige die Stufen nach oben. So muss es sich anfühlen, wenn man auf dem Weg in die Hölle ist. Dabei scheine ich die Treppen zu seinem persönlichen Himmel zu erklimmen.

Ich trete durch die hohe Eichendoppeltür und stehe im Foyer. Von hier aus kann man bis hoch zum Dach blicken, das wie eine Art Kuppel wirkt. Geradeaus befindet sich eine lang gezogene Treppe, die in den ersten Stock führt. Da ich noch nie hier war, brauche ich einen Moment, um mich zu orientieren. Es ist nie verkehrt, alle Wege einmal im Blick zu haben.

Shawn geht an mir vorbei, biegt seitlich nach rechts ab und läuft weiter zu der ersten Tür, die nur zur Hälfte geöffnet ist. Jetzt bin ich das Hündchen, das ihm folgsam hinterherläuft – und ich könnte kotzen.

In diesem Raum ist das Licht gedimmt. Die Anordnung der zwei gleich aussehenden Couchen mit seinem Schreibtisch dahinter erinnert mehr an das Bild aus dem Weißen Haus, als an ein altes Gutsherrenanwesen aus feudaleren Zeiten, in dem wir uns hier eigentlich befinden.

Die Tür hinter uns schließt sich. Keiner seiner Aufpasser ist bei uns, obwohl er weiß, dass ich bewaffnet bin. Denkt er, ich belle wirklich nur und beiße nicht? Die Wut über seine Überheblichkeit steigt in jede Faser meines so schon geladenen Körpers, die ich nicht einmal auf der fast fünfstündigen Fahrt hier her abbauen konnte.

»Whisky? Wodka?«, fragt er ruhig und irgendwie viel zu entspannt und füllt sich selbst ein Glas mit Cognac.

»Nein, danke«, presse ich zwischen meinen Zähnen hindurch und zeige meine gute Erziehung, auf die meine Eltern wert gelegt haben, aber die ich am liebsten vergessen würde – zumindest bei ihm.

»Also Kian, kommen wir z...«

Er muss nicht weiterreden. Dafür ziehe ich aus meinem Revers einen Brief, den ich ihm auf den Schreibtisch knalle. »Was soll das?«

Einen Schluck trinkend, dreht er sich um und sieht auf den Schriebs. »Wonach sieht es dann aus?« Dabei nimmt er den nächsten Schluck.

»Es wirkt, als würdest du dir anmaßen, mehr von diesem Kuchen haben zu wollen, als dir zusteht, geschweige denn guttut«, knurre ich und sehe ihn immer dunkel funkelnder an.

Er lacht auf und sieht in das Glas. »Mein lieber Kian, ich glaube, du verwechselst unsere Positionen und deine Stellung in diesem Spiel.«

»Das ist kein Spiel!«, schnauze ich. Jedes Wort aus seinem Mund triggert mich.

»Und trotzdem setze ich dich endgültig schachmatt. Immerhin durftest du lange genug mitspielen.«

Was denkt er nur, wer er ist? »Schachmatt?«, wiederhole ich krampfhaft.

Mehr als ein kurzes Nicken bekomme ich nicht von ihm. »Und es ist ja nicht so, als würdest du keine Alternativen besitzen. Deine Brüder haben genauso lukrative *Firmen*, in denen dein Können eine Bereicherung darstellt. Du wirst es also verkraften.«

Hart schlage ich mit der flachen Hand auf den Tisch. »Du scheinst zu vergessen, wer dir dabei geholfen hat, Geraldton konkurrenzfrei zu machen.«

Wenig beeindruckt schwenkt er sein Glas.

»Mit Sicherheit werde ich nicht der Partner einer meiner Brüder. Mein Geschäft läuft besser als deins. Und nur weil du denkst, dass du mich mit deiner neuen Position, die du dir genauso ergaunert hast, wie all das andere, das du besitzt, herausdrängen kannst, irrst du dich gewaltig. Ich werde nicht gehen.«

Endlich stellt er sein Glas hin, von dem er denkt, dass es ihn wie einen reichen Schnösel aussehen lässt. Mit beiden Händen stützt er sich auf dem Tisch ab und sieht mich triumphierend an. »Ich muss nichts mehr machen, es ist alles geregelt und du bist ab kommendem Monat raus. Deine Routen gehen auf mich über. Entweder du wirst einer meiner Spieler oder ich nehme dich vom Spielfeld. Aber dieses Partnerthema ist endgültig vom Tisch.«

»Das wird …«

»Genau das wird passieren«, fällt er mir ins Wort, drückt sich vom Tisch ab und kommt um den Tisch gelaufen. Eine Armlänge vor mir bleibt er stehen.

»Es gibt niemanden mehr, der deinen Hintern aus der Schusslinie holt, Kian. Dafür hast du selbst gesorgt.«

Zu der Wut in mir mischt sich die Dunkelheit, die dieses Thema mit sich bringt. Wie kann er es wagen, jetzt genau darauf herumzutrampeln? Krampfhaft balle ich die Hände zu Fäusten. Reiß dich zusammen, Kian. Auch, wenn du ihm die Kehle aufschlitzen willst. Du darfst nicht.

»Die Zeiten, in denen du ein Mitspracherecht hattest, sind ab jetzt vorbei. Also arbeite für mich, geh oder, na ja, den Rest kannst du dir ja vermutlich denken«, droht er mir und sieht mich mit vorgerecktem Kinn triumphierend an.

»Ach, darfst du als piekfeiner Bürgermeister keine Wörter mehr in den Mund nehmen, die dich verunglimpfen könnten? Ist das auch der Grund, weswegen wir heute hier reden und nicht in einem deiner Clubs, mit einer Nutte auf deinem viel zu kleinen Schwanz?«

Mehr als dieses kalte, finstere Lächeln, das er sonst aufsetzt, bevor er jemanden abknallt, bekomme ich nicht. Aber, anstatt dass es mir eine Gänsehaut bereitet, oder ich das Bedürfnis verspüre, zu kuschen, kribbeln meine Finger immer stärker. Ich würde ihm das Messer ins Auge rammen. Aber er weiß genau, dass ich nur mit Säbeln rasseln kann, weil sein Tod aktuell keine Option ist. Seit einigen Jahren hasse ich den Faktor Familie und Abmachungen mehr als alles andere auf dieser Welt. Aber seit seinem Schreiben und dem Faustschlag direkt in mein Gesicht, weil er mir meine Routen nach Geraldton nimmt, verfluche ich James Watson und Francis Crick für die Entdeckung der DNA und die damit verbundene Blutlinie, die meine Familie gezwungenermaßen zusammenhält und keinen Krieg mit Shawn wünscht.

Erbost hole ich Luft, halte seinem durchdringenden Blick stand und atme langsam aus, denn ich werde keine Schwäche zeigen. Weder vor ihm noch irgendjemand anderem, der meint, Macht über mich zu haben, denn das hat niemand. Letztens noch so nen doofen Spruch gelesen von wegen, was diese Welt für ein geiler Ort wäre, wenn alle respektvoll miteinander umgehen würden. Aber Scheiße, dann wäre es nicht mehr der Laden, den ich versuche, am Laufen zu halten, und dann könnte ich auch nicht mehr mit meiner Glock herumlaufen und wahllos die Dealer abknallen, die meinen, mich bestehlen zu wollen. Nein, nein, ich nehme diesen Weltladen, wie er ist und wenn ich den Typen vor mir, mit seinem Imperiumssüßigkeitenladen bestehlen muss, um an mein Ziel zu kommen, dann verdammt, ist das so. Keiner hat gesagt, dass ich an Weihnachten ein Geschenk brauche, weil ich artig war. Nein, das Geschenk mache ich mir selbst, wenn ich seinen Kopf auf den Keksteller von Santa lege. Aber nicht heute und nicht jetzt, denn dazu muss ich erst etwas finden, womit ich an ihn herankomme, ohne irgendwelche Abmachungen zu brechen.

»Nur weil du mit meinem Vater irgendetwas am Laufen hast, bedeutet es nicht, dass ich alles so hinnehme.«

Ein amüsiertes Lächeln umspielt Shawns Mundwinkel. »Ah, also willst du petzen gehen?«

Ich gehe einen Schritt auf ihn zu, begegne ihm auf Augenhöhe, sodass sich unsere Nasen fast berühren. »Das hättest du gern, was? Aber das kannst du vergessen.«

Wutentbrannt drehe ich mich um. Laufe schnellen Schrittes zur Tür, die ich aufreiße und laut hinter mir zuknalle und trete auf den Flur, in dem ich mit einer Hand auf dem Treppengeländer stehen bleibe und durchatme.

Dieses verdammte Arschloch! Das werde ich nicht auf mir sitzen lassen. Ich ...

Schritte werden lauter. Ich blicke auf. Auf den oberen Stufen bleibt eine Frau mit langen schwarzen Haaren stehen. Ihren kurvigen Körper bedeckt sie mit einem schwarzen knielangen Lederrock und einer rosa Rüschenbluse, die in dem Rock steckt. Mit wachsamen Augen tastet sie mich von oben bis unten ab. Etwas weiter hinter ihr steht ein weiterer Muskelprotz, der mich genauso grimmig ansieht, wie der von vorhin. Doch auf ihn konzentriere ich mich nicht, weil sie mich mit ihrem intensiven Blick, in dem eine dunkle Schwere liegt, für einen Moment vergessen lässt, weswegen ich hier bin.

Mit einem Stapel Akten auf dem Arm mustert sie mich von oben bis unten und beißt sich dabei kaum merklich auf der Lippe herum. Bestimmt ist sie seine Sekretärin. Oder hat er nicht einmal gesagt, seine Tochter arbeitet auch für ihn? Dann wird sie das wohl sein. Das Nächste, was ungerecht ist, denn solch eine heiße Tochter hat er nicht verdient. Oder vielleicht doch, damit er sich jeden Tag selbst dazu zwingen muss, seine

Finger von ihr zu lassen, und sie nicht in einem seiner Clubs billig zu verheizen.

Der Typ hinter ihr räuspert sich. Die Frau blinzelt mehrfach und schüttelt dezent den Kopf, als würde sie gerade aus einem Traum aufwachen.

»Kann ich Ihnen helfen?«, fragt sie souverän und streicht sich eine Strähne hinters Ohr. Von dem Gefühl, dass sie meinen Anblick genossen hat, ist nichts mehr zu spüren. Dafür übernimmt die überhebliche Art von Shawn ihr Wesen, indem sie ihre kleine Stupsnase gen Himmel streckt. Die Sicherung in meinem Kopf springt raus.

»Nein«, knurre ich erneut. »Mir kann heute keiner mehr helfen.« Ehe ich doch noch etwas Dummes tue, weil sie mir dieselben Attitüden entgegenbringt, drehe ich mich um und gehe hinaus, um so schnell wie möglich von hier wegzukommen.

Die Sonne scheint bereits erbarmungslos auf den roten Sand, der rings um mich herum die karge Landschaft bedeckt. Aber ich habe nicht wirklich einen Blick für sie übrig. Nicht einmal die lange Autofahrt nach Hause schafft es, dass ich mich entspanne. Die Musik kann nicht im Geringsten all den Hass und die Wut, die ich auf diesen Mann – und jetzt auch auf seine Familie - habe, überdecken. Nein, sie treibt mich immer mehr dazu, ihn wie ein Stier einfach über den Haufen rennen zu wollen. Ihn aufzuspießen und einfach in der Sonne verrotten zu lassen, bis die Aasgeier ihm noch bei Bewusstsein seine faulige Haut vom Körper ziehen.

Meine Hände greifen immer fester um das Lenkrad und mein Fuß drückt das Gaspedal durch. Die Staubwolken hinter und vor mir sind dabei scheißegal. Ich muss irgendwo hin mit meiner Energie und wenn ich sie gerade nur durch das Dröhnen des aufheulenden Motors in Schach halten kann, dann kaufe ich mir morgen halt einfach einen neuen Jaguar. Was kostet diese Welt schon, wenn ständig jemand meint, mir vor die Füße pissen zu müssen?

Und dann seine Tochter! Ob sie überhaupt weiß, was für ein berechnender Drecksack ihr Vater ist, der einfach denkt, dass die Welt ihm gehört? Wahrscheinlich ist sie genau so, weil ihr in ihrer Kindheit nur Goldstaub in den Hintern geblasen wurde. Das würde zu diesem unschuldigen Aussehen und diesem eingebildeten Blick passen, weil sie sich für etwas Besseres hält. Wieso nur, geht er mir nicht aus dem Kopf, sondern befeuert nur immer wieder meinen Frust und das Gefühl, dass mir die Hände gebunden sind?

Ich brauche dringend Zeit.

Das Schild zur Farm wird immer größer. Ich rausche einfach darunter durch, in der Hoffnung, dass mich alle einfach in Ruhe lassen.

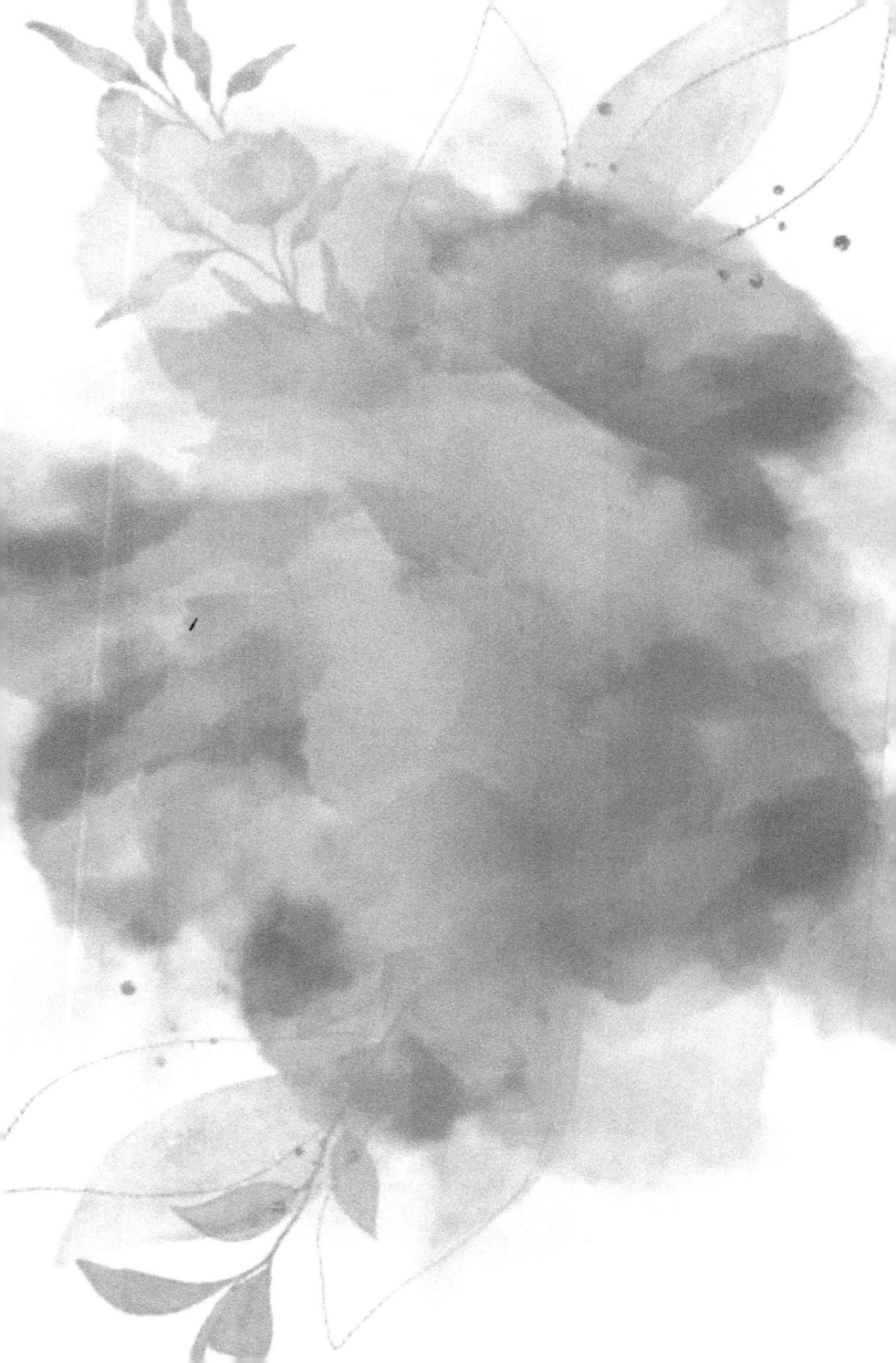

8

Kurz zuvor.

Der Einstich der Nadel zieht sich immer noch wie ein unaufhörlicher Stromstoß durch meinen Körper. Maise stellt den Infusiomaten auf 30 Minuten ein. Er drückt den Startknopf und die Uhr läuft rückwärts, während die Tropfen der Lösung gleichmäßig über meinen Port unterhalb meines linken Schlüsselbeins in meinen Körper strömen. Wie jedes Mal, wenn dieses Prozedere startet, lehne ich mich an und schließe die Augen, damit ich dem Schwindel, der folgt, entkomme.

»Würdest du bitte noch die rechte Brust freimachen?«

Genervt hole ich Luft und sehe zu ihm. Ich habe es mir doch gerade erst im Relaxsessel bequem gemacht. Genau mit diesem verständnislosen Blick, dass das unmöglich sein Ernst sein kann, sehe ich ihn an. »Muss das sein?«, frage ich gereizt, weil ich diese halbe Stunde ungern mit zusätzlichen Schmerzen verbringe und lieber dem Geräusch der Wellen lausche, wenn ich mir bei *National Geografics* eine Folge über die Küsten Australiens anmache. Leider schaffe ich in der kurzen Zeit keine neue Folge von Loki, sonst würde ich viel lieber das schauen und für einen Moment der grausamen Realität entfliehen. Verständnisvoll sieht er mich an. »Ich befürchte, ja. Nächste Woche stehen so viele Termine an, dass Shawn möchte, dass die nächste Sitzung ausfällt.«

Ich streiche mir über das Gesicht. Der Drehschwindel, ausgelöst durch die Chemo in der Flasche, beginnt. Ein Nein wird nicht akzeptiert und ist keine Antwort, die ich geben darf. Also nicke ich, ziehe meine Bluse zur Seite und öffne den BH vorn, sodass meine Brüste dem einschnürenden Stoff entkommen. Ohne, dass Maise etwas sagen muss, hebe ich den rechten Arm, lege ihn über die Lehne und achte darauf, dass meine Haare nicht verwuscheln.

Es wird kalt. Maise sprüht meine Brust großflächig mit Desinfektionsmittel ein, wartet kurz und wischt anschließend mit einem Tupfer darüber. Der Geruch nach Alkohol liegt in der Luft. Absichtlich sehe ich in die andere Richtung, aus dem Fenster, das Richtung Wiese zeigt, die sich hinter dem Anwesen erstreckt und Shawns Zufahrtsweg für sein Geschäft darstellt.

Im nächsten Moment legt Maise sachte seine Finger an meine Brust. »Tief Luft holen.«

Ich atme ein. Der stechende Schmerz treibt durch meinen Körper und potenziert sich, weil ich nicht einmal die Zeit einer lokalen Betäubung bekomme. Hart presse ich die Lippen aufeinander. Verkneife mir die Tränen und blicke zur weißen Decke mit den Stuckverzierungen an den Rändern, bei der ich nach all der Zeit genau weiß, wie viele Einkerbungen jede Einzelne aufweist, wo bereits Stücke abgebrochen sind, oder die Farbe abplatzt ist, weil es die einzige Ablenkung darstellt, solange Maise das brennende Mittel, direkt in das empfindliche Gewebe spritzt. Ein Präventivum, damit mögliche Krebszellen sich nicht vermehren können, weil Shawn nur den Knoten aus meiner Brust hat entfernen lassen, damit keine großflächigen Narben oder andere Blessuren meinen Körper verunstalten.

»Du hast es gleich geschafft.« *Gleich geschafft?* Ich verdrücke mir das Lachen. *Schön wär's.*

»Dass ihr bei diesem experimentellen Vorgehen nicht schon lange eine Studie veröffentlicht habt«, sage ich ketzerisch und blinzle mehrfach, weil der Schwindel unerträglich wird.

»Das ist absolut nicht experimentell«, antwortet Maise und versucht doch tatsächlich, die Situation schönzureden, indem er meint, wenn er mir die Chemo direkt ins Gewebe spritzt, dass ich geheilt bin und bleibe. Dabei wäre das Sinnvollste endlich eine ordentliche Diagnostik und Behandlung durchzuführen – so wie es seit acht Jahren der Fall sein sollte.

Maise zieht die Nadel raus und drückt eine Kompresse gegen die Einstichstelle. Nur merke ich nicht viel, weil meine komplette Brust kribbelt und der Druckschmerz in ihrem Inneren unerträglich ist.

»Könnte es sein, dass du aktuell wieder mehr zu tun hast?«, fragt er, klebt ein Pflaster auf meine Brust und sieht auf sein Klemmbrett, auf dem er jede Woche seinen Fragenkatalog abspult und ich ihm, wie jedes andere Mal auch, immer dieselben Antworten gebe.

»Na, ja«, beginne ich und schlucke meine schnippische Gegenfrage hinunter, die mir auf der Zunge liegt. Dafür schließe ich den BH und schiebe meine Brüste darin in eine Position, in der sie bequem liegen. »Shawn hat gerade viel um die Ohren. Immerhin ist sein Wahlsieg, den er sich jetzt die letzten Jahre erarbeitet hat, noch nicht lange her. Dadurch muss auch ich vieles regeln, da wir die anderen Geschäfte jetzt hier besprechen.«

Er nickt. »Freust du dich für ihn?«

Kurz stolpere ich über die Frage, was ich mir nicht anmerken lasse. Okay, mal etwas Neues. Soll Maise jetzt auch noch meine Loyalität abklopfen? »Natürlich«, entgegne ich, ohne zu zögern, nicht, dass er etwas falsch auffasst und dann petzen geht. »Ich habe mir gewünscht, dass es eher passiert«, flunkere ich weiter. »Aber nichts geschieht ohne Grund. Daher ist das jetzt genau seine Zeit, in der er seine Ziele erreichen wird.«

Ich sehe zur Flüssigkeit hinauf, die sich langsam dem Ende neigt, und muss gähnen.

»Heute war die Dosis etwas höher als sonst. Deswegen wirst du müder sein als üblich. Spätestens morgen ist das verflogen.«

»Gut«, sage ich und schließe erneut die Augen.

»Beide Einstiche solltest du spätestens morgen nicht mehr sehen und die Pflaster kannst du heute Abend abmachen. Es wäre schade, wenn es deine Silhouette verschandelt.«

Verschandeln? Was für eine Wortwahl. Sag doch einfach, dass es Shawn nicht leiden kann, wenn so etwas auf mir klebt, wenn ich ihm nackt, vor ihm kniend, einen blasen muss.

Dabei sollte er froh sein, weil es ein Baustein für das darstellt, was mir hilft, gesund zu sein und zu bleiben, wenn ich mich schon nicht unters Messer legen darf. Dass diese alternativen Behandlungsmethoden überhaupt anschlagen, ist ein Wunder. Dabei weiß ich nicht einmal, ob ich dieses Wunder überhaupt haben möchte. Es wäre schon vor Jahren besser gewesen, wenn ich einfach hätte sterben dürfen. Aber das Schicksal scheint lieber sein grausames Spiel mit mir zu spielen.

Maise zieht die nächste vorgefertigte Spritze aus seiner Arzttasche, die wie Hermines verzauberter Beutel wirkt, der alles beinhaltet und nie voll oder leer wird.

Konzentriert klopft er dagegen, um eventuelle Luftblasen zu lösen, und sieht mich an. »Möchtest du sie gleich?«

»Habe ich eine andere Wahl?«, entgegne ich flapsig, denn nichts an diesem Termin läuft so, wie ich es mir wünschen würde, keine Ruhe, keine Auszeit, keine Pause vor dem, was mich außerhalb dieses Zimmers erwartet.

Wir beide kennen die Antwort. Also ziehe ich dieses Mal den Arm vollständig aus der Bluse und halte ihn Maise hin. Es sticht erneut und er injiziert mir das Mittel direkt in den Muskel am Oberarm, als würde er mich gegen Grippe impfen. Dabei soll es dafür sein, dass ich nicht schwanger werden kann, weil die Spirale ja nicht reicht. Nein, hier wird doppelt und dreifach darauf aufgepasst, dass ich einfach nur das Sexobjekt bin.

Noch während er ein weiteres Pflaster auf mich klebt, piept die Pumpe und meine halbe Stunde Auszeit aus meiner persönlichen Hölle ist beendet, ohne, dass ich überhaupt das Gefühl von Entspannung hatte.

»Du bist für heute fertig.« Er zieht die Nadel aus meinem Port, drückt ebenfalls einen Tupfer darauf, den ich übernehme und selbst drücke. »Ich würde dich ja gern noch etwas ausruhen lassen, aber ich glaube ...«

»Ja, ich weiß«, falle ich ihm ins Wort, weil ich nicht will, dass er es ausspricht. Es ist schlimm genug, dass ich es immer und immer wieder durchleben muss. Da brauche ich es nicht noch als Mantra in meinem Kopf, das dauerhaft erklingt, weil ich mich selbst am besten verletzen kann, indem mein Kopfkino niemals stillsteht.

Wieder landet ein Pflaster auf meiner Haut. Ich ziehe mich an und knöpfe die Bluse zu. In der Zeit geht er zur Tür und holt Mikosh rein, der sich mit seiner starren und immer grimmig dreinblickenden Miene argwöhnisch im Raum umsieht, obwohl hier drinnen nichts passiert ist, was in irgendeiner Form gegen das verstößt, was ich tun und lassen darf.

Ich versuche aufzustehen. Meine Beine knicken weg und ich setze mich zurück auf den Sessel. Diese Nachwirkungen, ich hasse sie, oder besser gesagt hasse ich es, dass mir keine Verschnaufpause gewährt wird.

Mit drei großen Schritten ist Mikosh durch den Raum gelaufen und reicht mir seine Hand. Eigentlich brauche ich einen Moment, um zu Kräften zu kommen. Doch die bekomme ich nicht. Also greife ich zu und lasse mich von ihm hochziehen. Gegen ihn gelehnt rücke ich meine Sachen zurecht und stopfe die Bluse in den engen schwarzen Rock, damit ich das geforderte mondäne Aussehen ausstrahle, auf das Shawn bei mir abfährt.

»Hast du geschaut, ob die Mappen schon fertig sind?«, frage ich beiläufig, weil es mir im Grunde vollkommen egal ist und einfach nur ein Teil meines Jobs darstellt.

Er nickt nur, denn viele Worte bekomme ich nicht von ihm und das ist pure Absicht, damit ich die Gespräche mit Shawn genieße. Oder mit Stella, wenn sie sich mal blicken lässt.

Der Einzige, der sich sonst noch mit mir unterhalten darf, ist Maise. Vielleicht freue ich mich auch deswegen immer auf die halbe Stunde Auszeit in der Woche, in der noch jemand anderes mit mir redet, auch wenn es nur dazu dient, herauszufinden, ob ich an jemand anderes als an Shawn denke.

»Gut.« Ich stelle mich gerade hin, hole tief Luft und setze, in meinen zehn Zentimeter High Heels, einen Fuß vor den anderen. Mikosh öffnet mir die Tür.

Auf dem Flur ist nichts mehr von der Müdigkeit in meinem Blick zu sehen. Ich laufe am oberen Büro vorbei, sammle die Mappen ein, die auf einem kleinen runden Tisch neben der Tür liegen und zähle genau drei. Dabei müssten es fünf sein. Zwei Stadtteile fehlen und es wird niemanden glücklich machen, wenn ich unten nur mit den halben Zahlen antrete.

Mit gemischten Gefühlen, weil ich genau weiß, welche Seite von mir ich gleich herauslassen muss, nicke ich zu Mikosh. Wortlos geht er an mir vorbei und öffnet die Tür von Joslyn, einer der Tippsen, die einfach stupide den ganzen Tag die Zahlen der Zulieferer ins System klimpern sollen. Doch anstatt, dass ihre künstlichen Fingernägel über die Tastatur schweben, sitzt sie breitbeinig auf ihrem Stuhl und wird von John, einem dieser Zulieferer geleckt.

Die Tür knallt gegen die Wand. Als wäre Joslyns Pussy vom Kokain ihres Chefs getränkt und Johns Zunge, ein gottähnliches Werkzeug, schrecken beide erst jetzt hoch. Dabei bin ich mir sicher, dass sie schon mit Blick auf einen Schwanz feucht wird und er einfach ne schnelle Nummer sucht, weil jedes Büro bereits seinen Besuch genossen hat – außer meines, denn mich sieht man nicht einmal von der Seite an, wenn man mit dem Big Boss keinen Ärger haben möchte. Eine Macht, die mir erst in den vergangenen Jahren klar geworden ist, auch wenn sie über die Grenzen dieses Anwesen nicht hinausreicht.

Bis jetzt habe ich gehofft, etwas anderes zu sehen. Wie sie gehastet und schweißgebadet hier sitzt und versucht, irgendwie das Zeitfenster einzuhalten, und ich mich gnädig zeigen könnte. Aber das ist jetzt nicht mehr möglich.

»Die Akten«, fordere ich kalt und betone, dass es nicht nur eine ist.

Überfordert drängt sie John zur Seite, der so aussieht, als hätte er die Situation noch nicht überblickt.

»Oh, äh, aber ...« Sie sieht zur Uhr. Es ist Punkt zwei. Genau Punkt zwei nehme ich sie mit nach unten, um sie spätestens zehn nach zwei auf Shawns Schreibtisch zu legen, weil seine Geschäftspartner halb drei hier eintrudeln und er mit seinen Zahlen protzen will.

»Wieso sind sie nicht fertig?«

Fahrig sieht Joslyn von mir zu ihrem Stecher und zurück.

Wieder hole ich tief Luft. »Weißt du, ich habe echt kein Problem damit, wenn du dich während deiner Arbeit fingern, lecken oder vögeln lässt. Dafür wirst du zwar nicht bezahlt, aber scheiß darauf, wenn du es brauchst, nimm es dir.« Langsam gehe ich auf beide zu. Mikosh schließt die Tür. Noch während ich die Akten, die ich bereits eingesammelt habe, gegen meine Brust drücke, rede ich weiter. »Aber du wirst gefälligst dabei deinen fucking Job erledigen. Denn nicht du bist es, die unten zu Kreuze kriecht, um zu erklären, dass das Personal unfähig ist. Das wirft wirklich kein schönes Licht auf mich, denn ich werde dann leider nicht, wie du, zum Spaß gefickt, Joslyn.«

Ich sehe zum immer noch knienden Dealer. »Hose ausziehen«, zischele ich fordernd und frage mich, wie jedes andere Mal auch, wie ich so verdammt gut zwei Gesichter aufsetzen kann, obwohl ich immer noch Cleo bin, die eigentlich nur versucht hat, mit dem harten Schicksalsschlag in ihrem behüteten Leben die Hoffnung nicht zu verlieren, ehe ihr alles genommen wurde. Aber wenn ich kein Exempel statuiere, wird Shawn es mir wieder zulasten legen. Und leider weiß er genau, wie er mich dazu bekommt, das zu tun, was er will.

Ich will mir keine zukünftige Nutte aussuchen, die in dem Raum neben seinem Schlafzimmer entjungfert wird, während er mich fickt. Nie wieder! Also tue ich das, was er mich gelehrt hat.

Mikosh zieht Joslyn, die bereits wie ein kleines Mädchen flennt, hoch. Mit der anderen zieht er John, der noch gar nicht versteht, was hier geschieht, auf die Beine. Erst jetzt sehe ich, dass er seine Hose nicht öffnen muss, denn sie ist es bereits. Mikosh setzt ihn auf den Stuhl, lässt Joslyn los, die auf die Knie vor ihm fällt und immer noch demütig in meinen kalten Blick starrt. Es ist klar, was sie tun soll. *Muss ich es echt noch aussprechen?*

Eigentlich müsste sich mein Magen verkrampfen. Ich müsste Angst und Trauer verspüren. Aber das wurde mir abtrainiert. In diesem Haus gibt es nur das Gesetz des Stärkeren. Von dem, der die Regeln macht und das ist Shawn. Und jeder kennt die Regeln. Jeder weiß, wie es zu laufen hat und dass man alle Freiheiten besitzt, wenn man seinen Job erledigt. Dann kann man vögeln, wen man will, sich spritzen, was man will und saufen, soviel man will. Außer man heißt Cleo und trägt heute dieses Outfit, was schreit: »Ich bin zu gleichen Teilen eine Heilige und Schlampe«, weil es ihm gefällt.

»Fang an«, fordere ich sie auf. Joslyn schaut zu John. Er ist völlig high. Was für ein Glück für ihn, denn er wird wohl nur den kurzen Spaß mitbekommen, ehe er nie wieder etwas spüren wird.

Joslyn rührt sich nicht. Genervt hole ich Luft und sehe auf die Uhr. »Ich habe noch genau fünf Minuten, um dieses Schauspiel zu beenden, bevor ich mich dazu rechtfertigen muss, wieso ich zu spät bin und weshalb ich nicht alle Akten dabeihabe. Also entweder du fängst an oder du tauschst den Platz mit John.« Ich gehe einen Schritt auf sie zu und umklammere die Akten fester. »Aber glaub mir, du möchtest nicht auf diesem Stuhl sitzen sondern lieber reuevoll knien.«

Ihr Nicken wird vom Zittern ihres Körpers verschluckt, weil sie bestimmt schon gehört hat, was mit den Leuten geschieht, die sich nicht an die Spielregeln halten. Auf allen vieren rutscht sie an John heran, nimmt seinen steifen Schwanz in die Hand und führt ihren Kopf zu ihm, um ihn in den Mund zu nehmen.

Ich sehe nicht weg, denn Mikosh registriert jede meiner Regungen und alles, was ich sage. »Tiefer«, fordere ich emotionslos. Sie beginnt zu röcheln, weil sie ihn gänzlich in den Mund schiebt und er deutlich zu groß ist.

Dem Einzigen, dem es Spaß zu machen scheint, ist John, der laut stöhnt und den Kopf in den Nacken legt, was passenderweise auch noch genau auf die Kante des Stuhls ist. Was für eine scheiß Ironie an diesem Sonntag.

Joslyns Schmatzen wechselt sich mit Johns Stöhnen ab. Ich sehe erneut auf die Uhr. Das wird eine ziemlich knappe Kiste. Johns Finger vergraben sich in der Stuhllehne. Scharf zieht er die Luft ein und ich gebe Mikosh das stumme Zeichen, es zu Ende zu bringen.

Er tritt hinter den Stuhl. Ich einen Schritt zurück, damit mein Kostüm sauber bleibt.

»O ja, Baby, gleich«, raunt John. Seine Beckenmuskeln spannen sich an. Er öffnet den Mund und im selben Moment, als sie schluckt, zieht Mikosh ihm das Messer, mit dem Joslyn sonst Briefe öffnet, mitten über den Hals.

Der Schrecken huscht über Johns Gesicht. Er bäumt sich auf, röchelt, das Blut spritzt in alle Richtungen und läuft ebenfalls in unregelmäßigen Strömen an ihm herunter.

Mikosh zieht den schlaff werdenden Körper zurück, setzt erneut an, sodass die Haut links und rechts aufklafft und ich den Knorpel, der seinen Adamsapfel darstellt, sehe, an dem Blut und Hautfetzen kleben.

Joslyn neigt den Kopf hoch, schreit und übergibt sich. Der Geruch aus einer Mischung von Metall, Sperma und vergorener Milch liegt im Raum. Während Joslyn sich zwischen dem Übergeben und Schreien nicht entscheiden kann, verziehe ich keine Miene, drehe mich um und laufe zur Tür, vor der ich stehen bleibe und warte, dass sie mir Mikosh öffnet. Ich nutze die kurze Pause, um die Tränen zurückzuhalten. Ich habe mir schon vor langer Zeit verboten, meinen Gefühlen freien Lauf zu lassen. Ich spüre alles, mir tut alles weh, doch es wird nie wieder jemand sehen, wie es mir innerlich geht, um keine Schwäche zu offenbaren.

Einen Augenblick später steht Mikosh, mit Blut bespritztem Hemd neben mir und wischt sich mit einem Tuch, dass er immer in der Hosentasche trägt, die Hände trocken. Wenigstens sieht man, wieso ich zu spät komme. Nur flüchtig drehe ich den Kopf über die Schulter. »Das nächste Mal sind die Akten fertig, wenn ich sie brauche.« Mehr sage ich dazu nicht. Er öffnet mir die Tür. Ich laufe zur Treppe und die Stufen hinab, während meine Beine immer stärker zittern und ich der Kraftlosigkeit, die mich überkommt, nachgeben will. Diese Mischung aus Therapie und »Therapie« ist heute nichts für mich.

Eine Tür im Erdgeschoss geht auf, die sofort wieder laut zuknallt, Schritte folgen, die ebenfalls sofort wieder verstummen. Ich sehe nach unten. Ein Mann mit schwarzer Lederjacke und weißem Hemd steht mit der Hand am Treppengeländer und sieht zu mir auf. Seine Haare, die so aussehen, als wären sie glatt nach hinten gekämmt, wirken, als hätte er sie sich gerade gerauft. Kurz recke ich mich leicht nach vorn und blicke zur Tür, aus der er getreten ist. Sofort weiß ich, dass er aus einem Meeting mit Shawn gekommen sein muss, das für den Mann vor mir nicht gut gelaufen sein kann. Sein hasserfüllter Blick trifft mich mitten ins Herz und ich beneide ihn. Beneide, dass er so dreinblicken darf und mit Sicherheit auch Shawn genau mit diesem Ausdruck begegnet ist, während ich gleich kleines Kätzchen vor ihm spielen muss.

Der Blick des Mannes fährt an mir auf und ab, scannt meine Erscheinung und ich weiß nicht, ob ich es genießen oder erschaudern soll, weil es sonst keiner wagt, mich länger als eine

Sekunde anzusehen, geschweige denn ein Funkeln in die Augen zu legen, das nach mehr verlangt. Ich weiß nicht wieso, aber ich habe das Gefühl, dass ich ihn davon abhalten sollte, eine Dummheit zu begehen. Mikosh hinter mir räuspert sich. Genau in dem Moment recke ich das Kinn und hebe den Kopf, sodass ich hoffentlich eingebildet genug auf ihn wirke, damit er diesen Blick bleiben lässt.

»Kann ich Ihnen helfen?«, frage ich so souverän, wie ich es nach all dem, was ich heute schon erdulden musste, zustande bringe.

Er blinzelt. Das Leuchten verschwindet und er scheint ins Hier und Jetzt zurückzukehren.

»Nein.« Das ist alles, was ich von dem Rest, den er nuschelt, verstehe. Daraufhin wendet er den Blick ab und verschwindet durch die Eingangstür.

Wehmütig sehe ich ihm nach. Wie gern würde ich ihm in die Freiheit folgen und endlich alles hinter mir lassen. Mikosh hinter mir räuspert sich abermals. Ich erwache aus meiner beginnenden Trance, umgreife die Akten fester, damit es so wirkt, als würde ich sie fast fallen lassen, um damit meine kurze Pause rechtfertigen zu können, und gehe weiter. Unten angekommen biege ich scharf links ein und gehe direkt auf die Tür zu, aus der der Mann, dessen Blick mir fast ein neues Stück Lebensgefühl hinterlassen hat, gekommen ist.

Wieder öffnet Mikosh sie mir. Ich trete ein und gebe ihm, nachdem er die Tür hinter sich geschlossen hat, die Akten, weil mich die nächste Welle an Kraftlosigkeit und Schwindel überrollt. Shawn läuft gerade zu seinem Schreibtisch und greift nach seinem Cognacglas. Mikosh überreicht ihm die Akten und ich laufe langsamer, um mich so unauffällig wie möglich an der Couch abzustützen.

Shawn beäugt Mikosh und die roten Flecken auf seinem Anzug, sieht zu den Akten und zählt sie.

»Wen hat es denn dieses Mal erwischt?«, fragt er mit einem Schmunzeln auf den Lippen, nachdem ich es endlich geschafft habe, neben ihm anzukommen.

»John, dein Dealer aus Glenfield«, antworte ich brav. »Joslyn tippt zu gut und zu schnell und ich denke, dass sie vorerst ihre Arbeit gewissenhaft erledigt.«

Shawn nickt und sieht zur Uhr. Ich bin drei Minuten zu spät und bete, dass ihm die Blutflecken, meine Erklärung und eine bis auf die Knochen verängstigte Tippse darüber hinwegsehen lassen. Er nickt zu Mikosh.

»Du kannst gehen.« Dieser dreht sich um und verlässt den Raum. Das Klicken der Tür ist kaum zu hören. Ich trete so nah an Shawn heran, dass mein Arm seinen berührt, und sehe ihm dabei zu, wie er die Akten aufschlägt. Dabei fällt ihm eine Strähne seiner sonst perfekt sitzenden Frisur mit den grauen Strähnen ins Gesicht.

»Die wichtigsten sind da. Auf den Rest gehe ich morgen ein. Ich habe heute ohnehin noch ganz andere Dinge zu besprechen.«

»Dinge, weswegen dein letzter Gast so eilig aus dem Raum gestürmt ist?«, frage ich mit der anderen Hand auf dem

Schreibtisch abgestützt. Die Frage klingt unverfänglich genug, um nicht deutlich zu machen, dass er mein Interesse geweckt hat. Da ich in all den Jahren neben seinem Lustobjekt auch die bin, die innerhalb dieser Mauern alles überwacht und managt, erfahre ich mehr, als ich möchte, und werde genauso bestraft wie alle anderen, wenn etwas nicht nach seinen Vorstellungen läuft.

»Das auch«, sagt er ruhig. »Kian war einer meiner größeren Kokainzulieferer. Allerdings werden seine Dienste nicht weiter benötigt. Besser gesagt, wird es Zeit, dass ich mir das nehme, was ihm und seinen Brüdern gehört. Aber das erfordert kleine Schritte und Fingerspitzengefühl. Von seinen Akten sieht er seitlich zu mir auf. »Du bist zu spät, Cleo.«

Mein Puls schießt in die Höhe. Ich spüre meine Schläfe pochen.

»Ja«, sage ich tonlos, denn ich brauche gar nicht erst mit Entschuldigungen zu kommen. Er nimmt die Hand vom Tisch und streicht mir über die Wange. »Wie war es beim Arzt?«, will er wissen und sieht zu der Stelle, wo mein Port liegt, sagt aber nichts und ich weiß, er hat danach geschaut, ob Maise die Nadel gezogen hat.

»Gut«, gebe ich kurz von mir und male mir in meinem Kopf schon aus, wie er mich meine Verfehlung, die wohl nicht einmal das Blut an Mikosh` Jackett wettmacht, wieder spüren lässt.

Langsam streicht er von meiner Wange zu meinem Hals und lässt mich zappeln, weil ich nicht weiß, wann er seinen Groll zeigen wird. »Bist du müde und erschöpft?«

Ich nicke, während der Druck seiner Finger an meinem Hals stärker wird.

»Ja, Maise meinte schon, dass es nach dieser Sitzung der Fall sein könnte.«

Ohne Vorwarnung greift er fest um meinen Hals. Ich biete kaum Gegenwehr und konzentriere mich darauf, ruhig zu bleiben. Mit festem Blick in meine Augen beugt er sich zu mir und streicht mit seinen Lippen über meine. »Gut, dann musst du heute nicht so viel arbeiten.« Er küsst mich und drängt seine Zunge in meinen Mund, schiebt sie so tief, wie er kann, während ich mich zwinge, mich aufs Atmen zu konzentrieren, um nicht nach seiner Hand zu greifen, die mir die Luft abschnürt. Gleichzeitig kreist meine um seine.

Er löst sich von meinem Mund, beißt mir in die Lippe und sieht an mir hinunter. »Dein Outfit ist perfekt, Cleo. So zahm und züchtig.«

»So wie es dir gefällt«, röchele ich, mit seinen Lippen auf meiner Wange. Ein Brummen tief aus seiner Kehle vibriert an meinem Ohr. »Dreh dich um«, fordert er, lässt mich los und drückt meinen Oberkörper, während ich die zweite Hand darauflege, gegen den Schreibtisch. Noch nach einem festen Stand suchend, rafft er meinen Rock hoch und entblößt meine Strapse. Seine Finger fahren an den Gummibändern entlang, greifen darunter und er lässt sie zurück auf meine Haut knallen.

Scharf ziehe ich die Luft ein, aber es kommt kein Ton über meine Lippen. Sofort streift er weiter, umspielt den Spitzenstoff, der nur sporadisch meinen Hintern verhüllt, und dringt mit seinen rauen Fingern in mich ein. Ein kurzes Wimmern verlässt meinen Mund, weil er heute viel zu schnell ist.

»Hast du deine Spritze bekommen?«, fragt er, während er sie langsam vor- und zurück schiebt, mich weitet und sich langsam aus mir zurückzieht.

»Ja«, wispere ich demütig und zwinge mich dazu, die Stimme ruhig zu halten. Meine Beine zittern, weil er zu fest auf meine Mitte drückt. Doch das registriert er nicht. Die Hand, die auf meinem Po liegt, verschwindet. Die andere lässt ebenfalls von mir ab. Eine Gürtelschnalle klickt, gefolgt von einem Reißverschluss, Stoff, der nach unten rutscht und im nächsten Moment dringt er mit seinem harten Schwanz in mich ein. Ich bäume mich auf, doch er drückt mich zurück auf den Schreibtisch, greift nach meinen Armen und fixiert sie auf meinem Rücken, sodass ich auf seinem Tisch liege und nichts weiter sehe, als die Adlerbronze, die er zu seiner ersten Kandidatur geschenkt bekommen hat, diese aber verlor.

Wieder stößt er hart zu. »Morgen bist du pünktlich.«

»Ja«, hauche ich und lasse es ihn genießen, so viel Macht zu haben. Sein Stöhnen wird lauter. Der Griff um meine Finger fester, bis er mich loslässt, die Hand unter meinen Brustkorb schiebt und mich nach oben zu sich drängt, damit ich sein Kommen nah an meinem Ohr hören kann. Wieder greift er um meinen Hals. Sein Schwanz pulsiert kräftig in mir, bis es immer schwächer wird und ganz verschwindet.

Ruhig verharre ich eng an ihn gepresst und konzentriere mich darauf, dem Schwindel in meinem Kopf nicht nachzugeben. Er nimmt einen tiefen Atemzug an meinem Hals und küsst mich.

»Heute Abend wirst du für mich kommen, meine Cleo«, raunt er. Mehr als ein Nicken schaffe ich nicht und ich versuche, an alles zu denken, nur nicht an das, was er gerade wieder mit mir getan hat. Für ihn muss es ein befreiendes Gefühl sein. Für mich ist es nur eine weitere Demonstration, bei der er mir beweist, wie viel Macht er über mich hat.

»Mikosh«, ruft er und die Tür geht sofort auf. Wieder braucht er nichts sagen, denn mein Bodyguard zieht aus einem der Schränke ein kleines Handtuch, das er mir reicht und ich mir zwischen meine Schenkel schiebe, ehe Shawn seinen Schwanz aus mir herauszieht und sein Sperma darauf landet. Ich falte es zusammen, gebe es Mikosh und zupfe meine Sachen zurecht. Genau pünktlich, denn es klopft. Mikosh geht zur Tür und öffnet sie. Shawns vier Geschäftspartner aus den umliegenden Städten, die er jetzt hier und nicht mehr in einem seiner Clubs trifft, treten ein und setzen sich jeweils zu zweit auf die gegenüberstehenden Couchen.

Früher hatte ich wenigstens etwas Freizeit, weil Shawn alles außerhalb geregelt hat und mich nicht mitnehmen wollte. Jetzt bin ich ihm fast 24 Stunden am Tag ausgesetzt und weiß nicht, wie lange ich das noch durchhalte. Doch davon lasse ich mir wie immer nichts anmerken, stelle mich neben ihn, greife mein eigenes Klemmbrett und lächle, während ich innerlich schon lange von einem reißenden Fluss davon gespült wurde.

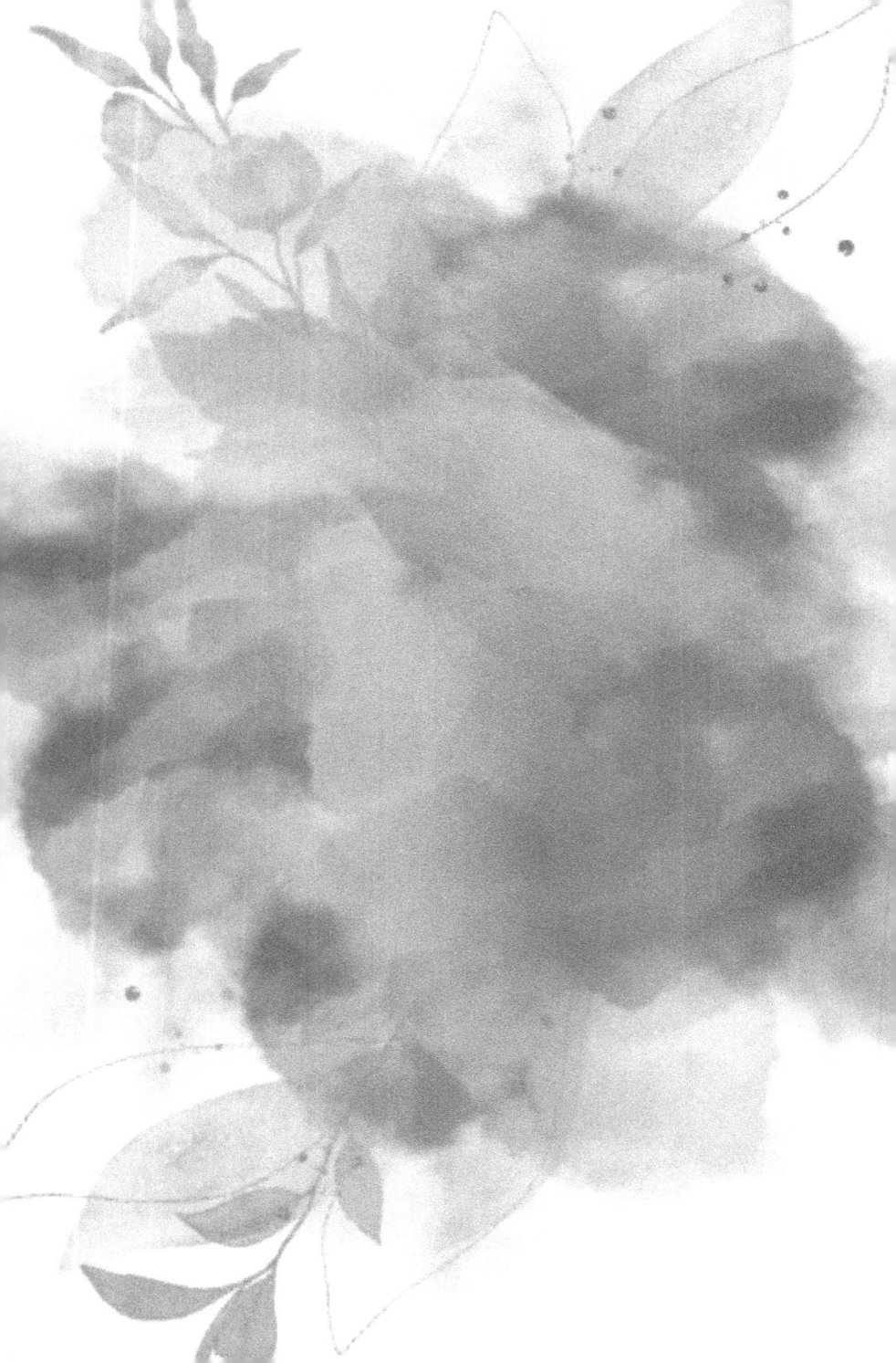

9

An Tagen wie heute ist Cleo noch perfekter, als sie es sonst ist. Ihr Outfit, die Kaltblütigkeit, mit der sie vorgeht, weil sie genau weiß, was ich von ihr verlange. Ja, ich klopfe mir selbst auf die Schulter, wie gut die Schule, durch die ich sie geschickt habe, funktioniert hat. Als wäre gerade nichts passiert, steht sie neben mir und schiebt die Akten zusammen und greift nach ihrem Klemmbrett.

Götter mussten ihre Geliebten anmalen, damit sie sehen konnten, ob sie berührt wurden. So etwas brauche ich nicht. Cleo sieht keinen anderen Mann an. Jeder, der mit mir arbeitet, weiß mittlerweile, dass er sie nicht zu betrachten hat, denn ihr Körper – ihr Tempel – gehört mir allein.

Ich fülle meinen Gästen Whisky in die Gläser. Dabei würde ich die Frau, die sich ficken lässt, als wäre sie nur für mich gemacht, gleich noch einmal nehmen. Aber da ich sie heute

Abend will und ich weiß, wie anstrengend es für sie ist, wenn sie beim Arzt war, werde ich ihr wenigstens heute den Gefallen tun und es ihr leicht machen. Ich bin ja kein Unmensch. Die Tür schließt sich. Mein letzter Partner, Bold, kommt auf mich zu. Hinter ihm bleibt sein neuer Sekretär stehen, den ich bisher nicht kenne. Und ich hasse es, wenn hier einfach Leute mit angeschleppt werden, die nicht angekündigt wurden und die ich noch nicht einschätzen kann.

»Shawn, schön dich zu sehen«, begrüßt mich Bold und reicht mir seine Hand, die ich mit harter Miene ergreife, ohne ihm zu antworten. Dabei sehe ich mehr auf seinen Sekretär, der sich im Raum umsieht. Was für ein unhöfliches Verhalten.

Bold dreht sich um. »Das ist Mark. Er ist mein neuer Sekretär. Sehr zuverlässig, nur noch etwas steif, was unsere Regeln angeht. Aber er hat sich spätestens bis zum nächsten Termin an die Regeln gewöhnt«, verspricht er mir und scheint zu denken, dass er mich damit beschwichtigen könnte. Wo leben wir denn? Seit wann bin ich denn verständnisvoll? Verwechselt er mich mit seinen Kleinkriminellen, die er jeden Tag neu einweisen muss oder immer schön kuscht, weil sie ihm auf der Nase herumtanzen?

Ich sage nichts weiter dazu. Immerhin will ich heute meinen Triumph feiern. Also soll es mein Geschenk an ihn sein, dass ich seinem Mark nicht hier und jetzt die Eier abschneiden lasse, weil er seine Augen nicht bei sich lassen kann.

Ohne Cleo zu beachten, dreht sich Bold in seinem hellblauen Anzug um, streicht sich durch seine fettigen Haare und seinem markanten Kinn entlang und setzt sich wie immer auf die rechte Couch ganz vorn. Mikosh reicht allen den Drink, während ich hinter meinem Schreibtisch Platz nehme und Cleo neben mir stehen bleibt.

Um meinen nächsten Worten so viel Gewicht wie möglich zu geben, schweige ich noch etwas länger und sehe in die Gesichter dieser Affen, die immer noch denken, dass sie ab jetzt in irgendeiner Form ein Mitspracherecht haben – so wie Kian vorhin. Ich lasse sie noch eine Weile in dem Glauben, dass sie, nachdem sie mich bei der Wahl unterstützt haben, ihre Macht ausbauen können. Dabei gibt es nur einen, der künftig die Herrschaft hält. Trotzdem sind einige Mittelsmänner unumgänglich.

Auf meine Ansprache wartend, sehen alle zu mir. Nur nicht dieser komische Sekretär. Mein Auge beginnt zu zucken. »Es ist vollbracht«, beginne ich und versuche, ihn einfach links liegenzulassen. Immerhin wollte ich ihn heute gnädiger Weise atmend mein Haus verlassen lassen. »Ich habe den letzten Stein aus dem Weg geräumt. Ab jetzt sollte sich uns Kian und seine Sippe nicht länger in den Weg stellen oder meinen, die Geschäfte mit zu lenken.«

»Was hast du ihm denn angedroht? Oder liegt er schon als Teil des Fundaments unter dem Haus vergraben?«, fragt Bold und nippt an seinem Glas.

Ich schnaube. »Ja, das wäre mir am liebsten gewesen.« Ich tue es ihm gleich, ehe ich weiterrede. »Nein, er durfte wieder gehen – schmollend. Durch die Verbindung zu seinem Vater kann ich alles, ihm nur kein Messer durch die Kehle ziehen.«

»Seinem Vater?«, zeigt sich Bold interessiert.

Ich nicke. »Ja, er ist in Sydney leider ein relativ hohes Tier, das hinter den Kulissen die Politik lenkt. Allerdings wird es mit ihm keine Probleme geben, solange einfach alle nur mit den Ketten rasseln. Kian wird sich mit Sicherheit bei einem seiner Brüder dranhängen und gut ist - vorerst zumindest. Er wird schmollen und darüber hinwegkommen und dann sehen wir weiter.« Ich zeige auf Bold. »Dafür wirst du seine Routen übernehmen und die Liefermenge verdoppeln.«

»Gut«, stimmt mir Bold zu. Auch die anderen nicken.

»Dann ...« Es klopft. Ich halte inne und blicke zur Tür. Wieder zuckt mein Auge, weil eine Störung eines meiner Meetings eine Unverzeihlichkeit darstellt. Stella streckt den Kopf durch einen kleinen Türspalt. Innerlich werfe ich mein Cognacglas nach ihr. Wer hat ihr in den Kopf geschissen, dass sie die Regeln missachtet?! Die Hitze steigt mir ins Gesicht. Ich zwinge mich zu gleichmäßigen und tiefen Atemzügen, damit ich die Gelassenheit, die ich nach außen hin zeige, nicht verliere. Deswegen winke ich sie herein.

»Was gibt es?«, frage ich mit der unterdrückten Wut.

Mit den Fingern dribbelt sie auf dem Holz entlang. »Ich wollte fragen, ob ich mir ...«, sie sieht zu Cleo, »du weißt schon ... kurz ausleihen kann. Ich würde gern etwas mit ihr besprechen.«

Bestimmt geht es schon wieder um diese idiotische Hochzeit. Langsam geht sie mir gegen den Strich. Nein, nicht die Hochzeit. Die Tatsache, dass Stella denkt, sie heiratet die Liebe ihres Lebens. Aber sie ist genauso lenkbar wie jeder andere Mensch auf diesem Planeten. Mit ihrem Ja-Wort sichere ich mir den Süden Australiens und werde meine Macht immer weiter ausdehnen. Vielleicht kann ich dann sogar Kians Vater ausstechen. Immerhin mache ich es nach und nach mit seinen Söhnen, ohne dass sie es wirklich mitbekommen. Ihre Farm liegt so günstig, dass sie der perfekte Umschlagplatz für fast alles ist. Wenn es nicht diese beschissene Abmachung gäbe, wäre alles viel einfacher. Aber den Umweg gehe ich zu gern, wenn ich danach alle Bänder durchtrennt habe.

Es passt mir zwar nicht, Cleo gehen zu lassen, aber wenn ich mir damit Stella und ihre absurden Wünsche vom Hals halte, geht es nicht anders. Ich nicke. »Sie kommt gleich.«

Alle Blicke sind weiterhin auf mich gerichtet. Nur Bolds Sekretär ist der Einzige, der von Stella zu Cleo schaut und sie mit seinem dreckigen Blick von oben bis unten abtastet.

Die Ader an meiner Schläfe gesellt sich pochend zu meinem zuckenden Auge. Stella grinst zufrieden und schließt die Tür. Cleo neben mir spannt sich merklich an, denn sie sieht dasselbe wie ich. Ich winke Mikosh heran, der sich zu mir hinab beugt. »Es reicht mir jetzt mit diesem Mark. Kümmere dich darum.«

Mikosh zückt seinen Schlagring, geht zu diesem komischen Sekretär und schlägt ohne Vorwarnung zu. Er geht schon nach dem ersten Schlag zu Boden. Das Blut spritzt über meine Couch und direkt auf Bolds Anzug, der genauso wie die anderen keine Miene verzieht, weil er weiß, dass er der Nächste wäre, wenn er versuchen würde zu intervenieren.

»Nein, bitte«, röchelt der Typ, der gleich nichts weiter sein wird, als ein Haufen Scheiße, der es nicht mal wert ist, dass er irgendwo vergraben wird. Sein Bein, was das Einzige ist, das ich von ihm sehen kann, zuckt und wird immer kraftloser, bis es regungslos liegen bleibt.

Alle sind still. Keiner bewegt sich. Mikosh richtet sich auf und zieht ein Tuch aus der Tasche, mit dem er sich die Hände, so weit wie es möglich ist, säubert.

»Du kannst gehen«, sage ich zu Cleo. Verhalten nickt sie und begibt sich über die andere Seite aus dem Raum. Erst als sie die Tür hinter sich schließt, lehne ich mich zurück.

»Also, wo waren wir stehen geblieben?«, frage ich obligatorisch in die Runde.

»D-dass ...« Bold räuspert sich. »Dass ich die Routen von Kian übernehmen soll«, antwortet er ohne Regung in der Stimme, als wäre nichts geschehen.

»Ja.« Ich nicke. »Das wirst du.«

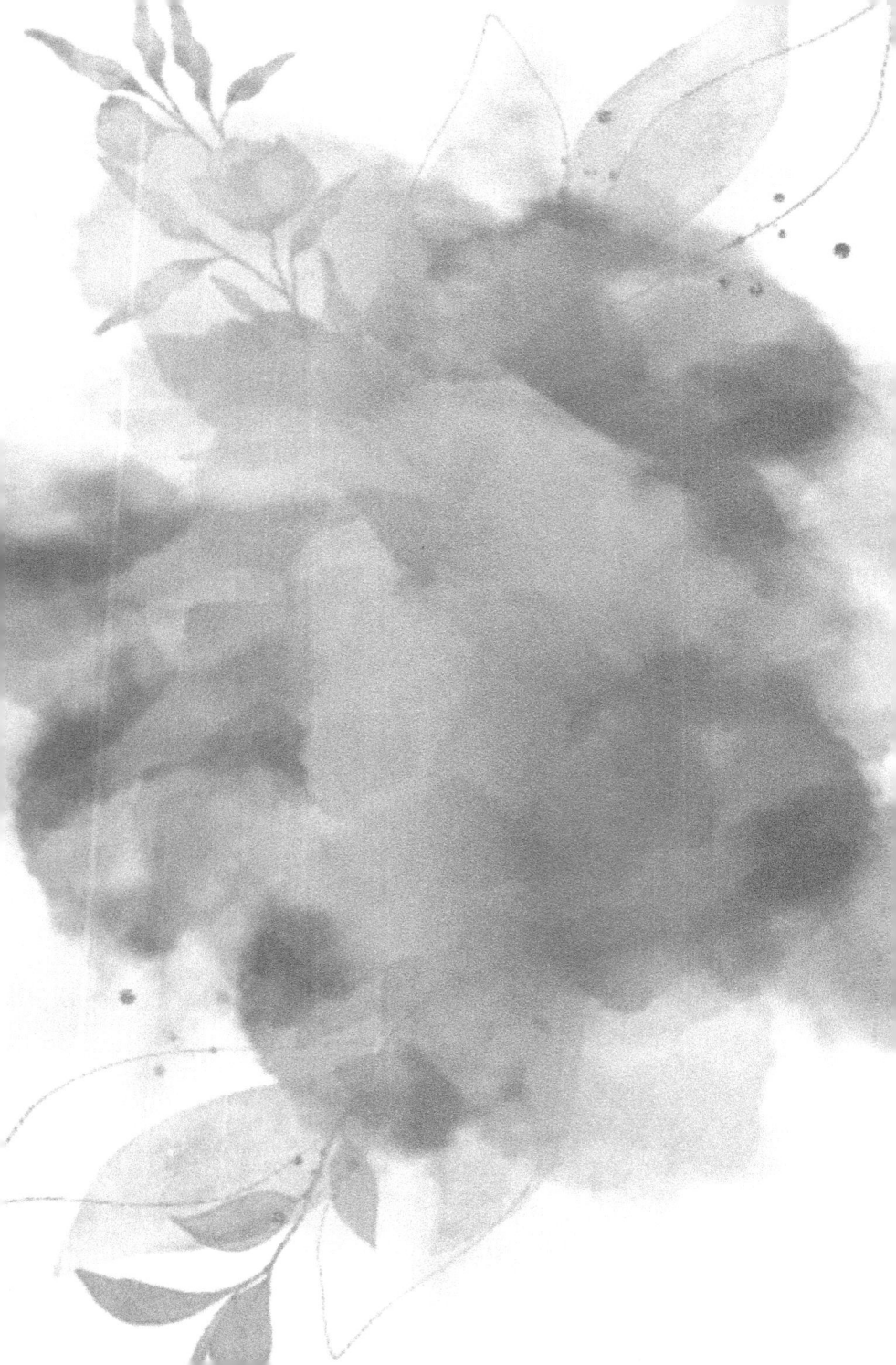

10

Unbarmherzig brennt die Sonne auf meinen Rücken. Ich lade die letzten Strohballen auf den Transporter, damit ich sie in der Scheune einlagern kann. Dabei brennt es in meiner Kehle noch viel stärker, weil ich seit Stunden am liebsten Gift spucken würde.

Kian, dieser Pisser! Er ist einfach ohne etwas zu sagen abgehauen. Nur hat er heute Farmdienst. Und jetzt mache ich seine beschissene Arbeit. Sein Egoismus geht mir jeden Tag mehr gegen den Strich. Dabei dachte ich, dass das schon gar nicht mehr geht, weil der Hass auf ihn so abgrundtief in mir verwurzelt ist. Er hat schon nicht viele Aufgaben auf dieser Farm und verkackt sogar die einfachsten. Und dann sagt er nicht einmal, wohin er abhaut, oder uns wieder mit seiner Anwesenheit beehrt.

Brian, mein schwarzer Briard-Fellzottel, knurrt neben mir, weil ich ihn nicht beachte. Mit einer tiefen Zornesfalte auf der Stirn sehe ich ihn an.

»Was?«, brumme ich.

Aus dem Knurren wird ein Wimmern.

»Es ist nun mal so. Mitgehangen, mitgefangen. Auf ewig ohne Freifahrtschein direkt in die Hölle.« Der nächste Heuballen, den ich hochhebe, landet krachend auf der Ladefläche. »Wenn er nicht aufpasst, verpasse ich ihm einen rechten Haken und dann ist Schicht im Schacht. Soll er sich eine neue Bleibe suchen und seine verkackten Drogen mitnehmen. Sie nehmen mir im Speicher ohnehin nur Platz weg, den ich sonst mit mehr Futter für die Tiere füllen könnte.«

Schon ist Brian ruhig und legt sich in die staubige rote Erde, die wunderbar in seinem Fell hängen bleibt und mir nachher um die Ohren fliegt, wenn er sich im Haus schüttelt. Vor der Tür wäre ja zu viel verlangt. Genauso wie etwas Beteiligung am Farmleben für meinen jüngeren Bruder. Und wieso? Weil ich ein verfickter guter großer Bruder und sporadisch nett zu ihm bin – oder sein soll, obwohl er mein Leben zerstört hat.

Der Schweiß rinnt meinen Rücken hinab. Das Hemd klebt an meinem Körper und der Wunsch nach der Dusche wird immer größer. Wenn ich wenigstens bis nach Hause reiten könnte – aber nein, abgewandelte Wagen wie zu Gladiatorzeiten sind für meine Pferde ein No-Go. Dann lieber völlig verschwitzt in den Land Rover setzen und nachher eine zweite Haut vom Körper ziehen.

Endlich ergreife ich den letzten Ballen, drehe mich um und schmeiße ihn zu den anderen. Eine kurze Pause einlegend, nehme ich meinen Hut ab und wische mir über die Stirn.

Am Himmel ist nicht eine Wolke zu sehen. Der Regen wird wohl noch eine ganze Weile auf sich warten lassen und wird mich genau dann ereilen, wenn ich gerade die Schafe scheren will.

Bei diesem Gedanken seufze ich. Mit Sicherheit ist der Regen noch irgendein Bruder, von dem ich nichts weiß. Der intuitiv versteht, dass er mich mit seiner unvorhersehbaren Art am besten ärgert. Das ist nicht mehr passiv-aggressiv, das ist vorsätzlich mistig. Das trägt noch zusätzlich dazu bei, dass bald die Stressader an meiner Schläfe explodiert und Australien durch den entstehenden Riss in zwei Teile teilt.

Ich greife nach der Wasserflasche auf dem Beifahrersitz, trinke einen Schluck und lasse den Rest über mein Gesicht laufen, so dass es nach und nach mein Shirt tränkt. Aber das ganze Gemecker bringt nichts, wenn ich niemanden außer Brian habe, an dem ich es auslassen kann.

Ich pfeife. Brian sieht auf. Ich nicke und er springt auf den Beifahrersitz. Ohne weitere Verzögerung setze ich mich hinters Steuer und fahre los. Hier zu wohnen bedeutet, keine Vergnügungsparks zu benötigen. Allein die Fahrt mit meinem Land Rover gleicht einer Achterbahnfahrt, in der jedes Schlagloch und jede Unebenheit einen Looping darstellt, der meinen Magen zum Überschlag animiert und mir ein Gefühl der kurzen Schwerelosigkeit beschert.

Durch die anhaltende Trockenheit wirbelt überall um mich herum die staubige Erde auf. Ein paar Kängurus springen zur Seite weg und ich komme ungehindert über einen der Feldwege zur Farm. Die Kameras an den Pfeilern erfassen den Jeep und leuchten Grün auf. Wenigstens lässt mich die Technik nicht im Stich.

Ich sehe mich um und suche in der Ferne eine weitere Staubwolke. Hoffentlich ist Ryan schon mit seiner Suzuki unterwegs und macht seine Kontrollrunde. Das Rollen seiner Augen, als ich ihm die Aufgabe zugeteilt habe, konnte ich deutlich im Rücken spüren. Seth? Steht hoffentlich mit einem Eimer bewaffnet in den Ställen. Ich werde nen Scheiß tun und wieder allen anderen die Arbeit abnehmen. Sie wollten mit mir hier wohnen und sie wollten ihre verrückten Businessideen verwirklichen? Dann sollen sie endlich den Hintern hochbekommen und dafür sorgen, dass ich nicht alle Brücken einreiße und dieses Stück Land dem Erdboden gleichmache.

Meine Finger verkrampfen sich am Lenkrad. Diese Gedanken gefallen mir nicht. Dieser Ort ist das Einzige, was mir geblieben ist. Er ist voller positiver und negativer Erinnerungen. Nur leider fällt es mir immer schwerer, beide auseinanderzuhalten. Vielleicht verteile ich einfach ein paar Pokerchips im Süden und ein paar Strapsen im Westen und schon sollte die Beteiligung an unserem Gemeinschaftsprojekt Farm kein Problem mehr darstellen. Wenigstens bei Ryan und Seth. Bei Kian?

Keine Ahnung. Wenn er sein Lager nicht bald instand setzt und das Dach repariert, geht ihm seine Ware ohnehin Hops. Aber hey, darum muss er sich nen Kopf machen. Ich bin ja nicht seine Schlampe.

Ich parke den Wagen am Speicher, damit ich die Heuballen nicht so weit schleppen muss, rufe Brian zu mir und laufe gemeinsam mit ihm quer über das Gelände. Vorbei an den weiteren Gebäuden, die sich rechts und links vom Hauptweg befinden und direkt auf das Haupthaus zu, in dem ich wohne.

Das alte Anwesen mit der kleinen Veranda und den alten Fenstern, die man noch durch Hochschieben öffnet, versprüht ein Flair aus alten Westernfilmen aus den USA. Dabei befinden wir uns im Herzen Australiens. Irgendetwas ändern? Nein. Dazu spricht aus jeder Ecke der vier Wänden eine andere Erinnerung, an die ich gern zurückdenke oder doch eher verfluche. Zeiten, in denen die Welt noch in Ordnung war, aber davon kaum mehr etwas übrig ist.

Ohne Umwege gehe ich direkt in die Küche, die sich auf der linken Seite vor der Haupttreppe in den ersten Stock befindet, ziehe mir ein Bier aus dem Kühlschrank und öffne es mit einem zweiten, das ich sofort zurück in das Fach lege.

Nach diesem schon viel zu zeitig verkackten Tag wird es Zeit für mehr als diesen Eistee scheiß, den Seth ständig aus der Stadt geliefert bekommt, weil das seine Kunden im Casino ja so toll finden. Und wenn Kian dann noch mit diesem gepanschten Gelumpe anfängt. Gedanklich winke ich den Rest des Satzes ab. Wenn er endlich verstehen würde, dass er sich mit niemandem messen muss, weil er viel größer und erfolgreicher ist, hätte ich eine Diva weniger, um die ich mich kümmern muss. Das Wort Bürde erhält bei dieser Familienkonstellation eine völlig neue Bedeutung. Denn die Situation gleicht mehr einem dauerhaft anhaltenden Ausnahmezustand.

Ich schmeiße die Kühlschranktür zu. Brian neben mir schüttelt sich fröhlich und der rote Staub verteilt sich überall, wo er nicht in Massen sein sollte. Ich würde zu gern in die Tischkante beißen, weil er sich genau wie die anderen drei Idioten wohl die Zerstörung meines immer wackligeren Nervengerüsts zur Lebensaufgabe gemacht hat.

Aber anstatt mit meinem Hund zu reden, als wäre er wie bei Pokémon mein Mauzi, setze ich die Flasche an den Mund und trinke einen großen Schluck. Das Bier beruhigt meine Nerven ungemein. Während ich den nächsten Schluck trinke, sehe ich aus dem Fenster.

Eine Staubwolke bahnt sich den Weg zu uns. Dabei weht kaum ein Lüftchen. Innerlich resigniere ich und weiß, dass das Bier heute nicht alle meine Probleme regeln wird.

Das kann nur Kian sein. Das arme Auto. Kein anderer drischt seinen neuen Jaguar so sehr wie er. Dass er bei dem Tempo und den Schlaglöchern Achterbahn fährt, ist klar.

Entweder hatte er Stress oder er ist wie sonst auch einfach nur mies gelaunt. Beides ist nervig, aber mit dem einfach nur mies gelaunt sein kann ich leben.

»Let the Heulen begin«, seufze ich leise. Mit dem nächsten Zug leere ich das Bier, ziehe mir gleich noch eins aus dem Kühlschrank und gehe auf die Veranda.

Kians Wagen kommt gerade zum Stehen und ich öffne die Flasche mit dem Schlüssel meines Land Rovers. Die Staubwolke vernebelt mir die Sicht. Ich lehne mich gegen den Pfeiler und warte geduldig darauf, dass Mister Grumpy aussteigt.

Im mittleren Haus auf der rechten Seite des Hauptweges geht die Tür auf und Seth kommt nur mit Achselhemd und Boxershorts bekleidet auf uns zu. Verschlafen und gähnend rauft er sich die kurzen braunen Haare. Meine Schläfe pocht auffallend. Das sieht ganz und gar nicht nach Stall putzen aus.

In einer fließenden Bewegung steigt Kian aus und pfeffert wutentbrannt die Tür zu, was man in der Ferne wohl noch als Donnern hören könnte, wenn es jemanden in diese Einsamkeit verschlagen würde.

Das Geräusch eines weiteren aufheulenden Motors dröhnt in der Ferne.

»Sieht ja nach einem vollen Erfolg aus, für den du deinen Farmdienst geschwänzt hast«, sage ich ruhig und nehme den nächsten Schluck, obwohl ich innerlich brodele.

Sein giftiger Blick trifft mich – nur nicht da, wo er es sich wünschen würde. »Wenn das nach Erfolg aussieht, hast du heute noch nicht genug Bier gekippt«, knurrt er. Seth, der mittlerweile neben ihm steht, legt beschwichtigend seinen Arm um ihn. »Was ist denn los, Kian? Wollen die anderen nicht mehr mit dir spielen?«

Kians Knurren hört man über den gesamten Hof. Er entzieht sich Seths Griff, läuft die Stufen der Veranda hoch, direkt auf mich zu und greift zeitgleich in die Tasche seiner Lederjacke. Kurz vor mir bleibt er stehen, zückt einen Zettel und drückt ihn mir gegen mein durchgeschwitztes Achselshirt.

»Freu dich, ich habe jetzt ganz viel Zeit, um mich um die Wehwehchen deiner kleinen Farm zu kümmern.«

Ein Motorrad erscheint am Ende der Farm, das direkt auf uns zukommt.

Kian läuft die Stufen hinunter, beachtet weder Seth noch Ryan, der auf seinem Motorrad neben seinem Jaguar zum Stehen kommt und geht in das Haus, das sich gleich links neben meinem befindet. Er schmeißt die Haustür so laut zu, dass Brian neben mir zu winseln beginnt.

»Was ist denn hier los?«, fragt Ryan verwundert, steigt von seiner Suzuki und streicht seinen rotgrau verfärbten Anzug glatt.

»Was ... soll ... das?«, frage ich und kann meine in Wut verpackte Verwunderung langsam nicht mehr zügeln.

»Was? Fragst du mich gerade, was mit Kian ist?«, will Ryan wissen.

»Nein, ich frage dich, wieso zur Hölle du in einem maßgeschneiderten Anzug durch die Pampa fährst?«

Als hätte ich ihm ein Kompliment ausgesprochen, streicht er sich die kurzen Haare nach hinten und zieht die Krawatte fest.

»Schön, dass dir das auffällt.«

»Ja, im negativen Sinn!«

»Danke«, antwortet er stolz, bis er über meine Worte nachzudenken scheint. »Was?«

Wenn ich an Gott glauben würde, dann wäre jetzt der Moment, wo ich ihn fragen würde, wieso er mich mit so viel ungenutztem Potenzial gestraft hat. »Du hast Grenzzäune überprüft und keine Messe abgehalten. Oder bist du jetzt John Wick und lauerst hinter jeder Ecke auf einen Auftragskiller, den du perfekt gestriegelt ausschalten kannst?«

Nachdenkend vollführt er Kunststücke mit seinen Lippen. »Die John-Wick-Anspielung ist schon ziemlich cool. Aber ...«

»Schluss!«, falle ich ihm in die absurden Erklärungsversuche, die am Ende nur darauf hinauslaufen, dass er darin einfach am besten aussieht, und falte den Zettel von Kian auf.

Kann nicht wenigstens einer so tun, als wäre er ein erwachsener Mann, der an seinen Problemen arbeitet und eine vernünftige Lösung sucht?

Ich überfliege den Inhalt.

»Und?«, fragt Seth. Wenigstens einer, der heute bei klarem Verstand zu sein scheint und sich nicht nur um sein Aussehen kümmert.

»Das Problem ist der neue Bürgermeister von Geraldton, der ihm den nächsten Stein in den Weg legt.«

»Du meinst Shawn?« Der angewidert klingende Unterton in Seths Stimme ist nicht zu überhören und wird durch das Messer, dass er zückt und sich viel zu genau ansieht untermauert. Wo hat er das hergeholt? Er trägt doch fast nichts.

»Sieht so aus.« Ich trinke den nächsten Schluck.

»Und jetzt?«, fragt Ryan, der sich im Seitenspiegel der Suzuki bewundert. Tief hole ich Luft und sehe zurück zu meinen Heuballen, die noch eingelagert werden müssen. »Keine Ahnung. Aber für heute soll er schmollen.«

»Wirst du ihm endlich helfen?«, will Seth wissen und auch Ryan blickt mich aus dem Augenwinkel heraus an, als wäre das die wichtigste Frage auf diesem Planeten.

»Ich ihm helfen?« Unruhig fahre ich die Bieröffnung mit dem Daumen entlang. »Die Zeiten sind vorbei. Ich habe einen neuen Lebensmittelpunkt.«

»Und versteckst dich schon viel zu lange dahinter. Das wäre auch ein Neuanfang für dich.«

Unbeeindruckt sehe ich Seth an. »Ihr wolltet es so und jetzt werdet ihr euch selbst um eure Probleme kümmern müssen«, raune ich, leere das Bier und laufe zurück zu meiner Aufgabe, ehe ich die Schafe auf eine andere Weide bringen muss, damit ich sie in zwei Wochen zu Karl treibe, um sie scheren zu lassen. Ich weiß, dass die beiden mir nachsehen. Aber das ist egal – so wie es mir seit fünf Jahren egal ist.

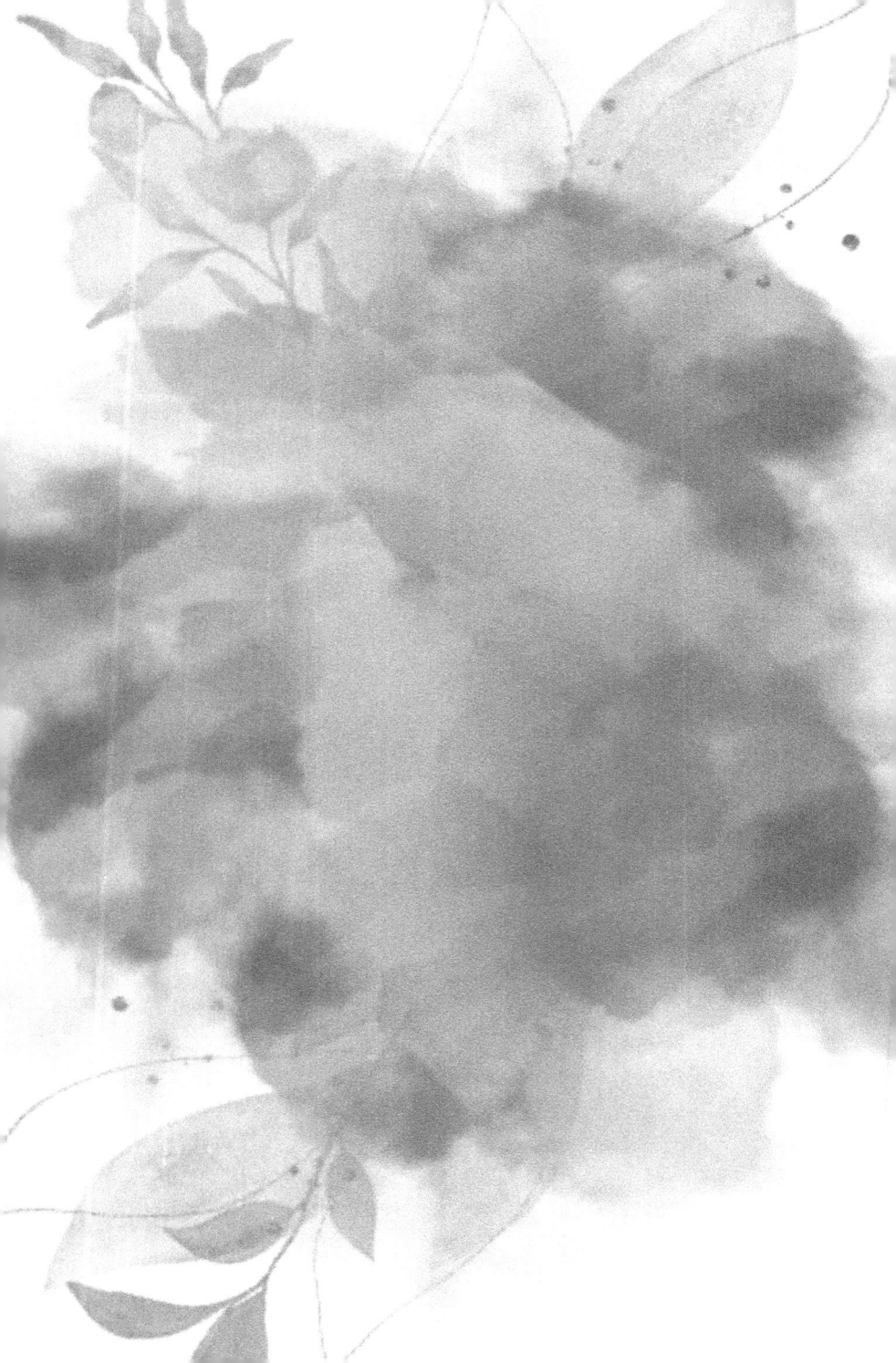

11

Ich bin bei der letzten Akte mit den Verlust- und Gewinnrechnungen angekommen. Meine Augen, die sich nach Schlaf sehnen, jucken und ich reibe mir darüber. Ich muss dringend eine Balance finden, mit der ich beiden Aufgaben – Bürgermeister und Kartellboss - gerecht werde.

Es klopft und ich sehe auf. Erneut ist es Stella, die an der Tür steht.

»Was ist?«, frage ich wenig begeistert. Wozu erlaube ich ihr, Cleo aus meinem Meeting zu ziehen, wenn sie dann doch nur wieder hier steht und nach der nächsten Wunscherfüllung verlangt?

Sie tritt ein, schließt die Tür und kommt auf mich zu. Ihr Blick heftet sich auf die Blutspritzer auf der Couch, die noch nicht perfekt beseitigt worden sind.

»Scheint ja eine sehr erfolgreiche Sitzung gewesen zu sein«, sagt sie angewidert.

»Langweilig kann jeder«, gebe ich unbeeindruckt zurück, weil sie mich nicht aus der Reserve locken kann, auch wenn sie es mit ihren 26 Jahren immer noch versucht. Und jetzt, mit der Gewissheit, bald nicht mehr hier zu wohnen, wird es sogar noch schlimmer. Ich grinse in mich hinein und sehe zurück auf meine Tabellen. Wenn sie wüsste, dass sie ihr lautes Mundwerk bald nicht mehr so weit öffnen darf, wie sie es hier tut. Aber das soll sie selbst herausfinden.

»Was kann ich für dich tun?«, frage ich, um das Gespräch so schnell wie möglich zu beenden.

»Morgen Abend feiere ich meinen Junggesellinnenabschied«, beginnt sie.

»Und? Brauchst du dafür noch kleine Scheine? Dann weißt du, von wem du sie bekommst. Oder wie soll die Party aussehen, die wir hier feiern?«, rede ich mehr auf die Zahlen vor mir als auf sie konzentriert.

»Ich werde nicht hier feiern«, entgegnet sie mir und schafft es damit, meine komplette Aufmerksamkeit auf sich zu ziehen.

»Wieso?«, frage ich hart, ziehe eine Augenbraue drohend hoch und lehne mich an. »Hatten wir das nicht besprochen? Diese viel zu überteuerte Torte und den Champagner bestellt? Und habe ich nicht sogar alle geschäftlichen Dinge so weit in den Hintergrund gedrängt, damit du die Flittchen, die du Freunde nennst, herbringen kannst?«, rede ich erbost weiter und lege in jedes Wort etwas mehr Groll, um ihr zu zeigen, wie sehr mir ihr Sonderwunsch gegen den Strich geht. Sie kennt die verfickten Regeln. Sie weiß, dass Alleingänge unerwünscht sind und von mir nicht realisiert werden. Die Gefahr, dass Ausflüge, die ich nicht zu 100 Prozent überwachen kann, schieflaufen ist zu hoch. Gerade jetzt, wo ich beide Geschäftszweige akribisch voneinander trennen muss.

»Ja«, antwortet sie, als wäre sie ein Engel und klimpert mit ihren künstlichen Wimpern. »Aber ich will mit den sogenannten Flittchen, von denen du sprichst, nicht hier feiern. Ich will es so machen wie andere und Ausgehen.

»Und dazu entscheidest du dich keine 24 Stunden vorher?«

»Ja-a?«

»Ist das deine Antwort oder eine Frage?«

Genervt schnaubt sie, pustet sich die Haare aus dem Gesicht und winkt mein Gesagtes ab. »Ist das nicht völlig egal? Ich will nicht hier feiern, wo du diese spießigen Leute empfängst. Immerhin ist das keine Geschäftsparty und auch keine Beerdigung. Ich will so feiern, wie Kimberly letztes Jahr. In einem Club, in dem mir ein schnuckeliger Typ die Drinks serviert und Clubmusik so laut dröhnt, dass ich das überzogene Lachen von Claudi nicht höre.«

Wieso lädst du sie auch ein, wenn du keinen Bock auf sie hast?

»Und wenn du nicht hier feiern musst, bist du dann endlich wunschlos glücklich?« Ich hasse mich jetzt schon für das Entgegenkommen, aber ich will endlich meine Ruhe vor diesen verfluchten Vorbereitungen, von denen ich bald noch mehr graue Haare bekomme, als ich bereits habe. »Ja«, sagt sie viel zu überschwänglich nickend.

In meinem Kopf rattert es, wie viel Aufwand mich das wieder kostet. »Meinetwegen«, presse ich zwischen meinen Zähnen hindurch und sehe sofort zurück auf die Tabellen, um ihr erst gar nicht noch mehr Spielraum einzuräumen und sie so schnell wie möglich loszuwerden. Ihr glückliches Fiepen dröhnt in meinen Ohren. »Wunderbar. Das wird der fast schönste Tag für mich und auch für Cleo.«

»Cleo?« Schon wieder gehört ihr meine gesamte Aufmerksamkeit. Ich hasse es! »Seit wann denkst du, ist es ihr gestattet, dieses Anwesen zu verlassen?«

»Na, sie ist die einzige Freundin, meine Schwester, auf die ich wirklich Wert lege. Sie war genauso negativ gestimmt wie du, als ich ihr es vorgeschlagen habe. Aber es ist ja nicht so, als würdest du mir nicht diesen einen Gefallen schenken, nicht wahr?«

Mein Fuß wippt unruhig auf dem Boden auf und ab. »Hast du sie deswegen aus meinem Meeting gerufen?«

»Ja, anders bekomme ich sie ja nicht zu Gesicht, weil du sie komplett vereinnahmst.« Dabei sieht sie mich nicht an. Diese passiv-aggressive Art kann sie sich sonst wohin stecken.

»Nein«, sage ich kurz und knapp. »Entweder du feierst hier und sie kann dabei sein, oder du wirst auf sie verzichten müssen, denn sie wird dieses Haus nicht verlassen.«

Als hätte sie damit gerechnet, wird ihr Blick härter und sie stützt die Arme auf dem Tisch ab. »Hör zu«, beginnt sie und sieht mich düster und eindringlich funkelnd an. »Du kannst sie so viel ficken, wie du das für richtig hältst. Immerhin hat dich meine Meinung dazu nie interessiert. Nein, du hast mir die einzige Person, die ich ganz für mich allein wollte, weggenommen.«

Regungslos sehe ich sie an und versuche einzuordnen, was sie hier gerade versucht. Wo holt sie denn plötzlich diese Frau in sich her?

»Und genau deswegen wirst du mir diesen einen Abend mit ihr gönnen. An dem sie allein mir gehört und sie ihre Aufmerksamkeit allein mir schenkt, so wie es all die Jahre hätte sein sollen.«

Unbeeindruckt drehe ich mich in meinem Lederstuhl leicht hin und her und antworte noch nicht. Spannend, dass Stella doch selbstständig denken kann.

»Und wenn du meinst jetzt immer noch Nein sagen zu müssen, dann sage ich diese Hochzeit ab.«

Mein Auge zuckt das zweite Mal in viel zu kurzer Zeit.

»Glaub nicht, ich hätte nicht verstanden, wieso du so überschwänglich reagiert hast, als Trash dich um Erlaubnis gebeten hat. Aber ich kann darauf verzichten, wenn du mir nicht einmal diesen einen kleinen Wunsch zusprichst.« Diese sture Göre. Ich hätte ihr öfter Grenzen aufzeigen sollen. Wiederum bin ich sie in ein paar Tagen los. Sie hat es treffend bezeichnet. Keine vorgetäuschte Aufmerksamkeit mehr.

»Gut«, kommt es emotionslos über meine Lippen und ich stehe auf.

Sofort erhellt sich ihr Gemüt. »Ja?«, fragt sie nach, als bräuchte sie eine weitere Zusage und die gewohnte Naivität kehrt zurück.

Ich wiederhole mich nicht und drehe den Stuhl so weit, dass ich aus dem Fenster sehen kann. »Aber Mikosh kommt mit. Du wirst ihm heute noch eine genaue Zeitaufstellung geben, wann ihr wo seid, wer mitkommt und was geplant ist. Weißt du es nicht, frag diese, ...«

»... Flittchen?«, beendet sie meinen Satz und klingt wieder handzahm. Dieses Girliegehabe passt auch viel besser zu dem Leben, dass sie ab kommender Woche führen wird. Für mehr wird sie nicht gebraucht. »Und von dem Plan wird keine Sekunde abgewichen. Haben wir uns verstanden?«

»Ich verstehe diese kranke Obsession, die du auf Cleo hast absolut nicht, aber meinetwegen.« Plötzlich steht sie neben mir, umarmt mich und gibt mir einen Kuss auf die Wange. Nur sehr widerwillig lasse ich es zu. »Danke, Daddy«, sagt sie vergnügt. »Ich wusste, dass du deiner kleinen Prinzessin nichts abschlagen kannst.«

»Meinst du nicht eher, dass du der Teufel bist, der mir auch noch die letzten Haare grau färbt?«

Sie greift durch meine Haare. »Mh, so viele Graue hast du noch gar nicht.«

Sie lässt mich los und geht. Kaum schließt sich die Tür, lehne ich mich zurück, bis der Stuhl gegen den Tisch drückt, greife meinen Cognac, der links auf der Tischkante steht und blicke in die Ferne hinaus, in der auch die Farm liegt, die ich bald

besitzen werde, wenn ich ihre Bewohner wie Ameisen ausge-
räuchert habe.

›Danke Daddy‹, kreisen die Worte in meinem Kopf, die meinen Schwanz hart werden lassen. Aber nicht aus Stellas Mund,
sondern aus dem von Cleo. Ich trinke einen Schluck. Ja, so kann
mich Cleo heute Abend nennen, wenn ich sie ficke.

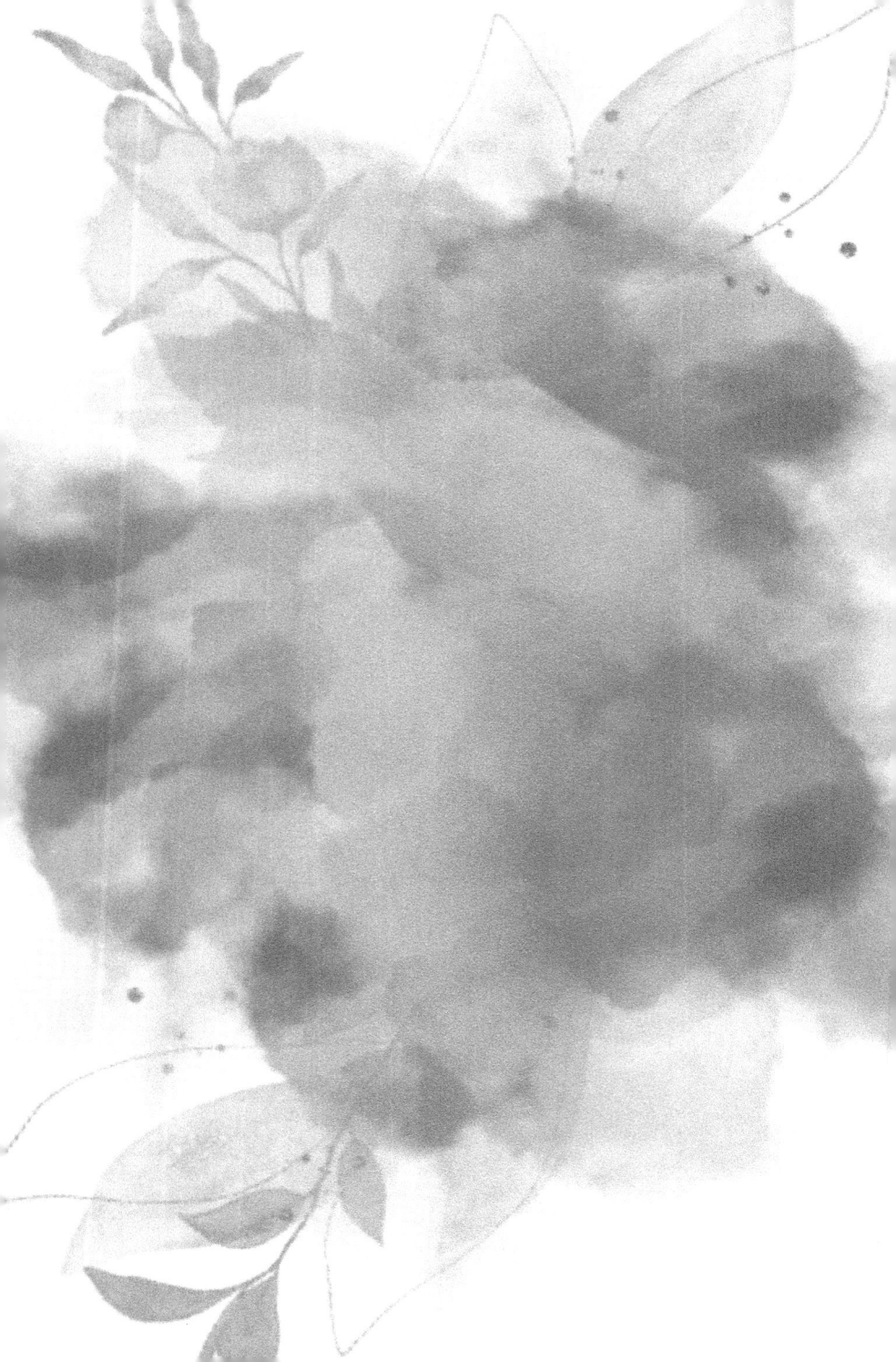

12

Ich hatte echt gehofft, dass sich Shawn nicht erweichen lässt und ich hier bleiben kann. Jetzt muss ich doppelt so gut aufpassen, wie ich mich verhalte, wo ich hinschaue oder was ich sage, weil Mikosh alles registriert, es Shawn erzählt und ich am Ende nur verlieren kann - und das, obwohl ich so viele Jahre bei ihm bin.

Mit diesem mulmigen Gefühl gehe ich die Treppe hinunter. Mikosh folgt mir. Flore steht mit verschränkten Armen vor dem Schlafzimmer. Ihr missbilligender Blick folgt mir auf Schritt und Tritt. Sie würde mich nie ansprechen. Das hat Shawn schnell festgelegt. Dafür zeigt sie mir jeden Tag sehr deutlich, was sie von mir hält. Aber das habe ich schnell gelernt auszublenden, denn in diesem Haus gibt es nur eines, das zählt, und das sind Shawns Wünsche. Stella ist bereits aus der Tür gestürmt. Lautes Gekreische folgt, weil ihre Freundinnen schon auf sie warten und das Geräusch eines springenden Korkens - wahrscheinlich einer Champagnerflasche - folgt.

Shawn wartet unten an der Treppe auf mich. Wie immer, trägt er einen seiner eng geschnittenen Anzüge, unter dem man seinen gut durchtrainierten Körper erahnen kann, der nicht auf sein Alter von 46 Jahren schließen lässt.

Wie es sich Stella gewünscht hat, trage ich ein hautenges schwarzes Etuikleid, das mir kaum bis zu den Knien reicht. Ich weiß nicht, ob sie denkt, dass sie mir damit einen Gefallen tut. Dass ich mich damit hübsch oder begehrlich fühle oder sie ihrem Vater nur eins auswischen will, weil er mich mit einem Gesichtsausdruck, den ich nicht deuten kann, ansieht. Dabei habe ich in den letzten acht Jahren jede seiner Gefühlsregungen kennengelernt. Dass es noch mehr gibt, ist selbst für mich unvorstellbar und scheinbar doch möglich.

Er reicht mir die Hand und zieht mich an sich heran. »Du wirst wie immer die Schönste sein.«

»D-danke«, sage ich und kann den kalten Schauer, der mir über den Rücken läuft, nicht ignorieren.

Ich weiß nicht wieso, aber das hier fühlt sich falsch an. Shawn lässt mich einfach so aus dem Haus gehen. Ich werde den Blicken anderer Männer ausgesetzt sein. Mich wahrscheinlich sogar mit ihnen unterhalten müssen und von Shawn dafür bestraft werden, dass ich Stellas Wünsche erfülle. So gesehen bestraft Stella am Ende nur eine und das bin ich.

Seine Lippen berühren meinen Hals. In aller Ruhe streift er mit ihnen zu meinem Ohr. »Mikosh wird nah bei dir bleiben, damit dir nichts geschieht«, flüstert er.

Wenn ich könnte, würde ich gern laut loslachen. Immerhin hat Mikosh` Aufpasseraufgabe einen ganz anderen Grund, den er nur nie ausspricht, sondern bloß durch seine Gesten zeigt. Jetzt weiß ich auch, wie ich diesen neuen Gesichtsausdruck deuten soll: keine Dummheiten, Cleo! Fast so, als würde er Angst haben. Weil ich abhauen könnte. So wie vor acht Jahren, als ich einfach losgerannt bin? Das Risiko eingegangen bin, dass ich vom Regen nicht nur in die Traufe, sondern in den verfickt weiten Ozean gespült werde, in dem ich entweder in einen noch kleineren Käfig gesteckt werde oder auf ewig verschwunden wäre. Am Ende ist es ein Käfig geworden, der nicht einmal Gitterstäbe besitzt, durch die ich hinaussehen kann.

Ich nicke bloß. Shawn setzt mir einen Kuss auf die Wange und sieht zu Mikosh, der mir die Tür öffnet. Auf den schwarzen Wunsch-High Heels von Stella gehe ich zu der Gruppe von Frauen, deren ohrenbetäubendes Gegacker nicht mehr von der Eichentür abgeschirmt wird.

Alles in mir sträubt sich gegen diesen Abend. Nicht nur, weil ich die Frauen nicht kenne. Auch normale Konversationen mit vermeintlich normalen Menschen, die ein normales Leben genießen, in denen man sich über die neusten Trends unterhält und man out ist, wenn man nicht gerade die Sachen von Calvin Klein trägt, sind dank Shawns Schule keine Selbstverständlichkeit für mich. Außerdem betrübt mich die Tatsache, dass Stella bald weg sein wird und ich auf ewig allein in diesem Haus sein werde. Das Wort Freundin wäre für unsere Beziehung zu viel gesagt, denn sie sieht mich, genau wie ihr Vater, nur als ein Spielzeug an, das sie auf dem Weg gefunden hat, das sie nach Belieben aus dem Schrank holen, benutzen und wieder zurückpacken kann. Aber sie ist der Mensch, der mir das Gefühl gibt, dass tief in mir eine Frau existiert, die sich über all diese Oberflächlichkeiten hinweg unterhalten will, um zu dem Rest dieser Welt zu passen, und nicht so tun muss, als würde es ihr Spaß machen, drogenabhängige Typen töten zu lassen und das Schauspiel zu genießen.

Alle steigen in die Limousine ein. Ich bin die Letzte. Mikosh schließt die Tür, setzt sich nach vorn auf den Beifahrersitz und wir fahren los.

Der kleine Raum ist voller lauter Stimmen, die sich wild miteinander unterhalten. Still sitze ich in meiner Ecke, ohne mich aktiv mit jemandem zu unterhalten und ohne mir die anderen Frauen näher ansehen zu wollen, weil ich keine von ihnen wiedersehen werde. Viel mehr genieße ich den Blick aus dem Fenster. Das Anwesen wird immer kleiner. Die Straße, die in der Dunkelheit im Nirgendwo zu verschwinden scheint, weckt in mir die tiefe Sehnsucht nach einer Freiheit, die es für mich nie wieder geben kann und die ich schon vor Jahren aus meinem Herzen verbannt habe. Vehement wehre ich mich dagegen, dass sie schleichend versucht, Fuß zu fassen, denn sie wie ein krankes Geschwür herauszuschneiden wäre wie bei meinem Krebs - nur ein Wunsch, der sich nie erfüllt und mich auf ewig quält. Trotzdem wird die Luft zum Atmen klarer und die dauerhafte Enge um meinen Brustkorb wird erträglicher.

Der nächste Korken einer Champagnerflasche knallt und ich bekomme ein Glas gereicht, stoße mit allen an und trinke es langsam aus, ohne mich an dem Gelächter, dem kichernd die Hand vor dem Mund halten, oder dem erneuten Lippenstift auftragen zu beteiligen. Langsam werden die Lichter von Geraldton immer heller. Vor einem der Szenelokale am Rand der Stadt halten wir an und Stella springt, noch bevor der Räder richtig zum Stehen kommen, aus dem Wagen. Alle folgen ihr, nur ich bleibe sitzen und weiß nicht, ob ich die Büchse der Pandora öffnen will, wenn ich hinausgehe und den Abend genieße, weil Mikosh Shawn verklickert, dass ich gelacht habe oder niemanden von ihm abstechen lassen habe, der mich ansieht.

Im Wagen wird es dunkel. Mikosh stellt sich direkt vor den breiten Lichtkegel und reicht mir seine fleischige Hand. Egal, ob ich will oder nicht, ich komme jetzt nicht mehr drumherum.

Ich rutsche zur Tür, strecke die Hand aus und lasse mich von ihm hinausziehen. Kurz zupfe ich das Kleid zurecht und folge Stella und den anderen in das Lokal. Fast renne ich in eine ihrer Begleitungen rein, die kurz hinter der Tür steht und in den - ich sehe mich um - leeren Club stiert.

Die Musik ist laut. Die Band spielt live, aber es gibt niemanden, der tanzen könnte, außer uns. Selbst der Barkeeper langweilt sich hinter dem Tresen und wartet darauf, dass ihm irgendjemand ein Zeichen gibt, uns bedienen zu dürfen.

»Okay.« Stella holt so tief Luft, dass es über den Bass der Musik hörbar ist, ballt die Hände zu Fäusten und atmet langsam aus. »Machen wir das Beste daraus, Mädels«, sagt sie und zwingt sich dazu, positiv zu klingen. Mit erhobenem Haupt geht sie zu dem einzigen geschmückten Tisch und setzt sich hin.

War das Shawn? Womöglich meinetwegen? Ich schüttle den Kopf. Es ist mit Sicherheit meinetwegen.

Komischerweise fällt eine Last von meinen Schultern. Ich setze mich neben Stella, die versucht, mit ihren Emotionen klarzukommen. In meinem Kopf gibt es nur einen Gedanken. Ich kann diesen Abend fast angstfrei genießen, denn es gibt niemanden, der mich beäugen oder mit mir flirten kann.

Ein sanftes, kaum wahrnehmbares Lächeln bildet sich auf meinem Gesicht. In meinem Kopf ist plötzlich Platz für ganz andere Gedanken. So nah wie heute war ich der Freiheit noch nie.

Mikosh nickt zum Barkeeper und setzt sich an den Nebentisch.

»Hallo Ladys«, begrüßt uns Philipp, wie es auf seinem Namensschild steht, und zwinkert Stella charismatisch entgegen. Dazu sein schwarzes, leicht geöffnetes Hemd, schwarze Hose mit schmalem Gürtel und Lackschuhe und es ist ganz klar, dass er weiß, wie er viel Trinkgeld aus seinen Gästen herausholt. »Womit kann ich euch eine Freude machen?«

»Mit Gästen«, kontert Stella gekonnt, legt den Kopf auf ihrer gefalteten Hand ab und klimpert mit ihren künstlichen Wimpern, was das Zeug hält.

»N-nun ja.« Irritiert versucht er, sein Lächeln zu behalten, das in Verbindung mit seinen braunen, kurzen Haaren wirklich anziehend wirkt. »D-die kommen bestimmt noch. Wir haben noch nicht so lange geöffnet.«

Mein Grinsen wird breiter. Irgendwie süß, wie er versucht, sich aus der Sache herauszuwinden, obwohl es auf der Hand liegt, dass Shawn den Laden präparieren lassen hat. Aber diese Interaktion sorgt fast dafür, dass ich vergesse, dass ich im Grunde eine Gefangene bin, die heute einen Tag Ausgang genießt.

»Ah ja.« Stella setzt sich aufrecht hin. »Wir bekommen einmal die Cocktailpalette. Viel Alkohol, wenig Chichi und vergiss die bunten Schirmchen nicht.«

Flüchtig nickt er, dreht sich um und verschwindet hinter seinem Tresen.

Während die anderen Mädels versuchen, die Situation irgendwie positiv zu sehen, dreht sich Stella zu mir um. »Schön, dass das heute geklappt hat, Cleo. Bald wird es …« Sie wirkt unnormal sentimental.

»Dafür wirst du eine tolle Zukunft haben, Stella«, rede ich einfach drauflos, um sie jetzt nicht zum Weinen zu bringen. »Immerhin wird dir … die Welt zu Füßen liegen«, flunkere ich, weil ich keine Ahnung habe, wer der Typ überhaupt ist, den sie heiraten wird. Bisher kenne ich nur seinen Vater, mit dem diese Ehe arrangiert wurde. Ob es echte Gefühle sind, die ihn dazu bewegen, Stella zu heiraten, bezweifle ich. Aber sie soll ruhig in diesem Märchen leben, in dem es hoffentlich für sie ein Happy End geben wird.

Sie legt ihre Hand auf mein Knie. »Und du kannst heute mal so richtig die Sau rauslassen«, hickst sie. Der Champagner scheint seine Wirkung nicht zu verfehlen. Ich lächele nur, denn die Sau werde ich bestimmt niemals in meinem Leben herauslassen.

»Und heute und nur für heute wirst du Stella sein.«

In meinen eigenen Gedanken versunken nicke ich, bis sich der Satz in meinem Kopf zu einem Bild zusammensetzt und ich sie schockiert mit großen Augen ansehe. »W-w-was?«

Der Barkeeper kommt mit dem ersten Schwung bunter Cocktailgläser an und verteilt sie auf dem Tisch.

»Ja«, sagt sie, greift nach dem ersten Glas mit einer Kirsche am Rand und trinkt einen großen Schluck. »Heute will ich mal Daddys kleiner Liebling sein und du die ungeliebte Tochter.«

Mit gemischten Gefühlen sehe ich sie an, denn diese Verletzlichkeit kenne ich nicht von ihr. Außerdem sollte es kein Anspruch sein, der Liebling ihres Vaters zu sein. Schon muss ich mir all die dunklen Erinnerungen, die er mir in den Kopf gesetzt hat, verdrängen. »Stella, das …«

Sie greift nach meinem Arm. »Du bist jetzt Stella, verstanden?«

Ich bin vollkommen überfordert mit ihrem Wunsch. Aber dieses Leben bietet mir ohnehin nichts mehr. Wieso also nicht auch noch meinen Namen aufgeben, damit sie zufrieden ist und die Geister, die sie viel zu lange beschäftigen, zum Schweigen bringen.

Ich atme tief ein, lächle verständnisvoll und greife ihre Hand. »Gut«, sage ich, schiebe mir, mit der anderen Hand, ebenfalls ein Glas hin und trinke einen großen Schluck.

Mikosh hinter uns räuspert sich. Mit dem Strohhalm im Mund sehe ich zu ihm. Er nickt in Richtung Tresen. Stella hat sich schon wieder den anderen Mädels zugewandt und lacht laut drauflos. Die Tür springt auf und eine Horde an Männern kommt herein. Mein Stichwort, Platz zu machen.

Ohne mir einen der Männer anzuschauen, stehe ich auf und setze mich an den Tresen, der gerade unbesetzt ist.

Mit dem lauten Gekreische im Rücken, weil das jetzt wohl die sexy Stripteaseshow wird, die sich Stella gewünscht hat, ziehe ich auf dem Rand des Cocktailglases Kreise.

Die Schwingtür hinter der Bar geht auf. Ein anderer Barkeeper kommt um die Ecke und sieht mich verschmitzt lächelnd an. Dabei bleibt mein Blick an seinem kleinen Tränentattoo unter dem rechten Auge hängen. Dazu die kurzen, verstrubbelten Haare, das schwarze enge Hemd, unter dem sich ein gut trainierter Körper verbirgt und ich wünschte, dass ich wirklich für einen Tag Stella sein könnte. Der alle Wege offenstehen, wenn sie nicht denken würde, dass sie in meinem Schatten steht. Denn so ist es nicht. Sie würde die Last, die allein mein Schatten tragen muss, niemals stemmen können. Und jetzt wird sie sich in eine Ehe flüchten, in der es ihr nie besser gehen wird, weil sie auch dort nur die zweite Geige spielen wird, da bin ich mir sicher. Alle Männer sind gleich. Sie suchen sich eine Frau aus gutem Haus, die sie für die Zeit, in der sie die Zuchtstute spielen muss, herhalten darf, und dann lassen sie diese wie ein ungeliebtes Kuscheltier links liegen und suchen sich irgendein unbedarftes Ding, das sie nach ihren Wünschen formen und benutzen können, weil es niemanden gibt, der sich einen Scheiß um sie kümmert.

Statt Trauer zu fühlen, ist gerade nichts anderes als Wut in mir, die hinauswill und ich genau wie jedes andere Mal hinunterschlucken werde.

»Hallo ...«, sagt der Mann vor mir und scheint darauf zu warten, dass ich ihm verrate, wie ich heiße. Kurz sehe ich über die Schulter zu Mikosh, der sich die halb nackten Mädels ansieht, weil die Kerle wohl mehr vorhaben, als nur zu tanzen. Wenn es Stella unbedingt will, dann ergreife ich die Chance. Für heute bin ich:

»Stella«, sage ich lächelnd. Etwas, das ich noch nie aufrichtig vor einem Mann getan habe und sich merkwürdig befremdlich anfühlt.

»Stella«, wiederholt er und das Grinsen wird breiter. »Was kann ich dir denn Gutes tun?«

Kurz bleibt mein Blick auf der Narbe an meinem linken Handgelenk hängen, die so weit verblasst ist, dass ich sie kaum mehr erkenne. Am liebsten wäre es mir, wenn ich mir einfach ein Messer in die Brust rammen, oder ich mir selbst die Kehle aufschlitzen könnte. Doch stattdessen sehe ich zu meinem Cocktail. »Noch einmal nachschenken, wäre schön.«

Er nickt und fängt an, etwas Neues zu mixen. »Wieso bist du nicht bei den anderen und lässt dich verwöhnen?«, formuliert er es wie ein Gentleman, obwohl der kleine Blitz, der in seinen Iriden dauerhaft aufzuckt, deutlich zeigt, dass er alles andere ist, nur kein Gentleman. Eher der Joker von Geraldton, der sich seine Harley Quinn sucht.

»Das ist mir gerade zu viel Aufmerksamkeit«, antworte ich fast wahrheitsgemäß, denn jede Berührung eines fremden Mannes wäre eine Strafe durch den Mann, dem ich gehöre.

»Und wann ist der große Tag?«, fragt er weiter und stellt mir den Cocktail hin, dessen rote und gelbe Farbe sich langsam ineinander mischt.

»Nächste Woche.« Ich trinke den nächsten großen Schluck durch den Strohhalm. »Und wie darf ich dich nennen, nachdem du mich wunderbar ausgequetscht hast, um etwas mehr Trinkgeld auszuhandeln?«

Seine Mundwinkel zucken. »Ich ...«

Mikosh erscheint neben mir. Sieht grimmig zu ihm hin und der Barkeeper verstummt.

Ich seufze und stehe auf. »Danke für den Cocktail.« Brav wie immer folge ich Mikosh an den Nachbartisch, von dem aus ich mit dem Rücken zum Schauspiel sitze, obwohl ich lieber zurück an den Tresen und einen Moment länger das normale Leben genießen möchte.

Gleichzeitig drückt der ganze Alkohol auf meine Blase. »Ich muss auf Toilette«, sage ich zu ihm gebeugt, damit er mich durch den Krach hindurch versteht. Gemeinsam mit mir erhebt er sich und folgt mir bis in den Vorraum der Damentoilette, deren Tür beim Öffnen abartig unangenehm in meinen Ohren quietscht.

Ich betrete die Vorderste, ziehe langsam, damit ich das Gefühl habe, dass die Zeit schneller verstreicht, meinen Slip hinunter und setze mich auf die kalte Klobrille. Gegen den Deckel der Toilette gelehnt, verkneife ich mir die Tränen. Das hier ist mehr Folter als alles, was Shawn mit mir anstellen kann. Kurz die Freiheit zu probieren, um danach ewig in diesem goldenen Käfig zu sitzen, bis mich schließlich der Krebs nicht schnell genug dahinraffen konnte.

Die Toilettentür quietscht erneut. »Du bist hier falsch«, brummt Mikosh pissig.

»Das denke ich nicht«, antwortet jemand und klingt dabei vergnügt.

Mikosh` schwere Schritte hallen durch den Raum. Auf dem Boden vor der Kabine bewegen sich Schatten unkontrolliert und scheinen miteinander zu tanzen. Bewegungslos sitze ich da und versuche das Ganze einzuordnen. Was ist hier los? Es reißt etwas, jemand röchelt und auf den Fliesen vor der Kabine sind plötzlich Blutspritzer.

In meinem Kopf springen sämtliche Alarmglocken an. Shawns Worte hallen durch meinen Kopf, dass Mikosh auf mich aufpassen wird.

Hastig ziehe ich den Slip hoch, öffne die Tür und spähe hinaus. Schlagartig lasse ich die Tür los und trete näher auf den noch zuckenden Körper von Mikosh zu, der mit beiden Händen um seine Kehle greift, um das Blut zu stoppen, das unaufhaltsam daraus hinausströmt.

»W...?«

Ein Arm schlingt sich um meine Brust. Jemand drückt mir ein Tuch auf Mund und Nase. Völlig fahrig, weil ich für einen Moment überfordert bin, versuche ich mich aus dem Griff zu winden, und atme unkontrolliert den süßlichen Geruch, der durch das Tuch strömt, ein.

»Nenn mich Seth, kleine Prinzessin«, sagt der Mann hinter mir. Aus dem Augenwinkel erkenne ich noch das Tränentattoo unter seinem Auge. Das Bild vor mir verschwimmt. Meine Beine werden schlaff, bis ich nicht mehr blinzeln kann und weg drifte.

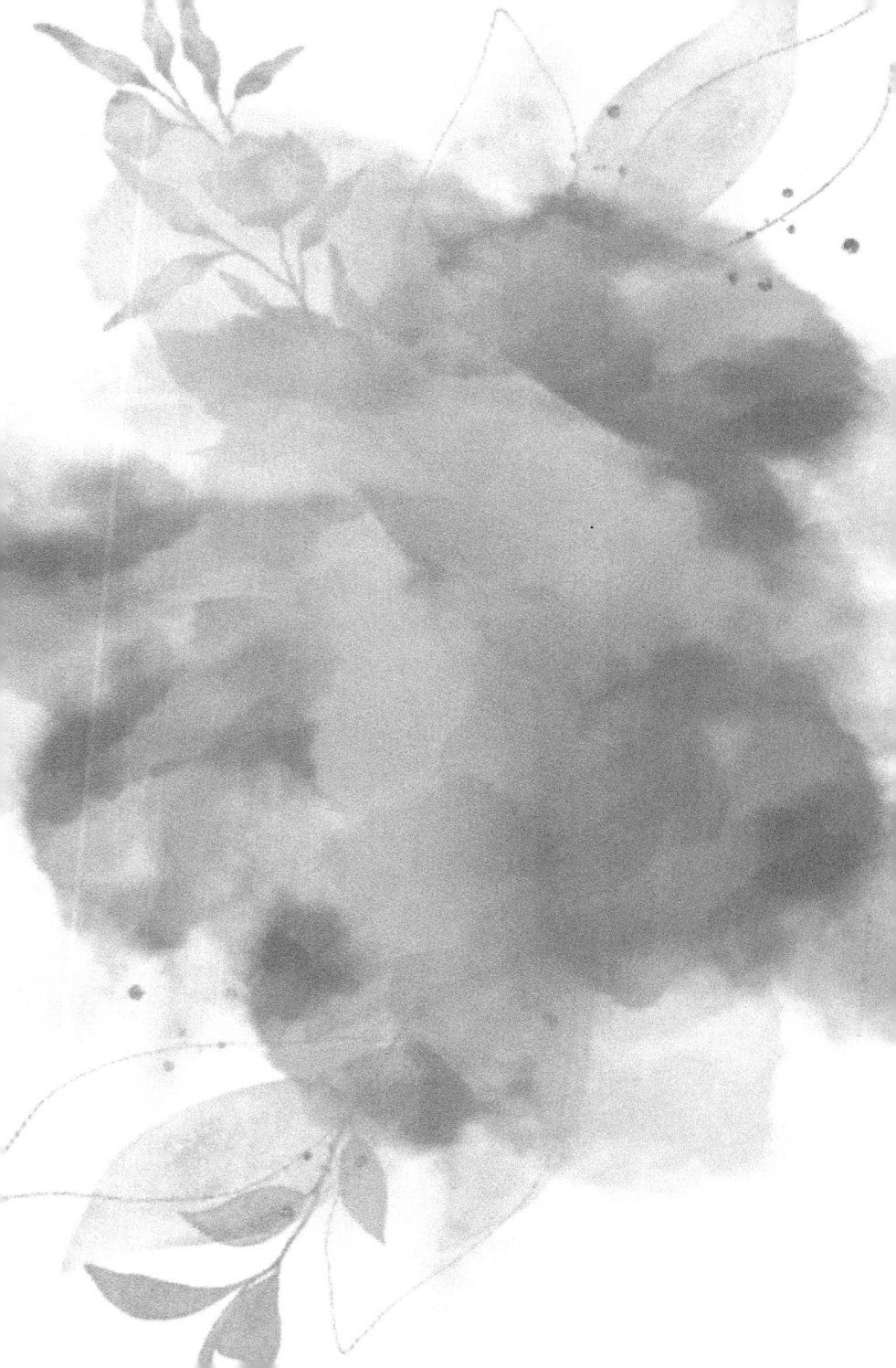

Seth

13

Don´t try to find me ...

Ein weiteres Mal verdrehe ich die Augen. Hat Kian auch irgendeinen Song auf seiner Playlist, der nicht voll depri ist oder nur so vor Technobeats strotzt?

Hat er irgendwie seine Gothikzeit verschlafen und holt sie jetzt mit der Mucke nach? Der nächste Song ist nicht besser. Ein weiteres Mal drücke ich weiter. Immerhin ist heute so ein toller Tag. Nachher kann er mich auf Händen tragen, weil ich all seine Probleme mit meiner aufopferungsvollen Art, so wie ich nun mal tief im Herzen bin, behebe.

Ich sehe über die Schulter. Diese Stella liegt auf der Rücksitzbank und träumt hoffentlich schon von ihrem neuen Zuhause auf Zeit, bis ihr Daddy Kian alles geben wird, nach dem sein viel zu weiches und gleichzeitig tiefschwarzes Herz dürstet. Vielleicht legt er zur Abwechslung auch einfach mal sein

Divagehabe ab und fängt an, im Hier und Jetzt und nicht im was wäre wenn, zu leben.

Jetzt jault auch noch irgendjemand mit verzerrter Stimme durch die Lautsprecher. Bei dem Geheule bleibt mir nichts anderes übrig, als ein Auge zuzukneifen, weil es mir die Fußnägel hoch rollt. Dabei hat das eine mit dem anderen gar nichts zu tun und trotzdem mildert es das Gefühl, hier gerade mit den Zähnen Kreide abzuschaben.

»Okay, das reicht.« Ich drücke irgendeinen der Knöpfe und es schaltet sich das Radio ein. Mit dem *The Best of Ed Sheeran* kann ich vielleicht mitgehen.

Leise lache ich mit mir selbst. Ryan ist ja grad nicht da, mit dem ich sonst immer meine verrückten Ideen und Gedanken teile. Wieso bin ich nicht eher darauf gekommen, einfach das Medium zu wechseln? Stattdessen drücke ich seit dem Beginn meines Abenteuers in dieser Playlist herum. Ich denke, bevor ich hier die guten Neuigkeiten von unserem Zwischensieg – äh Kians Zwischensieg verkünde, werde ich dem Armen erst einmal eine passende Playlist erstellen.

In der Ferne sehe ich bereits die Lichter von Lukes Haus. Wird auch Zeit. Im Auto ist es mir eindeutig zu stickig. Aber auf meinem Quad wäre so eine Entführung doch etwas kompliziert gewesen. Und wenn mir Kian gleich noch verzeiht, dass ich mir einfach seinen schwarzen Hengst ausgeliehen habe, ist alles gut und dieses Leben kann endlich wieder in die Richtung ausschlagen, auf der wir vor fünf Jahren falsch abgebogen sind. Da sind Loki und sein Zeitstrahl echt nichts im Vergleich dazu.

Nur gibt es niemanden, der für uns alles wieder richtet. Aber Retter Seth ist ja zum Glück zur Stelle.

Ich trete das Gaspedal durch und will mich einmal wie Tom Cruise fühlen. Wenn ich jetzt scharf einschlage, den Stein da vorn richtig treffe und ... Okay, jetzt muss ich mich endlich wieder konzentrieren. Immerhin geht es hier um mehr als meinen Spaß. Dabei muss ich mir das Lachen verkneifen, denn es würde immer um meinen und unseren Spaß gehen, wenn zwei von uns das Lachen nicht verlernt hätten.

Ich fahre unter dem Schild hindurch und direkt auf das Haupthaus zu. Luke tritt gerade auf die Veranda. Brian, der auf dem Boden vor dem Haus liegt, hebt nur den Kopf. Musste bestimmt draußen bleiben, weil er sich drinnen so gern schüttelt.

Doch noch kurz das Gefühl genießend, bremse ich nicht, sondern drehe scharf nach links, betätige die Handbremse und erfreue mich am Geräusch der durchdrehenden Räder, bis die Bremse greift und der Wagen driftet. Überall wirbelt Staub auf und ich komme genau vor den Stufen der Veranda zum Stehen. Das Kribbeln in meinem Magen verschwindet und ich lache auf. »Was für ein Spaß.«

Noch ehe sich der gesamte Staub gelegt hat, steige ich aus. Ich erkenne noch nicht viel und kann Luke nur erahnen, der mit seiner Hand vor seinem Gesicht hin und her wedelt. *Pff. Als ob das was bringt.* Hinter ihm taucht ein Schatten auf. Der Staub legt sich und ich blicke direkt in die weit geöffneten und wenig begeistert aussehenden Augen von Kian. Wie schade. Er soll sich doch etwas Verwunderung für die nächsten fünf Minuten aufheben, wenn ich ihm die Lösung all seiner Probleme auf einem Silbertablett, oder na ja, mehr auf meinen Händen getragen, präsentiere.

»Sag mal, hast du sie noch alle?«, begrüßt er mich außer sich. *Das ist aber nicht sehr nett.*

»Ich denke schon«, antworte ich mir keiner Schuld bewusst und öffne die Tür so weit, wie es möglich ist.

»Wo warst du mit meinem Auto?«, kommt es immer noch entrüstet über seine Lippen.

»Na, in der Stadt.«

»Wieso mit meinem Auto?«

»Das sind heute aber echt viele ähnlich klingende Fragen, auf die ich dir schon geantwortet habe.«

Luke lehnt sich an den Pfeiler der Veranda und beobachtet das Schauspiel.

»Was ist denn hier schon wieder los?« Ryan, der auch aus seinem Loch gekrochen gekommen ist, bleibt neben mir stehen, während ich mich auf den Rücksitz lehne und um Stellas schmale Hüften fasse, bis ich sie so weit gegriffen bekomme, dass sie absturzsicher auf meinen Armen liegt.

»Ich bringe Geschenke.«

»Geschenke?«, fragt Kian immer noch nicht besser gelaunt. Er sollte dringend an seiner Grundeinstellung arbeiten, sonst schenke ich ihm wirklich noch schwarze Springerstiefel und einen langen Mantel, damit er seine wahre Natur ausleben kann.

Ich ziehe die Frau in ihrem mehr als kurzen Kleid aus dem Auto. Präsentiere sie auf meinen Armen liegend meinen

Brüdern, aber vor allem Kian, damit er endlich eins und eins zusammenzählen kann. Diesem entgleiten endgültig die Gesichtszüge. Luke rutscht das Bier aus der Hand. »Was zur Hölle?«, stottert er, ehe er seine Stimme wiederfindet. »Was soll die Scheiße?« Sogar Brian meldet sich bellend zu Wort. Seit wann darf er auch zu allem seinen Senf dazu geben?

»Überraschung!«, rufe ich laut und strecke die Arme sogar noch nach vorn, wobei Stellas Kleid höher rutscht und ich jetzt ihren nackten Hintern in der Hand halte. *Ziemlich nices Teil.* Von meinem Zwillingsbruder Ryan bekomme ich nur ein genervtes Seufzen. Aber davon lasse ich mir die Partystimmung nicht vermiesen.

»Die Lösung all deiner Probleme, Kian«, rede ich einfach unbeirrt weiter, sehe ihn voller Vorfreude an und warte auf meine Lobpreisung, weil ich mich so rührend um sein Wohlbefinden kümmere.

»W-wer soll das sein?«, fragt Luke und klingt irgendwie völlig außer sich. Was hat er denn? Oder sind das Anzeichen eines Schlaganfalls? Bei seinem Bierkonsum könnte das schon für seine Arterien nicht so ganz vorteilhaft sein.

»Das ist Stella Wilson, die Tochter von Shawn«, antworte ich mit einem breiten Grinsen.

»Wie?« Jetzt klingt Luke fast so, als würde er kichern und ich bin mir nicht so sicher, ob das meinem Ego gefällt. Aber Ryan bleibt noch ruhig und zieht nur seine Krawatte fest, die vorher schon perfekt saß.

»Ist gar nicht so einfach, an sie heranzukommen«, lege ich nach, um die beschwerliche Beschaffung zu verdeutlichen. »Weil Shawn sein Leben und alles, was dazu zählt, stärker unter Verschluss hält, als der Sheriff von Sherwood Forest sein Gold.« Kian holt tief Luft und vergräbt eine seiner Hände in der Tasche seiner Jeans. »Seth ...«, knurrt Luke und will mir doch tatsächlich ins Wort fallen.

»Aber ich habe nen Kumpel, der schuldete mir noch einen Gefallen«, zwinge ich allen meine Ausführungen auf. »Sie feierte mit ein paar Freundinnen in irgendeinem Nobelclub auf ziemlich langweilige Weise einen Junggesellinnenabschied. Da habe ich sie mir geschnappt.«

Noch immer sehen mich alle an, als hätte ich etwas Verbotenes getan. Keiner klatscht, applaudiert oder klopft mir auf die Schulter?

»Sag mal, ist bei dir jetzt auch noch die letzte Sicherung durchgebrannt«, sagt Luke und ballt die Hände zu Fäusten. »Du kannst doch nicht seine Tochter entführen. Hast du mal an die Folgen gedacht, wenn er erfährt, dass wir es waren?« Kurz schüttelt er den Kopf. »Nein, dass DU es warst! Hast du auch nur einmal daran gedacht, was das für jeden Einzelnen von uns bedeutet?«

Bevor ich antworte, muss ich sie jetzt mal ablegen, denn auch wenn sie zierlich ist, habe ich das Gefühl, das ich viel zu wenig mit meinen Armen gestikulieren kann. Also lasse ich sie alle eiskalt stehen, laufe an ihnen vorbei ins Haupthaus und ins kleine Gästezimmer mit der Blümchencouch und dem kleinen

Esstisch, gegenüber der Treppe. Hinter mir poltert es. Schön, wenn ich es schaffe alle drei so sehr zu begeistern, dass sie mir blind folgen. Ich lege sie auf die Couch. Ihre Hände sind gefesselt, falls sie unerwarteterweise wach wird. Vorsicht ist ja besser als Nachsicht. Mit befreiten Händen drehe ich mich zu den Dreien um. Luke steht mit Brian an einem der Stühle und umfasst die Lehne so fest, dass er es sogar schaffen würde, das Holz zum Brechen zu bringen. Kian lehnt am Fenster, Ryan im Türrahmen und scheint nur mit seinem halben Geist anwesend zu sein.

»Was?«, frage ich erheitert, weil alle, außer Ryan, leicht sprachlos wirken. »Wartet ihr auf den Bus oder macht ihr aus meinem Monolog noch nen Dialog?«, frage ich. Immer wieder huschen die Blicke von allen Dreien zu Stella und wieder zu mir. Nur Brian liegt entspannt neben Luke.

»Also ehrlich«, sage ich und stemme eine meiner Hände theatralisch in die Hüften. Mit der anderen fahre ich mir über den Nasenrücken. »Da will man seinem großen Bruder aus der Patsche helfen und seine Zukunft sichern und dann bekomme ich nichts von euch als entsetzliches Schweigen. Das finde ich echt uncool.«

»Uncool?«, wiederholt Luke, sieht schon wieder zu Stella und dann zu Kian. So oft hat er ihm schon ziemlich lange keine Aufmerksamkeit mehr geschenkt. Das sind fast drei Kreuze im Kalender.

»Findest du das cool, Kian?«, fragt Luke, als würde er darauf gar keine Antwort haben wollen. Und was bekomme ich von

Kian? Genau. Nur Schweigen. Dabei sollte er derjenige sein, der hier mit überschwänglichen Gefühlen um die Ecke kommt. Doch er zuckt nur mit den Schultern. Vielleicht ist er ja auch einfach nur sprachlos, wegen meiner guten Tat. »Das ist einfach nur selten dämlich, Seth«, knurrt Luke mittlerweile. »Kannst du nicht einmal vorher nachdenken. Seit wann entführen wir unschuldige Frauen?«

Kian schnaubt verächtlich und zückt seine Kippenpackung. »Sie ist bestimmt alles andere als unschuldig.«

Ich zeige auf Kian, aber rede weiterhin mit Luke. »Siehst du. Er muss es ja wissen.«

Luke und auch Ryan sehen zu ihm. »Ich habe sie bei Shawn gesehen. Ich denke, dass sie seine Sekretärin spielt, oder zumindest eine Aufgabe bekommen hat, um im Familienunternehmen Fuß zu fassen. An ihren Händen klebt mit Sicherheit auch schon Blut oder zumindest so viel Dreck wie an denen von Shawn.«

Auch Kians Blick wandert an mir vorbei, zu ihr. »Wieso spielen eure Blicke Pingpong?«, will ich wissen und erhebe fragend eine Augenbraue. »Klebt noch Klopapier unter ihren High Heels?«

»Nein, verdammt!«, raunt Luke schon wieder viel zu laut und würde noch auf den Nachbarfarmen zu hören sein, wenn dort noch jemand wohnen würde. »Zieh ihr endlich das scheiß Kleid über den Hintern!«

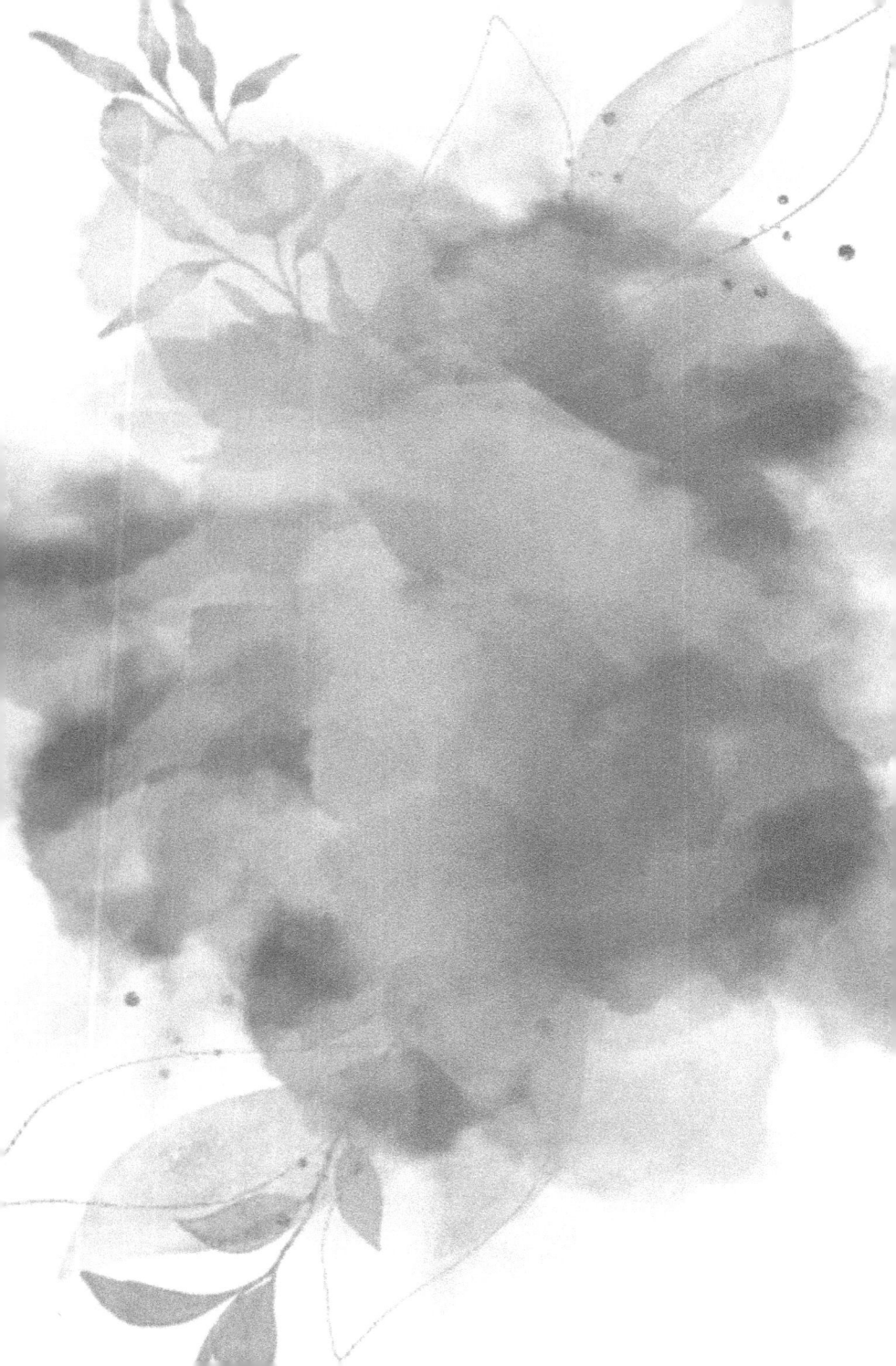

14

Mein Kopf dröhnt. Da ist nur ein dumpfes Fiepen, als hätte jemand wie in den Hollywood Blockbustern eine Bombe neben mir gezündet und ich wäre zu Boden gegangen, um jetzt kriechend dem Schauplatz zu entfliehen.

Meine Augenlider flattern. Krampfhaft versuche ich, sie aufzubekommen und mich gleichzeitig zu orientieren. Ich liege auf der Seite. Meine Hände sind mit einem Strick zusammengebunden und immer, wenn ich es schaffe, die Augen offenzuhalten, blicke ich auf ein von braunem Dreck verschmutztes Blumenmuster – meine Gedanken stoppen - das mir bekannt vorkommt.

»Zieh ihr endlich das scheiß Kleid über den Hintern«, raunt jemand mit einer so tiefen Stimme, wie ich sie noch nie gehört habe. Wäre sie näher, würde sie in meiner Brust vibrieren.

»Wieso? Gefällt dir der Knackarsch nicht, oder verleitet er dich etwa zu schmutzigen Gedanken?«, fragt ein anderer ziemlich ketzerisch und scheint genau vor mir zu stehen. Ich kenne sie und muss kurz in meinem Kopf kramen. Sie gehört zu dem Barkeeper, der mit Sicherheit gar keiner ist und mich in der Toilette in dem Club überrumpelt hat.

»Nein!«, mischen sich zwei Stimmen ineinander, die ich nicht zuordnen kann.

Ich bewege mich keinen Zentimeter und tue so, als würde ich immer noch schlafen. Wo bin ich und wieso bin ich hier? Was wollen sie von mir? Die Problemlöserin in mir arbeitet bereits an einem Ausweg. Einer Idee, wie ich hier rauskomme. Eins ist sicher. Bin ich nicht bald wieder zurück in Geraldton, besser gesagt im Club, bevor Mikosh aufsteht, oder Stella mitbekommt, dass ich weg bin, bin ich tot. Jetzt zählt jede Sekunde.

Gedankenfetzen kehren zurück. Blut, das über den Boden läuft. Mikosh` Blut, weil ihm die Kehle aufgeschnitten wurde. Von ...

Ein merkwürdiges Gefühl macht sich in mir breit, das ich noch nicht zuordnen kann, weil es von zu vielen anderen, die schwerer wiegen, überdeckt wird. Wahrscheinlich ist es schon zu spät und Shawn sucht nach mir. Über die Strafe, bevor er mich endlich erlöst, will ich gar nicht nachdenken.

»Was stört dich oder eher euch an dem Anblick?«, fragt mein Entführer. Bei dem Tonfall ist ein dreckiges Grinsen bestimmt nicht weit.

»Weil sie da halb nackt liegt. Stell dir vor, das würde man mit dir tun.«

»Mh, also wenn die Chance besteht, dass die nächstbeste Tussi, die vorbeikommt, mich so sieht und mir deswegen einen bläst, wieso nicht?«

Über was für sinnlose Dinge diskutieren die hier bitte schön? Wenn ich nicht Leiche spielen würde, würden sie meinen verständnislosen Blick zu sehen bekommen, weil es doch wohl gerade wichtigeres gibt, als die Frage, ob sie meinen Hintern sehen können oder nicht. Wie ich zurückkomme, zum Beispiel. Aber wieso bin ich trotz der Erkenntnis, von Shawn getrennt zu sein, so ruhig? Ich bin nicht mehr unter seinen wachsamen Augen, sondern wie es scheint bei ein paar Vollidioten, die mit nackter Haut nicht umgehen können oder sich zu viel Hoffnung machen, weil ihr Ego Futter braucht.

Erst jetzt macht es Klick. Ich bin nicht mehr unter Shawns verflucht wachsamen Augen. Ich habe Mikosh nicht mehr um mich herum. ICH ... BIN ... FREI. Sobald ich hier raus bin.

»Tu es endlich!«, wird die tiefe Stimme immer lauter und fordernder.

Eine kurze Pause folgt. Jemand atmet schwer ein und genervt aus. »Na schön. Das nächste Mal bringe ich dir so ne Zange mit wie die, die sie immer bei diesen Bewährungsstunden bekommen, wenn sie Müll im Park einsammeln. Dann kannst du mit gebührendem Abstand ihr selbst den Hintern bedecken.«

Es klickt. Ein Bein reibt an meiner Wade. Dann sind fremde Finger an meinem Po. Streichen darüber und greifen nach dem schwarzen Stoff. Eine bessere Chance auf eine Flucht bekomme ich nicht. Ruckartig drehe ich mich um, lege meine gefesselten Hände als Schlaufe um seinen Hals und drehe ihn mit mir, bis ich mit dem Rücken auf dem Boden liege. Er auf mir. Leise röchelnd, nimmt er beide Arme an das Seil, um sich Luft zu sichern, die ich ihm nur minimal zugestehe.

»Hallo Seth«, begrüße ich ihn scharf, direkt an seinem Ohr und betone dabei besonders seinen Namen. Gleichzeitig sehe ich mich um und starre in drei weitere Gesichter. Ein Mann, der die anderen locker um anderthalb Köpfe überragt. Dazu das breite Kreuz und der durchtrainierte Körper. Er könnte direkt vom Expendabales-Set stammen. Bei seiner gleichmäßigen, braun gefärbten Haut muss er viel draußen unterwegs sein. Der große schwarze Hund, der neben ihm steht und knurrt, wird mir die Flucht definitiv erschweren. Der andere, der in einem schwarzen Anzug am Türrahmen gelehnt steht, sieht eher skeptisch zu dem Schauspiel, das ich Ihnen biete. Er sieht Seth ziemlich ähnlich. Sind sie Zwillinge? Aber darüber kann ich mir erst später Gedanken machen. Ich sehe zum Dritten. Bei ihm macht es sofort klick, denn ich habe ihn vor - keine Ahnung – wahrscheinlich nicht einmal 24 Stunden im Haus von Shawn gesehen, wie er wutentbrannt davon gestürmt ist. Mit demselben Gesichtsausdruck sieht er mich auch jetzt an. Nur, dass eine andere Wut darin liegt. Nicht ganz so hart, nicht ganz so entflammt, aber stark genug, dass ich selbst von hier das Gefühl habe, dass ich mich daran verbrennen könnte.

Die vier wirken nicht wirklich wie Partner von Shawn. Ihnen fehlt diese kühle, berechnende Art, die ich in keiner ihrer

Mienen entdecken kann. Sie sind definitiv anders. Ist das der Grund, weswegen sie Shawn loswerden will?

Seth hält ein Klappmesser in der Hand, mit dem er gerade noch gespielt haben muss oder es vorsorglich gezückt hat? Keine Ahnung.

»Schneid das Seil durch«, fordere ich ruhig, ohne einen von ihnen länger als drei Sekunden aus den Augen zu lassen, damit ich abschätzen kann, wann ich meine Strategie überdenken muss. Immer wieder scanne ich flüchtig den Raum ab. Irgendetwas stimmt hier nicht. Wieso kommt er mir bekannt vor? Wieso zwingt mich mein Geist dazu, mich genau jetzt mit so etwas Unwichtigem auseinanderzusetzen? Immerhin bin ich, sobald ich durch die Tür bin, frei. Endlich zahlt sich dieses beschissene Verteidigungstraining mit den gefühlt tausend blauen Flecken, die mir Shawn verpasst hat, aus. Ein paar mehr oder weniger sind nichts gegen die Gewissheit, frei zu sein.

»Wow, wow, wow, kleines Kätzchen mit den ausgefahrenen Krallen«, raunt Seth und klingt nicht wirklich verängstigt oder geschockt, was mir gar nicht gefällt.

»Können wir nicht erst einmal in Ruhe reden?«, krächzt er unter meinem straffen Seil, das ich sofort enger um seinen tätowierten Hals schlinge.

»Meinst du, diesen billig Small Talk wie in der Bar?«

Er versucht zu nicken.

»Nein danke. Ich ...«

»Lass ihn los!«, fällt mir der muskulöse Typ mit der tiefen Stimme ins Wort und lenkt meine Aufmerksamkeit auf sich. »Du kommst hier ohnehin nicht raus.«

»Wie überheblich«, kontere ich. »Gerade musste man noch meinen Hintern für dich bedecken, weil es dich überforderte, und jetzt lässt du den alles überblickenden und Regel-machen-den Chef heraushängen. Das ist so typisch Mann.«

»Na ja, wenigstens hat sich das Problem mit dem Hintern ja von allein erledigt«, raunt der andere Typ an der Tür, der gerade versucht, irgendetwas zwischen seinen Zähnen heraus zu pulen. Ist ihm das, was hier passiert, egal?

Nur dieser Kian steht regungslos am Fenster und zieht still-schweigend an seiner Zigarette. Dabei bewegt sich das Toten-kopf-Tattoo auf seiner Hand mit. Die Zigarette könnte ich auch gerade gebrauchen, weil zu viele Emotionen auf mich einpras-seln, von denen ich nicht weiß, woher sie kommen. Es kann nicht allein daran liegen, dass ich gleich frei sein werde.

»Okay, okay, kleines Kätzchen«, redet jetzt Seth weiter, der sich kooperativ gibt. Ruckartig und ohne Vorwarnung setzt er das Messer zwischen meinen Händen an, zieht es durch und meine Hände knallen links und rechts auf den Boden. Der Auf-prall vibriert schmerzhaft von meinen Armen durch meinen Körper und ich ziehe scharf die Luft ein. In der Zeit dreht sich Seth um, greift nach meinen Handgelenken, um sie auf dem Bo-den zu fixieren. Bewegung kommt in den Raum. Ehe ich um-zingelt bin, stemme ich ihm mein Bein direkt in die Eier. Rot wie eine Kirsche, kurz bevor sie vom Regen aufplatzt, läuft sein

Gesicht an. Schmerzverzerrt raunend, kippt er zur Seite, lässt das Messer los und es klimpert über den Boden.

Ich drehe mich um, greife es und hieve mich hoch. Sofort greift der Nächste um meine Taille und versucht, die Hand mit dem Messer zu bekommen. Ich erkenne das Tattoo von Kian. Der Hund bellt, ohne dass sein angsteinflößendes Knurren, was dazwischen immer wieder auflodert, näher kommt.

»Hör auf«, fordert Kian, während er jetzt versucht, mir, mit festem Griff um meinen Hals, die Luft abzuschnüren. Ich ramme ihm meinen Ellenbogen hart in die Seite. Er stöhnt auf und lässt mich ebenfalls los. Ich schwanke und muss mich kurz mit einer Hand auf dem Boden abstützen. Dabei sehe ich zu dem Mann, der zur Seite wegtaumelt und sauge ein weiteres Mal den hasserfüllten Blick von Kian auf, in dem sich durch die zusammengezogenen Augenbrauen auch Schmerz mischt.

In meinen Gedanken stockt es abermals. Das geht viel zu einfach. Haben sie Angst, dass sie mich zerbrechen könnten? *Wissen Sie nicht, durch was für eine harte Schule ich gehen musste?* Ich sehe zur Tür, wo immer noch völlig unbeeindruckt der Anzug-Kerl steht und sich keinen Zentimeter rührt. Wo bin ich hier nur gelandet?

Dafür kommt der Typ mit der tiefen Stimme auf mich zu. Etwas überfordert, wie ich ihm ausweichen soll, schaue ich hektisch durch den Raum und entscheide mich dafür, nach links auszuweichen und hinter der Couch entlang in Richtung Tür zu gelangen. Auch er streckt seine Hände nach mir aus. Der schwarze, große Hund springt wild herum, rutscht an mir vorbei und dem Typen direkt in die Beine. »Verdammt, Brian«, ruft er und knallt hinter mir zu Boden. Ich hechte zur Couch, sehe zur Tür und renne los. Erst jetzt bewegt sich das letzte Hindernis. Mehr aus einem Reflex heraus, weil ich nicht weiß, wie ich an ihm vorbeikommen soll, spiele ich Messerwerfer und schleudere es direkt auf ihn zu. Seine Augen weiten sich. Er versucht auszuweichen, doch es streift ihn an der linken Schulter. »Fuck!« Sofort nimmt er die Hand an den zerschnittenen Stoff, durch den das Blut sickert. Ich renne an ihm und dem Messer, das im Türrahmen stecken bleibt, vorbei und ...

Jemand greift mir in die Haare, zieht daran und ich knalle hart auf den Boden.

»Hast du sie, Luke?«

Alles dreht sich, das Bild verschwimmt und ich kann oben und unten nicht mehr auseinanderhalten. Gleichzeitig zieht sich ein Blitz aus purem Schmerz von meinem Hinterkopf vor zu meiner Stirn.

»Ja, siist ganchön schell.« Dumpf und verwaschen dringt die tiefe Stimme in mein Ohr. Trotzdem gibt es in meinem Kopf nur eine Sache, die immer lauter wird - von hier zu entkommen. Mein altes Leben hinter mir lassen, wenn mich denn die Wände und der ganze Raum nicht an irgendetwas erinnern würden. Ich blinzle nervös. Über mir wird es dunkel. Ohne einen festen Punkt zu fixieren, trete ich wie wild mit den Beinen vor mich und erwische den Typen, der über mir gelehnt das Gleichgewicht verliert. Angestrengt rolle ich mich zur Seite, während ich mich aufrichte und die Vibrationen seines Aufpralls auf dem Boden in meinen Beinen spüre.

Wankend komme ich erneut am Türrahmen an. Kurz halte ich mich fest, stoße mich ab und versuche, mit dem Schwung endlich loszukommen, wobei ich in den Flur hinausrenne. Instinktiv weiß ich, dass ich nach rechts muss, um aus dem Haus zu gelangen. Die Treppe in den oberen Stock befindet sich auf der Rückseite und im Raum gegenüber steht die große Landhausküche, um die es ewige Diskussionen zwischen meinen Eltern gab, weil sie meine Mom zu dekadent empfand, aber mein Vater meinte, dass, man damit auch zusätzliche Kochkurse anbieten könnte, weil ihr Eintopf jeden umgehauen hat.

In meinen Augen bilden sich Tränen. Irgendetwas in mir bricht auf und will mich mit Emotionen überschwemmen, die ich mir seit acht Jahren verbiete. Ich reiße die Tür auf und renne in das unendlich weit wirkende Outback hinaus. Gleichzeitig versagt unter der Last, die gerade auf mich einwirkt, die Kraft in meinen Beinen. Stolpernd suche ich Halt am Pfeiler der kleinen Veranda, an dem ich die Narben fühle, die ich als 13-jähriges Mädchen in einem Anfall aus Langeweile hinein geritzt habe. Ich höre Miguel, der mir damit ewig in den Ohren gelegen hat und ich zur Strafe einen Monat lang die Traufe für die Pferde säubern musste.

Die frische kühle Luft sticht in jedem Zweig meiner Lunge, die, anstatt sich frei zu fühlen, immer enger wird. Der Raum vor mir scheint immer näher an mich heranzurücken. Gleich wird er mich komplett einschließen. Trotzdem halte ich nicht an und gehe weiter. Versuche, mich auf den Beinen zu halten, bis ich wenige Schritte später auf all das stiere, was ich vor acht Jahren zurückgelassen habe. Links und rechts die Farmhäuser, in denen die Gäste untergebracht wurden. Der Stall, in dem ein schwaches Licht brennt und weiter entfernt, der Speicher, in dem ich früher von oben immer auf die Heuballen gesprungen bin, bis ich mit einem Gips um meinen Arm nur noch von unten hinaufsehen konnte.

»Das ... kann ... nicht ...« Ich sacke zusammen und kann kaum mehr die Augen offenhalten, weil mein Kopf so dröhnt und sich alles dreht.

Im Staub sitzend, lasse ich mich nach hinten fallen, sodass ich in das unendliche Sternenmeer blicke, dass man nur hier draußen so unfassbar schön sehen kann, und fange an zu lachen. Wieso? Ich weiß es nicht, denn ich bin einfach nur überfordert. Mit der Entführung. Mit dem Bild vor mir und allem, was irgendwann einmal geschehen ist und ich nicht dran denken will, aber ich weiß, dass ich es gleich sehen werde – das Bild, das ich verdränge, das Blut und den Schmerz, der sich auch nach all den Jahren nicht stillen lässt, weil ich es nie verarbeiten durfte.

Ich bin auf der Curtain County Farm, meiner Farm, mitten in den Weiten des Outbacks, hunderte Kilometer von Geraldton entfernt und ich weiß nicht, was ich davon halten soll.

Über mir tauchen drei Gestalten auf. Doch das ist mir gerade egal. Ich kann nicht weg, denn ich habe keine Kraft mehr. Keine Kraft zu fliehen, keine Kraft zu kämpfen, weil ich nicht mehr weiß, wofür und warum und worin der Sinn in diesem ganzen Durcheinander liegt.

Eine kalte Schnauze tippt gegen meine Wange und ich werde abgeschleckt.

»Weg da, Brian«, wummert diese tiefe Stimme in meinem Kopf.

»Wieso lacht sie?«, fragt Seth.

»Woher soll ich das wissen?«

»Ist sie kaputt?«

»Hör endlich auf, solche dummen Fragen zu stellen!«

Danke. Das hätte ich wohl auch gesagt, wenn ich irgendwie dazu imstande wäre.

Eine kräftige Hand fährt unter meinen Schultern und zieht mich zurück auf die Beine. Ohne dass ich mich groß wehre, werde ich zurück ins Haus gezogen, gehe an den Räumen mit den vielen glücklichen Erinnerungen vorbei, die durch ein einziges dunkles Ereignis so sehr beschmutzt wurden, dass sie nie wieder strahlen, und werde auf der Rückseite des Flurs die Treppe hochgezogen. Hinter mir sind Schritte. Vor mir sind Schritte. Aber ich fixiere niemanden, weil in meinem Kopf nichts als wilde Wellen immer wieder auf meine klaren Gedanken treffen und jeden neuen Impuls mit sich in die Fluten ziehen. Eine Tür wird geöffnet. Das Knarzen klingt und fühlt sich wie die nächste Käfigtür an, hinter die ich gestoßen werde. Unbarmherzig werde ich mit hineingezogen und in den dunklen Raum bugsiert.

»Hier bleibst du vorerst, verstanden?«, sagt, nicht fragt, der Typ – Luke, wenn ich es mir richtig zusammenreime - mit seiner tiefen Stimme, ehe er die Tür hinter mir zuknallt. Ein Schlüssel wird herumgedreht. Die Schritte auf der anderen Seite der Tür werden leiser und die nächsten Flashbacks fluten meinen Kopf, denn ich bin ... in ... meinem ... alten ... Kinderzimmer ... gefangen. Nur sind die Gardinen nicht weiß, sondern lila. Das Bett hat keinen Rahmen mehr, sondern ähnelt mehr einem Jugendbett, ohne viel Spielereien dran und die Kommode hat einen Spiegel. Es ist nicht mehr mein Zimmer und ich weiß nicht, ob ich erleichtert sein soll. Ich sehe auf den Boden, der so viele meiner jugendlichen Geheimnisse bewahrt hat. Ich muss es wissen. Muss mich davon überzeugen, dass sie geheim geblieben sind.

Es ist nur noch ein Automatismus, der mich drei Schritte nach vorn gehen lässt. Ich knie mich auf den Boden und biege eine der Dielen nach oben, an dessen Ecke ein Stück herausgebrochen ist. Ich bekomme die Unterseite zu greifen. Darunter kommt das kleine Fach zum Vorschein, in dem es noch liegt – mein Tagebuch, mit dem ich alles geteilt habe. Mein erster Reitausflug. Das erste Scheren der Schafe, meinen ersten Liebeskummer und auch ... die Ereignisse in Perth. Mit zitternden Fingern greife ich danach, stehe auf, öffne die Schnalle und blicke auf den letzten Eintrag, in dem ich mich darüber beschwert habe, wie ungerecht das Leben ist. Wie naiv ich doch war, denn erst danach habe ich begriffen, dass das alles nur ein Kieselstein im Vergleich mit dem Hinkelstein war, der das Leben neben Shawn symbolisiert.

In meinem Kopf knallt es. Ich laufe wieder den Weg zum Esszimmer zurück. Es folgt der erste Schuss.

›Nein!‹ Es folgt ein Zweiter. ›Hallo, Cleo.‹

Ich renne, knalle gegen den Zaun und krieche darunter hindurch. Spüre den Schmerz der Schnittwunde, die ich mir am Metall zugezogen habe und sehe nur noch die hellen Scheinwerfer von Stellas Wagens.

Meine Beine geben nach. Ich taumle zwei Schritte zurück und falle gegen die Tür. Langsam rutsche ich daran hinab und lasse jede Träne zu, die ich mir die letzten Jahre verboten habe. Akzeptiere für einen kurzen Moment den tief verwurzelten Schmerz, und habe keine Ahnung, was ich jetzt tun soll.

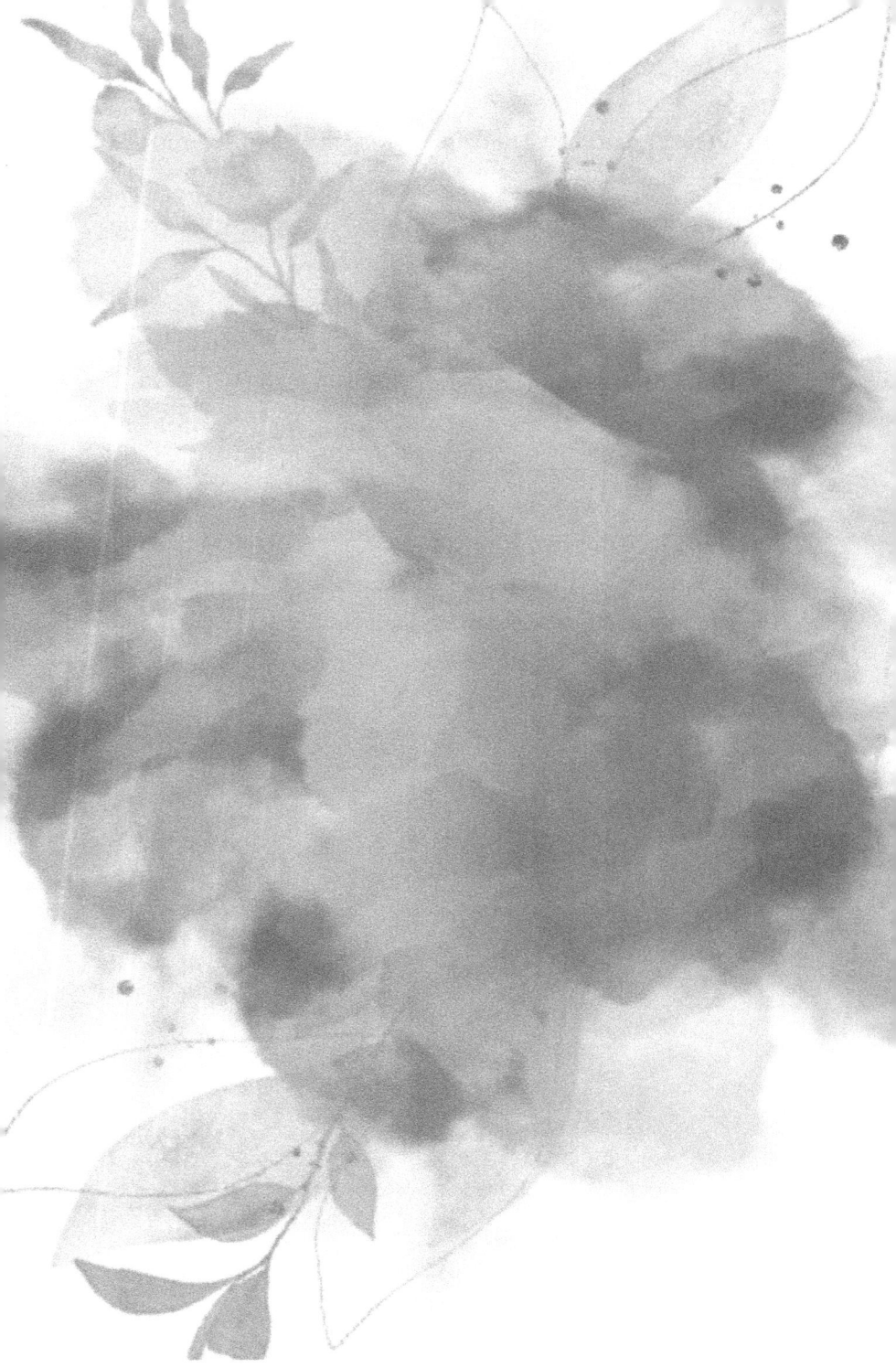

Ryan

15

So kräftig wie möglich drücke ich auf die Wunde. Nicht, weil es wehtut. Nein, weil es in meinem Herzen sticht. Mein schöner Anzug. Unwiederbringlich zerstört. Und ... O Gott! Das Hemd darunter auch! Ich falle gleich in Ohnmacht.

Stella hechtet an mir vorbei, hält sich am Türrahmen fest und will sich gerade abdrücken, als sie Luke an den Haaren gegriffen bekommt und zurückzieht. Dumpf schlägt sie auf dem Boden auf und ringt mit ihm. Aber das ist egal. Alles ist egal. Ich traue mich gar nicht, mir das Massaker an meinem Oberarm anzusehen. Wieso? Wieso hat sie das getan? Ich habe mich extra ganz still verhalten und so getan, als wäre ich nicht da. Leben und leben lassen. Aber ...

Plötzlich rennen alle an mir vorbei und zur Tür raus. Habe ich irgendwas verpasst?

Ich sehe zur Couch, zucke mit den Schultern und setze mich darauf. Irgendwann wird schon einer kommen und sich um mein Leid und mich kümmern.

Durch das halb nach oben geöffnete Fenster dringt ein Lachen. *Ist das diese Stella? Puh, und ich dachte, ich bin komisch.*

Was hat sich Seth nur dabei gedacht, sie zu entführen? Er ist *the Brain* von uns beiden. Wie tief ist er nur gesunken? Da kann ich nicht mehr von Geschwisterliebe sprechen, wenn er uns nur Arbeit einbrockt. Und gerade so ne eingebildete Zicke zu entführen, die meint uns mit ihren nicht vorhandenen Ninjakampferfahrungen und Messerkampftechniken entkommen zu können. Tzz.

Schritte werden lauter, verlagern sich zurück ins Haus und Luke zieht diese Stella an der Tür vorbei und so, wie es klingt, die Treppe nach oben. Wieder folgen ihm die anderen beiden, als wären sie ein Hühnerhaufen, der um jeden Preis zusammengehört.

»Und hier bleibst du jetzt, verstanden?«, sagt er so inbrünstig, dass es mir sogar hier unten fast eine Gänsehaut bescheren würde, wenn ich auf seine tiefe, düstere Stimme abfahren würde.

Eine Tür knallt zu und in mir wächst die Hoffnung, dass sie zurück zu mir kommen.

Uh, jetzt wird sich endlich um mich gekümmert.

Wieder folgt Gepolter und Luke stürmt wie ein wilder Stier zu mir hinein. Und was machen die anderen beiden? Genau. Verkeilen sich fast gegenseitig im Türrahmen, weil sie gleichzeitig hineinwollen und bleiben wie zwei bedröppelte Idioten im Raum stehen.

Luke läuft völlig planlos hin und her. Sieht zu Boden, fährt sich durch die Haare. Jetzt eine Kamera und wir könnten den besten Filmanfang aller Zeiten drehen. So viel Action. Jetzt das Drama und die Fürsorge um mich. Aber bisher beachtet er mich nicht.

Ich hebe nur einen Finger, damit ich weiterhin auf meine fast tödliche Verletzung drücken kann, und um gleichzeitig zu zeigen, dass ich Aufmerksamkeit brauche.

»Und jetzt?«, fragt er immer lauter werdend und sieht Seth, wie ein wilder Löwe, der auf seine neue Beute stiert, an »Wie soll es weitergehen? Was hast du mit ihr vor?«

Okay, nur heute werde ich dieses unmögliche Verhalten durchgehen lassen.

In Seths Blick lodert ein Funke. »Na.« Er sieht zu Kian, der danebensteht und in dessen Miene sich alles spiegelt. Nur keine Klarheit.

Seth reibt sich über den Hinterkopf.

Luke pumpt. »Klasse! Hier endet dein Plan, oder was?«

»Na ja, ich würde nicht von Plan reden. Es war eher so eine Eingebung oder Bauchgefühl, dass sie zu entführen richtig ist.«

Luke stoppt und schüttelt den Kopf. Brian hat es sich im Flur bequem gemacht und scheint die Treppe zu bewachen.

»Eine Eingebung ... ein Bauchgefühl. Und was kommt morgen? Die Voodoopuppe oder ein Ouija, weil du jetzt zum Medium wirst?«

Meine Mundwinkel zucken. Seth mit Turban und Glaskugel in so einem bunten Zelt mit Duftstäbchen?

Seth will die Hand zur Nachdenkerpose an den Mund legen, weil er bestimmt dasselbe Bild im Kopf hat wie ich. Da streckt Luke schon den Zeigefinger in seine Richtung. »Wage es erst gar nicht, darüber nachzudenken!«

Schwer atmend lässt er es. »Na und? Dann habe ich mir halt keinen Plan gemacht. Das ist jetzt auch kein Weltuntergang und vollkommen unwichtig. Das Einzige, was zählt, ist, dass wir Shawn damit ärgern.«

»Wir?«, fragen Luke, Kian und ich wie aus einem Mund.

Luke lacht auf. »Du meinst, du? U-und was heißt hier ärgern?«

»Na, genau das, was es bedeutet. Ihn ärgern. Ihm zeigen, dass er nicht unantastbar ist.«

Im Raum herrscht vollkommene Stille und Bewegungslosigkeit. Vielleicht sollte Seth eher Magier werden, wenn er so schön die Zeit anhalten kann. Oder Komiker, weil ...

»Das ... ist ... jetzt ... NICHT DEIN ERNST!« Lukes Finger verkrampfen sich um die Lehne des Stuhls, der vor ihm steht. »Also hältst du Shawns Tochter ...«

»Stella«, mischt sich Seth noch einmal ein.

»... Stella«, wiederholt Luke gekünstelt freundlich und gelassen, »als Geisel, um ihn zu ärgern?«

Seth nickt bekräftigend. »Aber ich finde, dass das eher so ein Gemeinschaftsprojekt sein sollte.«

Luke geht nicht darauf ein. Wieso ist er zurzeit nur so unhöflich? Ach, halt. Es geht ja um Luke. Gedanke zurück. Das ist sein ganz normales Verhalten. Ich muss endlich Luke und Kian auseinanderhalten. »Und was dann? Bringst du sie in ein paar Tagen, Wochen, oder Monaten zurück und denkst dann, dass Shawn dir freudestrahlend die Hand auf die Schulter legt und ihr beide wie zwei alte Kumpels darüber lacht?« Seth öffnet den Mund.

»NEIN!«, schreit Luke, ehe Seth antworten kann. »Das wird er nicht. «

»Wir können ihn auch mit ihr erpressen«, denkt Seth laut nach und sieht zu Kian, der immer noch regungslos da steht. Nur ist er wieder still und leise zum Fenster gelaufen und sieht hinaus. Wenn Seth jetzt zu mir sieht, dann fühlt er bestimmt den Schmerz und kümmert sich endlich um seinen fast sterbenden Zwillingsbruder. Aber er sieht zurück zu Luke und ich würde sehr gern meine Waffe zücken und einfach ins Blaue schießen, damit ich endlich beachtet werde. Aber dann meckert Luke nur, weil ich ihm wieder ein Loch in die Decke schieße und es kümmert sich erst recht keiner um mich.

»Also spielst du jetzt Kindermädchen und machst ihr dreimal am Tag etwas zu essen, bis sich Shawn genug geärgert hat?«

Seth wird zum Wackeldackel, der jedes Schlagloch mitnimmt.

»Und irgendwann forderst du dann Shawn auf, Kian sein Geschäft zurückzugeben, um danach dem ewig anhaltenden Groll von Shawn ausgesetzt zu sein, weil du seine Tochter entführt hast?«

Seth hört gar nicht mehr auf zu nicken und stoppt abrupt. »Äh, was?«

»Denkst du wirklich, dass er mit den Entführern oder besser gesagt dem Entführer«, und sieht dabei zu Kian, der ihn nur ausdruckslos ansieht, »Geschäfte macht? Nein, er wird, wenn dann das tun, was er mit allem macht, was ihm im Weg steht.«

»Dann sollten wir sie einfach gleich von der Bildfläche verschwinden lassen«, mischt sich Kian ein und verschränkt die Arme vor dem Oberkörper. Wo hat er denn so schnell den zerrissenen Blick versteckt?

Luke sieht ihn nichtssagend an, reagiert nicht auf seine Worte und blickt stattdessen zurück zu Seth, während ich mich immer noch melde. Also selbst zu Schulzeiten war der Beachtungsservice größer. Überhaupt tun sie so, als wäre ich gar nicht da. Denken sie vielleicht schon, ich wäre tot?

Ich hieve mich hoch. Wenn ich mich nicht besser bemerkbar mache, wird sich an meinem unsäglichen Leid nichts ändern. So kraftvoll wie es mir möglich ist, stoße ich mich ab und lande sofort wieder auf der durchgesessenen Couch, weil ich die Hand nicht von dem Massaker an meinem Arm nehmen will. Verdammt! Das ist heute aber auch verzwickt. Ich sehe zurück zu Seth, um die Bruderschwingungen, die sonst einwandfrei funktionieren, zu nutzen. Er wirkt abwesend. Wie hypnotisiert sieht er auf den Flur hinaus, als würde Stella gleich die nächste Kamikazeaktion starten.

Luke schnippt mit den Fingern vor dessen Gesicht herum. »Luke an Seth. Könnte sich die eine graue Gehirnzelle melden? Sie wird gebraucht.«

Seth blinzelt mehrfach. »Entschuldige, was hast du gesagt?«

Als hätten wir es einstudiert, seufzen wir alle drei. Ich, weil Seth gerade meine Tortur absichtlich in die Länge zieht.

»Ich war etwas abgelenkt, denn, sorry, aber das eben war trotz dieses merkwürdigen Verhaltens von Stella ziemlich heiß.«

»Was?«, fragt Kian und wirkt das erste Mal seit Ewigkeiten überrascht.

Seth nickt. »Dieser Blick. Dieser Griff und dieser Kampf. Rrrrr.« Dabei reibt er sich über die mehr als deutlich sichtbare Beule in seiner Hose. Trifft aber nur auf unsere verständnislosen Blicke. »Mal ehrlich. Wann hat euch das letzte Mal eine Frau so richtig heiß gemacht?«

Langsam lasse ich den Finger sinken. Selbst ich weiß, dass er sich jetzt auf ganz dünnes Eis begibt, denn auf diese rhetorische Frage antwortet niemand.

Er sieht zu Kian. »Bei dir? Keine Ahnung, war das wohl schon sehr lange nicht mehr der Fall.« Sein Blick wandert weiter zu mir. »Du könntest ohnehin jeden Abend eine andere ficken.« Und sieht dann zu Luke, dessen Gesichtsfarbe mittlerweile dazu genutzt werden könnte, um rote Ballons mit einer Schleuder vom Himmel zu schießen. Aber ehe Seth etwas sagt, winkt er einfach nur ab. Irgendwie entspannt sich gerade etwas in mir. Wenigstens das Glück der Idioten ist noch auf seiner Seite.

»Und bei dir brauche ich gar nicht erst anzufangen. Du lebst ja keusch.«

Ohne es steuern zu können, reiße ich die Augen auf und ziehe scharf die Luft ein. Wo ist dieses beschissene Glück, wenn man es braucht? Karma, Kastensystem oder irgendetwas anderes, dass Luke jetzt davon abhält, ihm nicht den Kopf abzureißen und den Geiern draußen hinzuschmeißen?

»Aber das wäre ja auch noch die Möglichkeit Nummer drei. Romeo und Julia 2.0., mit dem Extrakick Entführungsadrenalin, um am Ende ...«

Adios, nur wenige Minuten älterer Zwillingsbruder, der eigentlich cleverer sein sollte als ich. Die letzten 26 Jahre mit dir waren schön.

Luke schlägt gegen die Wand. »Weißt du, was du da für einen Müll erzählst? Hast du vergessen, von wem wir hier reden?« Immer wieder ballt er die Hände zu Fäusten. »Weißt du was? Eigentlich ist mir das alles egal. Du hast die Scheiße für ihn«, Luke zeigt um Kontrolle ringend auf Kian, »eingefädelt, also kümmert euch beide um das Problem. Alle kannten die Regeln und wenn du zu blöd bist, dich an diese eine, klitzekleine Sache zu halten, dann bade das jetzt so aus, dass MEINE Farm am Ende noch stehen wird.«

Er sieht zu mir und auch das gefällt mir nicht, denn das bedeutet: Samthandschuhe, Lolly und Pflaster mit Marienkäfern adé. Seth versaut mir gerade auch wirklich alles.

»Wie gut hat sie dich getroffen?«

Okay Ryan. Fang jetzt nicht an zu schmollen, sonst bekommst du die nächste Klatsche. »Wenn sie gezielt hat, viel zu gut. War es nur ein Glückstreffer, dann hatte ich noch Karma übrig«, antworte ich und ... nein ... wagt es euch – sofort fangen meine Lippen an, zu beben, bis sie zu einem Schmollmund werden. Aber ich habe es wenigstens versucht.

»Klasse.« Luke läuft los. »Dann spiele ich wohl mal wieder Krankenschwester für euch Deppen.«

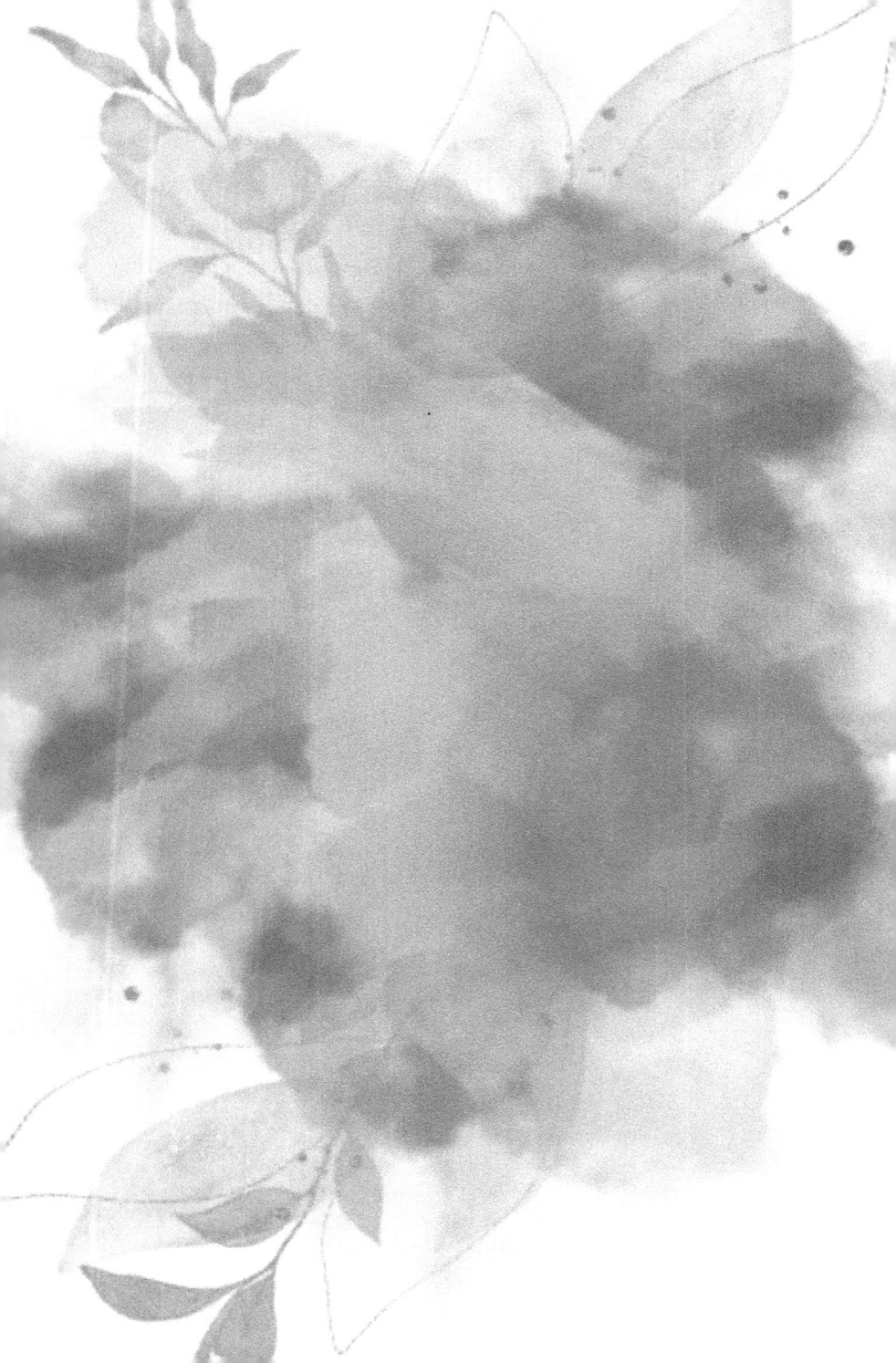

16

Unregelmäßig wippe ich mit dem Fuß auf und ab und sehe auf die helle Stadt, während das Licht in meinem Büro so weit gedimmt ist, dass es nur das Nötigste anleuchtet.

Die Akten, auf denen ich missmutig gestimmt herumklopfe, liegen noch unberührt auf meinem Schreibtisch. Ich kann an einer Hand abzählen, wie oft ich sie in den letzten acht Jahren selbst holen musste. Wieder schaue ich auf die Uhr. Es ist kurz nach eins. Mit Stella und Mikosh war ausgemacht, dass Cleo Punkt eins wieder hier bei mir ist. Und egal, ob Stella nun heiratet oder nicht und etwas mehr Spielraum bekommen hat, an dieser von mir aufgestellten Regel gab es nichts zu rütteln. Und jetzt ist sie zu spät. Dass sich Mikosh noch nicht gemeldet hat, mildert die aufsteigende Wut nicht im Geringsten, auch wenn ich weiß, dass das bedeutet, dass alles so verläuft, wie ich es geplant habe, damit auch wirklich niemand Zeit mit Cleo bekommt. Trotzdem kribbeln meine Finger und ich würde am liebsten sofort jemanden losschicken, der den Club so gewaltig aufmischt, dass sich Stella wünschen würde, dass sie mich nie um diesen Gefallen gebeten hätte.

Es klopft. Sofort drehe ich mich vom Fenster weg und zur Tür hin. Flore streckt den Kopf durch meine Bürotür und die Spannung und – wenn ich dafür ein Wort suchen müsste – Vorfreude auf das Objekt meiner Begierde verflüchtigt sich.

»Kommst du ... ins Bett?«, fragt sie zögerlich. Nur widerwillig sehe ich sie an, weil mich diese Frage schon lange nicht mehr reizt. Jedenfalls nicht, wenn nicht auch Cleo dabei ist.

»Stella ist noch nicht da«, antworte ich unterkühlt und will mich schon zurückdrehen.

Sie öffnet die Tür so weit, dass das gesamte Licht des Flurs die Dunkelheit um mich herum flutet. »Stella ist erwachsen, Schatz. Sie kommt auch ohne dich zurecht.«

Mein kalter Blick trifft sie hart. Das sanfte Lächeln, das sie mir zu schenken versucht, stirbt. Dieser elendige Wunsch nach Aufmerksamkeit geht mir seit Jahren auf die Nerven. Irgendwann muss sie sich endlich damit abfinden, nur bei öffentlichen Veranstaltungen eine Rolle zu spielen. Dieser neue Versuch, sich auf Cleos Position zu heben, ist einfach nur erbärmlich.

»Noch ist ihre Adresse auch meine. Damit bin ich für sie verantwortlich und würde sie gern unversehrt und in einem Stück zum Altar führen. Oder ist mir bei den Regeln einer Trauung etwas entgangen und du kannst mich mit etwas Neuem erleuchten?«

»N-Nein.«

»Was bezweckt du dann mit deinem Wunsch nach Aufmerksamkeit?«

Ihre Hände an der Tür verkrampfen sich. »N-nichts. Ich wollte ...«

Die Eingangstür geht auf und zieht meine Aufmerksamkeit von Flore weg. Na endlich. Sofort stürmt Stella, deren Make-up im gesamten Gesicht verschmiert ist, auf uns zu.

»Mama«, schnieft sie verheult und drückt sich eng an Flore, die die Arme für sie ausbreitet.

Eine ungewöhnliche Unruhe erfasst mich und ich stehe auf. Hinter Stella erscheint Carlos. Ich sehe an ihm vorbei. Warte auf Cleo, aber es kommt niemand mehr. Carlos drängt sich an beiden vorbei. Blut klebt an seinem Hemd und den Händen. Augenblicklich schnürt es mir die Brust zu.

»Cleo ist weg«, entfährt es Stella, bevor Carlos zu Wort kommt. »D-da war überall Blut!« Sie fängt noch lauter an zu schluchzen.

In meinem Kopf knallt es. *Ich wusste es! Es war ein Fehler.* Ich zwinge mich dazu, ruhig zu bleiben. »Wo ist Mikosh?«, will ich wissen, nehme immer tiefere Atemzüge und sehe in Carlos sein Gesicht, in dem jeder Muskel angespannt ist.

»Er ist tot.«

Meine Miene bleibt ebenso hart. Die Anspannung sieht man nur in meinen zusammengeballten Händen.

»Er lag im Vorraum der Frauentoilette. Von Cleo fehlte jede Spur.«

»Gibt es jemanden aus der Bar, der etwas gesehen hat und den wir befragen können?«

Er schüttelt den Kopf. »Leider hat niemand etwas mitbekommen. Eine von Stellas Freundinnen kam schreiend aus der Toilette gerannt. Aber wir haben erst einmal alle Gäste festgehalten.« Ich nicke. Das Geschniefe von Stella hallt wie eine falsch gespielte Geige in meinen Ohren und nimmt mir den Rest meines immer dünner werdenden Nervengerüsts. Ich drehe mich zu ihr um, greife sie am Arm und ziehe sie zu mir hoch. »Hast du etwas bemerkt?«

Mit weit aufgerissenen Augen und hochgezogenen Schultern sieht sie mich an und schüttelt den Kopf. »Ich ... nein ... ich weiß es nicht. Sie war an der Bar und dann ist sie zusammen mit Mikosh auf die Toilette gegangen ...« Mein Puls rast. Schweißperlen bilden sich auf meiner Stirn. Dinge, die sonst nie passieren. Aber Cleo ist weg. Meine Cleo, die ich mir all die Jahre zu der für mich perfekten Frau geformt habe. Dass sie abgehauen ist, schiebe ich vehement aus meinen Gedanken. Ja, sie weiß, wie sie mit einem Messer umzugehen hat. Aber wenn, dann hätte sie es für etwas anderes genutzt. Bevor ich also das Undenkbare annehme, gehe ich das Offensichtliche durch. Mikosh ist tot, sie weg. Also könnte sie entführt worden sein.

Leider bringt das meinen Körper nicht zur Ruhe, der gerade die merkwürdige Überforderung abbauen muss, die ihr Verschwinden auslöst.

»Wofür bist du überhaupt zu gebrauchen?«, keife ich Stella an, der ich nicht genug Wut und Hass entgegen schmettern kann. »Ich bereite den Club vor, damit ihr euch ungestört ausleben könnt. Ich lasse Cowboys kommen, die euch den Abend über jeden Wunsch von den Augen ablesen. Im Gegenzug habe ich dir nur eine Aufgabe aufgetragen und die vermasselst du auch noch.«

Ohne Vorwarnung hole ich aus. Meine flache Hand landet auf ihrer Wange. Stella kippt seitlich weg und hält sich nur noch durch meinen festen Griff auf den Beinen.

»Aber ich kann ...« Das Schluchzen wird lauter und ich lasse sie los, sodass sie auf den Boden fällt.

»Shawn!«, schreit Flore, die sich hinkniet und Stella abermals in ihre Arme nimmt. »Wie kannst du nur?«, zischelt sie. »Für dieses kleine Flittchen so auszurasten?«

Ich funkle sie genauso düster an. »Weil dieses Flittchen mir mehr wert ist als ihr beiden zusammen«, knurre ich und will nichts mehr von den beiden bedeutungslosen Geschöpfen hören. Ich drehe mich zu Carlos. »Räumt unauffällig den Club. Ich will alle hier haben.«

»NEIN!«, schreit Stella, der die Panik ins Gesicht geschrieben steht und die von Flore zurückgehalten wird, weil sie genau weiß, was das bedeutet. »Das sind meine Freunde!«

Carlos nickt und geht. Ich richte mein Sakko, drehe mich zu Stella und beuge mich zu ihr hinunter. »Dann kannst du mir ja helfen, die Informationen aus ihnen herauszubekommen, die ich haben will.«

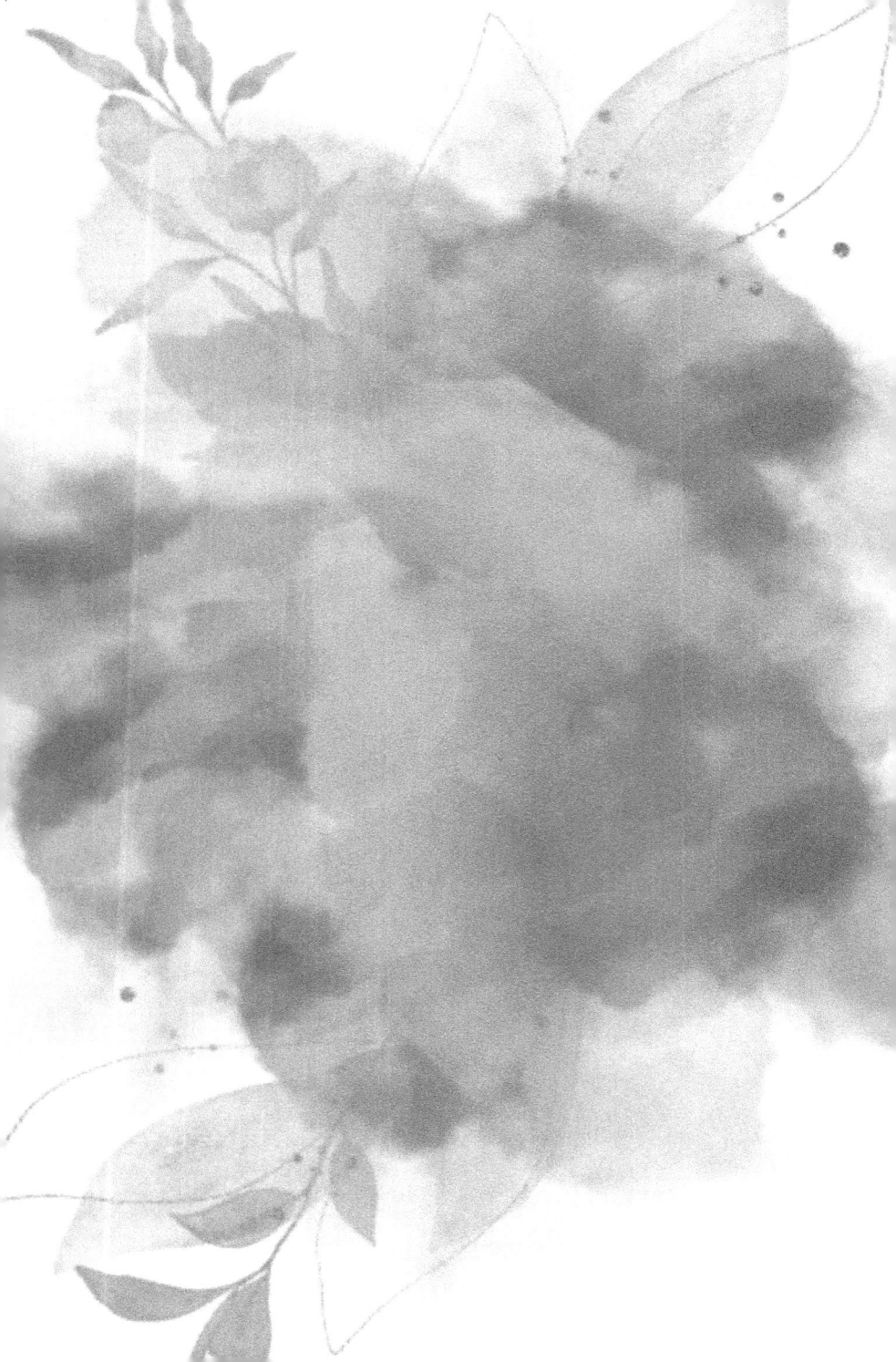

17

Nachdem Ryan sein Hemd und das Jackett ehrenhaft aus seinem Dienst entlassen hat, pfeffere ich ihm wenig herzlich ein Pflaster auf die Schnittwunde auf seiner Schulter, gehe kurz in die Küche nebenan und greife mir ein Bier aus dem Kühlschrank.

Missmutig, weil dieser beschissene Tag einfach nicht zu enden scheint, trinke ich einen großen Schluck und trotte, mit noch weniger Elan, zurück zu meinen Brüdern. Brian liegt immer noch im Flur und sieht mit der Schnauze voran zur Treppe. Ein mulmiges Gefühl treibt dauerhaft durch meinen Bauch. In welches Zimmer ich Stella verfrachtet habe, darüber will und kann ich nicht nachdenken, weil ich nicht weiß, was es mit mir anstellen würde. Diese Tür war nicht ohne Grund die letzten zwei Jahre verschlossen und fast komplett aus meinen Gedanken gelöscht. Tief hole ich Luft, um mein aufgewühltes Gemüt zu beruhigen. Ich bereue es schon, Stella wieder zurück ins

Haus gezogen zu haben. Nur ging alles so schnell, dass ich nicht besser agieren konnte. Jetzt habe ich das Schlamassel an der Backe, obwohl ich mich nie wieder in die Angelegenheiten dieser drei Trottel einmischen wollte. Gerade fühlt sich diese Frau wie ein Krümel an, der unter der Jeans sitzt und unangenehm auf meiner Haut drückt und kratzt. Dabei ist nicht sie das Problem. Vielmehr ist sie genau das, was Seth vorhin angesprochen hat. Ich seufze, denn daran will ich ebenso wenig denken und schlucke diese Gedanken mit dem nächsten Schluck Bier herunter. Nein, zu dem wirklichen Problem gehe ich gerade zurück, laufe an meinen drei Brüdern vorbei und bleibe am anderen Ende des kleinen Speisezimmers und mit dem Rücken gegen die Wand gelehnt stehen.

Ich sehe in die Runde und trinke einen weiteren Schluck. Gedankenverloren und mit einer Art Inbrunst im Blick sieht Seth auf sein Messer, an dem eine dünne Spur von Ryans Blut klebt. Wie er es in der Hand hin und her dreht, lässt nichts Gutes erahnen.

Ryan spielt immer noch Bibberlippe und Kian steht weiterhin mit verschränkten Armen neben dem halb geöffneten Fenster und wirkt merkwürdig nachdenklich. Ist es, weil Seth ihm Segen und Fluch in einem beschert hat? Oder weil er seine eigenen Worte gedanklich schon in die Tat umsetzt?

Aber was noch viel schlimmer ist, ist diese unerträgliche Stille, die hier vorherrscht, weil Seth mit seiner eigenmächtigen Entscheidung über das Ziel hinausgeschossen ist und ich nicht der Einzige sein kann, der gerade nicht weiß, wie man die

Situation ungeschehen macht, ohne Blut zu vergießen. Am liebsten würde ich Stella einfach zurück zu Shawn bringen und hoffen, dass er uns in Ruhe lässt. Immerhin ist das seit Jahren mein einziges Ziel – Ruhe. Doch dazu kenne ich Shawn zu gut und weiß, dass er nicht über so einer Demütigung stehen kann. Das unausweichliche Worst-Case-Szenario brennt in meiner Kehle. Und wenn diese Ruhe hier drinnen nicht bald endet und mein Kopfkarussell unterbricht, wird mein Groll bis nach Geraldton zu hören sein. Dann muss sich keiner mehr über eine Lösung Gedanken machen, weil Shawn weiß, wo Stella zu finden ist.

»Okay« beginne ich und atme angespannt aus. »Nachdem die erste Euphorie verflogen ist, wie soll es jetzt weitergehen?« Sofort schüttle ich den Kopf. »Oder nein«, ich zeige mit dem Bier an, wie ich nachdenke, und sehe zu Seth, der endlich mir und nicht seinem Messer die Aufmerksamkeit schenkt. »Oder hast du die Abmachung vergessen, die wir festgelegt haben?«

Mehrfach blinzelt Seth und versucht dabei, seine Augen extra großzumachen, als könnte ihn kein Wässerchen trüben.

»Sieh mich nicht so unschuldig an«, knurre ich und unterbinde seine Zirkusnummer. »Bei Gott, jeder weiß, dass du das nicht bist. Und wenn das so weitergeht, poliere ich dir heute noch die Fresse, damit ich mehr als ein Pflaster aus dem Sanikasten holen muss.«

Das Blinzeln hört auf. Dafür setzt sich etwas anderes in sein Gesicht. Sein scheiß kindlicher Trotz, den er auch mit seinen

26 Jahren, die ich mittlerweile mit ihm auskommen muss, immer noch nicht abgelegt hat.

»Ich weiß nicht, was du meinst«, sagt er leicht gereizt, als würde ich ihm die Pistole auf die Brust setzen. Was für eine schöne Idee. Meine Finger beginnen zu kribbeln.

Kian sieht nur weiter hinaus, als würde er nachdenken. Und Ryan streichelt wie ein getretener Hund immer wieder über das Pflaster an seiner Schulter. Dabei hat Stella, ob nun gewollt oder ungewollt, nicht einmal etwas Lebensnotwendiges verletzt.

»Hat dir endgültig einer deiner Kunden ins Gehirn geschissen, oder willst du einfach nur Stress, den du nicht händeln kannst?«

Reaktionslos sieht mich Seth an. »Es gab ganz klar die Ansage, dass wir uns nicht mit Shawn Wilson anlegen. Und jetzt sitzt seine beschissene Todesengel-Tochter oben im ersten Stock, der ich sogar zutraue, sich aus einer der Bodendielen einen Speer zu schnitzen, den sie dem nächsten, der das Zimmer betritt, wie einem Untoten ins Herz rammt.«

Endlich zuckt wenigstens Seths Mundwinkel und er tut so, als würde er sich melden. »Sprechen wir jetzt von Vampiren oder Zombies? Da gäbe es nämlich einen kleinen, aber feinen Unterschied, was das Töten betrifft.«

Ausdruckslos sehe ich ihn an, während Ryan zwischen seinem schmerzverzerrten Stöhnen mit seiner Stimme eine Oktave nach oben schießt und es auch noch lustig zu finden scheint. Wieso bekomme ich diese Idioten nur durch solche banalen Anspielungen dazu überhaupt zu reagieren?

»Sag mal ...«

Seth knallt das Messer auf den Tisch und zwingt mich unfreiwillig zum Schweigen. »Nein, sag du mal? Seit wann lassen wir uns von irgendeinem dahergelaufenen Spinner aus der Stadt das Geschäft vermiesen?« Voller Elan zeigt er zu Kian. »Oder sind Ryan und ich die Nächsten, die aus ihren Gebieten verdrängt werden, weil irgend so ein machtgeiles Schwein meint, die Westküste beherrschen zu wollen?«

Kians Blick verdunkelt sich. Seth trifft genau den Nerv, den er in Ruhe lassen sollte.

»Das wären alles Dinge gewesen«, unterbreche ich ihn und zeige ebenfalls auf Kian, »die wir hätten besprechen können, wenn unsere Diva in Schwarz, früher aus seinem Schmollloch gekommen wäre und die Karten auf den Tisch gelegt hätte.«

»Ach ja?«, fragt Seth scharf. Jeglicher Gefühlsregung von Spaß ist aus seinem Gesicht verschwunden. »Meinst du, so ein ähnliches Schmollloch wie das, indem du seit mehr als zwei Jahren festsitzt, dich in dein wohlig kitschiges Schweigen hüllst und uns mit allen Problemen allein lässt?«

Der nächste Nerv – mein Nerv – auf dem er Polka tanzt. Die Wut brodelt in mir wie die Lava in einem Vulkan und wird gleich an die Oberfläche brechen. Wie kann er es wagen? »Und wenn du meinst, die Spielregeln ändern zu dürfen, dann steht mir dasselbe Recht zu. Also scheiß auf Shawn und seine wahnwitzigen Ansprüche.«

»Ich glaube kaum, dass meine Situation mit eurer zu vergleichen ist«, kontere ich leicht in die Enge getrieben und will auf das Shawn-Thema gar nicht erst eingehen.

»Meine Situation ist ...«

»... ist nicht weniger beschissen wie unsere«, mischt sich jetzt Kian mit ein, der sich laut seufzend von der Wand abdrückt und mich mit demselben tiefen, dunklen Blick anfunkelt, den ich bisher nur einmal in seinen Augen gesehen habe. »Allerdings hast du dich dafür entschieden, uns im Stich zu lassen. Und jetzt stört es dich, dass Seth in seinem kindlichen Wahnsinn eigenmächtige Entscheidungen trifft?«

Immer wieder balle ich die Hände zu Fäusten, während ich mir vorstelle, wie gut sich die gebrochenen Wangenknochen von Kian anfühlen würden. »Ich habe mich vor zwei Jahren nur von dir abgewandt, Kian. Wenn die anderen beiden Kinder hier im Raum einfach dein selbst heraufbeschwörtes Elend als Rechtfertigung sehen, in fremden Gebieten zu wildern, dann verdient ihr eventuell alle, dass ihr untergeht.«

»Halte mich daraus. Ich leide schon viel zu viel«, mischt sich Ryan mit kratziger Stimme ein, der gerade zeigt, dass er doch eine Theaterausbildung hätte machen sollen. Trotzdem lasse ich ihn links liegen, weil die anderen beiden auf Krawall gebürsteten Spinner zu viel Alphagehabe versprühen.

Ich fixiere Kian. »Also ist jetzt Kidnapping, weil du einen Rückschlag erlitten hast«, ich sehe von Kian zu Seth, »und du einen möglichen Rückschlag erleiden könntest, das Allheilmittel?« Ich trinke den nächsten Schluck, um mein erhitztes

Gemüt irgendwie abzukühlen. Aber das Wasser im Getränk scheint wie auf einem Lavastein, der in meinem Bauch liegt, zu verdampfen, und heizt mir immer mehr ein.

»Nein«, knurrt Kian.

»Ja«, sagt Seth.

Ryan erhebt den Finger und ich winke seine Meldung sofort ab. »Ach, deine Meinung ist gerade egal, weil du mit der höchsten Form der Männergrippe kämpfst. Du musst eher dringend rüber in deine gewohnten Gefilde, wo du gesund gelutscht werden kannst.«

»Mh, ja. Das klingt gut«, sabbert Ryan fast schon und lässt die Hand sinken.

»Von mir aus können wir Stella auch gleich die Kehle durchschneiden und sie Shawn als Antwort in einem Paket zurückschicken«, wiederholt sich Kian erneut und ich will diese Worte einfach nicht hören.

Brian, der im Flur liegt, wimmert. Die berechnende Kälte in Kians Stimme beunruhigt nicht nur ihn. Trotzdem reagiere ich nicht auf ihn. So ungern ich es mir eingestehe, verstehe ich seinen Frust. Immerhin haben wir eine Weile an demselben Strang gezogen, unser Drogengeschäft aufgebaut und jetzt hat sich Shawn etwas genommen, dass seit einer Weile nur noch Kian gehört. Nur trifft Shawns Tochter daran wohl kaum eine Schuld. In meinem Kopf rotiert es. Eigentlich will ich mich nicht einmischen. Ich habe diesem dunklen Leben abgeschworen. Wiederum will ich nicht, dass Unschuldige hier auf meiner Farm für die Taten anderer büßen. Wie können die drei – im

Moment eher zwei, aber wenn Ryan wieder klar bei Verstand ist, wird er Seth nachreden – nur vergessen haben, wieso wir diese Farm besitzen?

Dieses Gespräch wird langsam zu einer Last. Diese ganze Situation ist einfach ... ach dafür gibt es nicht einmal ein passendes Wort! »Und jetzt?«, frage ich und sehe zwischen Seth und Kian Hin und Her. »Wollt ihr beiden eine Münze werfen, mit der Option: Forderung nach einem weiterhin fluktuierendem Drogengeschäft in der Hoffnung, dass ihr am Ende mit Stella und Shawn darüber lacht und er euch nicht hinterrücks ermordet. Oder wartet ihr einfach darauf, bis er herausfindet, dass ihr seine Prinzessin habt, er euch seinen metaphorischen weißen Handschuh ins Gesicht klatscht und ein ehrenvolles Duell fordert?« Dabei haftet mein Blick auf Kian.

Seth schnaubt belustigt. »Ich wusste es, du hast Bridgerton geschaut«, lacht er schelmisch.

Ich sehe weiterhin zu Kian. »Simpsons. Staffel 11. Episode 5. Oder denkst du, ich bin so ein Weichei, wie du?«

Das Lachen verstummt. »Ach Menno. Du bist aber auch ein Spielverderber.«

Immer noch sehe ich zu Kian und glaube selbst nicht, dass ich ihm gerade ins Gewissen rede. »Überlege dir gut, ob sie nur, weil sie die Tochter dieses Wichsers ist, dafür verantwortlich gemacht werden kann, was Shawn dir antut. Wir sind vieles, aber keine Mörder von unschuldigen Frauen, die zur falschen Zeit am falschen Ort waren und Seths Tatendrang zum Opfer gefallen sind.«

Kian schürzt die Lippen. Hoffentlich tun ihm die Worte so sehr in den Ohren weh, wie mir beim Aussprechen. In Seths Augen funkelt es. War ja klar, dass er die Auseinandersetzung wählen würde. Ich fasse es nicht, was sich hier heute für Abgründe auftun. Alles in mir sträubt sich gegen das, was ich jetzt tun werde. Ich sehe zu Ryan, der schon halb schlafend den Kopf auf der Lehne liegen hat. »Seth, du schnappst dir Ryan und gehst zu seinen Mädels rüber. Sie sollen dir ein paar Klamotten geben, die unser neuer Gast anziehen kann.«

»Was?«, fragt Seth entgeistert. Jetzt passen diese großen Augen doch gleich viel besser zu ihm.

»Da ich bis jetzt von keinem von euch eine endgültige Lösung präsentiert bekomme und die Chance besteht, dass sie nicht völlig verstört hier herausgeht, bleibt sie vorerst bei mir. Aber den Fummel will ich an ihr nicht sehen.«

»Uh.« Seth verschmitzter Blick sticht direkt in meinem Kopf, weil ich ihm am liebsten für seine andauernd unpassenden Anspielungen und Ausdrucksweisen eine verpassen würde. »Wusste ich es doch, dass sie auch deinen Schwanz zum Tanzen bringt.«

»Schön, wenn es zur Abwechslung mal eine andere als eine meiner Nutten schafft, dir solche Worte aus dem Kreuze zu leiern«, mischt sich Ryan ein, der den Kopf erhebt und ebenfalls dreckig grinst.

Mein Finger in seinem Kratzer würde jetzt Wunder bewirken. Ohne Regung sehe ich Seth dunkel an. »Jetzt«, presse ich zwischen meinen Lippen hervor. Genervt holt er Luft und zieht die Arme zu den Schultern. »Schon gut.« Im nächsten Moment ist er verschwunden und ich sehe zu Kian.

»So Robinhood-mäßig Seths Tat auch scheint und wie lustig und spaßig es für ihn wirkt. Shawn wird seine Späher überallhin schicken und auch bei uns anklopfen. Die Frage wird sein, was du bis dahin machen willst. Wirklich skrupellos und ein Mistkerl wie er sein? Doch das Leben wählen, von dem wir uns abgewendet haben? Oder bist du der Klügere, fängst einfach neu an und erweiterst deine Gebiete in der anderen Richtung. Immerhin stehen dir von unserem Standpunkt aus, alle Wege ins Landesinnere offen. Dein Zeug kannst du dir auch mit deinem Flugzeug aus dem Süden oder Norden beschaffen und dann verteilen. Du brauchst Shawn nicht. Vielleicht wird es sogar andersherum der Fall sein, wenn du größer bist als er. Du müsstest besser wissen, dass er genau darauf abzielt. Er weiß, wie gut du bist. Nur deswegen legt er dir Steine in den Weg.«

Kalt lacht Kian auf. »Das klingt alles so einfach, wenn man sich dafür entschieden hat, nur noch der Landverwalter oder Hausmeister zu sein. Wenn man keine Träume mehr hat und nur noch darauf wartet, dass das Leben vorbei ist.« Er kommt auf mich zu. »Nette Worte, Luke. Wirklich. All das hättest du mir schon viel früher sagen können. Aber nein, du verkriechst dich lieber. Strafst mich mit Nichtbeachtung und Anschuldigungen, die niemals stimmen werden, und akzeptierst keinen meiner Versuche, mit dir zu reden. Und weißt du was, jetzt ist mir das auch vollkommen egal. Deine Kumpelnummer zieht nicht mehr. Also lass es einfach bleiben.«

Ich antworte nicht und sehe ihn einfach nur unverändert an. Dabei will ich nicht über all die Emotionen nachdenken, die er mit nur einem Satz in mir auslöst und genau weiß, wie er mich am besten und härtesten trifft.

»Ja, und jetzt bekomme ich sogar noch einen Ehrentitel. Nanny«, raune ich, um mir nicht anmerken zu lassen, dass er gerade zu weit gegangen ist. »Also bring mir das nächste Mal lieber einen Schirm mit, mit dem ich von Haus zu Haus fliegen kann, um die unerzogenen Kinder erziehen zu können. Denn es scheinen noch mehr meine Hilfe zu brauchen als nur die Frau im ersten Stock.«

Leise lacht er auf. »Ja, Erziehung hätte uns allen gutgetan. Aber anstelle eines Vaters haben wir einen Bruder bekommen, der uns super vorlebt, wofür es sich nicht lohnt, im Leben zu kämpfen.« Mit einem letzten missachtenden Blick sieht er mich an und verlässt das Haus.

»Denk an deinen Stalldienst«, rufe ich ihm emotionslos nach.

Die Tür knallt ins Schloss, ich atme tief durch und trinke den nächsten Schluck Bier. Brian kommt mit seinem langen schwarzen Zottelfell zu mir und legt seine Schnauze in meine Hand. Sofort beruhigt sich mein Innerstes und ich lächele ihn schwach an. Viel lieber würde ich draußen auf der Motorhaube des Jeeps in den Himmel sehen, als jetzt auch noch darauf achten zu müssen, dass Seth mit seinem neuen Spielzeug keine Messerspielchen beginnt, Kian ihr nicht heute Nacht noch die Kehle durchschneidet und Ryan sie, sobald er wieder klar bei

Verstand ist, nicht für sein Freudenhäuschen abrichtet, weil sie seinen Anzug beschädigt hat.

Ich seufze, stelle das Bier neben mich und fahre mir durch die Haare. Manchmal würde ich mir wirklich wünschen, dass einfach eine Bombe einschlägt, die Zeit zurückgedreht wird oder wenigstens anhält und ich meine Brüder aus diesen ganzen dunklen Geschäften herausziehen könnte, weil es sie am Ende genauso zerstören wird wie mich. Aber das wird nicht passieren. Dafür wurden unsere Weichen schon viel zu früh auf dieses Leben gestellt. Der Schatten, der uns verfolgt, verlangt, dass wir immer tiefer in diese Welt eintauchen und die Regeln neu schreiben, um einen kurzen Moment Anerkennung zu erhaschen.

Ich sehe aus dem Fenster und warte auf die Wechselsachen, während am Horizont die Sonne aufgeht.

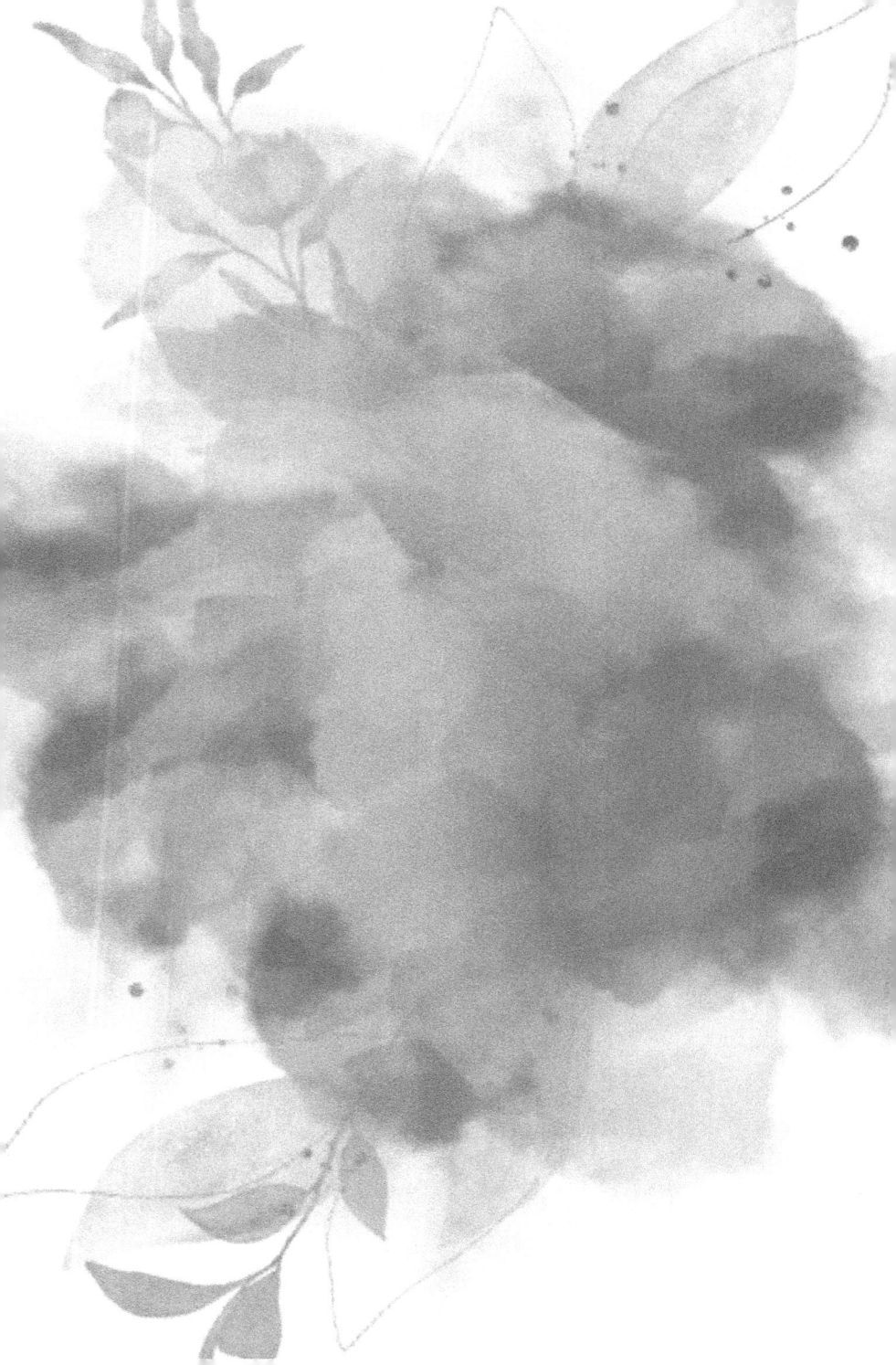

18

Liebes Tagebuch,

schon seit Tagen ringe ich mit mir, ob ich dir etwas anvertrauen soll, das ich selbst noch nicht begreifen kann.

Irgendetwas ist komisch. Ich glaube, dass mit mir etwas nicht stimmt.

Ich habe ein Video bei YouTube gesehen. Es war mehr ein Aufklärungsvideo zur Abtastung der Brust auf Knoten oder Unregelmäßigkeiten. Seitdem bekomme ich es nicht mehr aus dem Kopf. Ich habe das Gefühl, dass ich die Schritte in diesem Video befolgen sollte, um ... Gewissheit zu haben? Ich weiß nicht, ob das die richtigen Worte dafür sind. Die Angst, dass ich etwas entdecke, das mir nicht gefällt, ist so groß. Aber vielleicht bilde ich mir das auch nur ein. Ich weiß es nicht.

Als meine Mom gestern wieder den Apfelkuchen mit ihrer genialen Zimtmischung gemacht hat – ja, ich weiß, er ist dermaßen untypisch – habe ich sie darauf angesprochen, dass ich mich komisch fühle, ohne ihr Genaueres sagen zu wollen. Sie meinte, dass sich mein Körper bestimmt verändert, weil ich älter werde. Aber ich weiß nicht. So war es noch nie. Trotzdem gebe ich ihren Gedanken eine Chance, schlafe darüber und morgen werden wir weitersehen. Ich hoffe, dass sie recht hat.

Also lass mich lieber einen schöneren Gedanken mit dir teilen, denn ich hatte einen wundervollen Traum. Ich bin mit Fiore zum Zugang zu unserer Farm galoppiert und habe ein neues Schild angebracht. Wie könnte es anders sein, stand mein Name als neue Besitzerin darauf. Ich bekomme schon wieder eine Gänsehaut, wenn ich nur daran denke. Wie genial wird es erst, wenn dieser Traum Realität wird. Ich werde so vieles anders machen. Von wegen dieser Taugenichtse beschäftigen, die in ihrem Work and Travel Jahr aus Europa zu uns kommen und meinen zu wissen, wie der Laden läuft. Bei mir werden sie die erste Zeit nur Besen oder Wischeimer in die Hand bekommen und können die Farm schrubben. Aber auf den Rücken meiner Pferde kommen nur Leute, die sie zu schätzen wissen ...

Ich kann nicht weiterlesen. Am ganzen Körper zitternd stehe ich am Fenster. Mein Tagebuch liegt offen auf dem Schreibtisch rechts neben mir. Absichtlich habe ich die erste Seite aufgeschlagen, auf der ein altes Polaroid von mir zu sehen ist, wie ich in einem Sandkasten sitze und mich mit einem anderen Kind um eine Schippe streite. An dieses Erlebnis habe ich kaum eine Erinnerung mehr, weshalb es die vielen anderen Gedanken fernhält, die so weit entfernt wirken. Und all das ist mittlerweile so unwichtig. So bedeutungslos wie all die Träume, die ich mit meiner Zukunft verknüpft hatte.

Hektisch habe ich alle Schränke durchwühlt, um etwas zu finden, das mir irgendwie weiterhilft, um hier wegzukommen. Aber alle Schubkästen sind leer. Auch die Tür zu dem angrenzenden Bad, das ich früher für mich hatte, ist abgeschlossen. Jetzt sehe ich stur aus dem Fenster, dass an der Kante zum Hochschieben und Öffnen zugenagelt ist. Blicke direkt auf das große Gebäude, welches früher unser Silo war und die Ställe, die sich fast am Ende der Ranch befinden. Dabei erkenne ich nur einen schemenhaften Umriss einer Person, die vor dem Tor immer wieder auf und ab läuft.

In Gedanken gehe ich den Weg, den ich das letzte Mal genommen habe, bevor ich geflüchtet bin, zurück zum Haus. Miguel hatte mir die Zügel aus der Hand gezogen. Er hat versucht, mich aufzubauen, ehe ich zu meinen Eltern gegangen bin. Meine Uhr vibrierte, weil ich diese verdammte Tablette nehmen musste.

Unwillkürlich fahre ich mir über meine rechte Brust, an der nur noch die Narbe übrig ist, nachdem Shawn den Knoten hat entfernen lassen, ohne dass ich wirklich weiß, ob ich den Krebs wirklich besiegt habe. Immerhin bekomme ich seitdem nur die unorthodoxe Therapie von Maise. Meine Finger fahren weiter bis zum Port, dessen Einstich-Membran sich wie ein weiches Kissen unter meiner Haut anfühlt. Dabei drehen sich meine Gedanken um etwas ganz anderes.

Angestrengt atme ich aus. So nah wie vorhin war ich der Freiheit seit Jahren nicht mehr. Ich weiß nicht wieso, aber in meinem Kopf explodierte der Gedanke, endlich das machen zu können, was ich will, bis ich realisiert habe, wo ich mich befinde. Dabei weiß ich nicht einmal, was ich will. Ich drehe meinen rechten Arm und sehe die Narbe an meinem Handgelenk. Das Einzige, was ich mir in all den Jahren gewünscht habe, hat Shawn nicht zugelassen und mich für den Versuch hart bestraft. Schon, wenn ich daran denke, brennen meine Augen.

Ich lasse den Arm sinken und sehe wieder hinaus. Am Horizont wird es hell und in mir kämpfen viel zu viele Gefühle, die mich den Anblick nicht genießen lassen. Der Mann an den Ställen läuft davon. Bestimmt ist es einer der Männer oder Brüder, die mich hierhergebracht haben.

Was wollen sie von mir? Shawn erpressen, damit er diesen Kian wieder in seine Geschäfte einbezieht? Wozu? Er ist jetzt frei und kann machen, was er will. Es kann doch nicht nur Geraldton als Liefergebiet geben. Woher wissen sie überhaupt, wer ich bin? Shawn hat so akribisch darauf geachtet, dass ich nur in seinem Haus agiere und nur den obersten seiner Geschäftspartner bekannt bin.

Noch sind zu viele Fragen offen. Ich weiß nicht, ob oder wann ich zurück zu Shawn muss oder soll oder ob ich irgendwie hier wegkomme. Aber wenn sie mich hier lange genug festhalten, dann ist es eventuell nur noch eine Frage der Zeit, bis mich mein vermeintlicher Krebs, weil ich keine Therapie bekomme, dahinrafft oder ich ein Messer in die Finger bekomme, um es endlich richtigzumachen, und dieses trostlose Leben ohne Lichtschimmer am Horizont zu beenden. Völlig erschöpft fahre ich mir über das Gesicht. Ich weiß nicht, ob ich mich freuen oder Angst haben sollte, dass dieser ganze Spuk endlich ein Ende finden könnte. Alle angestauten Gefühle scheinen gleichzeitig auszubrechen und überfordern mich komplett.

Allein die Sicht aus dem Zimmer, das früher mir gehörte, mit Blick auf die kleinen Häuschen, den langen Weg bis zum Stall und der Sonnenaufgang, der folgt, sind wie Sand, der sich auf die harten und scharfen Steine in meiner Seele legt. Sie regt eine Hoffnung auf etwas, das es nicht mehr geben kann. Dabei weiß ich nicht, ob ich überhaupt die Kraft aufbringe, an so etwas wie Hoffnung zu glauben. Die tief vergraben unter all dem Mist liegt, der sich in all den Jahren auf meiner Seele breitgemacht hat. Das viele Leid, das ich mitangesehen habe. Die vielen Menschen, die sterben mussten, weil ein Mann denkt, dass ihm die Welt gehört – meine Welt. Meine kleine unschuldige Realität, die ich, naiv wie ich war, dachte, auf ewig behalten zu dürfen, ehe ich hart auf dem Boden der Realität aufgeschlagen bin.

Und jetzt? Ist das die nächste Traufe, in die ich gefallen bin? Entführt von einem Kerl, der das hier mehr als Spiel zu sehen scheint, als die Tatsache, dass er und seine Brüder, sobald Shawn herausfindet, wer mich entführt hat, tot sein werden? Dabei zwinge ich mich dazu, erst gar nicht daran zu denken, was Shawn mit mir anstellt, wenn er mich wieder hat und denkt, dass mich ein anderer Mann angefasst haben könnte.

Holz knarzt, es poltert dumpf und vor dem Zimmer werden Schritte lauter. Jemand läuft über den Flur. Ich sehe zur Tür. Doch die Schritte werden wieder leiser, bis sie etwas entfernter verstummen. Wieder knarzt es und eine andere Tür geht auf. Zwei Räume weiter liegt – lag – das Schlafzimmer meiner Eltern. Sofort verbiete ich mir diesen Gedanken. Ich muss aufhören, es als mein Zuhause zu sehen, denn das ist es nicht mehr.

Ich kann nicht ausfindig machen, was oder wer gerade hier oben zugange ist. Aber es kann nur einer von den vier Männern sein. Instinktiv greife ich nach dem Tagebuch, schließe es, laufe auf Zehenspitzen zurück zu der Stelle auf dem Boden und packe es zurück.

Es folgen erneut Bewegungen auf dem Flur. Die Tür, die eben geöffnet wurde, schließt sich und die schweren Schritte verstummen vor meiner Tür. Wenig gebannt sehe ich von meiner Position aus zur Tür. Wie die Ruhe vor dem Sturm scheint jemand davor zu lauern. Wovor hat er Angst? Dass ich ein Stück Holz aus dem Boden herausbreche und es ihm gleich über den Schädel ziehe? So stark wäre ich gern. Aber hier fehlt es mir an allem. Dem Überraschungsmoment, weil, wer auch immer vor der Tür steht, weiß, dass ich hier oben eingesperrt bin, Adrenalin in meinen Adern und Kraft, weil es genug Anstrengung für einen Tag war und die Chemo noch mehrere Tage in meinem Körper wütet.

Trotzdem bin ich mir immer noch unsicher, was ich jetzt tun soll. Ich will weder ein Druckmittel noch die Frau sein, die hier über jeden Schwanz rutscht, weil die Typen meinen sie haben leichtes Spiel bei mir.

Kurz sehe ich mich um, bis sich mein Blick auf die kleine Nische neben der Tür fest haftet. Auch wenn ich hier im Nachteil bin, sollte ich die Chance nutzen und versuchen, den kleinen Vorteil zu nutzen. Wieder auf Zehenspitzen laufe ich zur Tür und zwänge mich in die kleine Nische. Gleichzeitig wird der Schlüssel im Schloss herumgedreht, der Knauf der Tür dreht sich und ich mache mich bereit zum Sprung, um an wem auch immer vorbei zu hechten und zu hoffen, dass ich an allen weiteren Hindernissen ebenfalls vorbeikomme.

Mit einem Ruck geht die Tür auf und der Mann mit den kurzen blonden Haaren und dem breiten Kreuz, der als Luke bezeichnet wurde, betritt den Raum. In seiner Hand ein zusammengelegter Haufen Sachen. Er geht einen Schritt nach vorn und sieht sich um. Als hätte jemand die Startklappe betätigt, trete ich aus der Nische und schiebe mich seitlich an ihm vorbei. So schnell wie möglich drehe ich mich um, sehe schon in den Flur, in Richtung Treppe und will aus dem Zimmer springen. Doch mein Blick bleibt auf zwei großen schwarzen Augen hängen, die vor dem Zimmer sitzen und zu einem großen schwarzem Fellzottel gehören. Ich halte inne. Der Hund wimmert, bis er bellt und ein kühler Luftzug über meinen Rücken fährt.

»Guter Versuch.« Luke packt mich am Arm und zieht mich zurück in den Raum. Erst jetzt arbeitet mein Gehirn wieder. »Lass mich los«, keife ich mit einer Mischung aus Überraschung und Wut über mich selbst, weil ich den Hund vergessen habe. Gleichzeitig versuche ich, mich aus Luke`s festen Griff zu winden, während er mich erbarmungslos mit sich zieht. Mit aller Kraft stemme ich mich gegen ihn, kralle meine Fingernägel in die feste Haut seiner Oberarme, die er so sehr anspannt, dass die Adern darunter hervortreten und schaffe es, mich an eine dünne Stelle tiefer zu bohren. Abrupt hält er inne, zieht scharf die Luft ein und schwingt mich fast problemlos direkt vor sein Gesicht. »Hör endlich auf!«, knurrt er nah an meinem Gesicht und fixiert mich mit seinen düsteren Augen, deren Farbe ich in dem schwachen Licht nicht erkenne. Dafür umso besser sein markantes Gesicht und die Stoppeln seines Drei-Tage-Bartes. Er lässt mich los, schubst mich und ich taumle rückwärts so weit, bis ich auf der Matratze des Bettes lande.

Ohne ihn aus den Augen zu lassen, suche ich mit meinen nackten Füßen Halt auf dem kalten Boden und stemme mich mit den Unterarmen auf dem weichen Stoff ab, jederzeit bereit, erneut nach vorn zu preschen und ihm doch noch zu entwischen. Den knurrenden Hund an der Tür bekomme ich auch noch irgendwie überwältigt. Jedenfalls wollen mir das meine Gedanken einreden.

Luke baut sich wie eine unüberwindbare Wand vor mir auf. »Ich wiederhole mich echt nicht gern, also versuch es gar nicht noch einmal«, redet er gereizt klingend weiter. Dabei habe ich noch nicht mal richtig angefangen, mich zu wehren. Mein Körper muss nur lange genug mitmachen.

»Was wollt ihr von mir?«, zische ich und versuche, meine Atmung ruhig zu halten, die ich bei dem Kampf eben völlig außer Kontrolle gebracht habe. Abermals verdeutlicht sie mir, dass ich mit der wenigen Kraft, die ich besitze, besser umgehen muss, wenn ich irgendeine Chance gegen den muskelbepackten Typ vor mir haben will. Um besser Luft zu bekommen, hebe ich den Kopf so weit, dass ich meine Haut im Nacken spüre. Meine Augen verenge ich so weit, dass ich Luke nur noch aus schmalen Schlitzen beäuge und er merkt, dass ich mir nicht alles gefallen lassen werde.

Er sagt nichts, also bleibe ich in meinem Angriffsmodus aus giftig gezüngelten Worten. »Mich umbringen? Hervorragend, dann muss ich wenigstens nicht so tun, als würde ich Angst haben oder: o nein, bitte töten Sie mich nicht, Sir, heucheln.«

Die angespannten Wangenknochen in seinem Gesicht lösen sich. Ein Zucken umspielt die vollen Lippen, bis es sich auch auf seine Mundwinkel überträgt. Doch es ist kein Lächeln. Mehr ein kaltes Grinsen, als würde ich ihm hier die perfekte Vorlage dafür bieten, den Kampf zu verlängern. Ohne etwas zu sagen, dreht er sich um und geht zur Tür und lässt mich im wahrsten Sinne des Wortes im Regen stehen, weil ich mit etwas anderem gerechnet habe.

Der Hund, der eben noch bereit war, mich zu überwältigen, setzt sich hin, winselt leise und das Klopfen seines Schwanzes auf den alten Holzdielen vibriert bis zu meinen Füßen, die unter der abfallenden Anspannung zittern.

»Ich bin gleich wieder da, mein Großer«, sagt Luke fast schon sanft und mit einer ganz anderen Tonlage, als er mir begegnet und der ich unter anderen Umständen sogar zuhören würde.

Der Hund legt sich hin. Luke schließt die Tür. Schon bevor sie ins Schloss fällt, dreht er sich zu mir um, sieht auf die Sachen in seiner Hand und kommt auf mich zu.

Ich ziehe mich im Bett hoch, bis ich richtig sitzen kann. Immer wieder dreht sich das Bild vor mir und das Gefühl, als würde mir durchgehend jemand den Boden unter den Füßen wegziehen, wird stärker.

Lukes massiger Körper bleibt erneut vor mir stehen. Er räuspert sich. Doch ich schenke ihm nicht die volle Aufmerksamkeit. Ich kann nicht mehr, kneife immer wieder die Augen zu und versuche, den Punkt an der Wand seitlich hinter ihm zu fixieren, um nicht augenblicklich umzufallen.

»Steckt deine Nase so hoch oben in den Wolken, dass Anstand ein Fremdwort für dich ist und du deinem Gegenüber nicht mal in die Augen siehst?«, mault er grimmig.

Echt jetzt? Bringt er gerade das Wort Anstand ins Spiel? Ich zwinge mich dazu, ihn anzusehen. Das Doppelbild erleichtert es mir nicht. »Und wo war der Anstand bei dem Chloroform getränkten Tuch? Oder sind das die neuen Kniggeregeln für zwielichtige Gestalten, die man nur im Darknet nachlesen kann?« In meinem Kopf meldet sich eine Stimme, die ich schon sehr lange nicht mehr gehört habe und die das ungute Gefühl in meinem Magen unkontrolliert verstärkt, denn ich habe seit acht Jahren keinem Mann mehr Paroli geboten, weil es mir schmerzlich abtrainiert wurde. Darauf gefasst, gleich Lukes Hand auf meiner Wange zu spüren, so wie es bei Shawn in den ersten Wochen der Fall war, zuckt mein Auge, bereit über dem Schmerz zu stehen, der kommt, weil ich hier keine Demut zeigen will. Aber Luke bewegt sich nicht. Sein Blick bleibt starr, als würde ihn nichts erschüttern können, obwohl seine Finger zittern. Wieso?

»Gute Frage«, antwortet er und wirkt kurz so, als würde er darauf keine Antwort haben. »Ich würde das ja gern für dich recherchieren, aber mein VIP-Zugang ist leider abgelaufen. Vielleicht leihst du mir deinen. Nach deiner Kamikazeaktion von vorhin kann ich mir nicht vorstellen, dass du nicht schon längst Goldmember bist.«

M-macht er sich gerade über mich lustig? Ich will meine harte Miene beibehalten. Aber seine Worte machen es schwer, weil mir sein Konter gefällt. Die Anspannung in meinem Gesicht verfliegt. Wieso zeigt er mir nicht, dass er sich mir gegenüber überlegen fühlt? Krampfhaft versuche ich, die Situation zu analysieren, aber schaffe es nicht.

Sein Mundwinkel zuckt erneut. Für einen kurzen Moment verliert er die Kälte in seinem Blick, die er erst wiederfindet, nachdem er einen weiteren Schritt auf mich zukommt und sich zu mir hinab beugt. Gleichzeitig lehne ich mich immer weiter zurück, bis mein Rücken auf die Decke trifft.

»Hör zu, Stella.«

Stella? Erneut stoppen meine Gedanken. Fragend ziehe ich eine Augenbraue nach oben. *Halten sie mich für Shawns Tochter?*

Die Erinnerungen an Stellas Forderung im Club kehren zurück. Dieser Schwachsinn, für eine Nacht den Namen zu tauschen. Und ich war auch noch so doof und habe bei diesem Spiel mitgemacht. Innerlich seufze ich. Natürlich halten sie mich für Stella. Ich habe es Seth genauso gesagt. Die ganze Situation ist langsam nur noch ein makabrer Scherz.

»Du heißt doch Stella, oder?«, vergewissert sich Luke und fixiert mich mit einer Intensität, die ich bisher noch bei keinem Mann gesehen habe – oder nicht sehen konnte, weil Shawn so etwas nie zugelassen hätte, sodass ich nicht nur mit der Frage überfordert bin. Wie ein Tier in der Enge, das nicht weiß, wie es sich richtig verhalten soll, nicke ich. Wenn ich ehrlich zu ihnen bin, dann töten sie mich auf der Stelle, weil sie die Falsche haben. Auch wenn in meinem Kopf dieser Wunsch herumspukt, bin ich gerade nicht bereit, ihm nachzugeben. Erst recht nicht durch die Hand eines Typen, den ich nicht kenne. Und auch wenn ich es mir nicht eingestehen will, schürt jede Sekunde hier auf dieser Farm eine Hoffnung, von der ich dachte, dass es sie nicht mehr geben kann. Also kann ich nur Stella spielen, wenn ich herausfinden will, was sie bedeutet.

»Hier wird dich keiner töten.« Er stellt sich gerade hin. »Vorerst«, setzt er nach. »Solange du uns keinen Ärger bereitest, ist dein Gold gepuderter Arsch sicher.«

»Und was wollt ihr dann von mir? Ich hoffe, ihr seid nicht so doof und wollt meinen Vater um Lösegeld anbetteln?«

Seine Miene bleibt unverändert. Dafür reibt er seine Hände aneinander und wirkt, als würde er nicht wissen, wie er darauf antworten soll. »Du bleibst hier in diesem Zimmer. Alles andere ist vollkommen egal.« Er nickt in Richtung der Tür auf der anderen Seite des Zimmers. »Hinter der Tür befindet sich das Bad.«

Das weiß ich.

»Es grenzt an mein eigenes Zimmer. Ich schließe deine Seite ab, wenn ich drin bin und ...«

»... u-und wenn ich drin bin, darfst du dann Mäuschen spielen?«, falle ich ihm ungestüm ins Wort. Dass er das Schlafzimmer meiner Eltern bewohnt, bringt mich vollkommen aus der Fassung. Dazu diese Vorgehensweise und in meinem Kopf geht die Sirene los.

Erneut mustert er mich von oben bis unten mit seinem intensiven Blick, der zusätzlich dafür sorgt, dass ich nicht weiß, wie ich mich verhalten soll. Etwas, das ich bisher nicht gewohnt war und sich befremdlich und gleichzeitig ungewohnt gut anfühlt, weil es kein Blut gibt, das in den nächsten Sekunden durch die Gegend spritzt. Dabei weiß ich genau, was er sieht und er mit dem kurzen Zusammenkneifen seiner Lippen bestätigt.

Keine Schuhe, kurzes, knappes Kleid und zerzauste Haare, mit Lippen, an denen wenigstens noch der Rest Lippenstift kleben sollte und davon zeugt, dass ich hübsch sein kann. Ich kann seine Gedanken bis hierher erahnen.

Tief holt er Luft. »Da dich Seth nicht als Sexobjekt hergeholt hat, solltest du dir darüber keine Gedanken machen.« Er schmeißt mir die Sachen aufs Bett.

»O wow, das Wort eines Kidnappers soll ja besonders vertrauenerweckend auf eine Entführte wirken. Vielen Dank, aber nein danke. Lass die Tür einfach verschlossen und mich in Ruhe. Ich hoffe, das war jetzt genug Anstand für dich.« In meinem Kopf muss eine Sicherung geplatzt sein. Wieso nur, bin ich so auf Krawall aus, wo mir Luke keinen Grund liefert, so gemein zu sein. Ist das auch eine Auswirkung auf meinen jahrelangen Verzicht, meine Gefühle zeigen zu dürfen? Teste ich jetzt meine Grenzen als pubertierende Erwachsene aus?

Luke lehnt sich wieder zu mir vor. »Du bist ziemlich zickig, dafür, dass du hier eingesperrt bist und eigentlich darum betteln solltest, am Leben gelassen zu werden«, sagt er herausfordernd und scheint die Auseinandersetzung mehr zu genießen, als dass sie ihn stört. Was es auch immer ist, was er triggert, mir passt die Art, wie er mir begegnet, nicht. Abrupt drücke ich ihn weg. Er taumelt einige Schritte zurück und ich stehe auf. »Was? Soll ich lieber zu Kreuze kriechen? Glaub mir, es gibt Schlimmeres als das hier. Und sobald S... mein Vater hier aufkreuzt, werdet ihr es sein, die darum betteln, weiterhin leben zu dürfen.« Ich drehe mich zum Fenster, damit Luke die Tränen nicht sieht, die ich mir verdrücke. Die Vorstellung, dass Shawn hier auftaucht und alles zerstört, für das jahrelang mein Herz geschlagen hat - und irgendwo auch immer noch tut - sticht in meinem Herz. Und dass Luke sich gerade einen Spaß daraus macht und die Situation nicht ernst zu nehmen scheint, verletzt mich.

Überraschend greift jemand um meinen Arm und dreht mich zu sich um. Lukes feuriger Blick trifft mich wie ein Blitz. Der Geruch nach Heu und Bier strömt in meine Nase.

»Ich kann dich auch zwingen, zu Kreuze zu kriechen.« In seiner Stimme schwingt ein anderer Ton mit. Ein leises Brummen, das durch meinen Körper vibriert.

Meine Miene bleibt hart. »Und jetzt? Soll ich die Überraschte spielen, obwohl mir dein Blick alles verrät?«

Er antwortet nicht. Das Feuer erlischt.

»Tu es doch. Zieh das Kleid hoch und fick mich. Es wird das Letzte sein, was dir Spaß machen wird, ehe diese Farm brennt.« Meine eigenen Worte glühen auf meiner Zunge. Diese Farm brennen zu sehen, wäre mein endgültiger Todesstoß. Wenn es nicht der in Schach gehaltene Krebs ist, wird es Shawn sein, der mich dafür büßen lässt, dass ich mich entführen lassen habe. Und wenn ich diesem Typen vor mir erkläre, dass ich nicht seine Tochter bin, werde ich auch tot sein. Aber was, wenn ich das alles nicht möchte? Was ist, wenn ich auch wieder nach Heu riechen will? Mich auf den Rücken eines Pferdes setzen und einfach davonreiten will?

»Bete lieber dafür, dass dein Vater unsere Forderungen erfüllt. Und jetzt zieh dich um, damit du nicht wie ne Nutte herumläufst«, brummt Luke und holt mich aus meinen Gedanken. »Das hier ist mein Haus, meine Farm und du wirst dich, solange du Gast bist, an meine Regeln halten.« Er lässt mich los und geht ohne ein weiteres Wort aus dem Raum. Die Verletztheit in seiner Stimme hallt in meinen Ohren nach.

Unwillkürlich balle ich die Hände zu Fäusten. Seine Farm? Seine Regeln? Eine heiße Lawine überrollt mich. An diesem Abend habe ich alle Emotionen durchlebt, die man besitzen kann. Meine Augen brennen. Tränen laufen über mein Gesicht und lassen meine Sicht verschwimmen. Ein Schrei, der hoffentlich bis nach Geraldton zu hören ist, löst sich aus meiner Kehle, ehe ich wutentbrannt auf die Kommode zulaufe, versuche, das oberste Fach herauszuziehen, und kläglich scheitere, weil mir die Kraft fehlt. Stattdessen knalle ich es so kraftvoll wie möglich zu und schlage meine zu Fäusten geballten Hände auf die Kommode. Ich verfluche dieses Leben.

Ich verfluche all die Menschen auf dieser Welt, die mir all das genommen haben, was mir wichtig war. Und weil das alles nicht reicht, lacht mir das Schicksal erneut dreckig ins Gesicht und schickt mich zurück an den Ort, an dem alles angefangen hat. Ich atme so hektisch, dass sich erneut das Bild dreht. Meine Hände schmerzen und in meiner Brust sticht es vor Anstrengung, als wäre ich zu schnell gelaufen. Erneut treibt mein Blick über den Boden und bleibt auf der Bodendiele mit dem Tagebuch darunter liegen. Ich schmeiße mich auf die Knie und fahre mit meinen rot lackierten Fingernägeln daran lang, bis ich die Diele anheben kann. Bevor ich das Holz richtig greifen kann, verlässt mich meine Kraft und ich falle zur Seite.

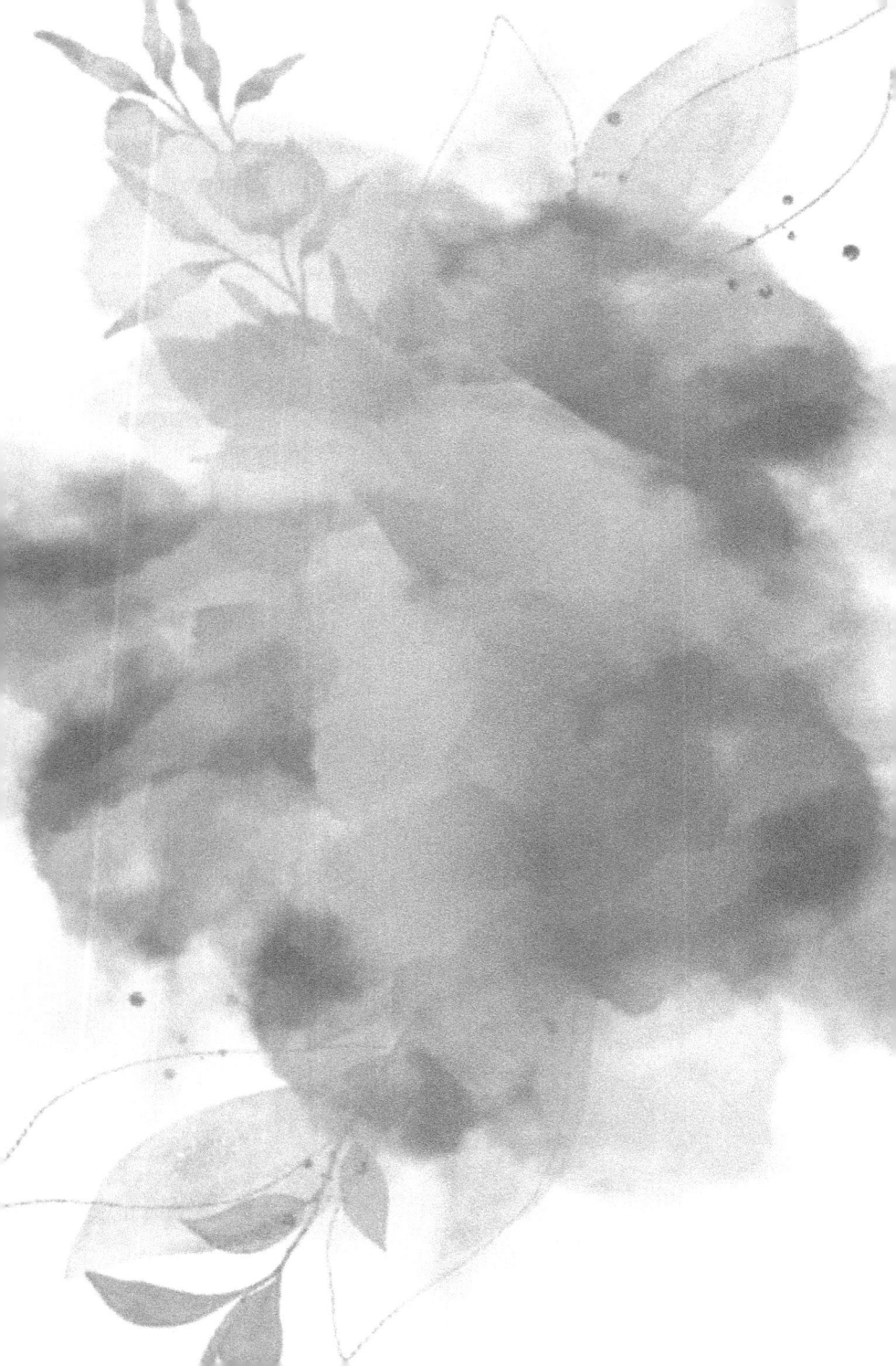

Kian

19

Ich drücke meine Zigarette aus, greife sofort nach der Packung in meiner Lederjacke und zünde mir die Nächste an. Ich rechne wirklich mit vielen Dingen, plane voraus und habe immer einen Plan B parat. Aber die Aktion von Seth übertrifft alles, was in irgendeiner Form sinnvoll sein könnte.

Hastig ziehe ich an der Zigarette und laufe völlig kopflos vor dem Eingang zum Stall auf und ab. Was hat er sich nur dabei gedacht, in die Stadt zu fahren und diese kleine Möchtegernprinzessin herzuholen? Was soll sie sein? Seine Opfergabe an mich? Bin ich jetzt der Kraken, der Agros angreift und Stellas Tod soll mich besänftigen? Verdammte Scheiße! Nein! Es gibt Regeln. Abmachungen, die dieses verfickte Geschäft unnötig verkomplizieren. Sonst hätte ich Shawn schon in seiner Villa kalt gemacht und mit Stella andere Dinge angestellt, als ihr die Kehle durchzuschneiden oder ihren Körper mit Löchern zu verschandeln.

Ich ziehe nur noch am Filter, schmeiße auch diese Zigarette auf den Boden und nehme mir die Nächste.

Und obwohl es Seth` Idee war, wird die Lösung des Problems auf mich abgewälzt. Jetzt werde ich als das Scheusal dargestellt, das diese Stella eiskalt und ohne mit der Wimper zu zucken ermorden würde. Dabei habe ich nur das ausgesprochen, was unausweichlich ist, wenn wir wollen, dass Shawn uns in Ruhe lässt. Ich raufe mir die Haare, weil mir die Lösung nicht gefällt. Fuck, wir alle wissen, dass es keine friedliche Lösung gibt, solange Stella atmet und Shawn sie hier finden könnte.

Ich gebe es nicht gern zu, aber ich bin auf Lukes Seite. Sie trifft, wenn dann nur eine Teilschuld. Aber das werde ich mir vor Luke nicht eingestehen. Wenn ich wieder Schwäche zeige, bin ich nur ein noch leichteres Ziel für ihn. Das kann er gleich vergessen.

Aus dem Nichts, fast wie ein Automatismus, weil in mir alle Gefühle hochkochen, die ich seit zwei Jahren unterdrücke, schlage ich gegen das Holz des Stalltors. Und jetzt hat er Stella einfach in dieses Zimmer verfrachtet. Hat er gar keine Skrupel mehr? Ist er dermaßen abgestumpft, dass es ihm egal ist, was es bedeutet? Hat er ...

Ich hole tief Luft und zwinge mich dazu, nicht weiter darüber nachzudenken, denn es bringt gerade nichts, außer Schmerz, Hass und Wut und nichts davon kann ich gebrauchen.

Es ist Seth, der sich überlegen muss, was er mit ihr anstellt und wie er dieses Problem aus der Welt schafft, ohne uns mit hineinzuziehen.

Ein letztes Mal drücke ich die Zigarette aus und sehe zu den Gattern.

»Stalldienst. Tzz«, knurre ich. Heute kann er das vergessen. Ich drehe mich um und laufe zu meinem Haus, das am nächsten bei den Ställen, aber am weitesten vom Haupthaus und Luke entfernt ist. Bei Ryan und auch in Seths Haus brennt kein Licht. Und wenn morgen wieder das Partywochenende losgeht, macht sich keiner der beiden einen Kopf darüber, dass ihr Untergang im ersten Stock des Haupthauses sitzt und darauf wartet, von Daddy gerettet zu werden.

Missmutig schüttle ich den Kopf, gehe durch die Tür und schließe das erste Mal seit Jahren ab, weil ich niemanden sehen will.

Ich mache mir erst gar nicht die Mühe, irgendein Licht anzuschalten. In meinem Kopf blitzt es so viel, dass ich nichts sehen würde. Im Slalom laufe ich um die Couch herum und direkt in das Arbeitszimmer auf der linken Seite. Das Seil, das an einer Führung von der Decke hängt, schiebe ich kraftvoll auf die andere Seite und setze mich in den Bürostuhl, hinter dem sich die Wand mit der angepinnten Karte von Australien befindet.

Ich lehne mich zurück, seufze und klopfe die nächste Zigarette aus der Packung. »Es war alles neu geplant.« Kurz erhellt das Licht des Feuerzeugs den dunklen Raum, die Spitze der

Zigarette glimmt und ich lasse den Rauch kurz in meiner Lunge zirkulieren, ehe ich ihn gleichmäßig auspuste.

Das Licht des Vollmonds leuchtet durch das Fenster direkt auf die Karte. Schon lange spuken mir die Worte von Luke im Kopf herum, Geraldton einfach aufzugeben und mich weiter südlich auszubreiten. Diesen Plan hatten wir von Anfang an auf dem Schirm, weil wir wussten, dass Shawn nicht fair spielt. Trotzdem hat mich sein Rausschmiss viel zu hart getroffen, was einfach zeigt, dass ich diese ganze Scheiße viel zu persönlich nehme. Dafür ist viel zu viel passiert, was niemals eingeplant gewesen ist und doch meine Welt zerstört hat. Jetzt hat in ihr nichts, außer meinem Geschäft, Platz. Der Blick, den Stella mir vor zwei Tagen zugeworfen hat, durchbricht mein Gedankenkarussell. Dass Stella darin herumspukt, werde ich mit dem nächsten Besuch in Ryans Club unterbinden. Nichts wird sich zwischen mich und meine Pläne stellen – niemals wieder. Auch nicht Seth` Idiotenplan, den ich jetzt genauso mit ausbaden muss. Danach ist endgültig Schluss mit dieser geheuchelten Bruderliebe, die am Ende einfach nur Ballast ist und alles nur verkompliziert.

Ich sehe zur Landkarte, auf der sich mittlerweile so viele Pinnnadeln tummeln, dass ich fast den Überblick verloren habe, aber eine Route sich als ganz klare Gewinnerlinie entpuppt hat. Doch um diesen Weg zu gehen, muss ich die Fäden, die mich hier festhalten, durchtrennen.

Ich lehne mich an, sehe zu meinem Handy, das auf der Tischkante liegt, und klopfe mit meinen Fingern unruhig auf der

Platte herum. Als ich den Plan durchgespielt habe, wirkte es einfacher, diesen Schritt zu gehen. Vielleicht lag es aber auch einfach daran, dass ich naiverweise gehofft habe, dass Shawn doch noch einknickt und mich nicht aus seinem Geschäft ausschließt. Vielleicht wäre es sogar die Rettung für diese zerrüttete Familie gewesen, die es bald nicht mal mehr auf der Besitzurkunde dieser Farm geben wird. Aber das muss am Ende jeder von uns selbst klären. Mir bietet sie nichts mehr als dunkle Erinnerungen an eine Zeit, die es nicht mehr gibt. Mir wäre es sogar scheißegal, wenn Shawn diese Farm einfach niederbrennt und alles vernichtet, dass mir immer noch auf der Seele lastet. Also spiele ich so lange, bis alles geklärt ist, Seth` Hoffnungsspiel mit, dass Stella in irgendeiner Form dazu beitragen könnte, dass alles so bleibt, wie es ist. So lange lassen sie mich in Ruhe und ich kann, ohne dass einer von ihnen Verdacht schöpft oder mich aufhalten will, meine neuen Pläne in die Wege leiten.

Ich höre auf, mit den Fingern zu klopfen, greife nach dem Handy und suche nach der Nummer meines Vaters. Ohne weiter mit mir zu hadern, drücke ich auf seinen Namen und halte es ans Ohr.

»Ja?«, ertönt es auf der anderen Seite. Diese Stimme bringt mich genauso wie die von Luke zum Brodeln. Aber irgendeine bittere Pille muss man in diesem Leben schlucken.

»Du wirst mir helfen«, brumme ich.

Er schnaubt verächtlich und stößt selbst den Rauch seiner geliebten Zigarre aus, der sich als Summen im Hörer verfängt.

»Bist du endlich zur Vernunft gekommen?«

»Ich will einfach aufhören, so zu tun, als würde mir dieser Ort noch irgendetwas geben.«

Automatisch wandert mein Blick zum Fenster, von dem aus ich direkt auf das Zimmer blicke, in dem sich Stella aufhält. Das schwache Licht der Nachttischlampe flackert, die schon seit Jahren kaputt ist.

»Gut.« Mehr bekomme ich nicht als Antwort. Zerstreut schüttle ich meinen Kopf und fahre mir über das Gesicht.

»Komm her. Wir klären alles hier vor Ort, damit alle wissen, wie es weitergehen wird.«

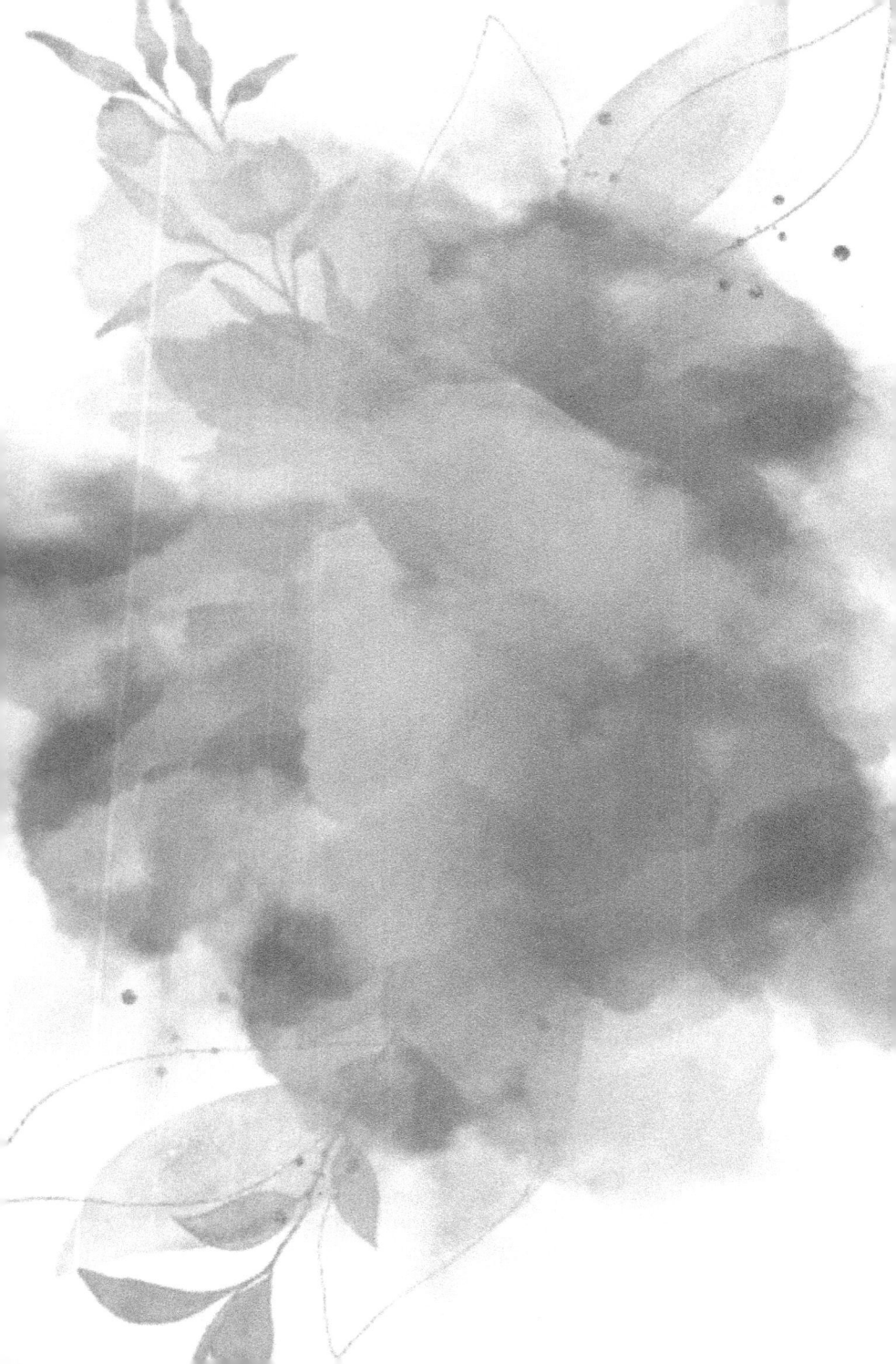

Ryan

20

Während ich meine Schulter kreise, verziehe ich theatralisch das Gesicht. Der Schmerz wird langsam erträglich. Zumindest der Körperliche. Nicht der Seelische, denn mein Anzug und auch mein Hemd haben diese Behandlung nicht verdient. Stella kannte die beiden nicht einmal richtig. Wie kann sie nur so herzlos sein? Aber egal, wie man es dreht und wendet. Feuer unter dem Hintern hat sie, sich uns einfach wie Lara Croft in den Weg zu stellen, die Waffe zu zücken und ohne Rücksicht auf meine Verluste, drauflos zu wüten. Und irgendwie glaube ich auch nicht an einen Zufallstreffer. Dafür waren ihre Bewegungen viel zu koordiniert.

»Oh, mein Süßer«, sagt Stacy und holt mich aus diesen schrecklichen Gedanken. In ihrem knappen Höschen und mit ihren streng nach hinten gebundenen schwarzen Haaren setzt sie sich neben mich und fährt mit ihren schwarz lackierten Fingernägeln vorsichtig über meine Schulter. Miriam, die gerade ein paar neue Bewegungen für ihre Lapdancenummer einstudiert, räkelt sich in wunderschönen Kurven auf meinem Schoß. Ich gleite ihre weiche Haut nach oben, bis ich ihre Brüste packe, die von einem Unterbrust-BH gehalten werden und sie eng an meinen nackten Oberkörper ziehe. Gekonnt fährt sie unter meine Hände, rutscht mit ihrem Knackarsch über meine Oberschenkel und schwingt auf meinen Knien sitzend ihre wilde Lockenmähne, ehe sie mir ihren lasziven Blick über die Schulter schenkt. Der Schmerz in meiner Schulter rückt in weite Ferne. Mein Schwanz wird hart.

»Seth sollte wirklich vorsichtiger sein, wenn er versucht, Messerwerfer zu spielen«, raunt Stacy nah an meinem Ohr. Eine bessere Ausrede, wieso ich verletzt bin, ist mir nicht eingefallen. Je weniger sie darüber erfahren, dass wir Shawns Tochter hier haben, desto besser. Immerhin haben die beiden keine guten Erinnerungen an die Zeit bei ihm, ehe ich sie gerettet habe. Darüber hinaus habe selbst ich diese verfickte Regel wie ein Mantra verinnerlicht, dass wir keinen Streit mit Shawn suchen. Wieso er nicht? Was hat sich dieser Idiot von Bruder auch nur dabei gedacht? Wir haben uns eine Fruchtblase geteilt. Sollte man da nicht meinen, dass etwas Grips von mir auch bei ihm angekommen ist, oder habe ich doch alles abbekommen? Gutes Aussehen, sinnvolle Problemlösungsstrategien und die geilere Clubidee?

Wiederum teilen wir auch nicht dieselbe Leidenschaft für Messer. Irgendwo muss sein Spermium den falschen Weg genommen haben. Genetik kann so schwer sein.

Ich strecke die Hände nach Miriam aus, die sich verführerisch lächelnd zu mir herumdreht, meine Hose öffnet, und ihre vollen Lippen um meinen Schwanz legt.

Stöhnend winke ich Stacys Gesagtes ab und genieße die gleichmäßigen Bewegungen von Miriams Mund. »Ihr kennt ihn doch. Denkt, er muss in seinem Casino ständig mit neuer, größerer und besserer Scheiße aufwarten. Dabei seid ihr doch die heimlichen Stars auf dieser Farm, wenn die Kerle ihr gewonnenes Geld gleich bei euch umsetzen.«

Stacy kichert und knabbert an meinem Ohr. »Dann wird es wohl Zeit, dich vollends von deinen Schmerzen abzulenken.« Ich schließe die Augen. Mein Schwanz spannt sich an. Miriam vor mir greift nach meinen Eiern. Zieht sie lang und im nächsten Moment spritze ich ihr mein Sperma in den Mund. Die Anspannung aus meinen Schultern löst sich. Mehrfach blinzle ich und sehe zu ihr hinab. Genüsslich leckt sie sich über die Lippen. Stacys Kettenhalsband rasselt verführerisch in meinen Ohren. »Bestrafe mich für die Taten deines Bruders«, flüstert sie in mein Ohr. Ihre Hand wandert meinen Oberschenkel entlang. Tanzt auf meinem Bein und schiebt sich langsam zu meinem Schwanz. In meinem Kopf läuft der beste Film der Welt. Wie in der neusten Hollywoodproduktion, drehe ich mich zu ihr um, drücke sie auf das kalte Leder, greife nach dem Band und stoße mich im selben Moment, in dem ich es langsam enger schnüre, hart in sie. Miriam, die aufgestanden ist und sich jetzt hinter mich kniet, haucht mir ihren heißen Atem über die Schulter, greift um meine Taille und gleichzeitig um meine Eier und zieht sie erneut lang. Ich stöhne auf, werde schneller und ... In meinem Kopf reißt der Film und es sind nicht Stacys Augen, die mich begierig vom Boden des Zimmers ansehen, sondern blaue klare Iriden. Die Person, die ihr gehört, wirft ein Messer auf mich. Kurz schmerzt meine lebensbedrohliche Verletzung an der Schulter und ich halte inne. Was war das?

»Ärgere ihn, in dem du es mir härter besorgst, als er es sonst tut.« Stacy fährt mit ihren zarten Fingern meinen Bauch nach oben und drängt ihr Becken eng an meins. Kurz schüttle ich den Kopf, fokussiere mich auf die Frau unter mir und umschließe das Metallband an ihrem Hals fester. Ihr erstickter Atem haucht stockend über meine Wange. Eng ziehe ich sie an mich heran. Ihre Lippen streifen meine. Ihre kreisenden Bewegungen zusammen mit Miriams Fingerkünsten an meinen Eiern treiben mich zur Ekstase. Ich stöhne, schließe die Augen und ...

Die Tür springt auf. Abrupt stoppen wir drei und aus dem Moment heraus ziehe ich Stacy mit mir nach oben. Gleichzeitig sehen wir zur Tür, durch die Seth mit einem dicken, fetten Schmollmund tritt. In der Hand sein Kinobecher, mit dem Gesicht von Heath Ledger als Joker. Ungefragt setzt er sich zwischen Stacy und mich, weswegen ich die Kette loslassen und meinen Schwanz aus ihr ziehen muss. Als würde sich die Welt nur um ihn drehen, nimmt er laut schlürfend einen großen Schluck, stellt den Becher auf den Boden neben sich und verschränkt wie ein bockiges Kind die Arme vor dem Oberkörper.

»Ich verstehe es einfach nicht«, raunt Seth. »Wieso sind jetzt alle auf mich böse, obwohl ich Kian einfach nur einen Gefallen getan habe.«

Ich sehe von Stacy, die gerade um ihren eigenen Höhepunkt gebracht wurde, über die Schulter in Miriams große, rehbraune Augen. Sie löst sich von mir und nimmt neben mir Platz, sodass ich mich genervt und mit immer noch hartem Schwanz neben Seth setze.

»Ich kann doch nichts dafür, dass sie Shawns Tochter ist. Und ebenso kann ich nichts dafür, dass es Shawn ist, der ihn ärgert. Aber jetzt hat er die Chance, ihn zurück zu ärgern. Was also bitteschön ist denn jetzt das verfickte Problem?« Er dreht sich zu mir herum. »Sag Ryan, was habe ich nur falsch gemacht?« Mit bibbernder Lippe, die er definitiv nicht so perfekt bibbern lassen kann wie ich, sieht er mich an. Ich rühre mich nicht, weil mein Schwanz auf das Ende des Abends wartet, was nicht mit dem Ausblick in seinen Dackelblick sein sollte.

Ich räuspere mich, zeige mit meinen Augen zu Miriam und Stacy, damit er versteht, dass ich hier gerade dabei war, abzuspritzen, aber er rafft es einfach nicht. Also muss ich doch tatsächlich schon wieder der Vernünftigere von uns beiden sein. »Ähm, so ziemlich alles«, antworte ich und damit ist der geile Sexabend, der mich von meinen Schmerzen ablenken sollte, erledigt. Er schenkt seinen beiden Lieblingsnutten – die auch meine sind – nicht einmal den Hauch von Beachtung. Ich seufze und lege den Kopf auf die Lehne, denn damit ist klar, ich komme um dieses Gespräch nicht drumherum. Miriam steht auf und mein Schwanz fällt, dank Seth` Worten, schlaff wie ein nasser Sack zur Seite. Stacy tut es ihr gleich. Beide geben mir einen Kuss auf die Wange. »Du weißt, wo du uns findest«, raunt Miriam. Ich nicke.

»Sag das auch Seth, wenn er wieder bei klarem Verstand ist«, sagt Stacy.

»Also nie«, brumme ich verärgert und wäre jetzt bereit für den Bibberlippenwettbewerb.

Die Tür, durch die die beiden gehen, schließt sich. Ich hebe den Kopf und Seth sitzt immer noch genauso erwartungsvoll da.

»Was willst du jetzt von mir hören, Seth? Dass du alles richtig gemacht hast?« Er nickt ebenfalls.

»Sorry, aber da bist du heute an der falschen Adresse. Ich lag bis vor ein paar Minuten noch im Sterben und du störst mich bei meinem Regenerationsprozess.«

»Ach, hab dich nicht so«, knurrt er beleidigt und klingt dabei so, wie ich mich wahrscheinlich fühle.

»Die Regeln waren klar, Seth, und du spazierst einfach nach Geraldton und wirfst einen jahrelang andauernden Frieden über den Haufen.«

Er holt Luft. Sofort hebe ich die Hand. »Ja, ich weiß, wir sind die Meister im über den Haufen werfen. Aber diesen Haufen hätte auch ich echt liegen lassen und weiterhin mit Nichtbeachtung gestraft. Das hättest du doch spüren müssen. Ich dachte, du kannst meine und ich deine Gedanken lesen. Und jetzt muss ich feststellen, dass das nicht der Fall ist«, sage ich theatralisch und sehe wie eine Diva zur Seite. Er kann ruhig auch so sehr leiden wie ich, wenn er schon eine Teilschuld daran hat, dass ich zwei Kleidungsstücke weniger habe.

»A-a-aber«, stottert er und zieht das Wort immer länger.

»Das kann ich auch. Ich war vielleicht nur zu weit weg.«

»Das kann jeder sagen. Vielleicht bist du nicht einmal mein Bruder.«

»A-a-aber Ryan. D-du?« Er schnieft. »Wende dich nicht auch noch von mir ab.« Natürlich trifft er wieder die Zwillingsbruderader. Ich drehe mich um. »Du weißt, das würde ich nie.«

Sofort fällt er mir um den Hals. »Erschreck mich doch nicht so.« Er verdrückt sich doch tatsächlich eine Träne. Dabei dachte ich immer, an mir wäre der perfekte Schauspieler verloren gegangen. Aber hier muss ich mir leider einfach eingestehen, dass Seth das viel besser beherrscht als ich.

»Was soll ich also tun?«

»Das fragst du mich?«

»Ja.« Das Bibbern ist schon wieder deutlich hör- und auf meiner Schulter spürbar.

»Keine Ahnung. Aber gut kann das für keinen von uns enden. Immerhin ist es ja nicht so, dass du sie aus einem Freundschaftsdienst heraus entführt hast, um ihr die Schönheit Australiens näherzubringen oder ihr ein Wellnesswochenende auf einer Glücksspiel- und Sexfarm zu schenken, bei dem man sogar noch high werden kann und auf echten Pferden durch die Prärie reiten könnte.«

»Oder Quad fährt«, mischt sich Seth ein und löst sich von meinem Hals.

»Oder Quad fährt«, wiederhole ich seinen sinnlosen Einwurf, damit er sich kurzzeitig besser fühlt.

»Wenn ich über diese unebene Landschaft rase und diese grandiosen Staubwolken hinter mir aufwirbele.«

»Ja-a.« Ich beuge mich nach von und greife nach der Kippenschachtel, die auf dem kleinen runden Glastisch liegt. »Und ...« Seth stoppt, greift meinen Arm und drückt mich zurück an die Lehne. »Aber das wäre es doch.«

»Was?« Mir eine Zigarette anzünden, sehe ich ihn an. »Jetzt ne Quadtour?« Obwohl ich es nicht müsste, sehe ich auf die Uhr. Eigentlich habe ich keinen Bock auf eine Ausfahrt, nur um seine kindliche Ader zu bedienen.

»Nein du Idiot.« *Idiot?*

»Seit wann bist du schwer von Begriff? Es wäre doch voll sinnvoll, wenn ich dieses Kidnapping-Ding so gestalte, dass wir uns entscheiden können, ob wir Shawn mit ihr erpressen, oder sie am Ende so von unserer Farm schwärmt, dass er gar nicht anders kann, als uns in Ruhe zu lassen, weil es Stella so toll hier gefallen hat.« Die Zigarette fällt mir aus der Hand, die ich gerade noch auffangen kann, ehe sie mir ein hässliches Brandloch in den Designerteppich brennt, den ich wie meinen Augapfel hüte. Ich will nie, wirklich nie wieder, diese scheiß Zollprobleme haben, weil es die guten europäischen Waren sein müssen.

»Seth, verdammt«, raune ich. »Was zur Hölle ist nur los mit dir? Bist du irgendwie nicht ausgelastet? Verdienst du zu viel in deinem Casino und musst jetzt austesten, ob deine

Glückssträhne auch außerhalb des Roulettetisches funktioniert?« Mit großen Augen, weil ich selten laut werde oder unentspannt wirke, sieht er mich an. »Wieso?«

»Weil das niemals funktionieren kann. Das Drehbuch in deinem Kopf sprüht nur von Plottholes und ich rate dir dringend, den Autor zu wechseln.« Wie ein bockiges Kind, also eigentlich wie immer, wenn ich seine plumpen Ideen nicht unterstütze, verschränkt er die Arme und lässt sich gegen die Lehne der Couch sinken. Urplötzlich wedelt er mit den Armen herum, lehnt sich nach vorn und greift nach seinem Becher. »Ihr seid alle Spielverderber. Hackt nur auf den Kleinen herum. Am Ende werdet ihr genauso lächeln wie Hannibal vom A-Team, wenn mein Plan funktioniert.«

Genervt von seinem Divagehabe, das sonst Kian gehört, reibe ich mir über die Brauen. Heute ist er echt anstrengend. »Was hältst du davon, wenn wir das Thema Stella auf später verschieben, Miriam und Stacy zurückholen und etwas Spaß haben?«

Er schlürft einen weiteren Schluck aus dem Becher, der hoffentlich bald leer ist. »Okay.«

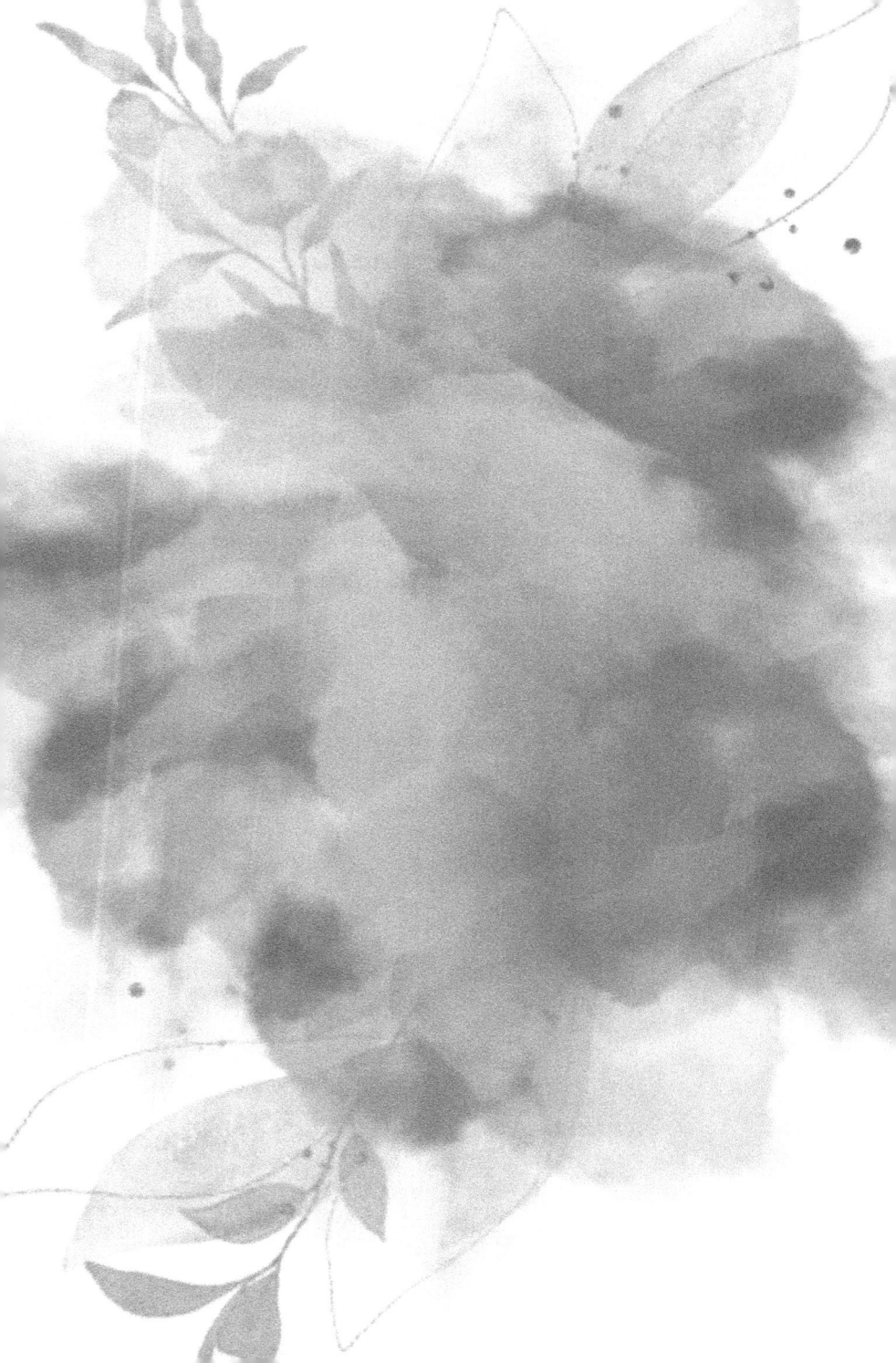

21

Zwei Tage sind vergangen, seitdem Cleo weg ist. Die Anspannung sitzt in jeder Faser meines Körpers. Meine Hände stütze ich auf dem Tisch ab und sehe zu den Lichtern der Stadt von Geraldton, in denen meine Cleo verschwunden ist. Über den Dächern schwebt eine dunkle Rauchschwade, weil der Club, in dem Stella gefeiert hat, gerade niederbrennt. Selbst mein Kiefer scheint sich nicht mehr zu bewegen.

Ich presse die Zähne aufeinander, sodass es in meinem gesamten Mund kribbelt. Ich sehe mir nicht einmal die aktuellen Statistiken an. Dabei sind sie wichtig, weil ich auf der Ostroute, die ich Kian weggenommen habe, nur Ärger habe, was zu meiner allgemeinen Verfassung zusätzlich meine Laune trübt – um es nett auszudrücken.

Es klopft. Ich sehe auf, da torkelt bereits Stella in den Raum und sieht mich genervt an, aber sagt nichts. Und das ist besser so. »Hier sind noch die letzten Akten«, sagt sie angestrengt und knallt sie mir auf den Tisch. Ich funkele sie düster an.

»Kannst du das nicht ordentlicher?«, knurre ich.

Sie reckt das Kinn vor. »Ich bin keine Tippse, also akzeptier, was ich dir biete oder entlasse mich endlich aus deinem Dienst. Nein, noch besser: Lass mich endlich heiraten, damit ich aus diesem Horrorhaus wegkomme.«

Mein Knurren wird lauter. Ich zwinge mich dazu, meine Atmung ruhig zu halten, aber Stella ist kurz davor zu erfahren, was ich mit den Leuten anstelle, die meinen, mir auf der Nase herumtanzen zu wollen. Bedrohlich baue ich mich vor ihr auf. Ihre Augen werden größer und sie weicht so weit von mir weg, bis ihr die Couch in die Quere kommt.

»Hast du vergessen, wieso du gerade meine Tippse bist?«

»N-nein«, stottert sie.

»Wir beide wissen ganz genau, dass du selbst mit deinen 26 Jahren immer noch eine verzogene Göre bist, die Angst hat, sich die frisch manikürten Fingernägel abzubrechen, wenn sie eine Aufgabe zu erledigen hat. Und keiner wäre glücklicher als ich, wenn du endlich verschwindest und das Problem eines anderen Mannes bist.«

Stella kämpft mit den Tränen, dabei sollte sie sich noch ein paar aufheben. Ich zeige zu den Akten, die nur Cleo perfekt, so wie ich sie brauche, ablegen kann.

»Du wirst Cleo niemals ersetzen können.« *Das kann keiner.*

»Und du darfst dieses Haus verlassen, wenn Cleo wieder hier

ist. Also bete dafür, dass sie noch lebt und ertrag deine Strafe wenigstens mit etwas Würde.«

Sie öffnet den Mund. Ich unterbreche sie.

»Ab jetzt redest du nur noch, wenn ich dich etwas frage oder dich dazu auffordere. Haben wir uns verstanden?« Ich trete einen Schritt zurück und ziehe die Krawatte fest.

Kurz verharrt sie in der Position und schließt langsam den Mund. Immer fester reibt sie die Finger aneinander und es grenzt für mich fast an eine Genugtuung, dass meine Worte sie endlich an einer Stelle treffen, die sie auch wirklich berühren und eventuell dafür sorgen, dass sie über ihr oberflächliches Verhalten nachdenkt.

»Haben. Wir. Uns. Verstanden?«, frage ich mit Nachdruck.

Tief holt sie Luft. Ihre Hände entspannen sich. »Ja«, haucht sie mehr, als dass sie es ausspricht. Das sehe ich als Fortschritt an.

Die Tür geht auf. Carlos tritt ein.

»Wir wären so weit«, sagt er mit seiner tiefen Stimme, und auf das Ziel fokussiert – zu erfahren, was mit Cleo geschehen ist. Ich nicke, sehe mit einem vernichtenden Blick zu Stella, die ich damit gleichzeitig auffordere, mir zu folgen und gehe Carlos hinterher.

»Du kannst mich nicht ewig hier behalten«, schreit sie mir nach. Gleichzeitig stampft sie, wie ein bockiges Kind, mit ihrem Pfennigabsatz auf. Das Knallen hallt durch den Raum.

Meine Finger kribbeln, weil sie sich schon wieder über meine Anweisung hinwegsetzt.

»Ich kann und werde, bis ich mein Eigentum zurückhabe«, sage ich und trete durch die Tür. Stella bleibt weiterhin an der Couch stehen. Carlos sieht mich an.

»Sie kommt mit«, lege ich fest. Ohne dass ich mehr sagen muss, geht er zurück.

»Hey, lass das!«, zischt Stella. Endlich klimpern ihre Absätze über den Boden, die mir bis in den hinteren Teil des Hauses folgen. An der Tür zum Keller bleiben wir stehen. Ich gebe den Zugangscode ein. Die Stahltür öffnet sich und ich trete die ersten Treppenstufen in die Dunkelheit hinab, bis der Bewegungsmelder anspringt und die langen verwinkelten Gänge preisgibt.

»Ich will nicht mit«, fleht Stella, die so klingt, als würde sie zittern. Ich tue so, als hätte ich sie nicht gehört, weil ich sie weder gefragt noch ihr erlaubt habe zu sprechen, und gehe bis ganz nach hinten durch. Jetzt müssten wir uns fast unter der Eingangstür befinden.

Durch den gesamten Raum dringt das Wimmern mehrerer Personen, die man nicht voneinander unterscheiden kann. Es klingt fast so, als hätte man Katzen- oder Hundebabys ihrer Mutter entrissen.

Auf einfachen Metallstühlen sitzen neben Stellas Freundinnen, die mit ihr gefeiert haben, auch ein junger Mann mit braunen, strubbeligen Haaren, dessen Gesicht und nackter Oberkörper bereits einige blaue Flecken zieren. Die schönsten Bilder, die ein Mann tragen kann, wenn er denn nicht so wimmern würde.

»Das ist der Barkeeper, Shawn«, meint Franco, der ein letztes Mal an seiner Kippe zieht und sie auf den Boden schmeißt.

»Stella«, wimmert eine der Blondinen, die am gesamten Körper zittert und in Tränen ausbricht. »Bitte.«

Stellas Absätze verstummen hinter mir. »Was ... soll ... das?«, fragt sie kleinlaut. Und nur dieses eine Mal werde ich ihr die Frage beantworten.

»Ich habe dir doch gesagt, dass du mir dabei helfen wirst, die Informationen, die ich haben will, aus allen Beteiligten herauszukitzeln.«

»A-aber ... d-d-das ... NEIN!« Sie will losstürmen. Doch Carlos hält sie am Arm fest. »Das wagst du nicht! Lass sie gehen!« Vielleicht hätte ich sie viel eher durch das Prinzip lernen durch Schmerz erziehen sollen – so wie ich es bei Cleo getan habe. Aber das wäre nie so effizient gewesen, weil beide von Grund auf unterschiedlich sind.

Ich drehe mich zurück zu Franco und krempele meine Ärmel hoch. »Und das sind alle?«

»Ja.«

»Die Tänzer?«

»Erledigt, Boss.« Missmutig gestimmt, nicke ich. Eigentlich liebe ich diesen Teil meines Jobs, wenn es nicht gerade darum gehen würde, die für mich wichtigste Person zurückzubekommen. Ich sehe den jungen Mann an, der mich aus seinem zugeschwollenen Auge anstiert. Blut tropft seine Unterlippen hinab.

Ob er schon weiß, dass er hier nicht mehr lebend herauskommt? Bestimmt. Die meisten wissen es, wenn sie wach werden.

»Wie heißt dein Barkeeperkumpel?«, frage ich und sehe gelangweilt auf meine Finger, die nicht mehr lange sauber bleiben werden.

»Ich habe es doch schon dem anderen Typen gesagt«, heult er fast und versucht nicht einmal, die Angst in seiner Stimme zu unterdrücken. Was ist nur aus den Männern von heute geworden? Allesamt Feiglinge? Keiner hat mehr Schneid oder Biss, sich seinem Schicksal zu stellen. Es sind alles nur noch verweichlichte Pussys. Ich nehme mir einen Stuhl, drehe ihm die Lehne zu und setze mich breitbeinig darauf.

»Das ist nicht die Antwort, die ich hören will.« Franco löst eine seiner Fesseln, greift den freien Arm und zieht ihn nach vorn, bis ich seine Hand zu greifen bekomme. Seine mickrige Gegenwehr ignoriere ich. Franco hält ihn an den zitternden Schultern fest. Ich nehme seinen Zeigefinger in die eigene Hand. Ohne Vorwarnung biege ich ihn nach oben, bis es knackt und er gebrochen ist. Sein schmerzerfüllter Schrei durchdringt den Raum. Eine der Frauen tut es ihm gleich. Die neben mir übergibt sich, und die anderen brechen erneut in Tränen aus, zu der auch Stella gehört. Regungslos bleibe ich vor dem Barkeeper sitzen und mustere seine Miene. Es riecht nach Urin.

»Also noch einmal«, beginne ich ruhig, als wäre nichts geschehen. »Wie heißt dein Barkeeperkumpel, von dem meine Tochter erzählt hat?« Und bei dem sie selbst zu doof ist ihn mir zu beschreiben, weil sie sich lieber von so einem dummen Muskelprotz hat befummeln lassen.

»Es gab an diesem Abend nur mich. Genauso wie es abgemacht war«, schluchzt er. »Als ich kurz im Lager war, hat mir jemand ein Tuch aufs Gesicht gedrückt. Ich weiß nur noch, dass ich auf dem Boden aufgewacht bin und mich an nichts erinnern konnte.

»Und er hat nichts zu dir gesagt?«, frage ich unbeeindruckt weiter.

»Doch.« Ich greife seinen Mittelfinger. Sein Zittern wird stärker. Der zweite Finger knackt und erneut ist sein Schrei Musik in meinen Ohren. »Das ist schon eine Information mehr, als das, was du meinem Mitarbeiter gesagt hast.« Ich greife den nächsten Finger. »Was hat er gesagt?«

»Er hat«, schluchzt er weiter. »Er hat gefragt, wer am Tisch Stella ist.«

Abrupt stoppe ich und sehe ihn direkt an. »Wer Stella ist?«, wiederhole ich. Er nickt entkräftet.

»Und was hast du ihm gesagt?«

»Dass ich es nicht weiß. Dann folgte das Tuch.« In meinen Gedanken macht es Klick. Nicht Cleo war das Ziel, sondern Stella. Und jetzt hat wer auch immer die Falsche. Also ist mein Plan, die Hochzeit vorerst zu verschieben, gar nicht verkehrt, denn man wird denken, dass ich sie verschiebe, weil Stella weg ist. Wer sie auch immer entführt hat, will etwas von mir. Aber wer? Die Liste ist lang. Allerdings gäbe es einen Kandidaten, der ganz oben auf der Liste steht. Doch dazu schätze ich Kian zu clever ein.

»Er hatte ein Tattoo«, sagt plötzlich eine zierliche Stimme. Ich drehe mich um. Die Blondine neben mir ringt um ihre Fassung und nimmt tiefe Atemzüge, als würde sie dadurch ihre Emotionen in den Griff bekommen.

»Wie bitte?«

»Er hatte ein Tattoo«, wiederholt sie.

»Claudia«, schluchzt Stella hinter mir.

»Im Gesicht«, redet sie weiter.

»Wo genau?«, ziehe ich ihr die Informationen schon fast aus der Nase.

Zaghaft schüttelt sie den Kopf. »Erst versprechen Sie mir, uns gehen zu lassen.« In mir brodelt es. Der Typ vor mir wird ohnmächtig. Ich lasse von ihm ab und stehe auf. Der Stuhl kippt nach hinten weg. Noch bevor ich richtig vor ihr stehe, packe ich sie am Schopf und ziehe ihr Gesicht zu mir nach oben. Der Schmerz steht ihr, genauso wie die Angst, ins Gesicht geschrieben.

»Wieso meinst du, Möchtegernschlampe, Bedingungen stellen zu können!«

»I-ich ...«

»Das Tattoo, wo war es genau und wie sah es aus?«, knurre ich und erhöhe den Druck, sodass ich das Gefühl habe, ihr in den nächsten Sekunden die Haare auszureißen.

»Daddy, bitte«, schreit Stella hinter mir, deren Schatten neben mir Sport zu machen scheint, weil sie versucht, sich von Carlos festem Griff zu befreien.

»E-es war unter s-seinem Auge. A-aber i-ich habe das M-Motiv nicht erkannt.« Ich lasse ihre Haare los.

Ein Tattoo unter dem Auge? Das grenzt die Suche ein. Nur kenne ich niemanden, mit dem ich Stress habe und der ein Tattoo unter dem Auge besitzt.

»Bitte«, fleht sie erneut und holt mich aus meinen Gedanken.

Ich nicke zu Franco, der den Barkeeper loslässt und sich hinter Claudia stellt. Wie ich eben, ergreift er ihren Haarschopf und zieht ihren Kopf zu sich nach hinten.

»NEIN«, schreit Stella. Gleichzeitig führt Franco sein Messer durch Claudias Kehle. Das Blut spritzt in alle Richtungen. Sie röchelt, zuckt und strampelt, bis das Leben aus ihren Adern weicht und sie leblos zusammensackt. Stella übergibt sich.

Von überall her hallen die Stimmen der anderen Frauen, die jetzt wissen, wie ihr Schicksal aussieht.

Für heute habe ich alle Informationen. Ich drehe mich um und gehe an Stella vorbei, die auf dem Boden kniet und am ganzen Körper zittert. Ich bin auf ihrer Höhe, da greift sie nach meiner Hose und zwingt mich zum Anhalten.

Ich blicke zu ihr hinab. So einen hasserfüllten Blick habe ich noch nie von ihr gesehen.

»Damit kommst du nicht durch. Es wird Fragen geben.«

Ich grinse selbstgefällig und hocke mich neben sie. Wie ein verständnisvoller Vater tätschele ich ihre Wange. »Sie nachher aus dem Fenster, Stella«, sage ich, stehe auf und verlasse den Raum. Niemand wird nach ihren Freundinnen krähen, weil der Club lichterloh brennt.

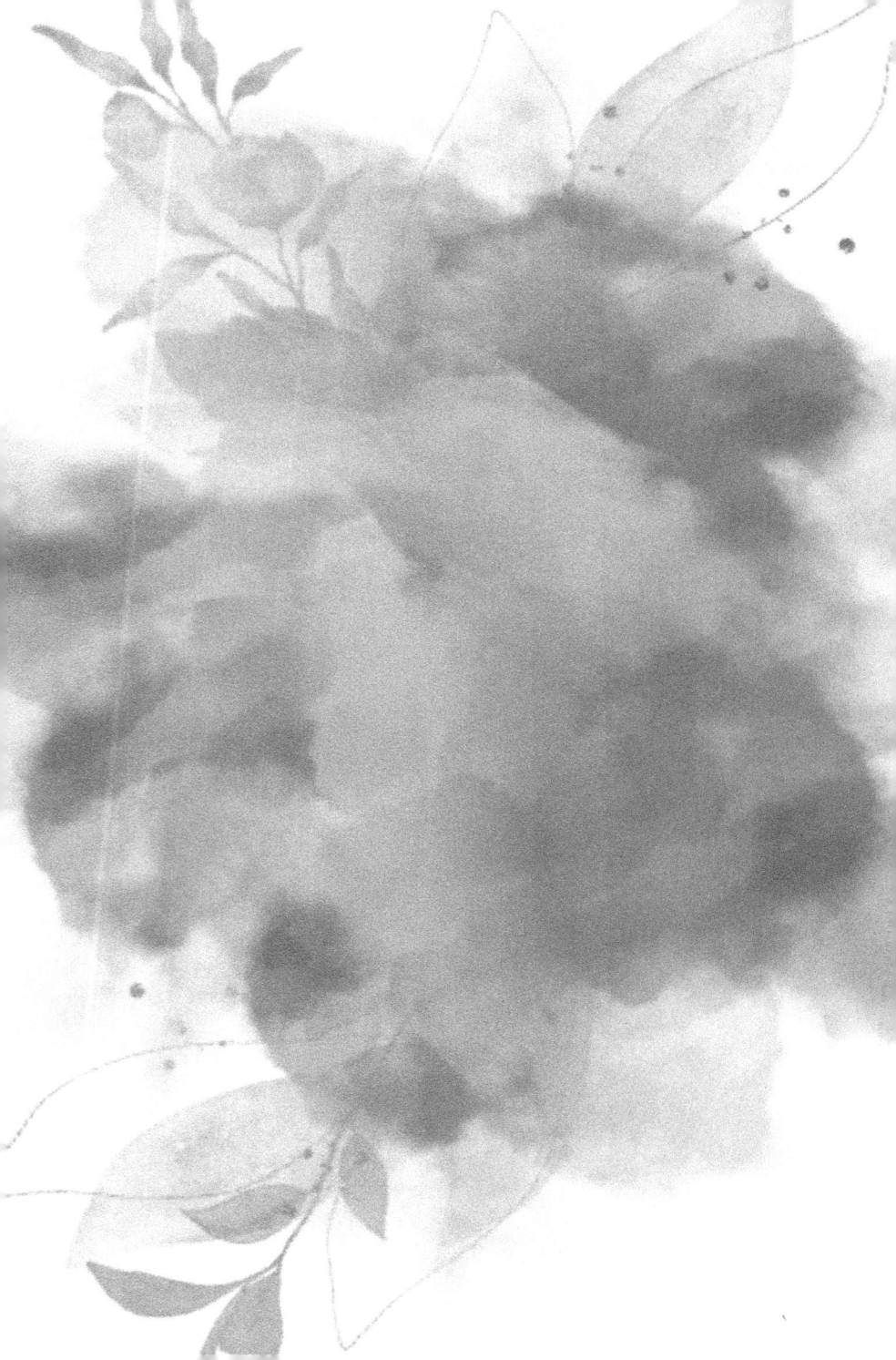

22

Ich strecke mich. Brian, der neben meiner Bettseite liegt, winselt. Ein Schmunzeln zuckt an meinem Mundwinkel. Dieses kleine Fellknäuel versucht auch alles, um in dieses Bett zu kommen. Aber das kann er vergessen. Schlimm genug, dass ich ihn als Geschenk angenommen habe und er mir jeden Tag mehr ans Herz wächst.

Ich sehe zu ihm runter. Seine großen schwarzen Knopfaugen, die in keinem Verhältnis zu seinem Welpenkörper stehen, scheinen mir direkt in die Seele schauen zu können.

Ich strecke die Hand aus und er leckt sie mit seiner feuchten, warmen Zunge komplett ab. Mein Schmunzeln wird zu einem dicken Grinsen. Dass ich ihn so schnell in mein Herz schließen würde, habe ich selbst nicht erwartet.

Zarte Finger streichen von meiner Schulter hinab zu meiner nackten Brust. »Ich wusste doch, dass er dir gefällt«, sagt Luisa mit ihrer lieblichen Stimme, die sich wie Balsam um meine

Seele legt. Kurz verharre ich in meiner Position, damit sie mein Grinsen nicht sieht und ich ihr damit recht gebe. Sie kennt mich einfach viel zu gut. »Wir werden sehen«, brumme ich, nehme die Hand hoch und drehe mich zu ihr um. Ihre warmen blauen Augen fixieren mich, über die eine Strähne ihres gold-blonden lockigen Haares fällt. Immer wieder kaut sie auf ihrer Unterlippe herum, als würde sie mir etwas sagen wollen.

»Was ist los?«, frage ich, drehe mich gänzlich zu ihr um und streiche von ihrer Schulter hinab bis zu ihrer Taille, während ihre Hand weiterhin auf meiner Brust verharrt, als würde sie sich davon vergewissern wollen, dass mein Herz gleichmäßig schlägt.

Nach einem tiefen Atemzug wird ihr Blick fest. Eine Vor-freude, als würde man auf den ersten Knall der Silvesterkra-cher warten, macht sich auf ihrem Gesicht breit. »Ich bin schwanger.«

Sie ist schwanger.

Die Worte brauchen einen Moment, ehe sie dort ankommen, wo sie verarbeitet werden.

Sie ist schwanger!

Abrupt stoppt meine Hand und bleibt auf Höhe ihres Be-ckens liegen. »D-du bist was?«

Sie kichert. »Schwanger«, wiederholt sie säuselnd und rutscht näher an mich heran. Wenn ich mit einer Sache nicht gerechnet habe, dann dieser. Immerhin gibt es so viele Dinge, die ich nur toleriere, aber niemals wirklich akzeptieren kann. Und jetzt das?

In mir rebelliert es. »W-w-warte.« Dabei schiebe ich sie von mir weg. »Wie, du bist schwanger?« Dieses Wort schwebt viel zu oft in der Luft und schnürt mir die Brust zu.

Ihr Gesichtsausdruck bleibt gleich. Was erwartet sie gerade von mir? Dass ich mich freue?

»Muss ich dir jetzt erklären, wie das passieren konnte?«, fragt sie neckisch.

Völlig überfordert, schüttle ich den Kopf. »N-nein, aber ... ist es ... von mir?«

Mehrmals blinzelt sie, ehe sich ihr Blick verfinstert. »Luke, ich dachte, das hätten wir geklärt.«

Das ist nicht die Antwort, die ich hören wollte. »Ja, von deiner Seite aus ist das geklärt. Nein, anders noch. Von eurer Seite aus schien das geklärt zu sein. Aber für mich ist es das überhaupt nicht.« Ich stehe auf. Brian erhebt sich ebenfalls und sieht mich voller Vorfreude an. Ich beachte ihn nicht, denn seine Existenz in diesem Haus bekommt eine völlig neue Bedeutung. »Und jetzt kommst du mit so einer Hiobsbotschaft um die Ecke?«

Sie setzt sich in ihrer verführerischen Pose, bei der sie sich auf die Knie stützt und lasziv ihr weißes Spitzenhemd von der Schulter hängen lässt, hin. »Meinst du nicht, dass du gerade überreagierst, wenn du schon der Erste bist, dem ich es anvertraue?«, antwortet sie pampig.

»Überreagieren?«, wiederhole ich dieses gerade viel zu harmlos klingende Wort. »Wie soll ich deiner Meinung nach denn dann reagieren? Mich über etwas freuen, über das wir *bisher nicht einmal gesprochen haben. Oder mich freuen, weil es eventuell mein Kind ist oder eher doch nicht? Klär mich gern auf.«*

Sie holt Luft, aber ich lasse ihr keine Zeit, sich zu erklären, weil sie einen Schalter in meinem Kopf umlegt, der all die widersprüchlichen Gefühle, die ich seit einem Jahr mit mir herumtrage, an die Oberfläche drückt. Ich zeige zu Brian. »Hast du ihn mir als Trostpreis geschenkt? Damit ich mich besser fühle, weil du nicht bei mir bleiben, sondern zu ihm ziehen willst? Weil ich dich dann nur noch sporadisch sehe? Ist es das?«

»LUKE«, schreit sie quer durch den Raum und ich halte inne. Gleichzeitig schiebt sie ihren Körper, mit dem ich so früh am Morgen gern ganz andere Dinge getan hätte, zur Bettkante und steht auf. »Wieso muss es für dich nur so verdammt kompliziert sein?« Sie zieht sich ihre Jeansjacke über und geht aus dem Raum. Die Tür knallt ins Schloss.

Schweißgebadet schrecke ich auf, sitze kerzengerade im Bett und weiß für einen Moment nicht, wo ich bin. Langsam stellt sich das Bild scharf. Draußen ist es noch dunkel. Der Stuhl, über den ich die Sachen von gestern geschmissen habe, ist nur eine unkenntliche Silhouette. Ich sehe auf die andere Bettseite, die leer ist, wende sofort den Blick ab, weil ich sie nicht ertragen kann, und fahre mir mit geschlossenen Augen durch die Haare. *Es war nur ein Traum.*

Brian, der an meinem Fußende liegt, wimmert. Mit dem Kopf gegen das Bettende gelehnt, öffne ich mein Auge nur so weit, dass ich ihn sehen kann. Meine Mundwinkel zucken. Ich atme tief aus und nicke, um ihm anzuzeigen, dass er zu mir hochkommen kann. Sofort erhebt sich mein schweres Fellknäuel, kommt zu mir und legt seinen Kopf auf meinen Schoß. Er ist das Einzige, was mir aus meiner Vergangenheit geblieben ist.

Tief hole ich Luft. So real habe ich diese Erinnerungen schon lange nicht mehr erlebt. Automatisch geht mein Blick Richtung Bad, wo sich Stella im Raum dahinter befindet.

Ihr Geschrei und das Getobe von vor ein paar Tagen sitzen mir immer noch in den Knochen, weil sie es geschafft haben, die Vergangenheit aufzuwühlen. Dabei passt ihr Verhalten nicht mit dem zusammen, was ich von Shawns Tochter erwarten würde. Ja, sie zeigt Biss. Aber irgendwo hinter ihrer Fassade steckt eine Trauer und Verletztheit, die ich nicht nachvollziehen kann. Sie stellt sich mir fast schon todesmutig in den Weg und im nächsten Moment scheint sie vor ihrem eigenen Gesagten zurückzuschrecken. Wie ihr Auge gezuckt hat, nachdem sie mich angefahren hat, hat sich förmlich in meinen Kopf gebrannt. Genau wie ihr Körper und ihre aufmüpfige Art. Mit jeder weiteren Streicheleinheit, die ich Brian schenke, entspannt sich mein angespannter Körper, der unbedingt eine Dusche braucht.

Es wird dringend Zeit, dass sich Seth und Kian überlegen, was wir mit ihr machen. Ich kann sie nicht noch eine Woche nur mit Müsliriegeln und Wasser versorgen. Und wenn ich ihretwegen an Dinge erinnert werde, die ich aus meinem Kopf verbannt habe, kann sie nicht mehr lange hier bleiben.

Ein dünner Streifen erhellt die Wand zu meiner Rechten, weil die Sonne aufgeht. Ich bin wie gerädert. Trotzdem muss ich heute die Schafherde rüber nach Bickmore bringen, damit ich sie bald scheren lassen kann.

So gern ich auch dafür sorgen möchte, Stellas Seele bei den anderen drei Spinnern ganz zu lassen, um irgendwie noch glimpflich aus der Lage herauszukommen, muss mindestens einer von ihnen bis morgen Abend auf sie aufpassen - hier in meinem Haus. Und ohne, dass sie ihnen entwischt. Schon bei dem Gedanken sehe ich mich meine Glock ziehen, um sie Shawn direkt an die Schläfe zu halten, weil Stella wie ein Vögelchen singen gegangen ist. Aber dieses Risiko gehe ich ein, denn ich werde meine selbst gewählten Pflichten nicht zurückstecken, die meinem Kopf eine kurze Auszeit ermöglichen.

Ich stehe auf, gehe ins Bad und dusche. Aus dem Zimmer, in dem sich Stella befindet, ist kein Mucks zu hören.

Ich bin mit Duschen fertig. Ohne Stellas Zimmertür Beachtung zu schenken, laufe ich die Treppen hinunter, gehe in die Küche und gieße mir heißes Wasser auf den gemahlenen Kaffee in der Tasse. Brian bekommt sein Frühstück und ich trinke oberkörperfrei am Fenster stehend meinen heißen Kaffee, dessen Satz mir zwischen den Zähnen klebt. Noch immer sitzt mir der Traum von letzter Nacht in jeder Faser meines Körpers, der sich auch durch das Duschen nicht ganz gelöst hat. Dabei vermischt sich Luisas Gesichtsausdruck immer wieder mit dem von Stella, ohne dass ich verstehe wieso.

Auch wenn ich Stella nicht so gut kenne, weiß ich, dass die beiden unterschiedlicher nicht sein könnten. Stella, die Tochter eines Kartellchefs, die mit Sicherheit nicht das ausstehen musste, was Luisa widerfahren ist. Trotzdem scheint mein Kopf das nicht zu realisieren und quält mich mit Dingen, die seit Langem unwichtig sind.

Das Klappern der Metallschale verstummt. Brian ist fertig und leckt sich die Schnauze. Ich trinke ebenfalls aus, ziehe mir das Hemd über und greife aus dem Schubfach einen der Müsliriegel. Dazu eine Wasserflasche aus dem Kühlschrank und gehe zum Zimmer von Stella. Noch immer höre ich nichts. Bestimmt schläft sie noch.

Wieso auch immer, schließe ich leise die Tür auf, öffne sie und trete ein. Doch Stella schläft nicht, sondern steht mit verschränkten Armen am Fenster. Flüchtig sieht sie zu mir, ehe sie wieder hinaus stiert. Erneut ereilt mich das Déjà-vu, ihre Haare werden blond und anstatt, eines weißen Trägershirts und schwarzer Hotpants, trägt sie eine Jeans und mein ausgeleiertes dunkelblaues Hemd, das von Blutflecken übersät, ist. ›Wie lange wollt ihr zwei mich noch hier einsperren?‹

»Ich ...« Das Bild verzerrt sich und im nächsten Moment steht Stella wieder vor mir, die mich argwöhnisch betrachtet, den Kopf leicht senkt und eine Augenbraue nach oben zieht.

»Ja?«

Ich kann sie nicht mehr ansehen. Jeder Blick schmerzt in meiner Brust. Ich kneife die Augen zusammen, fahre mir über das Gesicht und schüttle den Kopf. »Nichts«, brumme ich, gehe weiter in den Raum hinein, während Brian an der Tür sitzt und Wache hält. Wie bereits die letzten Tage lege ich ihr den Müsliriegel und die Wasserflasche auf die Kommode.

Aus dem Augenwinkel heraus sehe ich sie, wie sie jeden meiner Schritte verfolgt. Langsam drehe ich mich zur Tür, um endlich von ihr loszukommen.

»Habt ihr euch dann endlich entschieden, ob ich zwei Meter tief vergraben im Outback hübsch aussehen könnte?«, zischelt sie.

Abrupt bleibe ich stehen. Wieder folgt der Flashback, wie ich zwei vermoderte Leichen aus dem Esszimmer hinaus schleife und hinter dem Haus begrabe. Ohne Grabstein oder das Wissen, wer diese Menschen waren, die hier vor uns gelebt haben, wenn ich sie nicht auf Bildern gesehen hätte, die jetzt in Kisten auf dem Dachboden verstauben.

»Was denn, Prinzessin? Kribbelt es nicht in deinem Bauch vor Aufregung, nicht zu wissen, was der nächste Tag bringt?« Ich zwinge mich dazu, ruhig zu bleiben.

Sie schnaubt. »Tzz. Hier kribbelt nur eins und das ist der Staub in meiner Nase, weil in diesem Zimmer viel zu lange keiner mehr Staub gewischt hat. Von Spannung kann keine Rede sein, wenn mich keiner bespaßt.« Ihre Provokation ist deutlich herauszuhören, als würde es ihr Freude bereiten, ihre Grenzen auszutesten.

»Tja, du bist hier nun mal nicht in deinem goldenen Palast, in dem dir von morgens bis abends der rote Teppich ausgerollt wird.«

Leise lacht sie auf. »Du hast ja keine Ahnung«, antwortet sie kaum hörbar und erneut liegt in ihren Worten eine Verletzlichkeit, von der ich mich frage, wo sie herkommt. Doch ich schüttle meine Neugier ab, gehe aus dem Raum und schließe sorgfältig zu. Was hat sie nur an sich, dass ich gern erfahren würde, wieso sie sich so kämpferisch zeigt und nicht schon lange die Daddykarte gespielt hat.

Brian sieht mich voller Vorfreude an, denn er weiß, dass er gleich losrennen kann. Und auch ich merke, wie mir mit jeder Sekunde, die vergeht, das Atmen leichter fällt, weil ich aus diesem Haus komme. Auf dem Weg nach unten schüttle ich alle Gedanken ab, die mir nicht guttun.

An der Tür steige ich in die Cowboystiefel und laufe quer über die Farm, direkt zu Seth ins Casino. Es ist Montag und damit ist von seinen ganzen Partygästen keiner mehr da. Ohne in die Spielhalle zu sehen, in der sich diese Nacht noch allerhand Anzugträger mit ihren freizügigen Damen um Kopf und Kragen gespielt haben, gehe ich nach oben in seine Räume, reiße, ohne zu klopfen, die Tür auf, aber das Zimmer ist leer. Also Kommando zurück und ab zu Ryan. Auch hier herrscht fast schon eine Totenstille. Alle Gäste sind weg. Hinter den Türen, die offen stehen, schlafen nackte oder halb nackte Frauen, die sich vom Wochenende erholen oder sich fertig machen, um in Countis die Woche zu verbringen. Ryans Spielzimmer befinden sich in der ersten Etage, ganz hinten. Auch hier reiße ich einfach die Türen auf und bete dafür, dass ich einen der beiden hier finde, damit ich nicht noch zu Kian rammeln muss, auf den ich am wenigsten Bock habe. Sofort schrecken drei Köpfe hoch und ich sehe in die verschlafenen Gesichter von Stacy, die auf Ryans nackten Oberkörper liegt, und Miriam, die sich von Seth hochhievt. Nur Seth selbst schnarcht immer noch tief und fest.

»Luke«, gähnt Ryan und stützt sich auf seine Unterarme. In der Zeit laufe ich auf alle vier zu und an seinen ganzen Wandbefestigungen, Sexspielzeugschränken und dem großen Kingsizebett mit den an den Pfosten befestigten Seilen vorbei.

Stacy und Miriam machen sich nicht einmal die Mühe, sich zuzudecken, sondern rekeln und strecken sich, wobei mein Blick an ihren festen Brüsten und ihren harten Nippeln haften bleibt.

»Hallo Luke«, raunt Miriam, die sich seitlich legt und mir zulächelt.

»Guten Morgen«, antworte ich kurz angebunden, nicke und wende den Blick von ihr ab. Ich weiß, dass sie mich endlich wieder mit in ihr Zimmer bekommen will. Aber auch diese Zeit ist vorbei. Stattdessen sehe ich zu Seth, der weiterhin pennt. Ich ziehe ihm die Decke weg. Leider erblicke ich dadurch mehr, als mir lieb ist, denn auf seine steife Morgenlatte könnte ich echt verzichten. Aber da ich dieses Jahr schon als das zweit-schlimmste Horrorjahr abgestempelt habe, schockt mich nichts mehr.

»Aufwachen«, knurre ich angepisst, weil er weiterhin nicht wach wird. Sein Schnarchen wird lauter und unerträglicher. Dann verschluckt er sich halb und endlich öffnet er seine dunkel unterlaufenen Augen, die wieder einmal von mehr als einer durchgemachten Nacht sprechen.

»Oh Luke«, kommt es ebenfalls lieblich säuselnd aus seinem mit festgeklebter Spucke beschmierten Mund.

»Schön, dass du ...«

»Ich muss nach Brickmore«, falle ich ihm ins Wort. »Morgen spätestens übermorgen bin ich wieder da und du bist jetzt für den Gast in meinem Haus zuständig.« Das Wort kribbelt auf meiner Zunge, denn als das möchte ich sie nicht sehen. Gleichzeitig legt sich ein komisches Gefühl auf meinen Magen.

»Wieso bringst du sie nicht rüber?«, fragt er genervt. Hoffentlich dröhnt ihm so richtig der Schädel.

»Weil ich mich klar ausgedrückt habe, dass sie im Haupthaus bleibt. Ich glaube, ich muss nicht erwähnen, dass diese Regel dein Mantra sein wird, bis ich wieder da bin.«

»Ist gut.«

Ich drehe mich langsam zum Gehen um. »Und wenn ich wieder da bin, kannst du mir hoffentlich eine Lösung für das Problem nennen.«

Mitten in seinem Streckprozess hält er inne. Irgendwie scheint in seinem Kopf etwas Klick zu machen.

»In Ordnung.« Er greift nach seinem Shirt und zieht es sich über. Ich halte inne, denn seine Reaktion bringt mich zum Nachdenken. Ich ziehe eine Augenbraue nach oben. »Ohne Widerworte?«, frage ich.

»Jap, ganz ohne Widerworte. Immerhin ist es ja meine Schuld, dass wir in dieser durchaus verzwickten Lage stecken.«

Ohne mich zu bewegen, sehe ich zu Ryan, der den Kopf in den Nacken legt und ihn genervt schüttelt. Was auch immer die beiden aushecken. Ich will es gar nicht mehr wissen. Ich stecke viel zu weit mit drin. Dabei will ich nur meinen verfickten Frieden. Also belasse ich es dabei.

Miriam hebt fragend eine Augenbraue. Ich hoffe, die beiden waren endlich einmal clever genug, nichts weiterzugeben. Ich weiß zwar, dass alle Ryan treu ergeben sind, weil er ihnen geholfen hat. Aber man weiß nie, bei welcher von ihnen die Zunge doch lockerer sitzt. Außerdem würden sie nur unnötig Panik schieben. Immerhin kommen sie alle aus derselben harten Schule.

Ich drehe mich um und gehe endlich das tun, was mir die ganze Zeit über den Kopf freihält und mich vergessen lässt, wieso ich versucht habe, ein besserer Krimineller zu sein als der Rest dieser Welt.

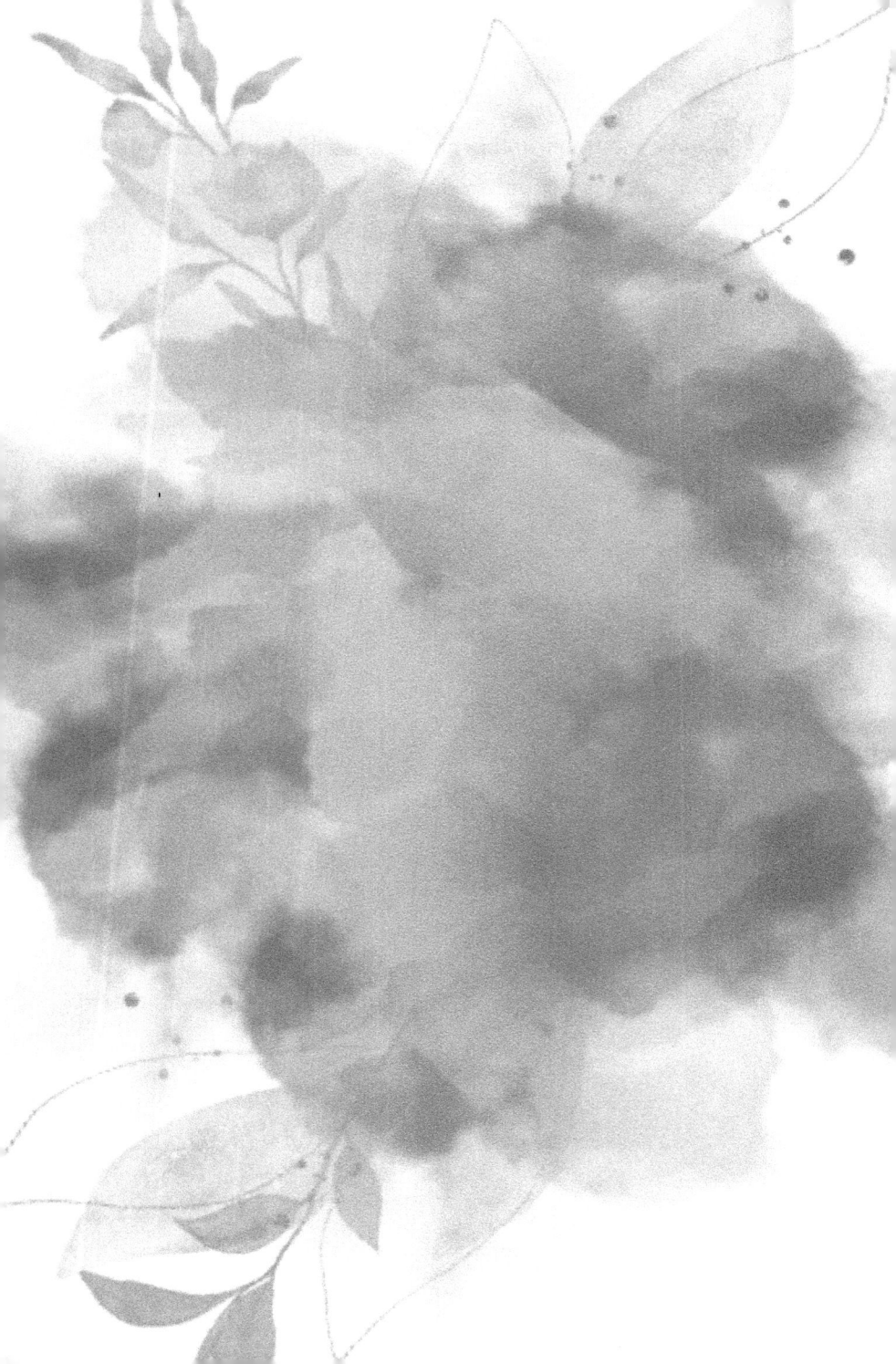

23

Lukes Schritte werden immer leiser, bis sie ganz verstummen. Weiterhin am Fenster stehend, überblicke ich die Umgebung. Am Horizont geht die Sonne auf. Meine Augenlider sind so verdammt schwer. Mein Körper sehnt sich nach Schlaf, weil ich gefühlt nur in den Sekundenschlaf weg drifte. Aber immer, wenn ich die Augen schließe, holen mich die letzten Erinnerungen an diesen Ort ein. Deswegen konzentriere ich mich wieder auf alles außerhalb dieses Zimmers. Die Lichter in den beiden Gebäuden links von mir sind erloschen. Die letzten zwei Tage war fast durchgängig der Beat von lauter Musik zu hören, oder die halb geöffneten Fenster boten eine Lichtshow, die man in der gesamten Gegend sehen konnte.

Dazu halb nackte Frauen, die laut lachend in die kühle Nacht gestürmt sind, ehe sie einen der vorbeigehenden Typen mit ins Gebäude gezogen haben. Mein Interesse ist geweckt.

Was veranstalten sie da nur? Früher Farmhäuser der Mitarbeiter und heute was? Ein Puff und eine Disco? Wieso? Außerdem hat sich seit meiner Verfrachtung in dieses Zimmer keiner mehr wirklich für mich interessiert. Nur Luke, der mir meine drei Müsliriegel und eine neue Wasserflasche gebracht hat, ohne sich mit mir unterhalten zu wollen. Ich verstehe immer weniger, was ich hier soll. Was sind das nur für Typen, die mich hierher verschleppt haben? Was bringt sie dazu, zu denken, dass sie gegen Shawn eine Chance haben oder ihn eventuell erpressen könnten? Mit Stella, die ihm nichts bedeutet. Doch das können sie nicht wissen. Das weiß niemand, der nicht in diesem Haus eingesperrt war. Und wieso bringen sie mich nicht einfach um, wenn es um Rache gehen sollte? Luke läuft in seiner ausgewaschenen Jeans und dem Karohemd quer über den Hof, direkt zu dem ersten Gebäude, aus dem die Musik kam.

Ich habe keine Ahnung, was der Blick, den er mir immer entgegenbringt, bedeutet. Einerseits scheint er mich interessant zu finden und andererseits wirkt es so, als sei ich sein schlimmster Albtraum. Dadurch schafft er es, dass ich mich selbst hinterfrage. Wirke ich auf ihn wie ein Monster? Denkt er, weil ich für Shawns Tochter gehalten werde, dass ich so skrupellos und brutal bin, wie er?

Mein Blick schweift über den Horizont. Egal, wie man es dreht und wendet. Ich bin nicht mehr das unschuldige Mädchen von damals. Doch genauso wenig bin ich das, wofür ich scheinbar gehalten werde. Ein Zwischenwesen, als wäre ich gleichzeitig tot und lebendig und würde in beiden Welten schweben und existieren.

Wieder fallen mir die Augen zu. Geschafft reibe ich mir über das Gesicht, drehe mich um und gehe zum Bett. Egal, ob ich will oder nicht. Ich brauche langsam etwas Schlaf, um dann endlich zu überlegen, wie ich hier wegkomme.

»Cleo.«

Mit sanftem Druck umschließt eine warme Hand meine kleinen Finger. Mit der Schippe in der Hand sehe ich auf. Das Kind vor mir heult so laut.

»Ihr habt doch zwei Schippen.« Obwohl sich die Wut darüber, dass mir der Junge vor mir meine rote Schippe aus der Hand ziehen wollte, nur langsam verflüchtigt, bringt das Schmunzeln der Frau mich ebenfalls zum Lächeln. Es ist nicht meine Mom, aber das Gefühl und die Verbindung fühlen sich ähnlich an.

Mit einer Ruhe, die ihresgleichen sucht, streicht sie auch dem Jungen über die kurzen schwarzen Haare. Viel zu theatralisch zieht er den Inhalt seiner laufenden Nase hoch und reibt sich über die aufgequollenen Augen.

»Aber das ist meine Schippe«, verteidige ich mich.

»Ich weiß, Schatz. Aber das gibt dir kein Recht, einfach auf andere einzuhauen.« Ich bekomme einen Kuss von ihr auf die

Wange. Genauso wie mein Gegenüber. Dabei giften sich unsere Blicke an und warten darauf, dass sie sich herumdreht und der Zirkus von vorn losgeht.

Etwas klackt und ich werde wach. Blinzelnd sehe ich zur Tür, von der das Geräusch kommt. Ist das Luke, der mir endlich sagt, wie es weitergehen soll? Abrupt wird sie aufgerissen und ich schrecke hoch.

»Hello, little Princess«, ertönt es freudig und Seth verdeutlicht seine Begrüßung mit einer ausschweifenden Handbewegung. Noch nach meiner Kraft suchend, falle ich zurück ins weiche Kissen.

»Was willst du?«, frage ich und fühle mich wie gerädert, weil es sich so anfühlt, als wäre ich gerade erst eingeschlafen. Dabei scheint die Sonne kaum mehr in das Zimmer hinein, weil sie so weit am Horizont fortgeschritten ist.

»Mh, deine Begrüßung in der Bar war aber netter«, sagt er völlig unverblümt, tritt ganz ein und schließt sie hinter sich wieder fein säuberlich ab. Den Schlüssel zieht er ab, hängt ihn sich an die Kette um seinen Hals und lässt sie unter seinem schwarzen Shirt verschwinden, das so eng sitzt, dass ich mich frage, wieso er eine Jogginghose als komplettes Gegenteil dazu trägt. Fehlt nur noch das Basecap und er könnte als Streetdancer in *Step Up* mitmachen.

»Da dachte ich auch noch, dass du der heiße Barkeeper bist, der mich mit nach hinten zieht und dreckige Dinge mit mir veranstaltet. Aber stattdessen bist du das Arschloch, das mir ein Tuch aufs Gesicht drückt, um mich in die Pampa zu verschleppen, ohne mir zu sagen, für welches seelenlose Geschäft er mich benötigt.« Ruhigen Schrittes kommt er auf mich zugelaufen und beugt sich zu mir hinab.

»Das eine muss das andere ja nicht ausschließen, nur weil sich die Gegebenheiten geändert haben.«

Ein Lächeln zupft an meinen Lippen. »Also fahren wir jetzt zurück nach Geraldton, du benutzt mich, so wie es sinnvoller gewesen wäre und lässt mich gehen?«

»Gegenvorschlag. Wir streichen Teil A und C deines Plans und ich benutze dich einfach ganz nach deinen Vorstellungen. Alles andere wird die Zeit zeigen.«

Mein Auge zuckt. »Nach meinen Vorstellungen?«

Seth beugt sich weiter zu mir hinab und nickt. Mein Blick bleibt an seinen Lippen hängen. Das Lächeln, das er gerade fast auf mein Gesicht gezaubert hätte, verschwindet. Dafür drückt mir die Schwere, die ich mir mit meiner Gegenfrage erschaffen habe, auf der Seele und erschwert mir das Atmen. »Die gibt es in meiner Welt nicht.« Ich drehe mich zur Seite, rolle mich weg von ihm und knie mich auf dem hinteren Teil des Bettes hin.

»Was denn?«, fragt er verdutzt. »Machst du jetzt etwa einen Rückzieher?«

Ich schüttle den Kopf.

Seth richtet sich mit fragendem Blick auf. »Oder passe ich doch nicht in deine Wunschvorstellungen?«, will er hämisch grinsend wissen. Er läuft zur Kommode neben dem Fenster, nimmt sich einen der Müsliriegel und setzt sich zu mir auf die Bettkante.

»Zwischen Wunsch und Realität liegt ein großer Unterschied. Wenn ich weiß, dass meine Wünsche niemals in Erfüllung gehen können, dann muss ich sie mir auch nicht vorstellen.« Resigniert sehe ich zur Seite, lasse mich nach hinten fallen und schlinge die Arme um meine Knie.

»Prinzessin, du bist die Tochter des mächtigsten Kartellbosses Australiens. Ich glaube nicht, dass es für dich einen Wunsch gibt, den du nicht erfüllt bekommst.« Er reißt den Riegel auf. Ich gehe nicht auf sein Gesagtes ein, sondern sehe ihm dabei zu, wie er mir genüsslich eine meiner Tagesrationen weg ist. Kann es nicht einen Tag geben, an dem dieses Leben nicht so wirkt, als würde ich mit jedem Schritt über zerbrochenes Glas laufen?

»Was willst du, Seth?«, frage ich erneut. »Oder hat Luke keinen Bock mehr auf seine Lebensaufgabe als Kindermädchen?«

Leise schnaubt er belustigt auf und schiebt sich den Rest des Riegels in den Mund. »Luke strebt ein etwas anderes Leben an, als der Rest von uns.«

»Also sammelt er die Karmapunkte für euch mit?«

Das zerknüllte Papier versucht er, wie ein Starbasketballspieler in den Mülleimer neben den Tisch zu werfen, und scheitert. Es landet fast in der Mitte des Raums.

»Klingt nach dem wundervollen Beginn einer herzzerreißenden Geschichte. Aber so einfach ist das leider nicht. Und ist gerade auch nicht wichtig.« Er dreht sich zu mir um. »Aber da ich mir dachte, dass du jetzt schon so viele Tage hier oben eingesperrt bist, würdest du dich über etwas Gesellschaft und einen Film freuen.«

Unverständnis macht sich in meinem Blick breit. Will er jetzt echt Zeit mit mir verbringen? Welches makabre Spiel soll das werden? Ich hebe eine Augenbraue. »Und nachher sperrst du mich in ein dunkles Loch, lässt mir jeden Tag Creme herunter und willst, dass ich mich eincreme?«

Sein Lächeln wirkt so unbedarft, als würde er das Ganze als Spiel sehen. Dabei ist es für mich viel mehr als das. Es ist mein verfluchtes Leben, über das er sich im Grunde lustig macht, auch wenn er nicht weiß, dass es so ist. Meine Augen jucken. Die Müdigkeit sitzt mir immer noch in den Knochen.

»Also ich bin kein Psychopath, wenn das so wirken sollte und wir spielen auch nicht das Schweigen der Lämmer nach.«

»Neeiin?«, frage ich absichtlich langgezogen und lasse von seinen Augen ab. »Das wäre mir auch nie in den Sinn gekommen«, lege ich sarkastisch klingend nach.

»Sehr schön. Sonst wäre das hier komplizierter.« Er krabbelt über das Bett. Ich schiebe mich so weit nach hinten, bis ich gegen die Wand gedrückt dasitze und nicht mehr wegkomme. Seth lehnt sich neben mir an die Wand und zieht einen kleinen Projektor aus der Tasche. Fokussiert friemelt er daran herum.

»Wann sagt ihr mir endlich, was ihr von mir oder Sh... meinem Dad wollt?« Abgelenkt und mit der Zunge zwischen seinen Zähnen konzentriert er sich auf seinen Projektor, an dem der On-Knopf hakt. »Das weiß ich gerade auch nicht.«

Langsam drehe ich den Kopf. »Wie bitte?«, entfährt es mir entrüstet und ziehe überrascht die Augenbrauen nach oben.

»Mh?«, fragt er und dreht sich zu mir herum. »Was hast du gesagt?« Mit großen Augen sehe ich ihn an. Ich bin mir sicher, dass er mir gerade die Wahrheit gesagt hat, denn er wirkt nicht wie jemand, der mich absichtlich in Sicherheit wiegen will, um mir irgendwann das Messer in den Rücken zu rammen. Aber wenn das stimmt, dann ist er einfach nur ein Idiot. Sie sind alle Idioten, wenn sie denken, dass Shawn es, wie sie, als Spiel sehen wird. Ohne Plan oder Idee, wieso ich hier bin. Dabei lag Kian und das Herausdrängen aus Shawns Welt auf der Hand. Aber jetzt?

Ich schüttle den Kopf. »Ich wollte nur wissen, wann es endlich mit der Kinovorstellung losgeht.«

Das aufrichtige Grinsen wird breiter. »So ungeduldig?«

In meinen Augen drücken die Tränen. Wieso bringt mich seine naive Art zu dem Gedanken, dass die Jungs nicht wissen, was für einen großen Fehler sie begangen haben?

Es klickt. »Geschafft«, sagt er freudestrahlend. Er stellt ihn vor das Bett. »Ich habe jetzt einfach eine der Speicherkarten gegriffen.« Er rutscht wieder zu mir an die Wand und setzt sich neben mich. Kurz sieht er zu mir und legt eine Spur Ernsthaftigkeit in seinen Blick. »Aber wehe, du denkst, dass du mich überrumpeln kannst.« Seine Hand wandert zu seiner Tasche. Er zückt ein Klappmesser und dreht es in der Hand hin und her. »Also, keine Dummheiten, Prinzessin.«

Die Dummheit habt ihr begangen. Wieder schüttle ich den Kopf, ziehe mir die Decke heran und decke mich zu. Meine Beine liegen nah an ihm. An der Zimmerdecke flimmert Bane, der gerade den Atomphysiker aus dem Flugzeug entführt.

»Wir schauen uns Batman an?«, frage ich und weiß gar nicht, welche Emotion ich in meiner Stimme mitschwingen lassen soll, dass er zwar zufällig etwas ausgesucht hat, was mir mehr als zusagt und ich gleichzeitig weiß, dass mein Herz schwer werden wird.

»Wieso? Ein Superheldenfilm. Eine ausweglose Situation und ein Happy End. Vielleicht nimmt dir das ja ein wenig die Angst vor unserer Farm.« Seths Hand huscht unter die Decke und streicht über mein Bein. Ich ziehe es nicht weg, weil ich nicht weiß, wann ich das letzte Mal überhaupt solch einen Kontakt hatte, der mehr wie eine freundschaftliche Geste über meine Seele gestrichen ist, weil auch ich mehr brauche. Viel mehr als nur den Wunschsex eines Mannes, der mir nicht mehr geben wollte, obwohl ich es gebraucht hätte – nur nicht von ihm. Ich habe keine Angst vor der Farm. Und nachdem mir Seth wohl unbeabsichtigt gesagt hat, wieso ich hier bin, habe ich nicht einmal mehr Angst vor den Männern. Aber ich habe Angst vor dem, was Shawn mit der Farm und ihnen anstellen wird, wenn er herausgefunden hat – und das wird er – wo ich mich befinde. Ich habe Angst davor, was meine Strafe dafür sein wird, dass ich hier bin, weil ich so unvorsichtig war. Es steht fest. Ich muss hier weg. Nicht nur meinetwegen, sondern auch weil ich will, dass diese Farm weiterhin existiert, wenn es mich schon lange nicht mehr geben wird.

In meinen Gedanken bin ich bereits an der Stelle des Films, bei der Anne Hathaway als Catwoman davon schwärmt, wie wichtig ihr die Software für einen Neuanfang ist. Der alles bisher Geschehene löscht. Die Lebensakte bereinigt und man ganz von vorn beginnen kann. Eine Träne läuft über meine Wange. Genau das wünsche ich mir jeden Tag. Dass ich einfach die Zeit zurückspulen könnte. Neu beginnen kann und die letzten acht Jahre einfach löschen könnte. Von mir aus auch einfach zurück bis zu dem Moment, als ich im Sandkasten saß und dem Jungen vor mir die Plastikschaufel über den Kopf gezogen habe, weil er sie mir wegnehmen wollte. Alles ist besser als die tiefe Dunkelheit, die mir Shawn mitten ins Herz gepflanzt hat.

Langsam öffne ich die Augen, strecke mich vorsichtig und versuche, mich zu orientieren. Um mich herum ist alles dunkel. Der Abspann läuft. Seth` Hand liegt immer noch ruhig auf meinem Bein und er schnarcht. Ich muss, genau wie er, eingeschlafen sein. Das Gefühl, völlig erschöpft zu sein, ist noch nicht besser geworden. Aber der Schlaf war tief und traumlos. So wie schon sehr lange nicht mehr.

Ich betrachte Seth. Soll das daran gelegen haben, dass ich nicht allein war? Weil Seth eine Ruhe ausstrahlt, die merkwürdig befremdlich und gleichzeitig wie eine Art Balsam wirkt?

Ich streiche mir durchs Haar und schüttle den Kopf. Nein, das muss ich mir einbilden. Mein Blick wandert von Seth über das Fenster, zur Tür und zurück zu Seth, der immer noch mit dem Kopf gegen die Wand gelehnt dasitzt. Unter seinem Shirt befindet sich der Schlüssel, der den Weg in die Freiheit darstellt. Wahrscheinlich werde ich keine bessere Chance bekommen.

Langsam richte ich mich auf. Mache nur die nötigsten Bewegungen und rutsche an ihn heran. Sein Tattoo, das sich unter seinem Auge beim Atmen mitbewegt, zieht mich in seinen Bann. Ob diese Träne eine Bedeutung hat? Oder ist sie das Ergebnis von Langeweile oder einer durchzechten Nacht?

Wieder schüttle ich den Kopf. Wieso verdammt noch mal interessiert mich das nur so sehr? Ich sehe weiter nach unten. Der Schlüssel zeichnet sich neben seinem durchtrainierten Oberkörper unter dem Shirt ab. Sein Klappmesser liegt neben ihm und muss beim Bewegen aus der Tasche gerutscht sein. Etwas ratlos setze ich mich zurück auf meine Knie. Ohne den Schlüssel komme ich nicht raus. Für meinen Seelenfrieden sollte ich das Messer als Plan B an mich nehmen und vorsichtig versuchen, ihm den Schlüssel unter dem Shirt hervorzuangeln.

Genauso mache ich es. Ich greife das Messer und stecke es in die Tasche der Shorts. Das Schnarchen wird lauter. Tief holt er Luft und ich halte inne, weil ich nicht will, dass er wach wird.

Langsam sehe ich zu seinem Gesicht. Sein Auge zuckt und er dreht den Kopf zur Seite, ehe das Schnarchen wieder durch den Raum hallt. Mein Herz schlägt mir bis zur Brust. Das hier wirkt für mich wie ein Mission-Impossible-Teil, bei dem ich die roten Laser nicht erkennen kann und ich im Gegensatz zu Tom Cruise keinen doppelten Boden unter mir habe.

Meine Finger werden feucht. Diese Spannung ist nichts für mich. Tief atme ich ein, beruhige mich und entscheide mich für den kurzen und hoffentlich auch schmerzlosen Weg, fahre unter den Ausschnitt des Shirts und greife nach dem Band. Vorsichtig ziehe ich es weiter heraus, bis der Schlüssel am Karabinerhaken klimpert. Seth bewegt erneut den Kopf. Vor lauter Anspannung halte ich die Luft an, weil ich der Auseinandersetzung aus dem Weg gehen will, die unweigerlich folgt, wenn er jetzt wach wird. Doch er dreht sich nur zu mir um und sein Kopf bleibt auf meiner Seite gelehnt liegen. *Das hier ist fast zu viel für mich.*

Ich mache den Schlüssel ab, rutsche so bedächtig wie möglich vom Bett und laufe auf Zehenspitzen in Richtung Tür. Mit jedem Schritt auf sie zu, wird die Anspannung erträglicher, bis ... es unter meinen Füßen laut raschelt. Sofort bleibe ich wie angewurzelt stehen und blicke in Zeitlupe nach unten. Ich stehe auf dem Müsliriegelpapier, das Seth eigentlich in den Mülleimer schmeißen wollte und schreie innerlich auf. Wie viel Pech kann man nur haben? Wie viele verfluchte Steine – auch wenn es hier Papier ist – brauche ich noch auf meinem

Weg, der mich einfach nur von allem wegführen soll, was mein Leben so unerträglich macht?

Ich schaue über die Schulter. Seth schläft immer noch. Was hat dieser Mann für einen festen Schlaf? Trotzdem löst sich dieses Mal kein bisschen meiner Anspannung, weil der Weg bis nach unten immer länger zu werden scheint.

Ich gehe weiter und komme endlich an der Tür an, fädele den Schlüssel ins Schloss und schließe sie so leise wie möglich auf. Ich blicke nicht zurück, trete in den Flur hinaus und lehne die Tür nur an, ehe Seth das Klicken weckt.

Alles in mir sehnt sich danach, das Haus zu erkunden und wieder neu zu entdecken, weil in jedem Holzriss und hinter jeder Tür ein Stück Vergangenheit darauf wartet, dass ich es erneut zum Leben erwecke. Aber dafür habe ich keine Zeit. Ich muss die kleine Chance nutzen und verschwinden.

Ich schleiche die Treppe hinunter, sehe nur geradeaus auf mein Ziel - die Haustür - und vermeide es, den letzten Erinnerungen in meinem Herzen nachzufühlen. Mit zitternden Fingern ergreife ich die Tür und öffne sie. Sofort strömt mir die warme Nachtluft entgegen und umspielt meinen Körper, der gerade neue Kraft tankt, weil er an etwas erinnert wird, von dem er dachte, dass es für immer verloren gegangen   sei – Freiheit.

Eine Welle aus Glückshormonen durchströmt mich. Für einen Moment bin ich mit mir im Reinen. Die Welt klar vor mir und die Sicherheit, die ich immer hier verspürt habe, kehren zurück. Genauso wie die Tränen, weil die Welt, die gerade so friedlich wirkt, immer noch ein Trümmerhaufen ist, der sich nie wieder reparieren lässt.

Völlig überfordert sehe ich mich um. Ich habe einen Blackout und keine Ahnung, was ich tun wollte. Ich könnte sofort verschwinden. Mich für immer aus dem Staub machen, ehe Shawn herausgefunden hat, wo ich mich befinde. Ich könnte diese Farm verlassen, mich nie wieder herumdrehen und meinen Frieden mit meiner Vergangenheit machen. Aber kann es diesen überhaupt geben?

Innerhalb des Hauses wollte ich keine Emotionen zulassen und mich an nichts erinnern. Doch hier draußen sieht es plötzlich ganz anders aus. Was ich gerade am meisten möchte, ist diese Farm wieder kennenzulernen. Die Liebe neu zu entfachen, die ich all die Jahre tief in meinem Herzen eingeschlossen habe. Vielleicht sogar meinen Lebensmut wiederfinden, den ich mit dem Durchbrechen des Zauns auf der Westseite der Farm verloren habe. Endlich gegen den Krebs kämpfen und nicht nur Fragmente entfernt bekommen, damit meinem Körper auch ja nicht die Schönheit genommen wird.

Meine Gedanken werden vom ICE zum Regionalexpress. Noch denken die Männer, dass ich Stella bin. Sie werden ihre Spuren gut genug verwischt haben, dass Shawn etwas braucht, ehe er mich findet - auch wenn ich mir bei Seth nicht ganz so sicher bin. Mit Sicherheit sind alle, die mit mir im Club waren, bereits tot und konnten ihm hoffentlich nichts verraten, was ihn sofort zu dieser Farm leitet.

Ich sehe zum Himmel. Es ist noch mitten in der Nacht. Ehe die Sonne aufgeht, vergehen noch locker sechs Stunden. Hier draußen ist nichts zu hören. In den anderen Häusern ist ebenfalls nirgends ein Licht an. Also nehme ich mir diesen kurzen Moment, genieße ihn in vollen Zügen und präge mir jeden Stein ein.

Mein Blick bleibt am einzigen Ort, an dem ein schwaches Licht flackert, hängen und nachdem sich mein Herz mit am meisten sehnt. Ohne es gezielt zu steuern, laufen meine nackten Füße einfach los und direkt auf den Stall zu. In mir regt sich die Hoffnung, dass ich in einer der Boxen meinen schwarzen Hengst Fiore finde, von dem ich mich damals nicht einmal verabschieden konnte. Dabei blende ich alles aus und lebe so, wie es sein sollte: im Hier und Jetzt.

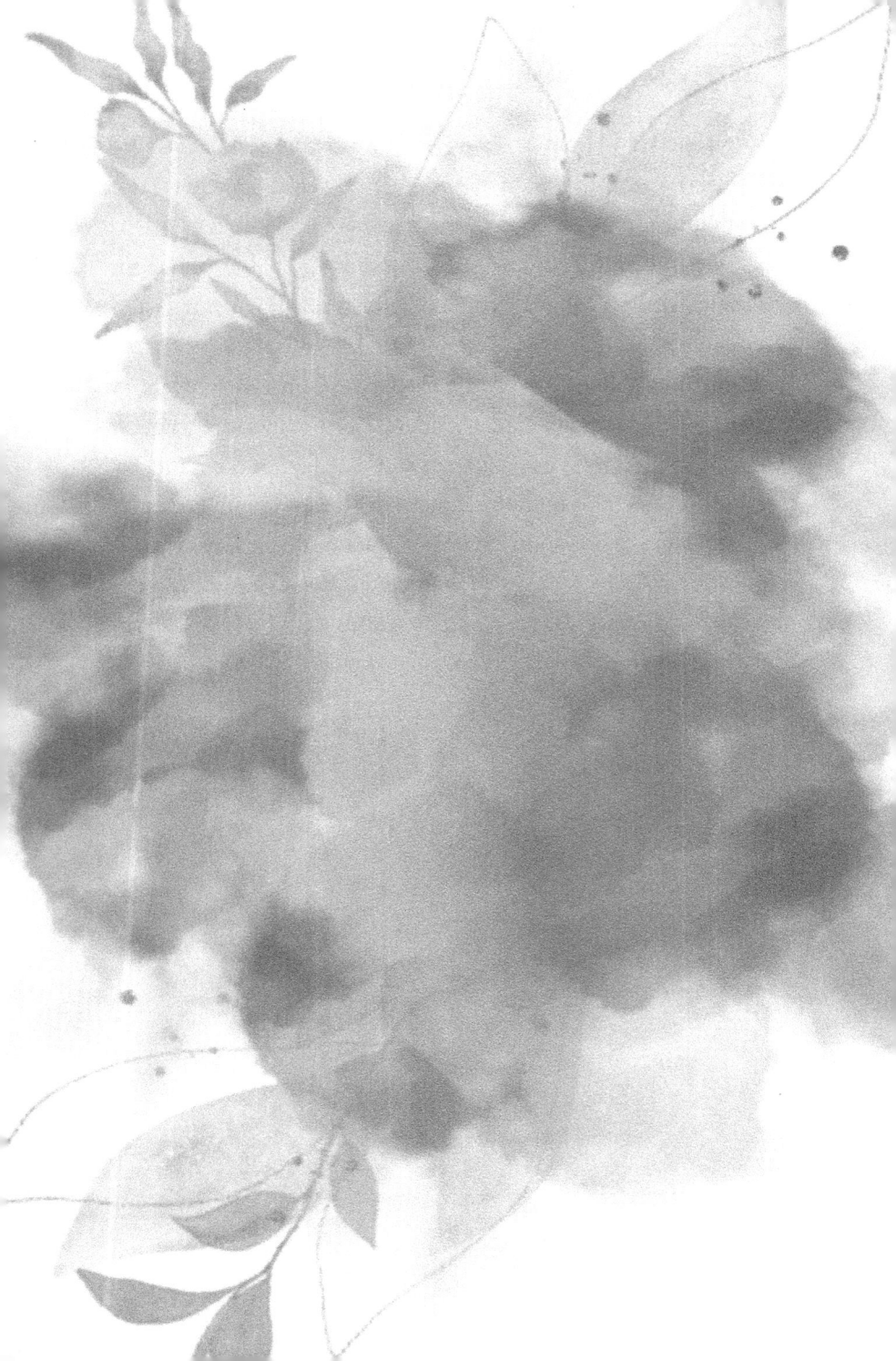

24

Die Muskeln in meiner Lendengegend ziehen sich hart zusammen. Alles kribbelt und Miriams gleichmäßige Bewegungen auf meinem Schoß treiben mich nah an den Wahnsinn. Ihr erregtes Stöhnen ist die beste Bestätigung für mich, dass ich einfach der Geilste bin. Der Druck in meinem Schwanz wird unerträglich. Sie greift mit ihrer Hand gezielt nach hinten und umschließt meine Eier.

»Miriam«, stöhne ich und vergrabe meine Hand in ihren Locken. Sie zieht die empfindliche Haut in einer kurzen, ruppigen Bewegung lang. In meinem Kopf und in meinem Schwanz explodiert es. Ich drücke sie tiefer. Sie schreit auf, kommt ebenfalls und ich bin seit dem Moment, in dem Seth Stella mit hergebracht hat, das erste Mal wieder entspannt.

Miriam sieht zu mir. »Geht es dir endlich besser?«, raunt sie, beugt sich zu mir hinab und knabbert an meinem Ohr.

»Ja.« Mehr bekommt sie nicht von mir, weil ich es immer noch genieße, dass sich alles in mir lockert, schließe die Augen und warte, dass mein Schwanz zu zucken aufhört.

Es klopft. Mit der Zigarette im Mund sehe ich an Miriam vorbei. Stacy kommt mit einem jungen brünetten Mädchen in den Raum. Verängstigt sieht sie sich um.

»Hallo Ryan«, sagt Stacy leicht angespannt. »Darf ich dir Julia vorstellen? Ich habe sie in Curtis kennengelernt.«

Ich ziehe an der Zigarette und mustere die neue Frau von oben bis unten. »Von wo kommst du wirklich?«, frage ich sie ruhig, weil sie nicht so wirkt, als dürfte ich sie anfassen, um zu schauen, ob es ihr gut geht.

Sie zuckt zusammen, findet aber meinen Blick und sieht mich am ganzen Körper zitternd an. »G-Geraldton.«

Alles klar. Ich sehe zurück zu Stacy. »Ihr überstürzt nichts. Zeig ihr alles und lass sie in Ruhe ankommen und erst dann starten wir mit der Einführung.«

Stacys Miene erhellt sich. Sie nickt und nimmt sie wieder mit sich.

Miriams Kinn liegt auf meiner Schulter. »Sie wirken immer verängstigter.«

Ich antworte ihr nicht, ziehe erneut an der Kippe und puste die Luft langsam aus. Dabei huscht mir die Erscheinung von Stella durch den Kopf, die eine ähnliche Aura versprüht. Dabei sitzt sie am besseren Ende der Nahrungskette.

»Ryan?«, fragt Miriam.

»Mh.«

»Wovon haben Seth und du gesprochen?«

Unbeeindruckt ziehe ich erneut an der Kippe. Ich will keine negativen Erinnerungen in ihr oder irgendeiner anderen meiner Frauen heraufbeschwören. »Von einer Dummheit, die Seth begangen hat und wir jetzt ausbaden müssen.«

»Hat es etwas mit einer Frau zu tun?«

Stillschweigend nicke ich.

»Eine Frau ... die ... ich kenne?«

Bestimmt kennt sie sie, wenn das wahr ist, was mir jede Einzelne von ihnen geschildert hat, als sie hergekommen sind. Ich öffne den Mund. Mein Blick streift das Fenster. Eine Frau in Shorts und weißem Shirt läuft daran vorbei, direkt in Richtung der Stallung und das, was ich gerade sagen wollte, ist wie gelöscht.

Mehrmals blinzle ich und versuche, das Bild zu verstehen, denn ..., dass da draußen ist Stella.

In meinem Kopf rattert es. Ist nicht Seth bei ihr? Im Haupthaus?

Ich beuge mich mit Miriam auf dem Schoß vor, damit ich sie weiter beobachten kann. Kein Zweifel. Die schwarzen langen Haare. Die zierliche Erscheinung, hinter der mehr Kraft steckt, als es vermuten lässt. Das ist Stella.

Verdammt, was tut sie da?

»Ryan?«, fragt Miriam, die auf meine Antwort wartet. Dabei habe ich die Frage längst vergessen, weil Stella meine komplette Aufmerksamkeit auf sich zieht. Dabei gehört meine Aufmerksamkeit sonst nur mir und meinem Schwanz. Ich schiebe sie von meinem Schoß und stehe auf. Irritiert blickt sie zu mir auf. Ihr rotes Haar fließt in Wellen über ihre schmale Schulter und ich könnte jetzt echt kotzen, dass ich nicht einfach weitermache. Das passiert gerade echt viel zu oft.

»Was ist los? Hast du einen Geist gesehen?«

Ich richte die Hose und versuche, meinen immer noch harten Schwanz in die Hose zu verfrachten, damit ich loskann.

»So etwas Ähnliches«, antworte ich und gehe leicht breitbeinig zur Tür.

»Ryan?«, ruft Miriam mir hinterher, da bin ich schon aus der Tür und laufe hinaus in die Nacht und in Richtung des Stalls.

Ihr Schatten ist deutlich vor mir zu sehen, bis er im Licht des Stalls verschwindet. Was will sie ausgerechnet dort? Sie wird sich ja wohl kaum auf Seths Quad setzen und wie bei den Expendabales mit einem Feuerwerk über den Hügel am Ostende der Farm springen, während sie uns ein paar Handgranaten zuwirft.

Kurz halte ich inne, denn das war der letzte Film, den Luke, Kian, Seth und ich gemeinsam gesehen haben, ehe ...

Ich schüttle den Kopf. Das ist vollkommen unwichtig. Wieso kommen die beschissenen Erinnerungen auch immer dann, wenn man sie nicht braucht?

Ich erreiche eine der großen offenen Seiten des Stalls, sehe mich um und erblicke Stella vor einer der Boxen. Da ich wissen möchte, was sie hier will, stürme ich nicht sofort los, sondern lehne mich gegen die Holzwand. Gedankenverloren fährt sie mit ihren lackierten Fingernägeln die Stangen entlang. Fast als

316

hätte sie etwas gefunden, nachdem sie schon ihr ganzes Leben gesucht hätte, spricht ihr Körper eine ganz andere Sprache, als an dem Abend, an dem sie mich hinterhältig mit dem Messer attackiert hat. Gleichzeitig legt sich eine andere Schwere in ihren Blick, als sie ihren Kopf leicht zu mir herumdreht.

Dass sie barfuß auf dem mit Stroh und Pferdedreck bedeckten Boden steht, scheint sie nicht zu interessieren. Es ist das Nächste, was merkwürdig wirkt, denn ihre Erscheinung von vor ein paar Tagen hat eine ganz andere Frau gezeigt und nicht die Prinzessin, wie sie von Kian, Seth und sogar Luke genannt wird.

Was hat sie mit Seth gemacht? Wollte er nicht einen Film mit ihr anschauen, damit sie Daddy verklickert, dass das hier ein Urlaubstrip ist? So wie ich ihn kenne, ist er eingeschlafen und sie hat die Chance zur Flucht genutzt. Aber das finde ich gleich raus.

Ich will loslaufen, doch halte wieder inne, weil am anderen Ende des Stalls eine der Boxen geöffnet wird.

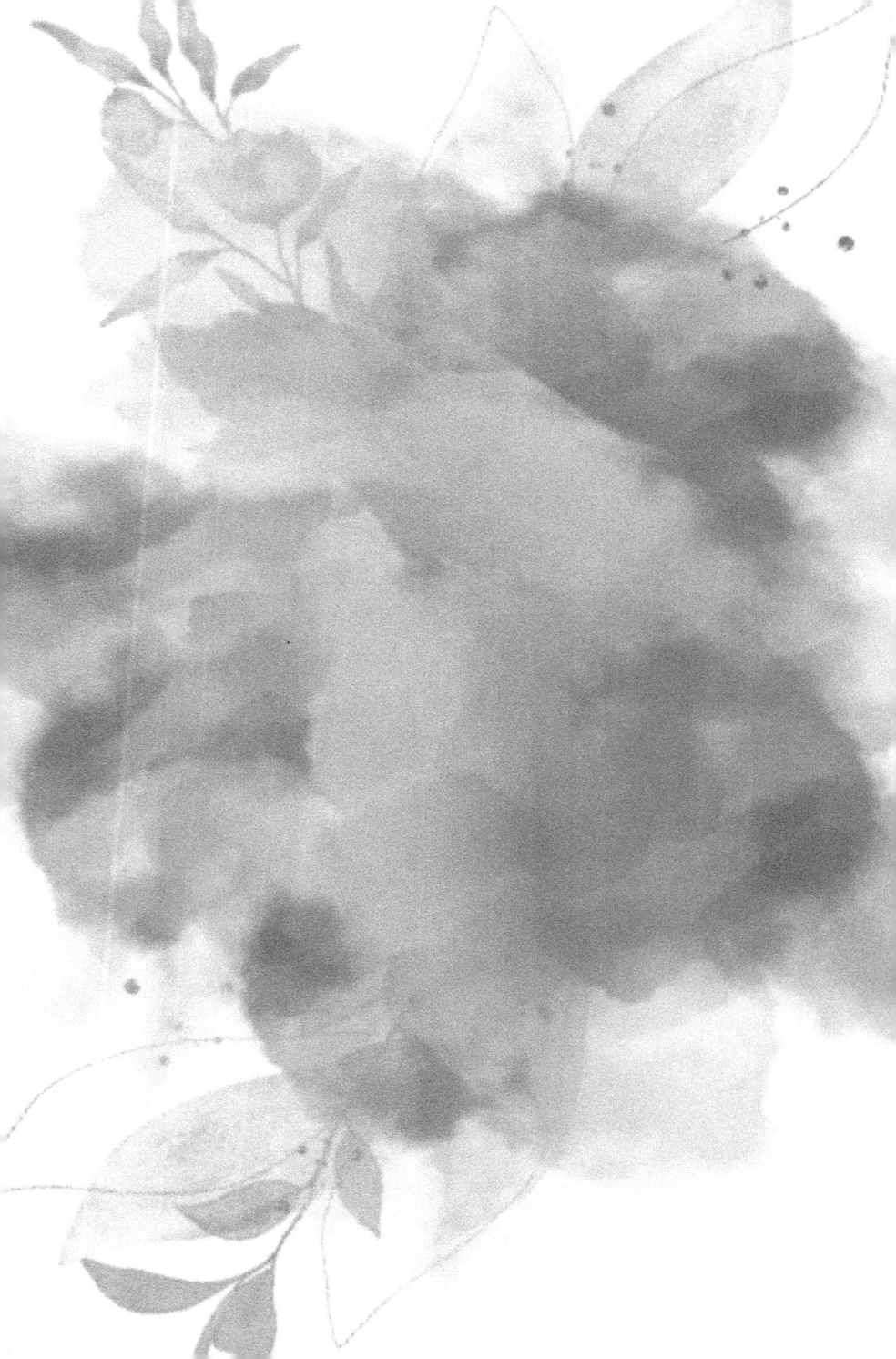

25

Schon am Eingang raschelt das Stroh, viel angenehmer als das Papier eines Müsliriegels, unter meinen Füßen. Hier drinnen hat sich nichts geändert. Rechts und links befinden sich die Boxen der Pferde. Der Geruch von frischem Heu, das gerade auf der Weide gewendet wurde, kitzelt in meiner Nase. Unregelmäßig erfüllt das Schnauben eines Pferdes die Stille der Nacht und ein leises, glückliches Lachen entweicht meiner Kehle. Das Bild vor mir verschwimmt wegen meiner Tränen, weil eine tiefe Sehnsucht in mir erfüllt wird, die kein Film der Welt schafft zu befriedigen. Ich lehne den Kopf an das Gitter vor mir und sehe auf ein braun geschecktes Pferd, das mit seinen Nüstern genüsslich im Futtertrog hängt. Es sieht gut aus. Es ist nicht unterernährt, wirkt zufrieden und entspannt, weil es sich kaum für mich interessiert, was bedeutet, dass es Vertrauen in die Menschen hat, die es betreuen. Das heißt, jemand hegt und pflegt sie. Einer von diesen Männern – mit Sicherheit Luke - den ich mir nur schlecht als Farmer vorstellen kann, obwohl er in seiner engen Jeans und dem Karohemd schon gut aussah. Dazu noch ein Cowboyhut ... Sofort schüttle ich den Kopf, um das Bild zu verwerfen. Ich frage mich immer mehr, was diese Männer hier wirklich tun. Dass Kian, mit seinem harten Blick und dem perfekt sitzenden schwarzen Anzug, in Kombination mit der Lederjacke in Shawns Drogengeschäfte verwickelt ist, ist mir klar. Aber die anderen beiden? Seth, der mir nett zulächelt, mich entführt und hier wie ein guter Kumpel neben mir sitzt und Filme anschaut. Was soll das? Soll ich Urlaubvibes verspüren und bei Shawn ein gutes Wort einlegen? Und der andere – Ryan? Den ich seit der Messerattacke nicht mehr gesehen habe.

Das klingt mehr nach einem Zirkus, der versucht, sich neu aufzustellen, weil keiner mehr den Trick mit dem Clownauto sehen will. Dass da einer von ihnen in der Lage ist, sich um andere Lebewesen zu kümmern, bezweifle ich. Wiederum gibt das Bild vor mir nichts anderes her. Was also soll ich davon halten? Und was haben sie nun wirklich mit mir vor? Sie werden doch wohl nicht in eine Kristallkugel starren und darauf warten, dass sie ihnen verrät, was sie mit mir anfangen sollen? Aber jetzt, wo ich darüber nachdenke, wirkte ihr Verhalten bei ihrem ersten Gespräch, als ich hier wach geworden bin, nicht so, als hätten sie das von langer Hand geplant.

Ich hole tief Luft und fahre mir durch die Haare. Das ergibt alles gar keinen Sinn? Anstatt dass ich das Gefühl habe, irgendwie einen sinnvollen Gedanken zusammenzubekommen, tun sich nur immer mehr Fragen auf, die sich mit viel zu vielen Wünschen mischen, die sich in meinem Herz festsetzen.

Links von mir wiehert ein Pferd. Ein Gatter wird aufgeschoben und abrupt sehe ich zu der Geräuschkulisse. Kian steht, mit Mistgabel in der Hand, in schwarzen halbhohen Cowboystiefeln, seiner schwarzen Hose und einem engen weißen Shirt am Ende des Stalls. Ich weiß gar nicht, wo ich bei ihm als Erstes hinschauen soll, weil er perfekt in das Bild vor mir passt. Heimat, Pferde, Farm und ein Mann, der das alles auf die eine oder andere Weise miteinander verbindet.

Anstatt dass er überrascht wirkt, fragt er kühl: »Was tust du hier? Und wie bist du aus deinem Zimmer entkommen?« Damit holt er mich aus meinen Gedanken. Ich blinzle mehrfach und höre auf, seine Brust in dem engen durchgeschwitzten Shirt zu betrachten, und weiche einen Schritt nach hinten zurück. »Was denn? Steht ihr nicht auf Zaubertricks?«, frage ich kämpferisch. Ich habe keine Ahnung, ob ich einfach losstürmen soll, denn ich bin mir sicher: Er wird schneller sein als ich. Er stellt die Mistgabel an die Wand. Langsam kommt er auf mich zu, zieht aus der Tasche eine Kippenschachtel und steckt sich eine an. Sein intensiver und dunkler Blick fixiert meinen eigenen. Kurz flackert die Flamme seines Sturmfeuerzeugs auf und im nächsten Moment pustet er eine graue Wolke aus. »Das ist keine Antwort auf meine Frage.« Kurz löst er den festen Augenkontakt, sieht an mir vorbei und findet erneut den Fokus bei mir, bis er sich in Bewegung setzt. Mit jedem seiner Schritte mache ich ebenfalls einen Schritt nach hinten. »Dann sag mir doch, was du hören willst.« Ein schwaches Grinsen huscht über sein Gesicht, das zu einem dunklen, gierigen Funkeln wird. Fast so als hätte ich ihm mit meinem vermeintlichen Fluchtversuch die Erlaubnis gegeben, mich zu töten. Der eiskalte Schauer läuft mir über den Rücken und ich habe das Bedürfnis, mich zu schützen. Immerhin hat er ja schon mitbekommen, dass ich wenigstens die Basics in Verteidigung verstehe. Der Gedanke an Seths Messer blitzt in meinen Gedanken auf. Ich fasse in die Tasche meiner Shorts und greife danach. Stand hier nicht auch irgendwo ein Quad in der Ecke?

Ich ziehe es heraus und präsentiere es Kian, der unbeeindruckt bleibt. Gleichzeitig stoße ich mit dem Rücken gegen ein Hindernis. Eine Wand, die viel zu warm ist und sich bewegt. Wieder schrecke ich auf, drehe mich um und sehe in die dunkelgrünen Augen von Ryan, den ich mit einem Messer getroffen habe. Das ist hier wie ein Dominospiel. Nur dass es Typen sind, die mir wie Steine im Weg stehen oder zur ungünstigsten Zeit fallen und mir den Weg versperren.

»Die Frage ist genauso spannend wie bei dir, Kian«, sagt Ryan und sieht konzentriert zu ihm. Ich bin völlig überfordert. Wie vorhin bei Seth, klopft mein Herz so schnell, dass ich die gleichmäßigen Schläge in meinem Ohr höre. Ich lasse die Klinge aufschnappen und sehe hektisch zwischen beiden Hin und Her.

»Ich mache das, was Luke mir aufgetragen hat«, antwortet Kian auf Ryans Frage.

»Seit wann tanzt du denn wieder nach seiner Pfeife?«, fragt Ryan. Doch er bekommt von Kian keine Antwort. Ich gehe rückwärts und versuche, beide im Blick zu behalten. Mein Körper befindet sich vollkommen in Alarmbereitschaft. So viel Adrenalin habe ich seit Jahren nicht mehr ausgeschüttet, weil ich immer wusste, wie Shawn reagiert. Aber hier diesen Männern ausgeliefert zu sein, ist pures Gift für meinen Körper. Da hilft auch Seths Kumpelart nichts. Kian schmeißt die aufgerauchte Zigarette weg.

Erneut stoße ich gegen ein hartes Hindernis. Eine unangenehme Kälte treibt über meinen Rücken. Kurz sehe ich nach hinten zur Tür einer der Boxen, passe für einen Moment nicht auf und Kian umgreift mit einer Hand meinen Hals und mit der anderen die Hand mit dem Klappmesser.

Hart presst er mich gegen die Wand. Er greift so stark zu, dass ich die Kraft in meiner Hand verliere und mir das Messer entgleitet. Sogar das Atmen fällt mir schwer und ich fange an zu röcheln. Mit meiner freien Hand versuche ich mich gegen ihn zu stemmen, strample mit einem Bein herum, um ihn irgendwie zu treffen, damit er mich loslässt, aber ich habe nicht genug Kraft.

»Hör auf!«, fordert Kian rau, drückt meinen Hals fester zu und ich erkenne in seinem Blick ein merkwürdiges Funkeln, das ich nicht deuten kann, denn er transportiert keinen reinen Hass. Meine kämpfende Hand landet auf seinem Arm, mit dem er mich fixiert. Ich stelle mich gerade hin und konzentriere mich aufs Atmen.

»Geht doch«, sagt Kian weiter. Ryan stellt sich neben ihn.

»Was verflucht noch mal macht Seth, wenn sie hier unten ist?« Kian geht nicht auf ihn ein, sondern kommt nah an mein Gesicht, sodass mir sein rauchiger Atem in die Nase strömt.

»Irgendwie habe ich mir nach deiner letzten Show etwas mehr erhofft, wenn wir uns wieder gegenüberstehen.« Seine Nase berührt fast meine und die Nähe ist alles andere als unangenehm. Er versprüht eine Aura, die mir schon bei unserer ersten Begegnung merkwürdig gut gefallen hat. Doch ich ignoriere sie.

»Vielleicht liegt es ja an der schlechten Verpflegung, an der ihr echt arbeiten solltet, wenn ihr meint, Töchter von einflussreichen Drogenbossen zu entführen. Immerhin gibt das einen großen Abzug in der Gesamtbewertung meines Aufenthalts«, kontere ich und halte seinem durchdringenden Blick stand.

»Derselbe selbstgefällige Gesichtsausdruck, wie auf der Treppe bei deinem Vater. Du bist mit Sicherheit kein bisschen besser als er.« Plötzlich liegt etwas Kaltes in seinen markanten Gesichtszügen. Der Hass gegenüber Shawn ist wie ein Blizzard, der keine Wärme übrig lassen wird. *Derselbe Ausdruck?* Ich will nicht, dass er mich so ansieht und mich auch für so herzlos wie Shawn hält. In mir rebelliert es, weil er nicht hinter die Fassade schauen und ich ihn nicht blicken lassen kann. »Dieser Ausdruck hat ...« *dir das Leben gerettet, du Idiot!* Auf Kians Stirn bilden sich Falten. Argwöhnisch sieht er mich an, als würde er auf das Ende meiner Erklärung warten. Immer wieder huscht sein Blick zu meinen Lippen, bewegt sich minimal auf sie zu, da legt Ryan seine Hand auf seine Schulter.

»Sie sollte auf jeden Fall zurück im Zimmer sein, ehe Luke zurück ist. Er ist so schon verärgert. Also los.« Ich atme weiter, nachdem ich gerade die Luft angehalten habe, um mich nicht selbst zu verraten. Auch Kian scheint wieder zu sich zu finden, nickt und lässt mich los. Gleichzeitig greift er unter meinen Arm und zieht mich harsch mit sich.

»Ich kann auch selbst laufen!«, zische ich und versuche, mich ihm zu entziehen. Aber keine Chance, denn mit jeder Gegenwehr wird sein Griff fester und aus dem Druck wird ein unangenehmes Stechen. Dabei stolpere ich über den rauen, unebenen Boden.

»Was wolltest du überhaupt hier?«, sagt Kian an Ryan gerichtet, der neben ihm her hechtet.

»Ich habe sie an meinem Fenster vorbeigehen sehen und wollte wissen, was da los ist. Und als ich dich gesehen habe, dachte ich schon, dass du dich entschieden hast.«

Dass er sich entschieden hat? Wovon reden sie nur? Soll das hier doch geplant gewesen sein?

»Ich frage mich langsam wirklich, seit wann ich für kalt und skrupellos gehalten werde?«, raunt Kian missgestimmt und zieht die Augenbrauen enger zusammen. »Und wann ich diesen Ruf bekommen habe.«

»Seit ...«, beginnt Ryan. Kian stoppt und sieht ihn böse an. »Ich glaube, mehr gibt es nicht dazu zu sagen.« Er dreht sich zurück und geht weiter. Das hier wird immer mehr eine

Schmierenkomödie, in der ausländisch gesprochen wird und ich absolut nichts verstehe.

Wir kommen an der Tür zum Haupthaus an, die Kian ruppig aufreißt. Er bugsiert mich unsanft die Treppe hinauf, öffnet die unverschlossene Tür und verfrachtet mich ins Zimmer. Von Seth und dem Projektor fehlt jede Spur. Nur das Papier auf dem Boden zeugt noch von seinem Besuch. Kian holt angestrengt Luft, als müsste er sich dazu zwingen, seine Emotionen zu verstecken. Mit gemischten Gefühlen sehe ich ihn an, aber kann ihn auch weiterhin nicht einschätzen. Ohne Vorwarnung dreht er sich um und geht zurück zur Tür. In mir löst sich die Anspannung, die er in mir auslöst. Dabei will ich es nicht, weil es sich mehr so anfühlt, als würde ich absichtlich Streit mit einem Jungen aus der Schule haben, weil ich will, dass er mich beachtet. Aber er tritt nicht über die Schwelle, sondern schließt die Tür vor sich und in mir geht das Gedankengewusel von vorn los.

»Was hast du vor?«, frage ich verunsichert, weil ich nicht weiß, ob er mich wie Jesus ans Kreuz nageln will, weil ich abgehauen bin oder doch etwas ganz anderes.

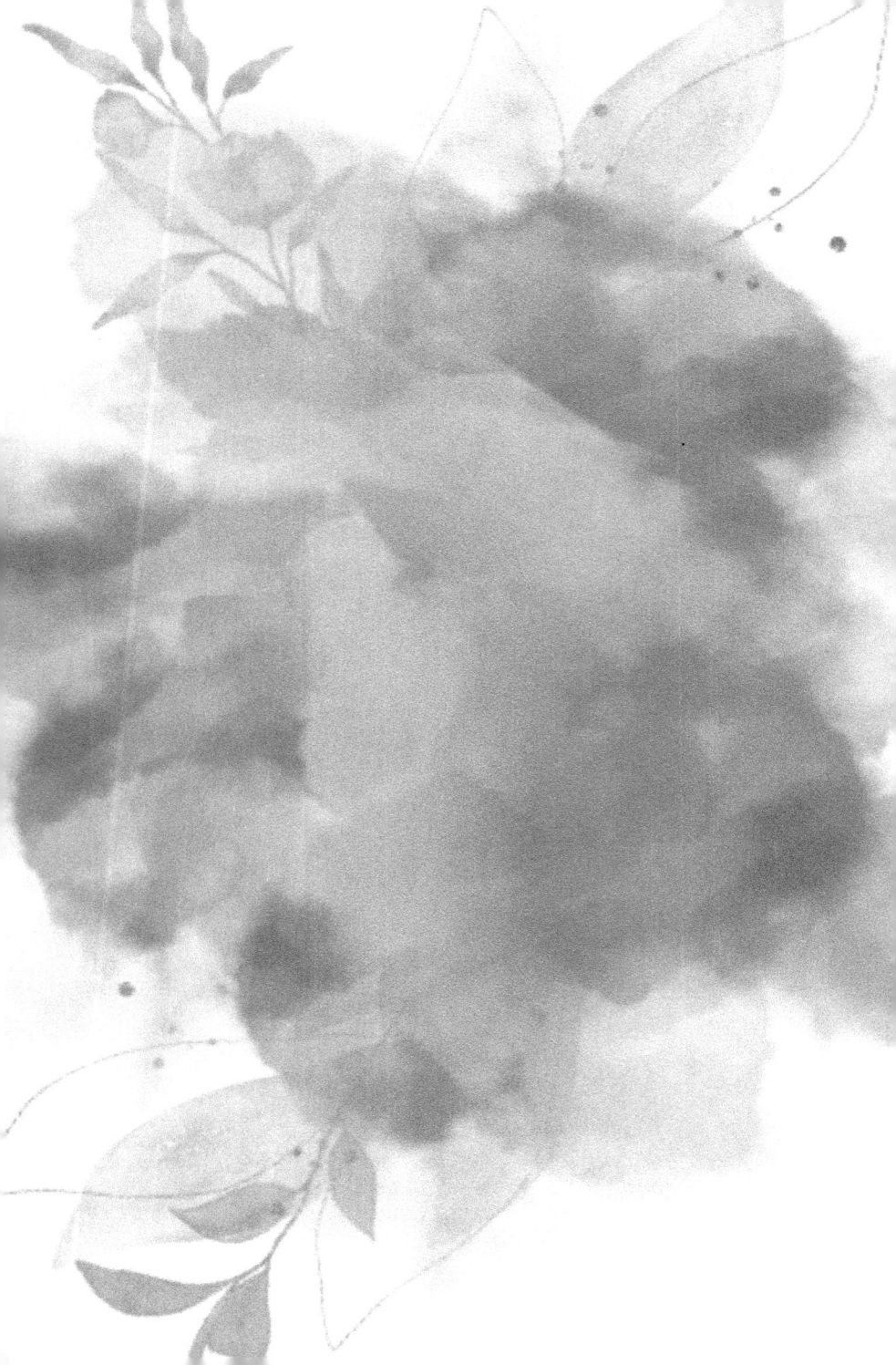

Kian

26

Ich schubse Stella in den Raum, die torkelnd auf dem Bett landet. Ich bleibe stehen. Jeder Zentimeter, der zwischen uns liegt, ist besser für sie, weil ich selbst nicht weiß, was ich am liebsten mit ihr machen würde. Sie leiden lassen, weil sie die Tochter von Shawn ist? Oder sie leiden lassen, weil es mir gefällt, wenn sie mir mit ihrer kämpferischen Art entgegentritt? Vielleicht würden mir auch andere Töne aus ihrem Mund gefallen, die mit meinem Schwanz in ihrer Pussy zu tun hätten. Aber diesen Gedanken lösche ich sofort wieder. Immerhin ist sie nichts weiter als ein Tausch- oder Racheobjekt - wenn es denn so einfach wäre.

Von Seth fehlt jede Spur. *Wo verdammt nochmal ist er nur?* Ich kann mir nicht vorstellen, dass sie etwas mit ihm angestellt hat, wodurch er jetzt tot in der Wanne liegt.

Aber das werde ich jetzt herausfinden, seinen verfluchten Saftladen auf den Kopf stellen und ihn mit meinen Fäusten zur Rede stellen, wieso er nicht besser auf sie aufgepasst hat. Vielleicht schaffe ich es so, mich abzureagieren und nicht mehr an Stella zu denken.

Ich drehe mich um, gehe schnellen Schrittes zur Tür und öffne sie. Fuck! Was hat Stella nur an sich, dass sich in meinem Kopf alle paar Minuten eine neue Ordnung bildet, die einmal will, dass sie von hier verschwindet und andererseits, dass ich endlich das Verlangen befriedige, was mir seit unserer ersten Begegnung in meinen Adern brennt?

Wahrscheinlich gibt es nur einen Weg, das herauszufinden. Mit der Klinke an der Hand bleibe ich stehen.

Anstatt hinauszugehen und meinen Plan mit Seth in die Tat umzusetzen, schließe ich die Tür, drehe mich zu ihr um und sehe sie an.

Ihr Blick mit einer Mischung aus leichter Verunsicherung und purem Kampfwillen treibt mich, wie bereits bei Shawn in Geraldton, an den Rand des Wahnsinns. Dazu der Geruch des Heus, der an ihr klebt und alte Erinnerungen wachrüttelt und in meinem Kopf macht es Klick. Egal wie, heute werde ich dem Wunsch meines Körpers nachgeben und damit die Rache üben, mit der ich mich am Ende noch selbst im Spiegel ansehen kann.

Sie verfolgt jeden meiner Schritte. Ich öffne den Verschluss meines Gürtels. Ihre Augen werden größer, ohne dass der Funke erlischt. In einer fließenden Bewegung ziehe ich ihn aus meiner Hose.

»Was soll das?«, fragt sie mit zitternder Stimme.

»Muss ich das wirklich erklären?«, frage ich dafür umso selbstsicherer, weil sich schon lange nichts mehr so richtig wie das hier angefühlt hat.

Stellas rechtes Auge zuckt. Immer wieder sieht sie vom rauen Leder in meiner Hand in meine Augen und zurück. Im selben Zug beschleunigt sich ihre Atmung. In ihrem Kopf scheint es zu rattern. Ich lege die erste Schlaufe. Mit dem nächsten Schritt stehe ich genau vor ihr. Sofort rutscht sie auf dem Bett so weit nach hinten, dass ich sie mit dem ersten Griff nach ihr verfehle.

»Du entkommst mir ohnehin nicht«, knurre ich und lasse die Schlaufe, die ich schon gebunden habe, locker, damit ich Stella in die Finger bekomme. Ich lehne mich übers Bett.

»Das denkst auch nur du.« Stella rutscht zur Seite und steht auf. Schneller, als ich sie eingeschätzt habe, huscht sie an mir vorbei und will zur Tür. Ich beuge mich zur Seite, berühre sie noch am Arm, aber sie entwischt mir ein weiteres Mal. Sofort hechte ich ihr nach und bekomme sie an der Tür, die sie schon geöffnet hat, zu fassen.

»Lass mich los!«, zischt sie und windet sich wie eine Klapperschlange im Outback in meinem Griff. Harsch ziehe ich sie zurück in den Raum und schmeiße die Tür zu. Nur aus dem Augenwinkel sehe ich ihr dabei zu, wie sich ihr Körper bewegt. Wie sich ihre straffe Haut in fast perfekten Kurven bewegt. *Wieso verdammt noch mal muss sie seine scheiß Tochter sein?*

»Deine Gegenwehr ist fast schon niedlich, aber ...« Ich dränge sie an mich. Sie knallt gegen meinen angespannten Oberkörper und ich fixiere sie allein mit der Kraft meiner Arme an mir, um endlich die Schlaufe zu binden, »... sie ist zwecklos, Prinzessin.«

»Ich bin keine Prinzessin«, meckert sie weiter, sieht mich direkt an und stemmt sich gegen mich. Die Chance nutze ich, greife nach einem ihrer Handgelenke und lege die erste Schlaufe darum, die sich durch ihr wildes Rumgezappel von allein festzurrt. Ich versuche, sie herumzudrehen. Erneut versucht sie sich gegen mich durchzusetzen. Am Gürtel festhaltend, bugsiere ich sie noch enger an mich heran, sodass sich unsere Nasen fast berühren.

»Tu nicht so, als ob du das hier nicht kommen gesehen hast.«

In ihrem Blick spiegelt sich genau so viel Sturheit, wie in ihrer Gegenwehr. »Was genau, Kian? Von Typen entführt zu werden, die nicht einmal wissen, wieso?«

Was? Ich kämpfe mit meiner Mimik. Woher weiß sie das?

»Oder dass mich der, für den ich die perfekte Rache darstelle, nur deswegen fickt?« Über ihren Arm huscht eine Gänsehaut, die so schnell, wie sie gekommen ist, verschwindet.

»Dich fickt?«, frage ich nach. Sie nickt kaum merklich. Ein hämisches Grinsen zeigt sich auf meinem Gesicht. Ich bekomme ihren zweiten Arm hinter ihrem Rücken zu fassen. »Ich ficke dich nicht.« Dabei zurre ich den Gürtel um ihr zweites Handgelenk.

Endlich regt sich in ihrem Gesicht die Unsicherheit, die sie leider viel sexier wirken lässt, weil sie eine Zerbrechlichkeit preisgibt, die man lieber beschützen als bestrafen will. Aber davon kann ich mich nicht leiten lassen. Ich will Rache.

Mit auf dem Rücken zusammengebundenen Händen drehe ich sie um und lenke sie in Richtung Bett.

»Ich wette, du träumst schon wieder von deinem Leben in den sicheren Wänden deines Vaters?«

Erneut stemmt sie sich gegen mich. Aber ohne Chance. »Meinst du die Burg mit den Dornenranken, die dazu dienen, Schmarotzer und Ekelpakete wie dich fernzuhalten?«

»Ekelpaket?« Ich lache auf. »Du bist wie er. Nur oberflächlich und denkst, dass du etwas Besseres bist als ich.«

»Wenn du deine Probleme nicht direkt mit demjenigen klären kannst, den sie betreffen und lieber Töchter entführst, von denen du keine Ahnung hast, ob sie etwas mit dem Geschäft ihres Vaters zu tun haben, dann ja. Dann bin ich etwas Besseres. Denn ich komme auch nicht einfach hierher, reiße eure dunkle, kranke Welt ein und hoffe, dass das meine Probleme löst.«

Dieser Kampfgeist in ihrer Stimme. Ich schließe meine Hand um ihre Kehle. Fahre mit der Nase über ihre Halsseite und genieße den Geruch, den sie verströmt. Selbst sie hält mit ihrer Gegenwehr inne. Dabei stehen wir schon vor dem Bett. Sie kann noch so sehr kämpfen, gerade gehört sie mir und genau das wird sie zu spüren bekommen.

»Ich unterhalte mittlerweile fünf Jahre Beziehungen zu deinem Vater. Und wenn er dich so gut versteckt hält, dass ich dich erst jetzt das erste Mal gesehen habe, dann musst du Daddy ziemlich wichtig sein. Was für eine bessere Chance, meine Probleme zu klären, als es über dich laufen zu lassen, gibt es dann?«

»Die von erwachsenen Männern, die keine Frau brauchen, um sich gegenseitig zu bekämpfen«, haucht sie und fängt mich mit ihrem intensiven Blick ein. Langsam ereilt mich ein Déjà-vu. Nicht dieselbe Situation. Aber derselbe Gesichtsausdruck, der mir viel mehr gibt, als dass es das Geschäft oder diese Farm tun können. Dabei habe ich mir die Gedanken an diese Erinnerungen verboten.

Als wäre nichts gewesen, fahre ich fort. »Erwachsene Männer.« Leise lache ich auf und verdränge die verblassten Schnipsel in meinem Kopf, die immer noch so stark schmerzen, als hätten sie erst gestern mein Herz in zwei Teile gerissen. »Dann werde ich meine Rache genauso langsam auskosten, wie es erwachsene Männer tun.« Ich stemme mein Knie zwischen ihre Beine und drücke dabei ihren knackigen kleinen Arsch leicht nach oben.

Nüchtern schluckt sie gegen den Druck an ihrer Kehle.

»Oh ja, du weißt genau, was jetzt kommt«, sage ich inbrünstig und fahre mit der Hand ihr Shirt hinab, schiebe es am Saum nach oben und nehme ihre Brust in meine Hand.

Sie drückt sich gegen meinen Körper. Ihre warme, weiche Haut an meiner. Dazu dieser liebliche Duft, und das hier wird mehr als nur die Rache, die ich mir wünsche. Wird sie meine

Probleme lösen – nein. Aber das Verlangen und die Gier nach ihr – definitiv.

Meine Finger streichen über ihren Nippel, der mit jeder Umkreisung und jedem kurzen Zwacken, das ich ihr zugestehe, härter wird. Sie versucht, sich wegzudrehen. Die Ader an ihrem Hals pulsiert in meiner Hand. Doch mein Griff bleibt unerbittlich.

»Na, wirst du feucht, kleine Prinzessin?« Mit Sicherheit. So würde sie sonst nicht reagieren.

Beherrscht versucht sie, den Kopf zu schütteln. »Nicht bei diesen dilettantischen Berührungen«, sagt sie herausfordernd und ich könnte schwören, dass sie dreckig grinsen würde, wenn ich sie denn lassen würde und dass hier mehr als meine Vergeltung wäre.

»Na, was für ein Glück, dass ich auf Herausforderungen stehe.« Ich lasse von ihrer Brust ab, fahre weiter nach unten und schiebe meine Finger zwischen ihre Schenkel. Kurz zittern ihre Beine. Die Gänsehaut sagt auch hier etwas anderes als das, was sie versucht zu spielen – das kleine unschuldige Mädchen, das nicht darauf steht, wenn sie ein Kerl anfasst.

»Oder mag es Daddy nicht, wenn du zeigst, was du wirklich willst?«, frage ich gehässig. Ruckartig schiebe ich meine Finger auf ihre heiße Mitte. Sie unterdrückt das Stöhnen, das ich auslöse.

»Du hast keine Ahnung, was Daddy alles fordert«, wispert sie stockend und sieht mich weiterhin von der Seite mit dieser tiefen dunklen Energie an, die mich immer mehr fasziniert.

Meine Finger wandern tiefer, zu der Stelle, mit der ich sie zur Weißglut treiben werde, weil heute nur einer von uns beiden bis zum Ende kommen wird.

Kurz dringe ich in sie ein, höre ihr unterdrücktes Seufzen, und ziehe meine Finger zurück. Leicht drehe ich meinen Kopf, damit sie mich beobachten kann und lecke die Finger ab. Schmecke ihre Süße, die auf meiner Zunge leicht prickelt, und genieße dieses Verlangen in ihren Augen, mit denen sie mir dabei zusieht, wie ich meine Zunge zwischen Mittel- und Zeigefinger gleiten lasse.

Sie schürzt die Lippe. Gleichzeitig löst sich ein Teil ihrer Anspannung. Ich nutze den Moment, drehe sie herum und dränge sie, mit weiterhin gefesselten Händen auf die Bettkante. Kurz will sie wieder aufstehen.

»Versuche es erst gar nicht«, raune ich und öffne meine Hose. Ihre Augen werden immer größer. »Ich habe nie gesagt, dass das hier ein Happy End für dich wird«, erkläre ich gehässig und löse mich keinen Moment von ihr. Mit jedem unruhigen Atemzug hebt und senkt sich ihre Brust und drückt ihre prallen Brüste gleichmäßig nach vorn.

Die Idee, meinen Schwanz dazwischen zu stecken und ihr mitten ins Gesicht zu spritzen, lässt ihn gleich noch einmal härter werden. Aber das wäre heute viel zu milde. Nein, heute wird sie das ausbaden müssen, was ihr Vater mit jeder weiteren Nachricht an mich nur noch unerträglicher macht.

Ich ziehe die Hose samt Boxershort hinunter. Ihr Blick wandert von meinen Augen zu meinem Schwanz, der sich ihr entgegenstreckt, und zurück. Die wunderschöne Finsternis in ihren Augen wird schwächer.

»Und du meinst, dass du damit deine Rache bekommst?«, fragt sie ernüchtert klingend. Nur kann ich nicht nachvollziehen, wo das Verlangen hin verschwunden ist, was das hier zu etwas anderem als reine Rache macht.

»Was denn Prinzessin? Gefällt dir nicht, was du siehst?«, brumme ich und lasse mir nicht anmerken, dass mich ihre jetzige Reaktion verunsichert.

»Mir gefällt die Art und Weise, wie es mir präsentiert wird und der billige Vorwand nicht«, antwortet sie, ohne die Miene zu verziehen. Sie muss im Pokern spitze sein.

»Für Forderungen oder Wünsche bist du in der falschen Position.« Mein Schwanz gleitet an ihren Lippen entlang, ohne dass sie versucht den Kopf wegzuziehen.

»Und wehe, deine Zähne berühren ihn auch nur einmal.«

Weiterhin sieht sie mich regungslos an, als würde sie überlegen, was sie machen soll.

»Ich werde nicht gehen, ehe ich bekommen habe, was ich will«, verdeutliche ich meine Absicht.

Eine Spur Verletztheit liegt in ihrem Blick. »Tja, dann wirst du dieses Zimmer wohl nie wieder verlassen.«

Ihre Worte stechen, wie die vorhin im Stall, in meinem Kopf. *Wie meint sie das?* Aber das ist egal – für jetzt. Es wird Zeit, dass ich die Finsternis wieder stärker herauskitzle. Ich greife um ihren Kopf und zwinge sie in die richtige Position. Mein

Schwanz fährt ein weiteres Mal an ihren Lippen entlang, ohne dass sie diese weiter öffnet.

Unsanft greife ich in ihre vollen Haare, ziehe ihren Kopf zurück und beuge mich zu ihr hinunter. »Prinzessin, das ist der falsche Moment, um zu zeigen, zu was für einer sturen Göre du erzogen wurdest.«

Ihre Lippen voll und weich nur wenige Zentimeter von meinen entfernt. Fast wie eine Einladung zieht sie sie leicht zusammen.

Ich kann nicht anders und drücke meine auf ihre. Genauso wie sie aussehen, fühlen sie sich an. Warm, voll und so als hätten sie auf meine gewartet. Unwillkürlich schiebe ich meine Zunge nach und umspiele ihre, was sie erwidert.

Ehe sie zu sich kommt und ich anfange, ihr mehr Vergnügen zuzugestehen, löse ich mich von ihr, richte mich auf und dränge meinen Schwanz tief in ihren Mund, ohne dass sie zu würgen beginnt. Ihre Zunge gleitet an meiner Eichel und meinem Schaft entlang und umspielt ihn gekonnt. Ich seufze und lege den Kopf in den Nacken. *O.K. das kann sie.*

Rhythmisch bewege ich mich an ihrer Zunge entlang. Abwechselnd lässt sie ihre Lippen weich oder verformt sie so weit, dass es sich anfühlt, als würde sie mit einem Kissen an mir reiben.

Fuck. Sie ist viel zu gut. Was lehrt dieser Arsch ihr nur? Bekommt sie Einzelstunden im Blasen, oder hat Daddy kein Auge auf sie und sie fickt sich jeden Abend durch alle Clubs, auf die ihr Daddy keinen Einfluss hat? Aber das wäre kaum möglich, denn er ist überall – leider.

Mein Schwanz spannt sich an. Überall kribbelt es. Ich umgreife, ihren Kopf stoße mich tief in sie und ignoriere das Röcheln und ihren Kampf um Luft, denn sie macht weiter, lässt sich von meinem Schwanz ausfüllen, bis sich meine Hoden zusammenziehen und ich von einem auf den anderen Moment völlig entspannt bin.

Sie schluckt mehrmals. Ich bleibe in ihr, warte, bis sich meine Gedanken wieder ordnen, und ziehe mich zurück. Ich kann ihren Blick nicht mehr deuten. Zu sehr versuche ich, mit mir darum zu ringen, das hier immer noch als Rache und nicht als eine vollkommene Befriedigung zu sehen. Doch das werde ich mir vor ihr nicht eingestehen.

Erneut beuge ich mich zu ihr hinab.

»Du bist keine Heilige«, sage ich bestimmt, fahre im nächsten Moment mit meiner Hand erneut unter ihre Shorts und direkt auf ihre Klit, die vor Erregung trieft.

»Das habe ich auch nie behauptet«, keucht sie und weicht nicht eine Sekunde meinem Blick aus. »Nur scheint ihr das zu denken, weil mein Daddy ein reicher Mann ist, der weiß, wie er Männer wie dich an die kurze Leine legt.«

Ich umkreise ihre heiße Mitte, die so straff gespannt ist, dass es nicht lange dauern würde, bis sie kommt. *Verdammt, was ist das für eine geile Frau?*

»Kurze Leine«, schnaube ich verächtlich und fahre mit der freien Hand über ihre Lippen, die von meinem Sperma glitzern.

»Wir werden sehen, wer hier wen an die kurze Leine nehmen wird.« Ich ziehe meine Finger zurück, greife um ihren Rücken und löse meinen Gürtel.

In ihren Augen zeigt sich langsam Ernüchterung und Zwiespalt. Liegt es daran, dass ich gehe und sie nicht *ficke*? Gerade bin ich ihr Feind, der an ihr die Rache wegen der Taten ihres Vaters nimmt. Wie kann sie da nur daran denken, dass ich sie so vögle, dass es ihr auch noch Spaß macht?

Ich gehe zur Tür, ziehe den Schlüssel von innen ab und halte mit der Hand am Holz inne. »Versuch nie wieder abzuhauen«, knurre ich und will weitergehen. Es folgt Stille.

»A-ach ja!«, sagt sie kurz bevor ich die Tür hinter mir zuziehe. »Und wieso? Soll es mir Spaß machen, die Gefangene von vier Spinnern zu sein?«

Die Gefangene von vier Spinnern? Wenn sie wüsste, wer wirklich der Gefangene ist, würde sie nicht solche schwachsinnigen Töne von sich geben.

»Sei lieber froh, dass du nur eine Gefangene und keine Tote bist.« Ich schließe die Tür, schließe sie ab und gehe in Richtung Treppe. Den Schlüssel lasse ich stecken, denn ich will ihn nicht mehr benutzen, um in das Zimmer und zu der Frau, die jetzt kurzzeitig darin wohnt, zurückzukehren.

Die Wärme ihrer Haut liegt noch in meiner Hand und verblasst mit jedem Schritt. Ich gehe die Stufen hinunter. Seth und Ryan sitzen rauchend im Esszimmer und grinsen über das gesamte Gesicht.

»Na, hast du es ihr ordentlich besorgt?«, fragt Seth schelmisch grinsend. Ryan versucht, wenigstens seine Neugier zu verstecken, was ihm nicht gelingt.

Immerhin muss ich Seth jetzt nicht mehr suchen. Ich lehne mich gegen den Türrahmen. Genüsslich greife ich selbst nach einer Zigarette, die ich anzünde und die beiden absichtlich zappeln lasse. Erwartungsvoll beobachten sie jede meiner Bewegungen.

»Nein, habe ich nicht«, sage ich und puste den ersten grauen Luftschwall aus.

Ryan beugt sich nach vorn. »Und was hat dann das Gepolter bedeutet?«

»Das bedeutet ...«, beginne ich.

»Was ist hier los?«, fällt mir Luke ins Wort, der mich aus meinen Gedanken reißt. Ich drehe mich zur Eingangstür, sehe in die argwöhnisch dreinblickenden Augen meines großen Bruders, der die Tür hinter sich schließt.

Sein plötzliches Auftreten bringt mich völlig aus dem Konzept. Verdammt, was sage ich ihm, wieso ich in seinem Haus bin? Es widerstrebt mir mit jeder Faser meines Körpers, ihm die Wahrheit zu sagen, weil ich genau weiß, wie aufbrausend er sein kann. Er würde in das Zimmer stürmen und sie ... verunsichern.

Ausdruckslos sehe ich ihn an und frage mich, woher diese Sorge um Stella herkommt. Ganz klar. Mein Hirn muss nach diesem viel zu guten Blowjob Matsch sein.

Seth springt auf. »Kian ist hier, weil ...,«

»Nein!«, mische ich mich sofort ein.

»... ich ...«, stottert Seth und versucht, die Kurve zu bekommen.

Lukes Augen werden immer größer, während Brian, der hechelnd neben ihm steht, seinen Kopf schief legt. »Du hast es überstürzt!«, grummelt er aufgebracht. Sofort stürmt er an mir vorbei und die Treppe nach oben.

»Luke!« Ich folge ihm.

Er rennt nach oben, schließt die Tür auf und öffnet sie ruckartig. Durch den Schlitz und die wenige Fläche, die er durch sein breites Kreuz nicht verdeckt, sehe ich wie Stella am Fenster stehend aufschreckt. Luke mustert sie. Hoffentlich fallen ihm ihre dreckigen Füße nicht auf. Ansonsten bekomme ich gleich auch noch eine sinnlose Standpauke. Dabei kann ich nichts für ihren Fluchtversuch, den ich auch für mich behalten werde. Wieder stoppe ich mitten in meinen Gedanken. Was ist nur los mit mir?

Stella sagt nichts. Luke sagt ebenfalls nichts, schließt die Tür und sieht mich an.

»Was hast du hier zu suchen?«, fragt er eindringlicher und scheucht mich die Treppe hinunter, bis ich neben Seth und Ryan stehe. »Was macht ihr alle hier?«

Seth meldet sich, als wäre er in der Schule.

Luke seufzt genervt. »Nicht du, Seth«, sagt er grimmig.

»Was ihr beide hier sucht.« Er sieht zu Ryan. »Du solltest dir um diese Uhrzeit von Stacy einen blasen lassen und du«, er sieht zu mir, »du solltest grübeln, was du willst. Bevor du das nicht weißt, hast du in diesem Haus nichts zu suchen und selbst dann wird nichts, was passieren könnte, auf diesem Fundament ausgetragen. Haben wir uns verstanden?«

Meine Finger kribbeln, die ich zu Fäusten balle. Wie kann er nur denken, dass ich hier etwas tun würde, was dieses Haus beschmutzen könnte? Wie wenig kennt er mich überhaupt noch und wie weit haben wir uns auseinandergelebt, wenn er – nein, wenn sie alle denken, dass ich ein gefühlloses Arschloch geworden bin?

Mit viel zu viel Wut im Bauch nicke ich und drehe mich um.

»Und ...«, beginnt Seth.

»Du auch, Seth!«, schnauzt Luke.

»Ist ja gut.«

Ryan, der Lukes Antwort auch auf sich überträgt, folgt mir ebenfalls. Gemeinsam laufen wir vom Haupthaus und der Entscheidung, die ansteht, davon. Dabei habe ich meine schon längst getroffen und warte auf denjenigen, der dafür sorgen wird, dass dieser Spuk endlich endet.

»Sie hat ganz schön weiche Haut«, sagt Seth und holt mich aus meinen Gedanken. »Oder?«

Ausdruckslos sehe ich ihn an. »Ist das echt das Einzige, über das du nachdenkst?«, frage ich fassungslos. Es scheint, als wäre das nur ein Spiel für ihn.

»Na ja, ich würde auch gern wissen, wie sie schmeckt oder sich von innen anfühlt, aber ...«

Abrupt bleibe ich stehen. »Hast du vollkommen den Arsch offen?«, keife ich ihn an.

Als wäre er sich keiner Schuld bewusst, sieht er mich an. »Wieso?«

»Wieso? Du schleppst die Tochter meines Kontrahenten an.«

Er nickt zustimmend und treibt mir die Galle hoch, während Ryan gedankenverloren in die Ferne stiert. Hier fehlt ein Spiegel, damit er sinnvolle Selbstgespräche führen kann.

»Und von mir wird plötzlich verlangt, über Leben oder Tod zu entscheiden?«

»Ja«, sagt Seth trocken. »Oder sie dreckig vögeln. Und verrätst uns nicht einmal, wie sie war.«

Ich ziehe die Augenbrauen nach oben.

»Aber keiner zwingt dich zu der Lösung Tod. Zieh sie doch einfach auf deine Seite.«

Ich blinzle mehrfach.

»Hast du mal dran gedacht?« Er zwinkert verführerisch. »Ich meine, du bist ledig. Sie soll heiraten und klang dabei nicht sehr glücklich.«

»Was?«, frage ich verständnislos.

»Und dann sagst du mir endlich, wie es sich anfühlt, wenn man dreckige Dinge mit ihr macht. Obwohl ich dieses freche Mundwerk und diesen Kampfwillen schon ganz gern selbst erleben wollen würde. Aber ich glaube, na ja, diese Art von Ehe könnte bei unserer Vorgeschichte etwas schwierig sein.«

Ich kann ihm kaum mehr folgen, so abwegig klingt das, was er sagt. »Seth!«, falle ich ihm ins Wort. »Ich glaube, du spinnst!«

»Nein, ich bin der Erste, der dir eine Alternative dazu bietet, dein Gebiet aufgeben zu müssen. Wenn du nur einmal darüber nachdenken würdest, diesen Weg zu gehen, dann kann dir Schwiegerpapa nicht einfach so das Gebiet klauen. Wäre ja schlecht für die Familie.«

Ich weiß nicht, was ich auf so viel Naivität oder eher Blödheit antworten soll.

»Findet ihr es nicht merkwürdig, dass sie nicht sofort abgehauen ist, obwohl sie jede Chance dazu hatte?«, fragt Ryan und sieht weiterhin zum Stall.

Jetzt, wo er es sagt, zieht er meine Gedanken zurück zu der Frage, wieso sie überhaupt im Stall war.

»Vielleicht weiß sie ja nicht, wie man ein Pferd bedient«, stellt Seth fest und ist wieder einmal an idiotischen Erklärungen nicht zu übertreffen.

»Wie konnte sie dir überhaupt entkommen?«, will ich wissen. Seth zuckt mit den Schultern.

»Ich bin beim Film schauen eingepennt. Und als sie angefangen hat, mir den Schlüssel unter dem Shirt vorzufischen, habe ich sie einfach mal machen lassen. Spätestens an der Grundstücksgrenze hätte ich sie wieder eingefangen, wenn unser Sicherheitssystem Alarm geschlagen hätte.«

Ehe ich etwas sagen oder nachfragen kann, wieso er mit ihr einen Film geschaut hat, zieht Seth Ryan weiter mit sich. Ich bleibe stehen und sehe zurück zum Haus.

Wieso bist du nicht abgehauen, Prinzessin?

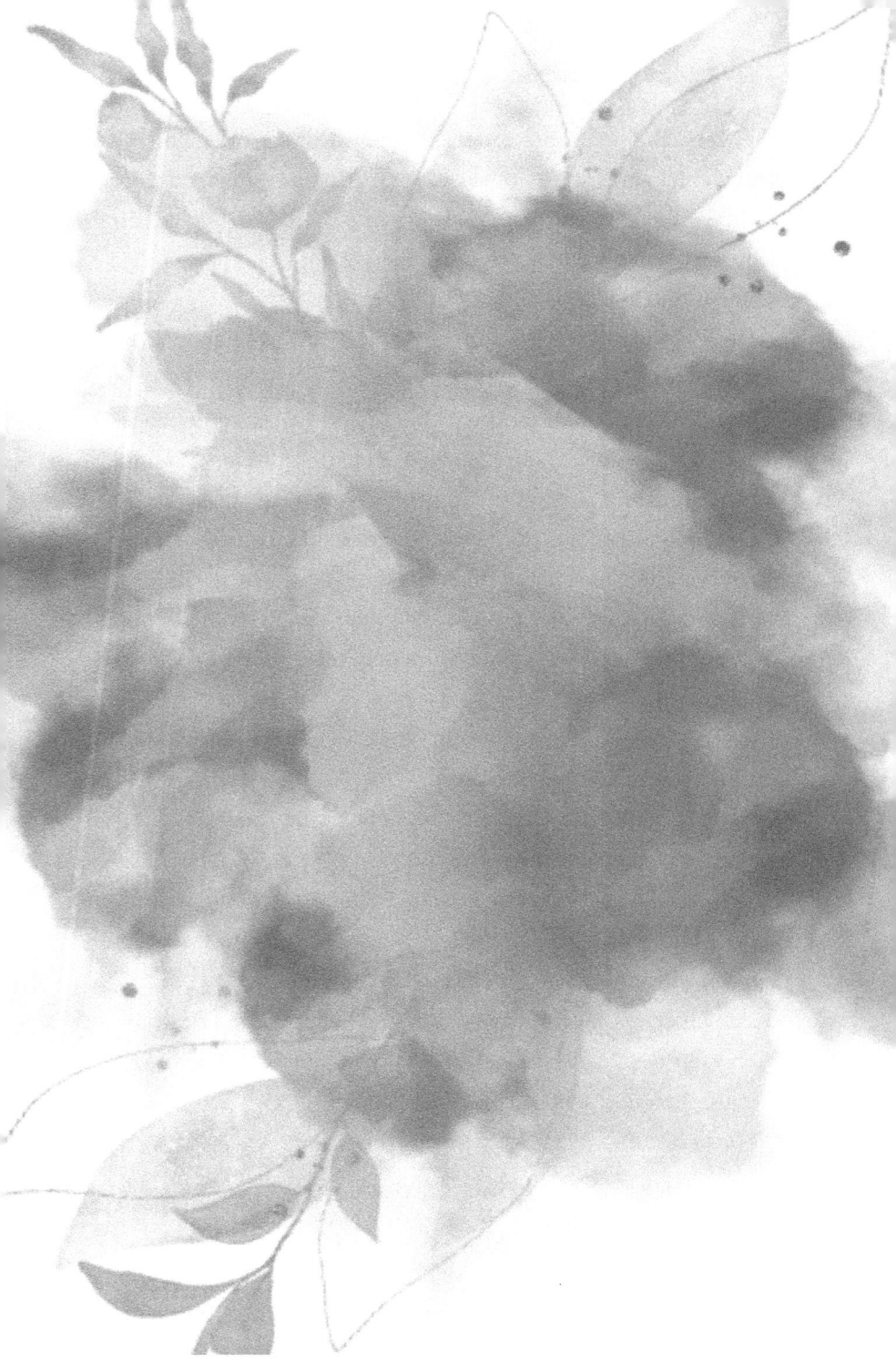

27

Ich soll froh sein, keine Tote zu sein? Ich balle die Hände zusammen, ehe ich die Kraft verliere und resigniere. Meine Augen brennen. Wäre es wirklich so schlimm, tot zu sein? Frei von all den Gedanken und Gefühlen, die ich die letzten acht Jahre unterbunden habe. Jeden Tag aufs Neue versuche ich zu vergessen, was mir angetan wurde und was meine Seele nie verarbeiten wird, weil es einfach zu grausam und unaussprechlich ist? Dazu zu wissen, dass ich es innerlich schon lange bin und nur meine Hülle und mein Geist am Leben erhalten werden, weil dieses Leben nicht schon grausam genug ist?

Kians Schritte hallen in meinen Ohren nach und nehmen merkwürdigerweise genau diese schmerzlichen Gedanken mit sich. Sie werden mit jedem meiner Atemzüge leiser, bis sie ganz verstummen und nach dem Knarzen einer weiteren Tür nur noch Stille um mich herum herrscht. Meine Handgelenke pochen und der salzige Geschmack von Kians Sperma liegt auf meiner Zunge. Dazu kribbelt meine Mitte. Ich hätte noch so gut dagegen ankämpfen können, ich hätte niemals verbergen können, dass es mir gefällt, was er mit mir anstellt. Dabei sollte es mir nicht gefallen. Immerhin bin ich hier eine Gefangene. Eine Gefangene, die ich nicht sein müsste, wenn sie wüssten, dass sie die Falsche haben. Aber wenn ich ihnen das sage, würden sie mir dann glauben? Würden sie mich töten und auch im Outback vergraben, wo mich nie wieder jemand findet oder nach mir sucht oder mich vermissen würde, so wie es Shawn mit seinen Feinden macht?

Ich kann mir nicht vorstellen, dass sie besser sind, wenn Kian mit Drogen und Menschen wie Shawn Geschäfte macht. Nein, er ist genauso ein Drecksack, dem es egal ist, wenn andere darunter leiden, dass er sich die Taschen voll haut. Ein Drecksack, der mich fast zum Kommen bringt, indem er meine Beine zusammendrückt und mir seinen Schwanz in den Rachen schiebt. Verdammt! Mit bebenden Lippen sehe ich aus dem Fenster. Dabei spiegelt Seth einen ganz anderen Charakter wider, der nicht zu Kian oder Luke passt. Und Ryan? Den kann ich nach wie vor nicht einschätzen.

In mir wütet ein unaufhörlicher Kampf. Gefangen, aber frei von Shawn auf der Farm, auf der ich groß geworden bin und von der ich dachte, dass ich sie nie wieder sehe. Und ebenfalls wütend, weil ich von dem einen Käfig in den nächsten gelandet bin. Dabei könnte ich schon lange weg sein. Auf und davon. *Vom Winde verweht* oder einfach wie in *Jenseits von Afrika* im Flugzeug sitzen und nie wieder kommen. Für jeden nur noch ein flüchtiger Gedanke, der irgendwann wie Thermopapier verblasst und nur noch zu einem Stück grauem etwas wird.

Ich sehe direkt in den Himmel, an dem die vielen Sterne um die Wette leuchten. Es wird Zeit, dass ich endlich aufwache. Diese Farm wird nie wieder mir gehören. Ich werde hier nie eine Heimat haben und zu Shawn zurück, will und kann ich nicht mehr. Erst recht nicht nach dieser Nacht und Kians Schwanz in meinem Mund. Shawn würde es merken. Ich sehe zu meinem Handgelenk, an dem die Narbe, die von meinem ersten und einzigen Selbstmordversuch herrührt, nur noch eine blasse Erinnerung ist. Er merkt alles.

Mein Blick schweift in die Ferne. Die Richmore-Farm liegt einen halben Tagesmarsch von hier entfernt. Wenn ich es schaffe, ihnen noch einmal zu entkommen, dann schaffe ich es in ein paar Stunden dorthin. Und selbst wenn ich länger brauche, ist es egal. Es dauert ewig, bis sie mich finden, wenn sie nicht wissen, wo ich hinwill. Ob Steve die Farm mittlerweile leitet und seinen Traum vom Pferdezüchten wahr gemacht hat? Meine gesamte verbliebene Hoffnung konzentriert sich auf ein Ja aus seinem Mund.

Von dort aus kann ich überall hin und endlich anfangen zu kämpfen oder es bleiben lassen und diese düstere Welt, die mir nichts mehr geben kann, so verlassen, wie ich es mir wünsche. Alles ist besser, als zurück zu Shawn zu gehen oder weiterhin die Gefangene und so wie es wirkt auch Sexobjekt für mindestens einen meiner Entführer zu sein. Dann hören hoffentlich auch die Erinnerungen auf, die mich jede Nacht heimsuchen.

Kians Geruch ploppt immer noch als Erinnerung in meinen Gedanken auf und beruhigt meine aufgewühlte Seele, als hätte es gerade geregnet und alles Schlechte wurde aus der Luft gewaschen. Sein Blick auf der Treppe bei Shawn ist wie ein Roll-Up genau vor meinem inneren Auge. In einem anderen Leben wäre es der wundervolle Beginn einer Liebesgeschichte. Rose, die auf der oberen Treppe der Titanic steht, und Jack, der sie mit funkelnden Augen erwartet. Aber in meinem Fall ist es nur das zweite Höllentor, das ich aufstoßen würde.

Schritte werden lauter. Der Herr des Hauses scheint wieder da zu sein, was ich nicht weiter beachte und stiere weiter hinaus in den bald beginnenden Morgen.

Hinter mir wird der Schlüssel herumgedreht und die Tür aufgerissen. Ich schrecke auf und sehe in das erzürnte Gesicht von Luke, von dessen Stirn der Schweiß tropft und sich in seinem weißen, völlig mit Dreck überzogenen Achselshirt verfängt. Dabei zucken seine Muskeln auffallend gefährlich und wecken in mir ein anderes Gefühl als Wut oder Verärgerung – etwas, das Kian vor nicht einmal zehn Minuten neu befeuert hat. Etwas, das ich bisher bei Shawn nicht gefühlt habe, weil er mir mit jedem weiteren Tag die Luft zum Atmen und die Lust an meinem eigenen Körper genommen hat.

Ohne Vorwarnung schlägt Luke die Tür wieder zu. Was war das denn? Regungslos sehe ich zur Tür. Es fehlt das Klicken des

Schlosses. Die polternden Schritte werden wieder leiser. Mehrfach blinzelnd warte ich darauf, dass jemand zuschließt. Aber es ist nichts, als ein unverständliches Murmeln von weiter weg zu hören.

Ohne darüber nachzudenken, gehe ich zur Tür und öffne sie einen Spalt. Niemand ist auf dem Flur und ich frage mich, ob das hier eine Taktik ist, oder Luke wirklich nicht sehr weitsichtig gedacht und gehandelt hat.

Das Murmeln wird zu einem Raunen, an dem mehrere beteiligt zu sein scheinen. Womöglich alle vier Brüder zusammen? Vielleicht überlegen sie ja, was sie mit mir anstellen wollen. Aber bis sie zu einer Entscheidung gekommen sind, werde ich längst weg sein.

Ich trete auf den Flur hinaus und lehne die Tür an, damit ich nicht zu viel Krach mache. Von hier aus gibt es nur die Treppe nach unten, die aus dem Haus führt. Ich könnte mich in den kleinen Vorsprung auf der anderen Seite des Flurs stellen und warten, bis Luke und sein Hund an mir vorbei sind. Langsam drehe ich meinen Kopf. Genau das ...

Mein Blick bleibt an der Tür zum Dachboden haften. Als ich jünger war, haben wir dort immer alle Fotos und Erinnerungsstücke, die im Haus keinen Platz mehr hatten, verstaut. Ob sie immer noch dort oben stehen?

Wie an Fäden geführt, gehe ich darauf zu und öffne die Luke und steige die Stufen empor. Mit gemischten Gefühlen, die von nervösen Schmetterlingen bis zu dunklen Regenwolken reichen, betrete ich den Dachboden und laufe ziellos darin herum.

Der Raum wird allein vom Licht des Mondes, das durch das kleine Fenster, das sich am hinteren Ende befindet, ausgeleuchtet. Überall stehen alte Holzkisten, in denen lose Blätter liegen, oder ich Fotos finde, auf denen ich die Menschen nicht kenne. Erst ganz hinten in der Ecke finde ich eine alte Kiste aus Pappe, von der ich den Staub wische und sie öffne. Die Schmetterlinge in meinem Bauch flattern wild umher und werden gleichzeitig vom Schatten verfolgt.

Darin sind all die Bilder, die früher auf der Kommode unten im Arbeitszimmer meiner Eltern standen. Darauf bin ich zu sehen, wie ich das erste Mal auf ein Pferd steige und mit einem Honigkuchengrinsen in die Kamera blicke. Auf dem anderen sehe ich, wie meine Eltern den Grundstein für das Silo legen, oder wie ich beim Scheren der Schafe helfe.

In mir spielen die Gefühle Polka und trampeln auf der Mauer herum, die ich errichtet habe. Mit dem nächsten Bild wird sie einstürzen und trotzdem greife ich danach.

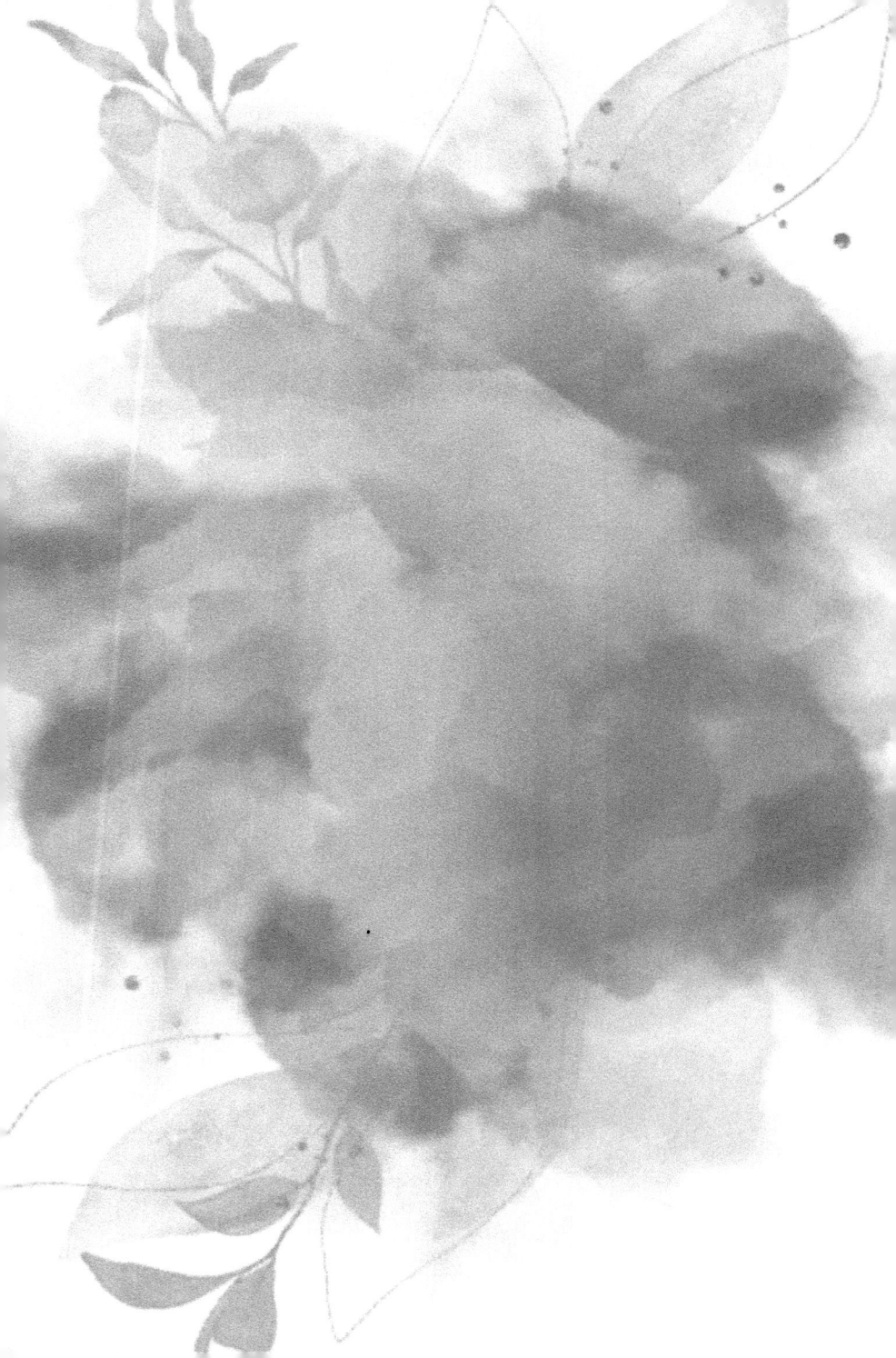

28

Mit einem Bier in der Hand lehne ich am Türrahmen zur Veranda und sehe den Dreien nach, damit ich auch wirklich sicher sein kann, dass sie weg sind.

Ich vertraue Kian so schon nicht und jetzt mit dieser Stella unter meinem Dach gleich noch weniger. Langsam frage ich mich, wieso ich ihr das überhaupt antue. Ich hätte sie auch einfach auf den staubigen Boden des Outback schmeißen und mich umdrehen können. Immerhin ist sie nicht mein Problem. Aber damit würde ich ... Nein, darüber will ich nicht weiter nachdenken. Die Vergangenheit muss doch endlich mal abgeschlossen sein. Das neue Kapitel in meinem Kopf so präsent sein, dass es für nichts anderes einen Platz gibt. Aber das passiert einfach nicht. Ich gehe in die Küche und nehme mir ein weiteres Bier. Der Tag war lang. Die Nacht noch länger und eigentlich will ich einfach nur noch unter die Dusche und ins Bett.

Langsam trotte ich die Stufen nach oben. Brian liegt unten an der Treppe. Merkwürdig, dass er nicht mit hoch möchte. Aber vielleicht spürt er meine Zerrissenheit und will sich nicht damit beschäftigen. Schade, dass ich nicht einfach auch unten pennen und nur meinen Geist nach oben ins Bett hieven kann.

Am oberen Treppenabsatz halte ich inne. Irgendwie ist mir so, als hätte ich etwas vergessen. Ich kratze mich am Kopf, trinke einen weiteren Schluck und gehe in den Flur. Kurz vor dem Zimmer, in dem sich Stella befindet, bleibe ich stehen und starre auf die Tür ... die einen Spalt offen steht.

In meinem Kopf rattert es. Verdammt!

Ich habe sie vorhin nicht zugeschlossen. Nach zwei großen Schritten stehe ich direkt davor und drücke sie auf. Hektisch sehe ich mich im Zimmer um. Doch es ist leer. Für einen kurzen Moment bin ich überfordert, was ich fühlen soll. Erleichterung, dass sie weg ist, oder panische Hilflosigkeit, weil sie nicht mehr da ist.

Wenn sie jetzt weg ist, ist sie wenigstens nicht mehr mein Problem. Die Zerrissenheit wird zum Kampf. Wenn sie weg ist und zu Shawn rennt, dann ist sie wieder mein Problem, weil dann meine Farm in Gefahr steckt. Das Bier rutscht zwischen meinen schwitzigen Fingern hin und her. Merkwürdigerweise bleibe ich ruhig – viel zu ruhig. Sie kann nicht runter sein. Brian hätte angeschlagen. Ich gehe zum Fenster, das immer noch zu-genagelt ist. Auch das Bad ist leer.

Ich stelle das Bier auf die Kommode, gehe zurück in den Flur und sehe mich um. Wo könnte sie hin sein, wenn nicht nach unten?

Die Luke zum Dachboden steht offen, obwohl ich mir sicher bin, dass ich sie vor Ewigkeiten verschlossen und nie wieder geöffnet habe. Ein mulmiges Gefühl breitet sich wellenförmig in meinem Magen aus. Dort sind alle Erinnerungen an meine Vergangenheit verstaut. Wenn sie darin herumsucht und mich damit konfrontiert, weiß ich nicht, wie ich reagieren werde. Aber vielleicht, und das hoffe ich, versteckt sie sich dort, um den passenden Moment zur Flucht abzufangen. Genau mit diesem Gedanken steige ich so leise, wie es mir möglich ist, die Stufen nach oben, strecke meinen Kopf nach oben und werde sofort fündig. Stella sitzt in der hinteren Ecke vor einem Karton. Allerdings ist es nicht meiner, sondern einer von den Vorbesitzern, die wir damals, als wir diese Farm übernommen haben, einfach nach oben gebracht und nie beachtet hatten.

Ich entspanne mich so weit, wie es mir möglich ist, und gehe auf sie zu. Das Holz der Dielen knarzt. Doch sie bemerkt mich nicht, als würde sie in Erinnerungen schwelgen. Ich strecke meinen Arm aus und greife nach ihrem. Noch während ich zupacke, frage ich: »Was tust du hier?«

Sie erschreckt sich. Ihre fast erstickte Stimme hallt leise durch den hohlen Raum. Sie dreht sich um, verliert das Gleichgewicht, greift nach meinem Arm und reißt mich mit sich zu Boden, sodass ich auf ihr liegen bleibe und sie mich mit großen Augen ansieht. Mein Schwanz an ihrer Mitte, mein Gesicht eng an ihrem heißen Atem, der viel zu schnell gegen meine Wange prescht und dieser intensive Blick, den ich schon vor sehr vielen Jahren an einer anderen Frau interessant gefunden habe. Unwillkürlich wird es in meiner Hose eng. Verflucht!

»I-i-ich w-wollte ...«

»... in dem Zimmer eine Etage tiefer sitzen und schlafen?«, beende ich ihren Satz.

Unter der gespannten Haut ihres Halses pulsiert ihre Ader und lädt förmlich dazu ein, mit der Nase daran entlangzufahren. Doch das verbiete ich mir vehement. Ich befürchte fast, dass ich heute nicht drumherum komme, es mir von Ryans Nutten besorgen zu lassen, damit ich endlich Stellas Augen aus meinem Kopf bekomme.

Als wäre sie selbst perplex, was sie jetzt tun soll, sieht sie mich stumm an. Ihr Blick schweift so weit über mich, wie es die Position zulässt.

»Oder wenigstens den richtigen Weg hinaus aus dem Haus und dieser Farm?«, frage ich.

Ihre Augen werden glasig. »Wahrscheinlich«, verschluckt sie das halbe Wort. Sofort bildet sich ein anderes Funkeln, das ihren Kampfgeist zurückbringt. »Aber damit würde ich dir wahrscheinlich noch einen Gefallen tun, wo dir die anderen ja auf der Nase herumzutanzen scheinen.«

Ich schmunzle. So viele unserer Unterhaltungen hat sie noch gar nicht mitbekommen, aber aus denen hat sie genau das Richtige gefiltert.

Sie schürzt die Lippen. Fast wie von allein stütze ich mich auf einen meiner Arme und streiche ihr über die Lippen, was sie nicht unterbindet.

Wieso verdammt, möchte ich wissen, wie sie schmeckt? »Du hast ein ziemlich großes Mundwerk. Dabei solltest du Angst haben.« Ich streiche tiefer zu ihrem Hals.

»Wovor? Vier Männern, die Angst davor haben, sich die Hände schmutzig zu machen?« Ich greife um ihren zarten Hals und drücke sie fest auf den Boden. Ihre erstickte Stimme dringt nur noch flüchtig in mein Ohr.

»Ja, so sieht es aus.« Ich funkle sie düster an. »Denk nicht, nur weil du immer noch atmest, dass das so bleibt. Mindestens einer von uns wünscht sich wirklich, dass das Blut aus deiner Kehle läuft und den Boden unter uns rot tränkt.«

Sie greift um meinen Arm und erhöht den Druck. »Dann tu es«, sagt sie kaum hörbar. »Beende es und erspare uns beiden weiteres Leid.«

»Leid?«, frage ich höhnisch. »Als ob du in deinem Schloss, aus dem du kommst, wüsstest, was es bedeutet, Leid zu empfinden. Nein, so wie du bisher hier aufgetreten bist, scheinst du eher sehr gut darin zu sein, es selbst in die Gedanken der Gegner zu pflanzen.« Ich beuge mich nah an ihr Gesicht, bis sich unsere Nasen berühren. »Also erzähle mir nichts von Leid!«

Ihr Blick bleibt klar. Keine Träne, keine Reue. Wusste ich es doch. Sie spielt nur und versucht, an meinen weichen Kern heranzukommen. Aber den gibt es nicht mehr und es wird ihn auch nie wieder geben.

Aber ihre Lippen ...

In meinem Kopf setzt jeder klare Gedanke aus und ich drücke meine Lippen so fest auf ihre, dass sie zu keiner Gegenwehr fähig ist. Nur wenige Zentimeter löse mich von ihr und verliere mich in ihrem intensiven und sehnsüchtigen Blick, der sich, genau wie bei Luisa, so anfühlt, als könnte man ihn mit nichts vollkommen befriedigen. Ihr sich immer schneller bewegender Brustkorb drückt gegen meinen festen Oberkörper. Ich weiß nicht, was ich sehe, aber es ist keine Gegenwehr, mehr ein dunkles Verlangen, von dem sie selbst nicht zu wissen scheint, ob sie ihm nachgeben soll.

Ohne ihren Hals freizugeben, richte ich mich auf, stemme mein Bein zwischen ihre Schenkel und halte mit dem anderen das Gleichgewicht.

Dabei rutsche ich weg, lasse sie los und bekomme die Kiste, in der sie eben noch herumgesucht hat, zu fassen. Sie fällt samt mir um und ich knalle gegen eine meiner eigenen Kisten. Sämtliche Bilder verteilen sich auf oder um mich herum. Sofort drehe ich mich auf den Bauch, damit mir Stella nicht entkommt. Sie richtet sich ebenfalls auf, stiert auf einige der Bilder. Auf einem sieht man eine Frau, einen Mann und ein kleines Mädchen, die freudestrahlend in die Kamera blicken.

Auf dem nächsten eine braunhaarige Frau, die neben Kian steht und ein Baby auf dem Arm hält. Und genau daran ist ein Zeitungsartikel befestigt, in dem es um einen Autounfall geht. Auf der Straße zwischen Geraldton und Curtis ging ein Wagen lichterloh in Flammen auf und eine Frau mit ihrem Baby sind gestorben.

Alles in mir zieht sich krampfhaft zusammen. Trotzdem löse ich mich von dem Artikel und sehe zu Stella.

Was auch immer dieses Bild in ihr auslöst. Ihre Atmung beschleunigt sich erneut. Blitzartig dreht sie sich um, richtet sich auf und rennt aus dem Raum hinaus.

»Stella, verdammt!«, rufe ich ihr hinterher, ehe ich es schaffe, mich aufzurichten, weil mir meine eigenen Gefühle in den Knochen stecken.

Ihre Schritte werden leiser. Brian bellt und eine Tür schlägt gegen Holz.

Ende Teil 1

Danksagung

Ich habe lange überlegt, ob ich diese Geschichte veröffentlichen werde. Die Themen sind nicht einfach. Die Herangehensweise so anders und spiegelt einfach wider, wie ich Geschichten aufgreife.

Ich danke alle meinen Lesern, dass ihr auch zu meiner neuen Geschichte gegriffen habt.

Auch möchte ich mich wieder bei meinen Korrekturfeen Yvonne, meinen zwei Anjas, Mira und Kathrin bedanken, die mit mir an den Feinheiten gefeilt haben.

Mein Bestie Ellie Bradon, die der Geschichte dieses wunderbare Cover verpasst hat und all meinen Bloggermädels und Jungs, die mich tatkräftig unterstützen.

Bald geht es weiter.

Eure Kari

DARK ROMANCE TRIFFT AUF FANTASY

PARIS
EIN GEBAEUDE, IN DEM MAN NICHT ZAUBERN KANN
EINE UNBEUGSAME HEXE, DIE IHRE SCHWESTER RETTEN WILL
EIN VAMPIR, MIT ZU VIELEN GEHEIMNISSEN

Von ihren Eltern über die magische Welt im Unwissenden gelassen, bricht für die junge Hexe Elaine eine Welt zusammen, als sie nach einer Partynacht erfährt, dass ihre kleine Schwester entführt wurde. Von wem und warum, wird von ihren Eltern eisern unter Verschluss gehalten.

Um Marie zu finden, begibt sich Elaine selbst auf die Suche nach ihr. Unwissend stürmt sie das Hauptquartier einer Vampirriege und gerät ausgerechnet in die Fänge des Anführers - Adrian. Trotz seiner eisigen Kälte, die der Vampir auf sie abstrahlt, kann sie sich seiner Anziehungskraft kaum widersetzen. Doch auf keinen Fall will sie ihm nachgeben, stattdessen um jeden Preis ihre Schwester befreien.

Was die toughe Elaine jedoch nicht ahnt: Adrian weiß mehr über sie und lenkt jeden ihrer Schritte, um durch sie an sein Ziel zu gelangen.

Kann Elaine ihre Schwester befreien oder ergibt sie sich ihrem Schicksal, das sich ihr nach und nach offenbart?

Triggerthemen

Mord,

Drogen,

Blut,

Vergewaltigung,

Krebs,

Schicksalsschläge,

Verlust,

explizite Sprache, explizite Szenen,

Suizidversuch und Suizidgedanken,

Menschenhandel,

Prostitution